莫斯科行动

中俄列车大劫案

艾安军/著

作家出版社

图书在版编目（CIP）数据

莫斯科行动：中俄列车大劫案 / 艾安军著 . -- 北京：作家出版社，2025. 3

ISBN 978-7-5212-2541-9

Ⅰ. ①莫… Ⅱ. ①艾… Ⅲ. ①纪实文学 – 中国 – 当代 Ⅳ. ① I25

中国国家版本馆 CIP 数据核字（2023）第 185781 号

莫斯科行动：中俄列车大劫案

作　　者：艾安军
责任编辑：宋辰辰
装帧设计：意匠文化 · 丁奔亮
出版发行：作家出版社有限公司
社　　址：北京农展馆南里 10 号　　**邮　　编：**100125
电话传真：86-10-65067186（发行中心）
86-10-65004079（总编室）
E-mail:zuojia@zuojia.net.cn
http://www.zuojiachubanshe.com
印　　刷：唐山嘉德印刷有限公司
成品尺寸：152×230
字　　数：258 千
印　　张：23.75
版　　次：2025 年 3 月第 1 版
印　　次：2025 年 3 月第 1 次印刷
ISBN　978-7-5212-2541-9
定　　价：62.00 元

作者简介

艾安军，毕业于北京师范大学中文系。历任北京铁路公安局宣传处副处长、处长，北京铁路公安局政治思想研究会秘书长等。1975年开始发表作品，1998年加入北京作家协会。著有中篇小说《无处藏身的百万富翁》《枪神》，短篇小说《杨柳青青》《斩断魔爪》，纪实文学《中俄列车大劫案》《神奇的铁鹰》《扼住黑色的潜流》《京广铁路爆炸案侦破纪实》，电影剧本《蓝盾》《中俄列车大劫案》，电视剧本《蓝盾》《铁鹰》《人生双行线》等。作品《铁鹰》获公安部金盾文学奖，《燃烧的永远是热血》获全国铁路第八届文学优秀奖。

目　录

序：一次非凡的行动

艾克拜尔·米吉提（哈萨克族）

这是一部札记式的长篇纪实文学作品。它以逐年逐月逐日逐时逐分的顺时针顺序进行叙事，甚至以细致真实的警方讯问笔录为佐证，记载了从北京往返莫斯科的K3/4次国际列车上的大劫案全过程。由此，向读者揭示了当年那些骇人听闻的案件和人民公安英勇奋斗的破案进程。

随着苏联的轰然坍塌和20世纪90年代初期国际局势的动荡，原有的国际列车运营管理模式似乎一夜之间就被撕开了一个口子，国内那些80年代被“三网”严打的出狱人员和一些犯罪分子，本能地嗅到了某种契机，便以自费留学、经商或工作邀请等名义前往莫斯科，其实以做生意为幌子，在光天化日之下，明目张胆大行抢劫之道，杀人越货，犯下滔天罪行。

一封来自我国驻俄使馆的密电呈报到最高领导人面前，党中央一份毅然决然的批示启动了这场中俄列车大劫案的破案行动，相关部门立即组成破案小组奔赴俄罗斯。这是我国警方第一次涉及在境外打击跨国犯罪的非凡行动，而且是要到俄罗斯去秘密抓捕我国在境外的犯罪分子，其危险性是前所未遇的。我国警方面对的是一群在国内曾受过公安机关多次打击，嗜财如命、心黑手狠的亡命歹徒。警方迅速摸清在国际列车上猖狂抢劫作案的以北京人为主的四大犯罪团伙情况。在莫斯科住有不少中国人，国内有案底甚至正在通缉的犯罪头目也混杂其间，莫斯科成了他们杀人越货、吃喝嫖赌的乐土。

在当国际倒爷的淘金梦破灭前，他们也曾算得上是国内的大款，有的开饭馆，开商店，有的办托运站，开个体出租车……随着俄罗斯的经济不景气，加之卡西诺轮盘赌场的诱惑，这些人开始走向邪路，依仗人多势众，称王称霸，继而发展到敲诈勒索、绑架抢劫，疯狂残害那些非法偷渡出境到俄罗斯的鸭子（偷渡出境者）和蛇头（偷渡出境的组织者）。这种中国人专门针对中国人的抢劫伤害犯罪案件，一起接着一起在俄罗斯境内发生，并被俄罗斯媒体大肆渲染，被称之为来自北京的“黑旋风”，一度影响到中国人的国际形象。

也正是这些罪犯“倒爷”，把大批的假冒伪劣商品从中国倒腾到俄罗斯售卖，“鸡毛服”“一日鞋” 大举登陆，致使中国产品在俄罗斯人心目中的美好形象一落千丈。

破案小组迅速摸清莫斯科中国犯罪分子状况，分别抓捕审讯，废寝忘食，斗智斗勇，运用强大的心理战术，迫使这些案犯个个低头认罪，交代罪行。让以往令俄警束手无策的中国嫌犯供出大量罪行，俄警举杯庆贺中国警官的马到成功。

作者以客观公正的笔触，描写了当时在莫斯科的中国人聚集区和生意场，在那些“批货楼”亦即“中国楼”和名叫米勒的批发市场里，鱼龙混杂、泥沙俱下、抢劫盗窃、劫匪横行的真实场景，具有另一种社会人文价值，让读者能够透过作品既了解当时的真实历史画卷，同时又对这些犯罪分子令人发指的罪行深恶痛绝。作品以其艺术性，旨在伸张正义，释放强烈的正能量让人们坚信邪不压正，那些罪犯的犯罪行为，终归要被绳之以法。

转眼三十多年过去了，随着中俄国际列车大劫案的告破、审理，经过治理的北京—莫斯科国际列车已恢复良好的秩序，历经磨难的国际列车又欢畅地行进在欧亚大陆广袤的土地上。从1993年6月起，中俄国际列车上再也没有发生过一起抢劫犯罪案件，登上这趟列车的旅客脸上又新露出了笑容。

这正是这部作品的独特价值。

作者系著名作家、翻译家，第十一届、十二届全国政协委员，中国作家协会影视文学委员会副主任，中国电影文学学会常务副会长、党支部书记，《中国作家》原主编 。享受国务院特殊津贴专家，全国新闻出版行业领军人才。国内外多所大学客座教授。

引　子

近日，电影《莫斯科行动》已经上映。影片改编自真实历史案件，讲述了震惊中外的“中俄列车大劫案”发生后，中国警察跨国缉匪的故事。

其实，这一题材早在2018年就已被拍成电视剧《莫斯科行动》。此番取材自同一事件的电影《莫斯科行动》则由邱礼涛执导，韩三平、刘德华联合监制，艾安军任总顾问；张涵予、黄轩、文咏珊等主演，刘德华特别出演。

三大男主角表演各有千秋：刘德华复古西装出镜，不改潇洒本色；张涵予一袭黑色皮衣，霸气十足；黄轩面色深沉，出手凶狠。

影片中，紧张激昂的BGM，爆炸、枪击、撞车的刺激场面令人大呼过瘾，也让人了解到导演和演员们的用心和付出。

真实案件打底，涉及年代、跨境等因素，为确保细节的真实性，主创研究海量资料。导演邱礼涛表示：“我是从90年代过来的，当时这个案件发生的时候很轰动。知道要拍这部电影时，也研究了很多资料，对这个案件我几乎已经成‘半个专家’了。”

作为“最懂爆破的男人”，导演邱礼涛表示，这次拍出警匪片的紧张感，还希望有更多突破。“希望能够拍出当时社会的面貌、人们的生活。”本片的联合监制韩三平表示，《莫斯科行动》的创作面临新冠疫情与国际局势的双重困难，但导演邱礼涛将类型片、动作片和一个真实发生在中国大陆的故事结合得非常好。他认为，这是一部类型和真实记录兼备，而且好看的电影，出品人、华人影业总裁应旭珺也称，邱礼涛导演“交了一份令人惊艳的答卷”。他认为《莫斯科行动》是视觉、时尚、人性的“三重盛宴”。“片中很多震撼人心的场景，地下水宫、火箭基地都是参考历史资料一比一还原，还有地下赌场、莫斯科大剧院，当中发生了很多匪夷所思但非常精彩的故事。虽是正邪对立，但各个阵营都有丰富的人性深度可以挖掘。”

《莫斯科行动》是刘德华、张涵予两位演员的第四次合作。二十年前，在电影《天下无贼》中，刘德华和张涵予在火车上上演了一出抓捕好戏；二十年后，二人在本片中再续火车奇缘，将为观众带来一场全新的追踪抓捕与对决较量。此次张涵予在电影中饰演北京铁路公安局的警察崔振海，带领抓捕小组进入陌生国度，伪装商人深入险境。

深入了解案情的张涵予表示他饰演的角色颇具挑战性，历史上的这一案件是我国警察第一次出国办案，在当时需要面临各种类型的困难。“现在我们警察破案有很多高科技的侦查手段，且在不断进步，但是那时这帮老刑警破案完全是靠经验，靠胆识，靠多年跟社会上的三教九流打交道，掌握了一套他们独特的侦查的手段。”

刘德华担任影片联合监制，并饰演瓦西里一角，“瓦西里同志”也是苏联影片《列宁在十月》《列宁在1918》中列宁身边那位智勇双全的警卫员的名字，同样是一个令人印象深刻的影视形象。瓦西里形象潇洒帅气，放荡不羁，驾驶摩托车在废弃下水管道中追逐打斗，似乎又游走于正邪阵营之间，瓦西里的身份很像是超级马里奥。相较于刘德华和张涵予的再续前缘，主演黄轩实现了在反派之路上零的突破。《莫斯科行动》是黄轩在电影生涯中，颠覆了以往他塑造的所有角色形象，首次在大银幕挑战反派角色，饰演劫匪头目苗青山。他饰演该角色其实是个“黑化版犯罪艺术家”，文艺优雅的伪装难掩凶狠残忍的本性，肖斯塔科维奇交响乐奏鸣的是他内心的犯罪乐章。

为了更精准地呈现这个具有艺术气质的犯罪者，黄轩除观看真实的犯罪者采访，了解历史上的中俄列车劫案外，他还使用MBTI十六型人格类型理论，对属于INFJ型人格的苗青山进行分析和想象，将苗青山的人物形象构建完全。

电影《莫斯科行动》中的对决并非仅在警与匪两个阵营之间，更有各方势力介入，敌友难辨，斗智斗勇，错综复杂的人物关系带来更多看点。

文咏珊饰演珍珍，游走在几方势力中，带来意想不到的反转。文咏珊饰演的珍珍宛如一朵“烈焰玫瑰”，“她表面是一个非常风情的女人，但因为她有很多经历，所以真实状态下其实又有另一面，非常强大、聪明、独立”。

谷嘉诚饰演苗青山弟弟苗子文，跟哥哥的文艺不同，自己就是“人狠话不多”的正面硬刚型，而且该角色对哥哥无限崇拜，可谓地道的“迷弟”：“他做的很多事情的出发点都是哥哥，算是爱恨分明。”

《莫斯科行动》众多幕后画面首度曝光。在“高燃开场”版特辑中，车辆追击紧张刺激，枪战肉搏精彩劲爆，爆炸场面壮观密集。导演邱礼涛表示，自己这次炸得爽，也希望观众看得爽：“电影里面很多场景，是我之前没想到有机会拍的。在我自己作为一个影迷的经验里，这些场面是从来没见过的，所以这次有机会拍这些场面非常兴奋。”

该片改编自震惊中外的“中俄列车大劫案”，讲述了案件发生后，中国警察跨国缉匪的故事。1993年，接连中国与欧洲的唯一陆路交通线——K3/4次往返北京—莫斯科的国际列车上发生多起持枪暴力抢劫事件，中国警方介入跨国调查，誓要将凶手绳之以法。铁道公安为首的特战小队深入陌生国度莫斯科，伪装商人深入险境，目标只有一个：逮捕罪犯，并将其成功引渡回国。

本书揭秘的是三十多年前发生在北京到莫斯科的中俄国际列车上的一起十分特殊的震惊世界的犯罪案件。

在2011年6月，桂林警方在“清网行动”中抓获了在逃十八年的犯罪嫌疑人贾小明。贾小明曾是1993年震惊中外的“中俄国际列车大劫案”的漏网之鱼，贾小明的归案，将尘封已久的“中俄国际列车大劫案”再次带入公众的视野。

在桂林，五十二岁的贾小明戏剧性地进入警方视野。根据市民举报，警方发现居住在桂林市叠彩区芦笛路的一名中年男子，常年混迹于棋牌室、游戏厅，没有正当工作，形迹十分可疑。在其经常出没的一家游戏厅，警方将其当场控制。随后，通过上网比对，警方确认该男子正是被公安部网上通缉了十八年的在逃犯罪嫌疑人，参与了1993年“中俄国际列车大劫案”的贾小明。

面对民警的讯问，贾小明始终坚称自己是桂林本地人，但却无法说出自己所持身份证上的出生日期。最终，当地民警用桂林方言提了一个问题，才使得一脸茫然的贾小明彻底露馅，还原了这个“列车劫匪”的本来面目。

贾小明生于北京，中学毕业后去通县插队，1978年回城，被分配到一家工厂工作。1979年，贾小明因扒窃被劳教两年。劳教结束后，在东单地区干起了个体户，主要销售服装。其间，他与一名比自己大十余岁的女子结婚，生了一个儿子。

1990年，贾小明发现身边很多人乘坐国际列车往俄罗斯倒服装，并且挣了很多钱，心动的他加入了远赴俄罗斯淘金的队伍。1991年，贾小明托人以留学名义申请办理了一张去匈牙利的护照，出国前，他与妻子办理了离婚手续。

“我当时都是从木樨园进皮夹克，一趟跑下来可以净赚一万多呢！”落网后，谈到当年干倒爷的经历，贾小明露出得意的笑容。他自称，1992年护照到期，他回到了北京。由于在桂林有亲戚，便决定去桂林发展。“我在桂林待了一段时间后，也听父母说过有公安部门来家找我，当时我就想肯定是因为当年我偷俄罗斯人钱包的事情被发现了。”贾小明说。

“隐居”桂林期间，贾小明改了名字。由于不敢找工作，他用从家里人带来的两万余元现金做起小买卖，并用表弟的名字开户炒股。“我开过饭店，开过发廊，都挣了不少钱。”几年前，贾小明在棋牌室打牌时，与一名比自己小十三岁的女子结识，并很快同居。

被抓获后，贾小明坚称自己从未参与过“中俄国际列车大劫案”，他信誓旦旦地说："当时列车上根本就没有这种事情，我也没听说过，真的。"时隔多年，贾小明心存侥幸，以为死无对证。但他想错了。

无独有偶，2011年7月22日，当年"中俄国际列车大劫案"犯罪团伙中的重要成员，公安部网上通缉要犯，外号"东城老七"的宗立勇在首都机场落网。

这一年的7月22日，当年名叫"东城老七"的宗立勇在首都机场落网归案。他是"中俄列车大劫案"苗炳林团伙中的重要成员，是公安部网上通缉的逃犯。这天下午，首都机场T3航站楼的出境现场边检民警小王审查一男子证件时发现，护照名字与出境卡不符，该男子神情慌张露出马脚。

就是这名男子在办理出境手续时，迟疑了一下，将护照递到边检民警小王手里，就是这个动作，让边检民警警惕起来。

"去澳门干吗？"民警小王不露声色地问道。"去、去、去旅游。"该男子结结巴巴地回答道。"北京好玩吗？"小王又试探性地问了一句。"好玩吗？"男子愣了一下，反问道。几番试探，民警觉得这个中年男人一定有问题，于是把他带到值班室。

小王说，发现该男子的护照用名是"李勇"，而在出境卡上填写的却是"宗立勇"。在系统内查询该名字，电脑上显示出"公安部通缉犯"。据介绍，当时值班室已悄然布置了控制区，防止男子逃跑。民警问道："你的名字？宗立勇是谁？"听到宗立勇几个字，男子立刻大声嚷嚷起来，情绪激动地说自己是澳大利亚人，警方无权扣押他。

在宗立勇随身携带的物品中，有一本日历，他对边检民警说，这是为了记住日子，逃亡这么久，是数着日子过的。

宗立勇曾经很有名，他有个外号叫"东城老七"，在去莫斯科的北京倒爷中很有实力。十八年前，他揣着发财梦，以出国留学的名义办理护照去莫斯科做起了“倒爷”。当时，大量中国“倒爷”乘坐北京至莫斯科的K3/4次国际列车，前往俄罗斯“淘金”。后来宗立勇跟着苗炳林团伙多次参与了以中国商人为目标，在列车入俄境内后实施的暴力抢劫。

当年，中俄警方联手摸清了在国际列车和莫斯科市内抢劫的苗炳林等四大主要犯罪团伙的基本情况时，其中的团伙主要成员宗立勇逃跑。1993年，国际刑警组织发布了红色通缉令，全球缉拿宗立勇。

抢劫事发后，宗立勇“亡命天涯”，几乎走遍欧洲各国，他改名“李勇”，并于2006年潜回国内。宗立勇害怕行踪暴露，因此不敢找工作，一直靠赌博为生。前天他本打算去澳门赌博，但是在办理出境手续时，竟鬼使神差地在出境卡上填上了自己的真实姓名。宗立勇被北京边检总站移送至北京铁路警方。

也正是宗立勇的落网，引出中国十大奇案——“中俄国际列车抢劫案”。

邵迅落网

时间到了2011年的8月28日，这一天，是公安部网上通缉的中俄列车大劫案逃犯邵迅在广西南宁落网的日子，他是潜逃十八年隐姓埋名，终于没有逃过法网恢恢的最后一名非京籍的特大跨国抢劫团伙骨干之一，他的罪恶是死有余辜的，如果在十八年前落网，他是必定被判处死刑的。

8月28日，这天一早，邵迅很早就起了床，他心里也不知道为什么感觉要有什么事情发生，近些日子他一直失眠，还大把大把地掉头发，成了“鬼剃头”，他知道“心狱”对他又开始发威了。莫名的恐惧心理让他痛苦不已，他想再一次拿出一笔钱做慈善捐款，好像每次捐款后他心里的罪孽感就能够减轻一些。他知道自己信佛才能得到佛祖保佑，活到现在真的是自己命大，若不然自己早就成了骨灰。他侥幸能够逃亡到今天，不仅没被抓住，还更名改姓做生意发了财，他成了当地一家经营营养保健品有限公司的大老板，有人称他林总。他结交了一些商界的朋友哥们儿，人们都认为这个说话有些上海口音的富商“林永海”人非常老实厚道，也很讲究大方。

原来本已经安排好了这天上午在广西南宁青秀区五象广场附近的金融大厦的慈善捐款助学公益活动，他是这次与有关部门共同举办慈善捐款为贫困学生捐资助学活动的主要发起人之一。8点钟整，他出现在了活动现场，只见他上身穿白色圆领短袖衫，下身是蓝黑色牛仔裤，脚穿天蓝色运动鞋。他看到其他出席参加活动的领导和老板也陆续往主席台这边走，活动开始时间定在8点半，“林永海”抬手看了一下表，这时有几个陌生人突然出现在他的面前，他已经被控制住，一个中年汉子出示警官证，道：“我们是北京铁路公安局侦查员，这是网上通缉你的通缉令，邵迅，请你跟我们走。”面前的这位中年汉子就是现任北京铁路公安局刑侦处副处长李秋旺，十八年了，他从未停止过对“中俄列车大劫案”逃犯的追缉，邵迅，终于落到了他的手上。

这个“林永海”没有吭声，没有反抗，他知道这一天终于到来了。看到周围出现了许多警察，他来不及对自己公司的下属说什么，就被带上了悄然开过来的一辆警车。

会场上，一时消息哗然，富商正要给贫困学生捐资助学，还没来得及出席慈善捐款助学活动，突然，几名警察来到活动现场，秘密将他带走。人们不知道发生了什么事，为什么这个愿做善事的林老板会犯法。

但是，当警车戛然停在南宁铁路公安处讯问室门口，这个“林永海”的双手被戴着手铐，坐在被讯问人的位置上时，自此，邵迅这名慈善富商的真实身份彻底现形了。

在8月28日9点到10点10分的一个多小时内，让我们看看邵迅都说了什么。这是北京铁路公安局刑侦处副处长李秋旺和北京铁路公安处刑警张洪方的讯问笔录。

犯罪嫌疑人：林永海，男。

问：我们是北京铁路公安局侦查员，现在依法对你进行讯问，你要如实回答问题，不得隐瞒，谎报，对与案件无关的问题你有权拒绝回答，你听清否？

答：我听清了。

问：你有无其他名字及外号？

答：有，我的真实姓名叫邵迅。

问：出生日期？

答：1970年10月11日出生。

问：民族？

答：汉族。

问：出生地？

答：上海。

接下来邵迅向警方交代：他现在的户籍所在地是在广东省增城市荔城街荔城大道147号，现在租住在广西南宁市凤和花园。家庭成员有：母亲姓刘，今年65岁；妻子姓王，今年28岁；儿子刚1岁半。

他的简历是1977年至1985年在上海上小学、中学，1985年至1987年在上海体校柔道队学习，1987年至1991年无业，1991年至1993年在莫斯科经商。面对北京铁路公安刑警，他知道自己再也逃脱不了，他只有交代自己真实身份。他原来真实的名字叫邵迅，1970年7月20日出生，户籍地：上海市徐汇区宛南四村14号。上世纪90年代因在莫斯科市内参与抢劫被通缉。当时的女友袁某被抓后，管片的民警到家找过他，他就感觉到公安机关正在缉捕他。他从离开上海，就开始了逃亡生涯。邵迅不敢在上海露面，同时也为了心理得到一些救赎，就跑到安徽小九华山的庙里当和尚。想躲避公安机关的追捕，也为了赎罪，他待了近两个月，寺院住持方丈见他成天心神不定的样子，说他“尘缘未尽”，劝他离开。于是邵迅偷渡到香港，在表兄的酒楼里打杂。在香港打工一年后，邵迅发现香港人喜欢到深圳的夜总会消费，于是1995年回到深圳开了一家夜总会，挣了些钱后，又开了酒楼和美容院。此时，他为了躲避抓捕，早已经改名叫林永海。为了让自己的新身份合法有效，2005年，邵迅找到一个香港朋友，在广东省增城市上了户口，身份得以漂白。在深圳经商多年后，邵迅的资产已达到上千万元。他到南宁注册公司销售保健品。

这是一张十八年前北京铁路公安局发出的逮捕证，因为时间已久而纸张已经变得发黄，上面印着：北京铁路公安局逮捕证，京铁公捕第10号。经北京人民检察院北京铁路运输分院批准，兹派本局工作人员姜战林，程亚力对居住在上海市静安区皖南村204楼105室的邵迅进行逮捕。北京铁路公安局局长单玉圭于1993年7月17日签发。

就是在这份北京铁路公安局提请批准逮捕书上，详细罗列着邵迅所犯的累累罪行，这里摘录如下：

> 京铁公捕第10号，人犯邵迅，男，现年24岁，上海市人，无业，汉族，现住上海市静安区皖南村204楼105室。简历：1977年至1982年在徐汇淮海中学上学；1985年至今待业。根据本局所获证据材料证实人犯邵迅犯有以下罪行：一、1993年3月，邵迅伙同黄亚军、董振江、牛永利、徐刚（均在押）、李德民、朱兴金在莫斯科市一处居民房间，持刀抢劫几名中国上海青年美元2000余元、人民币1000余元；二、1993年3月，邵迅伙同黄亚军、朱兴金、李德民、杨彤在莫斯科市一处居民房内持刀抢劫三名中国上海人1000余美元；三、1993年4月，邵迅伙同徐刚、杨彤、苗炳林等人在莫斯科东方旅馆持刀抢劫三名中国上海人10000美元；四、1993年1月6日，邵迅伙同李德民等五人在莫斯科一处民房持刀、瓦斯枪等凶器抢劫中国

福建马建伟等四人的14480美元、金戒指两个、手表两块（价值人民币3000余元）；五、1993年5月，邵迅伙同徐刚在莫斯科自己租住的一处民房内将两名中国上海人骗到房中持刀将两人捆绑抢劫7000美元。上述事实证明人犯邵迅犯有抢劫罪，根据《中华人民共和国刑法》第150条之规定应依法追究刑事责任，特提请批准逮捕。时任北京铁路公安局局长：单玉圭。时间是1993年7月17日。

时隔十八年，这张纸张泛黄陈旧的逮捕证终于签上被逮捕人的名字：邵迅。时间是2011年8月30日22时20分。

这可是一场跨世纪的追捕，北京铁路公安局的局长已经换了六任，一些当年的刑警们有的走上领导岗位，有的退休，还有的已经因病离世。但是，北京铁路公安局网上通缉的在逃人员邵迅的名字却在北京铁路刑警的心中久传不忘。邵迅是在国外还是在国内？他不可能在这个世界上蒸发了吧。

在公安部开展的清网行动中，在逃人员登记信息表上邵迅的名字赫然可查，而因为有全国的网上追逃通缉令，化名“林永海”的邵迅看似平静的生活其实一直暗流汹涌。2011年6月22日，上海铁路公安局经过秘密侦查发现，居住在上海市静安区皖南6村204楼的邵迅父亲因肝癌病逝，其母亲到户籍派出所办理注销户口，登记的住址是深圳市布心山庄。为什么他的家庭住址变更到深圳？那里的什么人与邵迅是什么关系、邵迅的母亲在接受警方调查时口口声声说自从1993年邵迅出国就再也没见过邵迅，那她又是和谁在联系？北京铁路警方经过进一步调查得知，邵迅父亲在深圳病逝，其父母在布心山庄的房子已经出租，但一名叫林永海的男子曾收过房租。警方调取林永海的户籍资料，发现林永海就是邵迅。

从此，潜逃十八年的跨国犯罪通缉逃犯邵迅进入了警方的追捕视线。而此时，2009年改名叫林永海的邵迅已经在广西壮族自治区南宁注册了一家销售保健品的公司。十八年来，邵迅的家从不安装门铃。“他说当年在莫斯科抢劫时，他就负责按门铃。回国后，他就怕听到门铃响，一听门铃响就哆嗦。因为怕警察来抓他，所以他听到警车响就躲，见到警察就心惊肉跳。”“他这些年一直在做慈善，希望赎罪。”从1998年邵迅助养贫困学生上学，捐助狮子会白内障复明工程，曾被南宁市关心下一代工作委员会授予荣誉证书。2008年汶川地震期间，曾多次匿名捐款近百万元。

2012年1月11日，逃亡十八年后的邵迅，站在了北京铁路运输中级法院的刑事被告人席上。检方指控邵迅涉嫌在莫斯科参与抢劫十起。邵迅说，其实在被警方抓获前他就有预感，大把地掉头发，成了“鬼剃头”，因为信佛，他觉得自己是因果报应，“年纪大了，也跑不动了，被抓也就踏实了”。邵迅承认所有指控，称“愿接受任何惩罚”。

庭审时，邵迅对公诉人宣读、举证十起抢劫案的诸多细节时，一再重复“记不太清了”，但没有异议，自愿认罪。“这一次要把之前的罪给赎了。近二十年来我每天都在忏悔，愿接受任何惩罚。”邵迅说。邵迅的律师称，被告人热心公益事业，“汶川地震时，他匿名捐款近百万，只可惜拿不出证明”。到案后，被告人能主动坦白全部罪行，其子年仅1岁多，希望法院轻判。

那是一场噩梦。1992年的邵迅刚刚二十出头，当时大批中国人从国内购买服装后乘坐火车去莫斯科销售，邵迅也借了点钱当起了国际“倒爷”。第一次倒货他带了羽绒服去，卖得很顺利。1993年年初，他买了一大包羽绒服第二次去俄罗斯，没想到刚到莫斯科的晚上，住在朋友徐刚家就被抢了。

徐刚正是“国际列车抢劫案”的主犯之一，他承认，当时抢劫邵迅就是做了个“局”，让他身上没钱，不得不加入他们的团伙，目的就是想拉邵迅入伙。

因为自己的上海人身份，邵迅在团伙中负责敲门，俗称“点道的”。每次他都选择那些来自上海或者南方的“倒爷”，使用上海话敲开门，团伙其他成员闯入抢劫财物。因为很多被抢者都与邵迅相识，怕他们回国后找自己麻烦，邵迅和其他同伙商议好，假装自己也是受害者，一进门他就趴到地上，由其他人威胁抢劫。

到了1993年5月份，中国铁路警方组成专案组抵达莫斯科，对“国际列车抢劫案”中在火车上和莫斯科市内抢劫的四个犯罪团伙实施抓捕，此时邵迅刚刚回国，他的女友以及徐刚等人都落了网。

检方指控，1993年1月6日11时，邵迅伙同朱某等四人，持刀、瓦斯枪闯入马某等四人在莫斯科的住处，对四人捆绑蒙眼和殴打，抢走1.4万美元及手表、金戒指、金项链等物。同年3月至5月间，邵迅共参与抢劫十起，抢劫总价值2.18万余美元、7600余元人民币、50余万卢布及金戒指、金项链、手表等物品。

对于检方的指控，邵迅表示没有意见，“很多起我真的是后来看到起诉书才知道，时间太长有点模糊了，里面很多人已经记不起来了”。但是他同时说，检方能提供出证据，所以他不否认。

公诉人认为，邵迅参与暴力抢劫，造成恶劣的国际影响，并潜逃十八年之久。到案后，能如实供述罪行，潜逃期间热心公益，确有悔过之心。建议法院以抢劫罪，酌情从轻判处其无期徒刑。

最后对法庭陈述时，邵迅语气哽咽地说："对我之前的犯罪，我很后悔，每天都在忏悔赎罪，只是捐款不能用自己的名字。对被害人造成的心理伤害我深表歉意，愿意接受法律的制裁。"

北京铁路中级法院判决邵迅犯抢劫罪有期徒刑十五年，剥夺政治权利三年。

自1999年10月，公安部在全球通缉的"中俄列车大劫案"逃犯白慧钧、钟继泉在乌克兰被抓获引渡回国，到2006年北京警方在一家商场门口抓捕了从俄罗斯潜回北京的牛顿团伙成员曹宏。

再到2007年公安部网上通缉的"中俄列车大劫案"在逃嫌犯张闻敏在上海黄桦路一民宅落网。

十年二十年的时间过去了，发生在中俄列车上的系列大劫案，在国内外被列为四大要案之一，也被称为中国十大奇案。

"中俄列车大劫案"时间表

- 1993年5月26日—5月31日四伙劫匪轮番登上K3次列车实施抢劫、强奸。此前劫案也多有发生。
- 1993年6月—1994年4月中国警方成立专案组，在北京、莫斯科等地缉捕嫌疑人。
- 1994年4月四大团伙及其他零散抢劫罪犯共六十多人受审并被判刑。其中三十一人被判处无期徒刑以上刑罚（含死刑），十四人被判处十年以上有期徒刑，四大团伙头目牛顿、苗炳林、赵金华、朱兴金均被判处死刑。

开放的国门

翻开尘封的历史，话说“中俄列车大劫案”，就要先从国际倒爷开始。“倒爷”这个词儿，诞生于中国改革开放的初期，源自北京。那时候北京常听见什么“练摊儿”“板儿爷”“歇菜”的流行语，时间是20世纪八九十年代。“倒爷”，顾名思义就是“倒买倒卖的人”，是指80年代，国家政策调整后那些靠着肩扛手拎，跑火车赶汽车，大包小包地把服装从南方运到北方，靠着巨额的差价，一跃把自己从贫困不堪的小人物变成了中国最先富起来的那批人。

这些国内倒爷，不仅在国内倒买倒卖，而且征战到千里之外，乃至成为万里之外的国际倒爷。就是在1990年的夏天，苏联解体之前，乘坐这趟火车的人除了需要护照，还需要单位开的介绍信。1991年随着苏联的解体，俄罗斯的独立，改革开放的中国突然爆发的出国大潮指向俄罗斯和东欧各国。随着边境口岸自由贸易通关的开放，彻底为中国倒爷打开了国际大门。成千上万的中国人就像过江之鲫，前赴后继，蜂拥而至，远到俄罗斯淘金。这批倒爷比以往任何一批跨国倒爷来得更加猛烈，人数之大，货物之多，地域分布之广是以前东欧倒爷所无法相比的。

当时，在国际倒爷中有种说法，叫“去趟俄罗斯，回来买辆大奔驰”，意思是，一个最笨的人去那边做趟生意，来回都能挣个一两万。甚至，当时还有“罐头换飞机”的说法。

牟其中，是那个时代诞生的传奇人物。当年他用中国三百多家工厂的八百多个车皮的日用品、轻工产品及机械设备，从俄罗斯换回了四架图-154M民航客机和相当于一架飞机价值的航空器材，可谓名噪一时的神话人物。

那些早期赶赴东欧的倒爷是真正的中国淘金者，他们大多是出身底层的中国个体户。这些在东欧的中国人既没有一流的高干子弟，也没有真正暴发了的“大款”，基本上是一群没有什么特殊政治背景的中国人。

那些竞相出国淘金的人们第一选择是俄罗斯。那些为上一代人曾经十分熟悉的城市名称再次成为中国流行语言中的高频率词汇：莫斯科、圣彼得堡（列宁格勒）——海参崴——赤塔。

听起来好像是可笑，那些竞相出国淘金的人们中间，竟有相当多的人搞不清楚这些高频词汇的地理位置：“嗨，哥们儿，那个俄罗斯的什么堡在哪儿？”甚至于会有人提出如此奇怪的问题：“嗨，‘基辅’到底是个什么东西？”但是这些人都通过一些不同的关系拿到了护照，跨出了国门。

说起中国倒爷也就得说北京的雅宝路，中国倒爷无人不知，无人不晓。这个位于秀水街的大市场是俄罗斯及东欧货物的主要集散地。从这里每天发往东欧及独联体的货物不计其数。雅宝路临近建国门和使馆区，紧靠日坛公园，交通十分方便，90年代初，这里极其繁华，热闹非凡。秀水街及周围的几条街道全都变成了自由市场，除此之外，还有大大小小的批发楼、室内商品馆。各种肤色，操着不同语种的人们在这里穿梭往来。毫不夸张地说，这里就是个商业奥林匹克运动会，在这里来自不同国家的人展示着自己的实力。当然，卖方百分之百的是东道主中国人。而买方呢成分就杂了，有俄罗斯人、阿塞拜疆人、格鲁吉亚人、乌克兰人、波兰人、保加利亚人、南斯拉夫人，当然也有很多中国人。

对于刚刚起步，手头不是很宽裕的中国倒爷来说，每次上货都是至关重要的。因为这不是赊销，而是用现金扣货。上错了，白白忙活了自不必说，很有可能还会亏本。因为就那一点点资金，肯定是亏不起的，所以肩负的压力和责任之大是可想而知的。

有些中国倒爷连着几天在市场里不停地转悠，看货，选货，再看货，再选货，生怕把货弄砸了。等看好了货，就要和货主讨价还价，这些事情虽说不大但特别烦琐，耗费精力，不管愿不愿意都得硬着头皮去做。等价定完了，先得交给货主一部分定金，人家再通知厂家发货，如果没有现货只能等厂家临时加班生产。这一系列环节哪个都不能少，运气好的话两三天能到货，点儿背的话就要等上个把星期。

通常来说，现货拿货快，但颜色款式不一定全，另外尺寸偏小。很多货原是内销的，不适应俄罗斯这些欧码区，而加班生产呢，有时可以临时修改一下尺寸，这样卖货时就有相当大的回旋余地。但有利就有弊，定做的周期要长不少。

俄罗斯有得天独厚的各种资源，苏联国土面积的1707.54万平方公里，居世界第一位。1993年常住人口1.435亿，1月19日的美元行情达到了创纪录水平——1美元兑换474.5卢布。

1992年的石油开采量为3.84亿吨，比1991年减少6400万吨。从1991年开始，到底有多少中国倒爷闯荡过俄罗斯，恐怕谁都无从知晓。合法的、不合法的、男女老少、南方的、北方的、有文化的、没文化的、半文盲的，可谓是形形色色，无所不有。这可是来自中国各地的商人在俄罗斯当倒爷。从远东的海参崴、乌苏里斯克、哈巴罗夫斯克、赤塔、伊尔库茨克，到中部的新西伯利亚、叶卡捷琳堡，从首都莫斯科到波罗的海之滨的圣彼得堡，中国人无处不在，无处不见。

据说，高峰时，仅在莫斯科地区的中国倒爷一年就有十万之多。是什么让中国人这样不顾一切，甚至冒着生命危险来到这个既熟悉而又陌生的国度？他们到底过着怎样的异国生活？俄罗斯这个曾经的老大哥究竟有多神秘？一些在俄罗斯有过倒爷生涯的人说这里有太多的辛酸，也有很多的欢乐，有太多的屈辱，也有很多的自豪，有太多的磨难与坎坷，也有很多的收获与成功。可以说，中国倒爷用自己的汗水，用勤劳的双手，用鲜血和生命书写了一曲不朽的跨国经商发财致富的赞歌。

说起中国倒爷也就要提起中俄国际列车，从1960年开始，连接中蒙俄三国的北京至乌兰巴托、莫斯科的K3/4次国际联运列车已经跨国运行了三十多年，这条铁路线最早是华约组织的。这趟车类似“欧洲之星”，属于豪华专列，横跨欧亚大陆，总里程达一万多公里，沿途上有辽阔富饶的乌拉尔山，蒙古草原，美丽的白桦林，碧绿清澈的贝加尔湖，如诗如画的大自然风光。

中俄列车所行驶的是一条什么样的路线呢？这里简述一下。如果我们把目光从中国版图移向世界，那么这样一条铁路线会让你惊叹不已。从太平洋沿岸的符拉迪沃斯托克（海参崴）到乌拉尔山脉的车里雅宾斯克，乌拉尔山是欧洲和亚洲的分界线，这条线路就是横贯亚欧大陆的西伯利亚大铁路，俄罗斯西伯利亚-远东地区的交通大动脉。

当从北京站始发的3次国际列车出境二连浩特，经乌兰巴托进入俄罗斯境内后，从蒙古国延伸过来的铁轨便与西伯利亚大铁路会合了，而会合点距离传说中的贝加尔湖仅半天多的路程而已。

3次国际列车的票价是2700元，加上180元的蒙古国的过境签证，约2900元。从北京到莫斯科的飞机票最便宜也得3000—4000元，飞机只需要七八个小时即可到莫斯科，而火车需要六天五夜。10月份是俄罗斯的深秋季节，遥远的西伯利亚充满着无尽的想象，浩瀚的贝加尔湖，金黄的白桦林，坚韧豪放的俄罗斯农庄……

列车时刻表上，这条线路被标记为“北京—乌兰巴托—莫斯科”，但这条线路的主角既不是北京、乌兰巴托，也不是莫斯科，而是西伯利亚。

列车从北京站出发，星期三早晨7点45分，经张家口南、大同、集宁南，晚上8点多到达中国的边境检查站二连浩特，在这里护照会被盖上出境章，旅客需要填写（旅客行李）物品（申）报（海）关单，同时还要更换铁轨，因为中国的铁轨与蒙古国、俄罗斯的铁轨宽窄不同。

换轨在“国际换轮库”里进行，火车厢被一节一节地吊起，中国的铁轨撤掉，俄式的铁轨换上，整个过程旅客无须下车，也感觉不到任何震荡。因为换轨和边境检查都在此进行，所以列车会在二连停三个小时左右。晚上11点多火车离开二连浩特进入蒙古国，随即停在蒙方的边境检查站上，进行蒙方入（过）境签证检查、物品报关等手续，第二天下午1点多到达乌兰巴托，晚上9点左右再次到达蒙古国边境，进行蒙方的出境检查。乌兰巴托时间和北京时间大概是相同的，所以无须调整手表。

乌兰巴托时间晚上10点多出蒙古国进入俄罗斯，莫斯科时间比北京时间晚四个小时，所以莫斯科时间下午6点左右进入俄罗斯。列车在边境的纳乌什基（наушки）停车，进行俄方的入境签证检查，填写物品报关单、移民卡，这里的检查比较细致。至此，烦琐的边境检查终于结束了，列车奔驰在辽阔的西伯利亚土地上了。经贝加尔湖、伊尔库茨克、克拉斯诺亚尔斯克、新西伯利亚、奥姆斯克、秋明油田（大概在这附近，列车不再走西伯利亚大铁路，转而向西北的东欧平原进发），进入乌拉尔山区的叶卡捷琳堡，现在的叶卡也叫作斯维尔德洛夫斯克，过了乌拉尔山，列车正式驶入欧洲，再经别尔米、基洛夫、古都弗拉基米尔，最后进入九百万人口的莫斯科，时值莫斯科时间星期一下午2点多。

这条线路共经过三个国家，纵贯蒙古国南北，经过俄罗斯至少十四个行政单位（州、共和国、自治区、边疆区），经过蒙古高原、蒙俄边境的雅布洛诺夫山脉、世界上最深的内陆湖贝加尔湖、中西伯利亚高原的南部、西西伯利亚平原南部，翻过乌拉尔山区后进入东欧平原。

列车出中国需要一天，过蒙古也需要一天，其余四天都在广袤的俄罗斯领土上奔驰。

苏联解体之前，乘坐这趟火车的人除了需要护照，还需要单位开的介绍信。1989年戈尔巴乔夫访华以后，中俄恢复了全面贸易。“北京—莫斯科”的K3/4次国际列车顿时热闹起来，人称“国际倒爷”的中国商人带着各式各样的货物向俄罗斯、波兰等东欧国家蜂拥而去，赚取巨额差价，打通了自己的财富之路。

90年代初，俄罗斯对生活物资的大量需求让中国人找到了商机，在秀水街练摊的北京人、有商业头脑的浙江人和福建人都走上了这条淘金路。“当时还没有发货渠道，只能通过火车自己带货过去。走一次打火机可以带几十万个，三四十件的皮夹克的包裹可以带上一二百包。”原来列车员比乘客多的神秘列车变成了流动的货摊。火车一进入俄罗斯境内，只要一停车，国际倒爷们就站在车窗口卖货，经常是车还没到莫斯科，货就卖完了。

“按照当时的规定，办因私护照需要目的地国的个人或组织发邀请函，然后送使馆对发出邀请者进行身份确认，但是在认证环节上并不严格，三五百美元就可以让人获得去往俄罗斯的护照。”去俄罗斯的人员越来越复杂。“莫斯科基本上是北京帮的天下，北京人控制着在莫斯科的中国人几乎所有的经营活动。福建帮派的主要工作是帮助偷渡，一个偷渡客的价码在三万美元左右。东北人则是给北京人当马仔。”

随着中俄两国经济贸易的全面恢复，这趟列车逐渐变成行李车，国际列车成“倒爷”专列，大批的国际倒爷开始将国内的货物运往莫斯科销售。由于列车从北京站始发，途经蒙古，去莫斯科赚美元，也就成了众多国内下海经商人的第一步。北京倒爷成为主要力量，他们中大多数人都是在北京西单、东单等地练摊的商户。

中国人把在俄罗斯市场上卖货叫练摊，在国内有的地方人们则习惯上叫摆摊。练摊这个词具体的出处考证，就在北京，当时盛行“练摊”这个词，而且已经在国内广为流行。

最初在俄罗斯市场上倒货的中国人是一些留学生，他们干的是除学习之外的副业，只是偶尔去市场卖点货，练一练，试一试。学生们没钱在市场上买固定摊位，只能打地摊，所以，练摊一词也就应运而生了吧。倒爷和练摊是一对双胞胎，是成千上万的中国人在俄罗斯市场上闯荡拼杀的一个缩影，但倒爷范围更宽些，有些倒爷可能从没去过市场练过摊，但是，他们依然属于倒爷这个行列。

在俄罗斯，市场几乎清一色是私人开办的，市场的老大通常是那些在政府混过，然后退出来下海的人，或者即使没在政府待过，但和政府也有着千丝万缕的联系，也有些市场则被当地黑社会把持着。由于市场是私人的，市场老板与政府的关系硬不硬，就变得很关键了，因为这决定着市场的生死，这个生杀大权就掌握在政府手中。除了俄罗斯当时的经济需要这样的市场，最重要的就是这个市场的老大背后有着强大的政府势力在撑腰。

莫斯科和圣彼得堡同为俄罗斯，也是苏联仅有的两个直辖市。首都莫斯科是个国际化大都市，到底有多大啊，在世界上应该算是名列前茅的吧。莫斯科的大不在只在于它的城区有多大，而是这里极高的国际化程度。在这里，来自世界各国的人随处可见。作为曾经的第三世界的老大哥，东欧的老大，社会主义阵营的鼻祖，她最大的亮点就是吸纳了成千上万的亚非拉美的朋友。60年代的越美战争使得一大批越南难民逃离家园，据文献记载有约一百五十万越南人乘小船逃离越南。由于当时正值冷战时期，越战得到了苏联的大力支持，所以战后大部分越南人辗转千里万里来到俄罗斯，从此，他们在这里生息繁衍，俄罗斯成了越南人的第二家乡。在莫斯科、圣彼得堡，有许许多多的越南村、越南楼、越式餐馆。所以，当你踏上俄罗斯，看到长得和自己的同胞肤色相同，身材相仿，饮食类似，但语言不同的亚洲人时，那一定是越南人。还有一拨人，也有必要在此大书特书一把，那就是来自我们的邻国——阿富汗人。1991年，伴随着苏联入侵阿富汗，一大批阿富汗人作为难民拥入了俄罗斯，和当年的越南人一样，他们也在异国的这片土地上生存栖息下来。如果说，苏联时代，越南人、阿富汗人还是难民身份的话，当苏联解体，新的市场经济在俄罗斯萌芽之时，这些难民一夜之间，从地狱跨入了天堂。他们与后来的中国倒爷一起，加入到了国际倒爷的大部队中，活跃在俄罗斯各地数以千计万计的市场里。中国人、越南人、阿富汗人，成了俄罗斯市场上的三大主力，左右着、影响着俄罗斯普通百姓的日常生活。除了来自亚洲的三大国际倒爷，在俄罗斯市场上还有一股势力不可小觑，来自苏联外高加索三个小国的人们。格鲁吉亚、亚美尼亚、阿塞拜疆，中国人通常把这三个国家的人叫作黑毛子，以和老毛子相区别。

无数黑毛子在俄罗斯潜伏了下来，苏联的解体，给他们带来了商机。凭借精通俄语的优势，他们迅速在俄罗斯的市场上占据了自己的半壁江山，其势力不逊于中国人、越南人，高于阿富汗人。

与莫斯科不同，圣彼得堡的国际化程度要差了许多。可能是地理位置较偏的缘故吧，圣彼得堡比莫斯科要显得安静了许多。不过，作为一个波罗的海的海滨城市和重要港口，圣彼得堡与周围沿岸几个国家的联系倒是十分频繁。原属苏联的三个小国，爱沙尼亚、立陶宛、拉脱维亚自不必说，像波兰、荷兰、德国、芬兰、瑞典、挪威、丹麦，与圣彼得堡都保持着较大的贸易往来。

圣彼得堡的鲜花全部来自荷兰，为了保持鲜花的鲜嫩，全部采用空运。而牛奶酸奶均产自芬兰，啤酒除了自产的波罗的海牌外，不是喜力就是嘉士伯。至于俄罗斯人最喜欢吃的香肠基本上来自波兰。作为欧洲的老大，德国自然不甘落后，他们的产品行销俄罗斯各地，甚至连他们的垃圾都卖到了圣彼得堡，旧服装（滚包服装）、二手汽车，让俄罗斯的倒爷赚得盆满钵满，狠狠发了一把。

除了上面说到的几派倒爷，也有来自苏联其他一些加盟共和国的。有的来自乌克兰，还有的来自哈萨克斯坦。在俄罗斯，印度人也是不可或缺的，不过他们很少去市场卖服装，多数经营药品及其他行业，所以在市场上很难觅到印度人的身影。

在俄罗斯做生意这么赚钱，俄罗斯人自己为啥不干呢？了解俄罗斯的人都知道，这是欧洲人的性格所决定的。俄罗斯人讲究休闲享受，做生意是非常辛苦的差事，没白天没黑夜，没节假日，而且多数在市场里打拼，严寒酷暑，风里来，雨里去，雪里滚，俄罗斯人哪受得了这般罪啊！另一点，对俄罗斯人经商不利的是，他们天生缺乏做生意的头脑。一些亚洲人做生意，常常是随机应变，价格随行就市，能多赚就多赚，不能多赚就少赚，该赔本时就甩卖，中国倒爷管这叫跳楼。而俄罗斯人呢，从货品上架到售出，就是一口价，也许最初的定价是合理的，可市场上瞬息万变，如果别人降价了，你不降，那还不是死路一条。听说过一个有趣的例子，某天，一个俄罗斯苹果商贩把一堆苹果摆在了柜台上，标价每公斤五百卢布。也许是价格过高吧，问津者寥寥无几。一周后，你再次路过苹果摊时，苹果已经发黄，局部出现暗色斑点，五百卢布的体格标签依然挂在那里。三周后，当你再次路过时，苹果大部分腐烂，价格变成了三百卢布，可依然没售出苹果，降价太迟，而且降得不彻底。做生意讲究随机应变，手疾眼快，而俄罗斯人还有那些西方人，是典型的循规蹈矩型的，做飞机大炮还行，但做市场，尤其是自由市场，与亚洲人相比差得不是一点半点。所以，在俄罗斯的市场的中国人、越南人、阿富汗人甚至是黑毛的摊位前，总会看到很多俄罗斯老太太站成一圈买货，而俄罗斯人的摊位前常常是门可罗雀。因为俄罗斯人不讲价，如果和他讲价，他会给你白眼，有时还可能出言不逊，教训你一番。

当然，俄罗斯人的文化艺术底蕴是很深的，他们进取好学，如饥似渴汲取知识的营养。在车站，在地铁，在公园，在广场的一隅，随处可以看到有人聚精会神读书景象，成为俄罗斯社会的一道文明风景。

在中国提起俄罗斯人们总会想起《战争与和平》《安娜·卡列尼娜》《罪与罚》，会想起柴可夫斯基的《天鹅湖》，会想起《三套车》《莫斯科郊外的晚上》《山楂树》……然而当来自中国的有识之士踏上这片土地后，才明白了何以会从这块土地上滋生出如此之多的经典之作，因为在这里我们看到了一个有着非凡的艺术天赋、热爱并懂得欣赏艺术的民族。在看惯了充满着钢筋水泥的森林的现代化的、喧嚣的都市后，俄罗斯丰富的人文、还未被污染的美丽的城市、宁静的乡村，却向人们展示了一种古朴的、传统的、纯艺术的美……

那时，最早去莫斯科做生意的“倒爷”生意火爆得很，只要是从国内带去的东西基本全能出手，而且利润极高，像从北京的秀水街大市场或河北省的白沟市场批发的一件皮夹克，进价也就一百多元，可在俄罗斯能卖到三千卢布（折合人民币六七百元）。

每年冬天，就是羽绒服的销售旺季。俄罗斯本国不产羽绒服，所以中国货便趁机而入，占领了市场。当时的中国货，几乎百分之百来自小作坊式工厂，产地五花八门，有南方的，也有北方的。有的倒爷为了贪便宜从外地的一些小作坊上来的羽绒服，其实根本没什么羽绒，里面充的就是鸡毛，由于鸡毛太粗，穿上一段时间，不时就有鸡毛从里面钻出来，因此大家笑称“鸡毛服”。限于俄罗斯当时的消费水平，中国人只能做这种低档次的产品，因为真正的羽绒服即便是在中国，也没几个人买得起。不要怪中国倒爷心太黑，是当时的条件为假冒伪劣产品提供了肥沃的土壤。

莫斯科、火车、上货、鸡毛服，听起来那么新鲜，刺激。

跨国界的商品意识出现之后，这些“淘金者”们大约同属一族。他们甚至有了乐不思蜀的感觉，有人在往来跨国倒爷的路上，大发豪言壮语：“哪里有钱，哪里就是我的家！”

中国倒爷在东欧，开始有了最具有平民色彩的出国故事，因此也就有最短暂的热度和最无爆炸性的新闻效果，也就很容易被

“不动声色”地悄悄淡忘。后来因为发生了“中俄国际列车大劫案”，才使国内外大众更多地解读这段中国改革开放走出国门最重要的历史标本。

一般情况下，这些跨国贩运的“倒爷”们平均一个月跑一趟往返；生意紧俏，两个月跑三趟；格外急迫，一个月就要跑两趟。从莫斯科乘飞机赶回北京，一边备货，一边套购黑市车票，马不停蹄，穿梭往来。最初车上没有行李限重，包厢里乃至过道上堆满了货物，这些“国际倒爷”倚靠包裹几乎是站着睡觉，每趟倒腾赚取三五万人民币不在话下。只要跑一趟往返起码赚一万块钱。

当年，“万元户”是对这些“国际倒爷”的称呼。莫斯科做生意，都用卢布交易，回国时，“倒爷”们除了一部分购买俄罗斯的贵重首饰、香烟、药材等倒回国内，大部分则是兑换成美元，藏掖在小车钢管内、皮鞋底子里、男士皮带夹层、女士隐秘部位等带回国。由于当时俄罗斯对外汇管制较严，个人无法将美元汇回国内，火车也就成了将美元携带出境的唯一渠道。

当时在这趟列车的一名倒爷就曾说：“那时候管理没那么严格，找蛇头在俄罗斯发个邀请函，或入学通知材料，很容易就能找人帮忙办个护照，只要一两千美元。倒爷们倒出去的货物，以轻纺工业品为主：皮衣、旅游鞋、情侣衫、羽绒衣、时装、西服、衣料、丝织品……看牌子，几乎全是中外名牌：雪豹、阿迪达斯、耐克、花花公子、鳄鱼、皮尔·卡丹……如果开箱检查，百分之七八十是冒牌货。只有一样是绝对真的——战无不胜的‘二锅头’！”当时他与朋友一起批发皮夹克、旅游鞋，或者去白沟进圆珠笔等小商品，再运到俄罗斯兜售。七十元一件的皮衣，运到俄罗斯一件能净赚三四百元。

那时列车一开入俄罗斯境内后，每到一站，倒爷们就扒着车窗，向在站台附近等候的当地商人兜售货物，三分之一的货物，在旅途中就卖了。

在中俄列车上往返走一趟货，大概需要半个月的时间。之前大家都不认识，通过在包厢内的相处，逐渐都成了朋友，时常一起买往返的车票，在莫斯科也住在一起相互照应。按照规定中国乘警在二连浩特出境的时候就要下车，俄罗斯的法律是列车上没有警察，出事情再找经过地方的警察上车处理，这就给抢劫的人留下了空间。而且，按照俄罗斯的法律只能拘留四个小时，如果没有受害人的证据就必须放人。中国商人被抢之后当面对质时因为害怕报复，经常不敢承认。久而久之，俄罗斯警察就不太愿意管中国人的事情。“这些人就以为中国警察管不着，俄罗斯警察不想管，抢劫起来就毫无顾忌，无法无天。”迅速的财富积累，让少部分倒爷过上了纸醉金迷的生活，他们光顾莫斯科等地的各大赌场，很快将积蓄挥霍一空。由于不愿再靠辛苦背货重新开始，他们打起了在列车上偷东西的歪主意。

开始，这些人只在列车上干一些小偷小摸的勾当，但很难维持他们大量的花销，渐渐发展成抢劫。接踵而来的是一些人仍如往常登上列车，看准时机纠集成伙在列车上进行愈演愈烈疯狂的抢劫、强奸，无恶不作。“当时去莫斯科的‘倒爷’有两种：一种是‘背货’的，专门为了去国外做生意；一种是‘背刀’的，把刀、枪藏在包裹里，就是为了抢劫专用。”

为什么在俄罗斯境内外受害者的东西被偷了，他们都不报警。

为什么？这些受害者如果报警惊动了俄罗斯警察，丢东西的人要被警局传唤问话、写证明材料、还要与嫌犯当面质证等，而且俄罗斯警察的办事效率很低，最少也得折腾一个星期。如果嫌犯不供认，查不出证据就没办法处理。一是耽误了受害者的时间，得不到解决问题的结果；二是会得罪那些偷东西的家伙，怕他们出来会报复。

从1992年开始，在俄罗斯国内政治、经济和整体大气候异常动荡不安的形势下，莫斯科社会治安状况极不稳定，一些不法分子兴风作浪、盗窃抢劫、杀人越货，愈演愈烈。

国际列车倒爷

1993年以来，在K3/4次国际列车上和俄罗斯境内发生过多起中国人抢劫中国人的劫案。这趟国际列车上，一批犯罪分子横行霸道、气焰嚣张。3月中上旬，南京某工厂一位女工会干部出访莫斯科。在六天六夜的旅途中，这位江南女子先后被十名劫匪集体轮奸了三次而无人相助（该案定为“‘3·10’特大轮奸案”）。

4月26日，南方一位停薪留职的女记者刚踏上莫斯科车站，便被一伙中国劫匪挟持轮奸了；在几个月里，这些劫匪先后在中俄国际列车上制造了多起抢劫、强奸等一系列重大恶性案件……

一时间，许多往返于北京和莫斯科之间的中国旅客用铁链将包间的门锁起来，吃喝拉撒睡全在里边，六天六夜不敢开一下门……

在莫斯科市内，这些劫匪们也同样无法无天地祸害中国人。莫斯科的“莫大”“日出”和“四海”等几个旅社是当地中国人的主要聚居地，来淘金的“倒爷”大多在此住宿，而这些劫匪也藏身于此。“哪个房间新住进了人，哪个房间的中国人卖完了货，他们都知道得一清二楚。”这伙人一冲进房间，先是把被害人一顿毒打，然后捆绑蒙眼，再“从容”地搜走屋内所有值钱的东西。为了骗开房门，他们以找人、查房、送东西等为借口，甚至还让团伙中的年轻女成员进行色诱。这些人的犯罪手段到后来已经发展到从车上开始威胁、恐吓中国旅客，一到莫斯科就强行收走护照，把他们始终控制于股掌之中。

从1992年开始，在俄罗斯境内的案件越发越多、性质愈演愈烈。在莫斯科，经常听到中国人在这里遭受不幸；有的在火车上被偷了东西，有的在莫斯科旅馆被窃走钱财，有的在住宅里被抢劫。

据莫斯科报刊报道，也有其他国家的公民在莫斯科惨遭不幸的事件，例如：一位在莫斯科教授英语的美国妇女在她租用的居民家里被害，一对澳大利亚商人夫妇被绑架，一个挪威外交官的汽车在街上被撬，一个南斯拉夫外交官在车站遇害，等等。但在遭遇不幸的外国人中，中国人更多，更惨，更可悲。

“呜”的一声长鸣，3次国际列车驶离北京站台，开始六天六夜的“长征”，车厢里都是去俄罗斯、独联体其他国家和东欧经商的个体户，包房里堆满了皮夹克、“阿迪达斯”运动衣、羽绒衣、旅游鞋等各种货物。头两天车上比较安静，一过了俄罗斯边境的纳乌什卡站和乌兰乌德站，一些俄罗斯人便上车买东西，双方讨价还价，车上的气氛马上活跃起来。蓝眼黄发的小伙子在一个包厢里向一个黑眼睛、黑头发的中年人买一双高级旅游鞋，中年人嫌买价太低而未同意，小伙子悻悻而去。

几小时后，中年人从厕所回到包房，简直不敢相信自己的眼睛，两百多元的旅游鞋不翼而飞了，邻居包房也有人叫骂：“我的二十件皮夹克不知让哪个兔崽子给偷走了。”

有的小偷甚至有这么大的本事：夜深人静时，他用枪把乙醚从车厢的缝隙里打进去，等乘客昏迷过去后，撬门而入，盗走美元和货物。因此，有的乘客夜间入睡前，先用粗绳和铁丝把门拴住，以防这样的窃贼闯入房间。

列车在集马站停靠，几个乘客下车卖二锅头和大大泡泡糖，有一人拿着相机拍摄车站风景。围上来一群孩子，似乎要买，冷不防，一个男孩从“倒爷”手中抽出一瓶酒就跑，还有一个人抢了相机，钻进人群里，在同伙的掩护下逃之夭夭。

在伊尔库茨克站台上，几个身强力壮的俄罗斯青年把一个中国姑娘的手扭到她的背后，硬是从她手中夺走了皮夹克。

不多一会儿，门被敲响了，敲门声有节奏而礼貌，出于无奈，旅客老陈示意小曹打开了门。门口出现一个精瘦的俄罗斯男子，紧随其后的是四位浓妆艳抹金发碧眼的妙龄女郎，没等老陈开口想问，男子先开了口：“先生，有没有兴趣？”“什么兴趣？”小曹脱口而出。那男子诡秘地一笑，接着将眼光移向后面的女郎，说：“随便先生挑选，只要十美元。”小曹茫然无措间，老陈挡上前去：“先生，您找错人了。”那男子失望地耸肩摊手，领着姑娘们径直走开。“什么事？老陈。”“卖淫，这位是皮条客。”老陈简略地解释着。“列车上还有这样的事！”他倒抽了一口凉气，接着说：“我得看看去。”不多一会儿，他回房了，坐下直叹气，告诉老陈说：“事情终于发生了，唉！让同房的客人让出去，进去一位姑娘，二十分钟，里面那男人还是中国人哩！”

沈阳市某区外办一行五人兴致勃勃地绕道莫斯科去乌克兰办中餐馆。车到新西伯利亚，他们把包厢锁上，趴在窗上看风景，这时，有人在车下砸破玻璃，用一根长杆挑走了一只装有五千美元和护照的黑皮包。失主发现后跳下车就追，结果不仅仅没追上，反而误了火车，车站和警察设法让他乘飞机到前面的火车站，可是等他赶到前站，列车又开走了。

那一时期，像这样杆子挑走钱包的事已发生多起，有一对年轻的英国夫妇就是这样被盗走六千美元的。

“倒爷”一般不住大的旅馆，而是住在价格便宜的小旅馆。1991年上半年，很多中国人都住在离市中心很远的“爱华”旅馆，老板是华侨，租了一所学校的学生宿舍，开了这家旅馆。这里虽然交通不便，但连吃带住一天才八美元，而且还可以售货、换汇，买到往返北京的火车票。

不久，一家中国公司和俄方合作，在离市中心较近的车尔尼雪夫斯基街40号“乌拉尔”饭店辟出几十个房间接待中国客人，这里的卫生、饮食、安全和交通条件比较好，所以吸引了很多中国人。

从去年第四季度开始，在匈牙利经商的中国人由于匈牙利政府的限制而转移到罗马尼亚、波兰、俄罗斯等国，来莫斯科的人越来越多，于是，在莫斯科又出现了“长城”“黄河”“天鹅”等中国人与俄罗斯学校合办的小旅馆。它们实际是学生宿舍，一个房间里摆出四五张床，一张桌子，几条凳子，非常简陋。但房间里却堆满了装着皮夹克、羽绒衣、羊毛衫等货物的行李包，因此便招徕了不少做生意的莫斯科人，他们有的是来卖货，也有的是来“浑水摸鱼”。

一天中午，几个外高加索人闯入“天鹅”旅馆的一个房间，里面有一个二十多岁的中国小伙子在休息，一只鼓鼓的腰包扔在床上。外高加索人走上前去，好像要买皮夹克。北京商店里九十元一件的皮夹克，小伙子开价五千五百卢布，讨来还去，外高加索人就是不买，他们离开房间后，小伙子发现床上的腰包不见了，急忙追了出去，那几个人正走出旅馆大门，小伙子抢上前去，把门关上：“把钱包交出来，否则我就去报告警察。”他们几个窃窃私语商量了一番后，其中一个人走进厕所，过了一会儿，他出来把腰包还给了中国人，几个人扬长而去。小伙子打开钱包数了一遍，十多万卢布只剩下七万多。

一天傍晚，一个不三不四的人溜进一家住有中国人的旅馆，看见一个房间里只有一人在点钱，就掏出匕首，顶在他的腰部：“老子我没钱花了，借两千美元给老子。”

“我哪有那么多钱，你弄错了吧？”

“没错，你半个月以前来的，五百件皮夹克，卖得差不多了，卢布也炒成美元了，还是老实交出来！”

一点不差。

房客只好拿出两千美元。

“不许向任何人说我借钱的事，否则没有你好果子吃。”说完，歹徒溜之大吉。

在这里，“借钱”完全是“勒索”的代名词。

更猖狂的是团伙犯罪。1992年初夏的一天，几个蓄着小胡子的人闯进一家旅馆，强行压低价格，购买中国人的货物。中国“倒爷”不服，双方发生了争执。由于中国个体户人多势众，这些“小胡子”没有得逞，他们怀恨在心。第二天，他们招了一帮人，带着凶器又来到这家旅馆，把中国“倒爷”逼到墙角，然后抢走许多皮夹克和羊毛衫。此后，来这家旅馆住宿的中国人越来越少，不久便关了门。

那年秋天，一个在匈牙利经商的中国姑娘从布达佩斯来到莫斯科利基市场，当她在一条街上行走时，前面来了几个人，把她绑架到市郊的一个别墅，要赎金五十万美元。

冬季一个大雪纷飞的日子，黑龙江省某公司的一男一女在莫斯科佩特罗夫街售票处买回国火车票，刚走进售票处，就被一伙人围住，乙醚枪喷出的药水使他们眼睛顿时红肿痛胀看不见东西，装有几千美元的旅行包被抢走。当晚，笔者去中国大使馆招待所看到他们时，男士还用手帕捂住一只眼睛，情绪十分低落。

一名中国翻译去买录像机，候车时，一莫斯科人诬他偷钱，翻译实心实意地掏出自己的一包钱以证明无罪，那人接过去，打开查看，然后包好奉还。翻译下了车，走到商店选好录像机，付钱时，眼瞪大了：三万卢布变成了几沓废纸——中了那人的“掉包计”。8月23日晚上，在莫斯科太平洋石油学院进修的中国学生金某上街一天后回到宿舍，只见房门被撬，现金、彩电、收录机、衣服被偷。小偷用的钳子还忘在桌子上。这天下午，这栋楼里共有六间房间被撬。附近的楼里也有两家被撬。金某自嘲地说：“东西丢了，但没出事，还是不幸中的大幸。”

在俄罗斯，就连中国外交官和商务代表们犯愁的事也很多。近两年共有十多辆中国人的汽车玻璃被砸，收录机被撬。去年春天，某公司驻俄罗斯代表处的一辆价值三万多美元的“奔驰230”夜间停放在住宅楼前，次日清晨已不见踪影。

几年前，中国驻莫斯科机构的工作人员学开车，若想得到驾驶执照，得向教练和考官送烟酒。今非昔比，如今有人竟索要两百美元。莫斯科海关的索贿也非常令人吃惊。一个来莫斯科经商的中国人持着俄罗斯大使馆的签证在谢列梅捷沃国际机场入关，海关工作人员硬是不放行，暗示给点“好处”才行，“倒爷”只好递给一百美元。

8月20日，中国华东九省市在莫斯科举行出口商品展览会，商品过海关时，有的工作人员开口就要东西，白酒、皮夹克、羽绒衣、皮大衣，什么都有。集装箱运抵展览馆后，直至19日上午海关仍不让开箱，非“上贡”不可。结果中国展团人员忙到深夜才勉强把摊位布置好。展览期间，有的中国工作人员的东西被抢被偷；有一个人在旅馆电梯里被抢时，胳膊上被歹徒划了一刀。最不可思议的是，警察不仅不积极破案，反而也乘机捞便宜，你想破案吗？请先交一笔钱吧！

几个来莫斯科经商的中国人在火车站被一个莫斯科人接到家里住宿。两名警察发现后加以阻拦，后来用两千卢布（比市场价低一半）各买走一件皮夹克了事。第二天，这两个警察又来干涉，非要再买几件廉价的皮夹克不可。

今年夏天，三个去罗马尼亚的北京人途中在莫斯科逗留，在“古姆”百货商店附近有很多人在卖东西，除了莫斯科人以外，还有越南人、蒙古人。这三个中国人也开始卖电子表。过了一会儿，两名警察直奔他们而来，不分青红皂白，没收了他们的十块手表和五千卢布，在他们提出抗议后，只退还了七块手表和三千卢布。三个中国人不服，想从警察手里要回卢布和钱，竟遭到警棍痛打，头上和身上青一块紫一块的，无可奈何。他们来到中国大使馆申述，他们百思不得其解地问：“警察凭什么打我们？我们又没犯法，为什么没收我们的表和钱？”

来俄罗斯的中国倒爷们，已经认识到这里并非“黄金满地”，也不是“太平世界”，“机会与风险同在”，这里不仅有商业和经济上的风险，而且还有人身安全和财产方面的风险。

有些因私来莫斯科的中国人为了节省费用，喜欢住到普通莫斯科人的家里。今年上半年，花五千至八千卢布就能在两间一套的居民房里住一个月。一些在莫斯科学校的中国留学生为了过得舒适些，也租了居民的房子。然而，正是这些居民楼里，却发生了一起又一起的恶性抢劫和谋杀案件。

一天深夜，三个中国人在一个居民楼里已躺下睡觉，突然听到有人敲门。一个年纪较轻的小伙子没有经验，起来开了门。几个彪形大汉立即冲了进来，一顿拳打脚踢，用刀划伤了年纪较大、试图反抗的一人后背，鲜血直流；又用左轮手枪顶住另一人的喉咙，抢走了数百美元，还有皮夹克、照相机、旅游鞋等贵重物品。

今年一月，莫斯科电视台播出了一则认领两具尸体的启事。后查明，这是两个经莫斯科去意大利经商的温州人，途中露了几十万卢布的财富而招致杀身之祸。经查，这两人所持护照是假的。

来自四川的雷某，个儿不大，戴一副深度近视眼镜，在莫斯科大学读副博士学位，他在市区一套房间已住了两年，日子过得不错。今年6月19日，他的房东遇到喜事，去请他吃饭，开了门，大吃一惊：室内躺了一具尸体，而且开始发臭。据初步调查，雷某是四天前遇害的，被谋杀的原因不清楚。

8月3日，一位清洁女工在基洛沃格勒街一栋居民楼里打扫卫生时，在楼道里发现了一具喉管被割断的女尸，警察闻讯赶来，在她的房间里又发现了另一具窒息而死的女尸。作案者拿走了所有的外汇，几百万卢布却原封未动。从她们的护照上得知，这两个女人一个45岁，一个17岁，开始以为是母女俩，因为不久前她们母女确在此经商，而且常有人到她们家换汇。后来往北京给她们家打了电话，才知道女儿最近因事回国，幸免于难，那个被害的17岁姑娘的身份，至今不明。

据不完全统计，近年来苏联境内已经有十多位中国人被害。1992年，我驻俄罗斯使馆同俄方交涉并参与办理此类案件达两百余起，有十七名中国公民遇害身亡。在哈萨克斯坦，1992年发生中国公民被抢、被盗、被敲诈的案件达一百多起。据黑龙江介绍，在黑龙江省对面的俄罗斯远东地区，1992年中国公民被侵害案件发生三百三十三起，死亡十二人，伤四十九人。这些案件有的是当地的外国人侵害中国人，有的是在当地的中国人侵害中国人，有的是中国人与当地犯罪分子相勾结来侵害中国人。特别是在俄罗斯，中国人侵害中国人的犯罪，被俄新闻媒介大肆渲染，造成恶劣影响。这些犯罪基本上是团伙所为、有组织犯罪。

随着在俄罗斯境内涉及中国人受侵害案情的不断发生，引起了我国驻俄罗斯使馆及有关部门的关注。1993年7月28日，新华通讯社记者韩迎春在1204期参考清样写道：俄报介绍中国犯罪团伙在俄活动情况。俄罗斯《劳动报》7月3日刊登沃罗比约夫和科罗廖夫合写的文章，题为《红色的象形文字》，介绍中国犯罪团伙在莫斯科及俄罗斯的活动情况。摘要如下：

根据俄罗斯安全部和内务部掌握的材料表明，中国犯罪团伙都是些在国内曾服过刑或受过审查的人，每个团伙人数不多，由三至六人组成，年龄为二十五至三十岁，其中许多人都持有伪造的俄罗斯高校学生证，并拥有枪支和凶器。目前，在莫斯科和莫斯科州的中国人约过十万。今年伊始莫斯科已铲除好几个中国暴徒团伙。

这些犯罪团伙的犯罪目标是寻找“眼线”，专门敲诈有钱人（现在已开始搞抢劫了）。其手法有：一、拉国内到莫斯科做生意的人充当其“眼线”，提供有关在俄做买卖的有钱的中国商人的情况，如被拉人拒绝这种“合作”，轻则受到勒索，重则扬言要杀其家属；二、从“北京—莫斯科”列车上寻猎物，许多中国商人在登上“北京—莫斯科”列车时，就已成了犯罪团伙跟踪盯梢的对象，他们有的身着铁路制服，甚至还为乘客服务，在认准目标后，及时把这些信息传给在莫斯科的同谋，同谋者就准确无误地在莫斯科的雅罗斯拉夫尔车站（中国国际列车终点站）接站，用车把这些“贵客”送到办公处或旅馆，或一个根本无从知道的地方，随后就进行勒索，如拿不到钱就将其杀害。据俄方主管部门材料表明，去年这类恶性案件就有二十三起。

犯罪团伙为专门敲诈本国同胞，一是了解同胞的“中国特色”；二是俄罗斯目前局势混乱，不用害怕伤害后被抓获，而且万一出了事也很容易在独联体其他国家跑掉。

犯罪团伙潜入俄罗斯的主要渠道有：一、用假证件取道苏联其他共和国（如阿塞拜疆、乌兹别克斯坦、塔吉克斯坦）潜入莫斯科；二、利用“学习”名义前往，但许多人一拿到证件后就不去上课，而是完全投身于非法活动，有些冒牌大学生还组成了固定的团伙；三、通过“旅游”名义前往俄罗斯。俄罗斯驻中国大使馆领事处受理几乎“俄所有经商者”向中国公民发出的邀请信，由于邀请信太多，加上有时一份邀请信上写上几十个人的名字，致使俄驻华使馆领事处无法充分进行核实，结果造成大批中国公民入境似乎是合法的事实。

对于中国犯罪团伙，俄方采取的态度是：一、俄首都执法机关根据莫斯科市政府的决定采取了代号为“制度”的大规模行动，搜查集体宿舍和旅馆，对违反俄法律以及居住和过境条例者予以拘留和追究其责任；二、及时通报中国大使馆，并与中国公安部联系，以期双方通力合作对付犯罪活动；三、严格实施今年（1993）5月4日生效的《俄罗斯联邦国家边界法》。

凶险的旅途

在莫斯科做生意的中国人中，一提到朱兴金、赵金华、牛顿等人的名字，无人不咬牙切齿、恨之入骨，同时又胆战心惊、避之不及。

朱兴金，三十五岁，绰号“朱三”，北京市宣武区人；赵金华，女，四十二岁，绰号“二姐”，曾在北京西单百花市场练过服装摊；牛顿，三十五岁，北京宣武区人。他们在国内曾因违法犯罪被劳动教养或劳动改造，后分别于1991年或1992年以自费留学名义赴俄。以这几个人为首的犯罪团伙的几十名成员主要是北京籍的地痞流氓。这帮歹徒经常出没在莫斯科市区中国人居住较多的“莫大”“吉庆”“日出”（均为音译名）等旅馆。他们等4次列车到莫斯科后在火车站选择目标或直接闯入住所，以收取保护费为名，进行抢劫。“要想dollar来得多，就得出国抢火车。要想dollar来得快，就得进屋把门踹”就是他们犯罪心理的真实写照。

让我们来看一下骇人听闻的“‘3·10’轮奸案”和“‘4·26’抢劫、强奸案”，还有“‘5·26’特大抢劫、强奸案”的案发经过。

1993年3月10日，开往俄罗斯的K3次国际列车，缓缓驶出北京站。开始了六天六夜的漫长运行。车上人很多，操着一口京腔、拎着大包小包皮衣的倒爷们、到俄罗斯的留学生、出差的政府官员、蛇头和偷渡客挤满了车厢。各个包厢里，经常一起走货，早就熟悉的“倒爷”们互相打着招呼。当晚，经过十几个小时的行驶后，列车驶出我国边境二连站，在K3次国际列车上执乘的中国乘警按照规定下车。列车驶入蒙古境内后，国外没有警力上车值守。

3月10日，南京一女旅客孙某乘K3次国际列车赴莫斯科，她的车票是3号车厢6号包房下铺。途中的一天下午，被同包厢一名自称文军的劫匪欺骗奸淫。而后，劫匪来到同伙所在的5号包厢内，洋洋得意地炫耀他找了一朵漂亮的国花。

绰号“花科长”的顾志强忙问：“有戏吗？”

文军得意地点了点头做了暗示。

随即，吴宝顺、顾志强、贾小明、库万和这五名劫匪来到6号包厢敲门，女旅客在里面把门锁住，吓得发抖。

一名劫匪掏出匕首。使劲将门撬开闯了进去，劫匪抓过女旅客来就打了她几耳光，然后不顾惊恐万分的孙某的苦苦哀求与抵抗，叫嚷：“不让干就杀了你，从车窗扔出去！”接着，这几名劫匪分别对她进行疯狂的猥亵蹂躏。

一直到列车抵达蒙古站，蒙古海关官员上车查验护照时，这伙色胆包天的流氓无赖才离开孙某的包厢。临走时，劫匪库万和极为猖狂地把护照拍在孙某的桌前，叫道：“告诉你老子姓库，过了关我还来！”痛苦不堪的孙某找到同车厢一位姓李的青年男旅客请求保护，慑于这帮劫匪的淫威男青年不敢答应。她又找到列车员求助。库万和凑过来威胁说：“你少管闲事，挣多少钱呀！”并阴险地对她说：“现在只有我能保护你。”无奈，孤立无援的孙某被迫跟着库万和到了9号包厢，先后被库万和、吴宝顺、顾志强轮奸。

3月12日，K3/4次国际列车到达伊尔库茨克站后，按运输计划3号车厢停驶，女旅客孙某和同车厢的旅客一道被列车长调到了13号车厢包房。

在12号车厢有一胖一瘦两个歹徒绰号分别叫胖猪和瘦狼。这天傍晚，胖猪听说车上有朵国花，让人给轮奸了。一胖一瘦两个歹徒，到了13号车厢找到孙某，将苦苦流泪的孙某劫持到12号车厢的一间包房内，当时上铺躺着一位山西省赴俄出差的老翻译。当凶相毕露的瘦狼和胖猪企图强奸孙某时，老翻译被惊醒质问：“你们要干什么?”瘦狼恶狠狠地说：“你想要命就把脸冲墙别管!”像被扔到一个孤岛上的孙某，呼天天不应，问地地不答。又被瘦狼、胖猪还有另一个赶过来趁火打劫的劫匪轮奸。

在六天六夜的旅途中，孙某被抢劫团伙的十名匪徒先后强奸、轮奸三次……

另一起是“‘4·26’抢劫、强奸案”。南方某单位的中年妇女朱某，停薪留职后，到莫斯科去探亲。她的表哥在俄罗斯与罗马尼亚合开的一家公司任职。此行，她还有一个目的，在莫斯科实地考察一下，回国后再和家人商量，决定是否也加入这股迷人的国际倒爷淘金潮。

4月21日在北京站上K3/4次国际列车时，结识了一个叫张辛的青年，几天来一路闲聊越来越熟。傍晚，到了莫斯科，下车后，眼看站台上人已基本走光，朱某没有找到早已定好到车站来接的表哥。

“大姐，你怎么还没走哇？”朱某转身一看是那个同车厢的张辛在不远处问话。

“哦，我没见到接我的人呢。”朱某急忙回答。

这时天眼见就黑了下来，女旅客朱某初来乍到，想找个公用电话，与表哥联系一下。

居心不良的高威故意说附近找不到公用电话。天色已晚，莫斯科太乱，张辛等人见朱某孤身一人，便假意热情邀请来到他们住处暂落下脚。等打电话联系上她表哥再走。朱某只好被这伙人乘出租车带到了休苏斯卡亚的一户居民家中。朱某边走边感觉到要发生什么，但又说不清，便自我安慰：“都是中国人，他们又都年轻，在异国他乡谁还不帮谁一把。”

然而，可怕的噩梦真的降临在了她的头上。进到高威租来的单元式住房，她就想马上给表哥打电话，快点来接她。因为，女旅客不知道莫斯科的电话号码需要先按哪些号码，但是张辛和高威已经去一边做饭去了。屋里还有两个北京男青年，根本不搭理她。

简单吃了口晚饭，朱某对张辛说：“你能不能帮我给我表哥打个电话？”

这时，门铃声大作。

张辛立即对朱某说：“他们是冲你来的，你先到里屋躲藏一下吧，把门也关上。”

“怎么啦？”女旅客朱某不知道为什么。

“别问那么多了，这是俄罗斯。”女旅客朱某只好进了里屋，谁知高威也随着跟了进来。暂短的沉默后，高威开了口：“大姐，我们这些男人都出来很长时间了，你开化点，关上灯我就是你丈夫。你要是和我们好，外面那几个人就不敢打你主意了。”说着，高威扑上前去，拦腰抱住朱某。

“你松开！”朱某厉声喊道。

高威一激灵，渐渐松开了手。

“你能不能帮帮我，让我走。求你们了行吗？”朱某苦苦央求。

另一间屋子里，一伙男人在喝酒，他们在懒散地边喝边聊，高威从里屋出来，无奈地摇摇头。

过了一会儿，一个叫于文的歹徒借着酒劲，猛一下蹿起来拿着嘎斯枪闯进了屋子内，另外几个家伙跃跃欲试，张辛想上前阻拦，立即被同伙吼住：“又他妈不是你亲戚，管那么些闲事干什么？出了事算我们的！”

里屋的朱某拼命挣扎着，她彻底明白了自己的处境。

见朱某坚决不从，歹徒于文狠狠打她几个耳光，威胁道：“你个臭女人，莫斯科这儿没王法，我就是王法，我非把你干了不可！”

朱某在哭喊着求救，“你再出声，再喊我杀了你！”于文凶狠地卡住朱某的脖子，接着强奸了朱某。

朱某顿感窒息，喘不上气来，她被猥亵，被强奸了。

刚对朱某施暴摧残的歹徒从里屋出来后，带着满足走了。接着，急不可耐的张辛推门进到里屋，不自然地咧咧嘴说：“大姐，我也管不了他们，他们没抢你钱就是给面子了。你的钱放在什么地方了，不行，交给我，先替你拿着，再有人找你要钱就说给我了，他们就不会怎样你了。”此时，已经心神俱伤的朱某说：“钱在大衣口袋里，挂在外面。”

第二天中午，歹徒们才允许朱某打电话找表哥，表哥的朋友接了电话，并和她约好接她的地点。

下午4点，朱某终于见到了表哥的朋友，表哥公司出了麻烦，几天前赶到罗马尼亚去了。

在表哥朋友家，朱某清点了自己随身带的财物，已被洗劫一空，抢走美元两百五十三元，人民币一千多元，黄金、白金戒指各一枚，金项链两条，录音机及一些高档服装等。

5月11日，朱某拿着表哥帮她买来的车票上了回国的火车，谁料到冤家路窄，她看到了张辛正十分疲惫不堪地向车尾走去。5月16日，当国际列车到达中国二连站后，朱某立即向铁路值勤民警报案，张辛被扣押。

令朱某意外的是，张辛也提出报案，他说：在莫斯科卖皮夹克的钱和身上其他钱，被一个他不认识的北京人抢走了。他不明白那人如何知道他曾带一个南方女人去了高威的房子，并且，还有人把她"干了"和"洗了"。那个北京人以此对他进行敲诈，并扬言要是不给钱，就"摆平他"，这次，他也是向别人借美元买车票回国的。

随着时间的推移，穷凶极恶的劫匪们在K3/4次国际列车上制造了更加骇人听闻令人发指的"'5·26'特大抢劫、强奸"跨国惊天大案。

5月26日，当K3/4次中俄国际列车渐出二连国门，驶向漫漫的黑夜中的蒙古境内，不久，就在列车中部突然从几间包厢内蹿出一伙劫匪。这些早已暗中寻找抢劫目标的家伙，撕下了伪装，明火执仗公开作案。一个蓄大胡子名叫小军的劫匪大声招呼同伙："快！该戴上眼罩了，咱他妈谁也不认识了，干吧。"话音刚落，六名凶神恶煞般的劫匪分成两拨，手持瓦斯枪、匕首、手铐等凶器开始在列车上抢劫。

几名劫匪们闯进一个包厢内，向乘车旅客索要护照、钱财，为首的家伙冲几名中国旅客吼叫，把钱和护照都拿出来！

“你要干什么？”有位旅客一时不明白是怎么回事，问了一句。“少废话。”一名劫匪一拳打在那旅客鼻子上，“放明白些，把钱和护照快拿出来！”

车厢内被抢劫的旅客只有打开提箱，掏出自己的钱包，动作慢一些就会招来又一阵毒打和辱骂。夜色沉沉，劫匪们像一只只恶狼般对那些不肯交出财物的受害人捆绑起来毒打搜身，从扎门乌德一直抢到乌兰巴托，历时十多个小时。劫匪们抢得美元两千六百余元，人民币两千多元，金戒指四枚。

嘈杂的叫骂殴打声传到相邻的包房，有一位浙江中年妇女，匆忙中把身上的美元、护照藏进糖果中，把两枚金戒指塞进了蛋糕。

几名劫匪冲进包厢后，冷笑着逼上去，女旅客缩在一角，眼瞅着刚藏好的东西被翻了出来。

一名劫匪又面露淫笑，猛扑上去，不容分说撕脱她的衣裤。

女旅客苦苦哀求：“钱都给你们了，就别这样了。”

“你想得倒美，来吧，别装他妈正经。”劫匪将女旅客按倒在铺上。女旅客先后两次被人持刀抢劫、强奸，她藏在蛋糕中和糖果中的三百美元、一千五百元人民币、两个金戒指和护照被抢走。

27日中午，K3/4次国际列车到达蒙古首都乌兰巴托，五名劫匪怀揣抢来的两千六百美元、两千多元人民币和四个金戒指，大摇大摆地下车扬长而去。

傍晚，列车到达伊兰车站。惊恐不安的旅客刚刚缓过神来，又面临着第二次厄运。以绰号叫“朱三”的朱兴金和以绰号叫“二姐”的赵金华为首的又一拨劫匪饿狼般蹿上了列车，朱兴金是个四十岁的男人，绰号朱逼三，曾因流氓罪被北京市公安局强劳二年。1992年7月，以赴俄罗斯工作名义办了护照，前不久，他和王佚在莫斯科乌克兰饭店赌博时，与一伙俄罗斯歹徒殴斗，王佚当场被杀死。朱兴金也吓得患上了恐惧症，经常发呆。

赵金华是个凶狠贪婪的女人，曾在北京一家大型企业就职，她在莫斯科的绰号叫“二姐”，她在莫斯科与朱兴金姘居，自从朱被吓出病后，这伙劫匪实际上全都听她调遣。

朱兴金和赵金华这次带领十几名歹徒出来，5月25日，他们从莫斯科乘坐开往北京的K4次列车，一路上已对回国的同胞进行了一番抢劫，并用刀砍伤了两名天津人手指。抢劫作案后，他们在伊兰斯卡娅站下了车，蹿上从国内开来的K3次列车，进行第二次洗劫。

这伙劫匪聚集在3号车厢的一间包房内，密谋袭击的目标和方法。他们把十几名劫匪分成三个小组，摸底探道物色目标，进行抢劫。朱兴金手持瓦斯枪，绰号“马头”的马继强手提电警棍突然闯进两名浙江女旅客的包厢内，朱兴金用枪顶住一个圆脸女青年的胸部，狂叫快交钱，女青年泪流满面惊悸不安地说：“钱都让昨天那拨人抢走了。”

“妈的，没钱，我让你没钱！”朱兴金狠狠地用瓦斯枪枪把砸向女青年的头，顿时一股鲜血涌流出来。

随后，“马头”将手中的高压电警棍捅在包房门把手上面，警棍顶端立即发出嗞嗞的电灼声响，冒出蓝色的火花。突然，“马头”狞笑着把警棍捅向另一位女青年的脸上，女青年顿时惨叫不止。“再喊，再喊就杀了你们。”朱兴金挥动瓦斯枪威胁道，“快点，把衣服全脱下来！什么，不脱？那就再来过一次电。”在他们威逼下，二位女旅客迫于无奈脱光衣服。

“这不是钱吗？”“马头”从女青年的内衣暗袋里搜走了两百五十美元和护照。两名匪徒狞笑着说：“瞧，这不就有钱了吗？”说完又把她们的护照抓在手里。朱兴金临走时，恶狠狠地说：“护照我们先给你们存着，你们谁也不许出屋，不准报案！否则把它们扔出车外。”

两个女旅客吓得连连点头。

蹿前跑后的赵金华领着王琪等人手提长刀、短枪，将一间包厢内三男一女旅客又打又踢，扒光衣服抢走了身上的全部美元。在走廊里，赵金华转身出门后，碰到了朱兴金，她气急败坏地骂道：“还他妈不上，钱都让人抢走了！”朱兴金不解地问：“什么意思？”

在列车到达乌兰巴托站前就上来了一伙劫匪，已在车厢内洗劫了不少人。

朱兴金一听此言，立即急了，眼睛顿时放出饿狼般的凶光。一转眼，他看到一位浙江人往厕所走，就追上去，二话不说，抡枪把那人打了个满脸流血，并迫使那人用浙江方言叫开从里面紧锁包厢的门后，朱兴金、马继强等匪徒用枪逼着四位浙江人都跪在地上，朱兴金把瓦斯枪管堵在那位高个旅客的嘴上，马继强拿手铐反铐住高个旅客的双手，紧接着又是一顿拳打脚踢，边打边喊：“快把钱交出来，不然就要你们的命！”

“这是什么？”一名劫匪在浙江人携带的女丝袜里，发现了不少美元，接着把他们藏在女丝袜子里的美元全部抢走。

另一浙江男旅客对劫匪说：“我实在没什么钱。”

一名劫匪边骂边拿刀刺向他的大腿，随后迫使他拿出了身上仅剩的几百美元。

5月31日，列车到达俄罗斯境内的别尔米站，预谋要大干一场的牛顿等匪徒又上了车，两股劫匪都叫嚣要大干一场，血洗国际列车的悲剧发展到了极点。

当天下午，朱兴金、王琪等三名匪徒手持刀枪闯入福建籍旅客陈某等四人包厢内，索要护照，搜刮钱财。

谁料，已经被洗劫过两次的陈某等四名旅客满脸仇恨地奋起反抗，与劫匪展开搏斗。“你们不想活了吧。”朱兴金话音未落，躲在上铺的福建籍旅客陈某愤怒地用早已准备好的啤酒瓶子把朱兴金砸得头皮外翻，血流满脸，另两名劫匪也遭到了反击，三名匪徒被赶出了包厢。

很快，“二姐”赵金华闻讯赶到，一见姘夫朱兴金被打得那副惨样，鬼哭狼嚎般地全然像疯子一样，叫来牛顿等十几名匪徒围住福建人所在包厢门口，他们用刀撬、用铁棒砸门，还有劫匪大声叫骂：“爷们儿今天非宰了你们这帮孙子不可！”赵金华的尖叫令人格外害怕：“少废话，快砸！谁他妈也跑不了，找死！”还听有人再拼命地叫嚷：要把里面的人全都杀死，替朱兴金报仇。

快到莎利亚站时，列车渐渐放慢了速度，包厢内的陈某等人听到外面咔咔的撬门声，感到情况万分危急，性命难保。

被逼得走投无路，他们砸碎了车窗，趁列车缓行时，陈某说了声：“再不跳他们进来就得杀了咱们。跳吧。”这时，车门被外面的劫匪撬得缝越来越大，眼看就要开了，陈某扒着车窗纵身跳了下去，接着三个人用车上的毛毯裹着身体，也都从车窗冒险跳下列车。

这时，匪徒们已经卸开了车门，发现人已跳车后，一名劫匪对赵金华说："二姐，他们跳车了，摔不死也得是半残。"

赵金华从车窗往外一望，看到跳下车的几个人已经往白桦林跑，大叫道："他们没摔死！快，你们下车给我追，杀了他们！"说着赵金华胆大妄为地跑到车厢一端，拉下了列车紧急制动阀。

列车停车后，劫匪们持刀拿棍打开车门下车，朝着四个跳车逃命的受害人追去。

夕阳西斜，很快，劫匪们就在白桦林里追上四个跳车旅客。一名劫匪冲着已经脚部受伤的陈某，揪住他的衣服狠狠地朝陈某的腹部连刺数刀，劫匪边刺边叫："我让你跑，我让你跑！"陈某大瞪着愤怒的双眼，倒在血泊中。

在白桦林中，另几名劫匪也手持木棍将跳车的三名旅客打倒在地，晕死过去。

幸亏，当地俄罗斯居民在白桦林中发现了四名受伤的中国人后，及时将四名浑身是血的伤者送往医院，同时报告了当地警察局。

就在列车被拉下了列车紧急制动阀，列车紧急停下后列车长和列车员都赶到被劫匪洗劫的车厢，他们看到这群凶神恶煞的劫匪个个面目狰狞，手持刀枪，列车长问："谁拉下了列车紧急制动阀？""我！有人把我兄弟打成这个样子，他们跳车跑了我们得追，你们管得了吗！"赵金华理直气壮地大喊，一名劫匪挥刀威胁道："告诉你少找麻烦，管不了就别问，快开车去吧！"

因为要长期在这种环境下工作，列车长和列车员常常受到这些歹徒的威胁侮辱而敢怒不敢言，他们自身的安全有时都很难得到保障。

列车继续运行，到达布伊站时，俄罗斯内务部接到报警后立即通报当地特种警察部队登上列车。一名劫匪发现后报告给了赵金华，此时她正在包厢内陪着受伤的朱兴金。匪徒们听说克格勃上来了，自觉势头不妙，纷纷从雅罗斯拉夫尔后站溜下了车，坐出租车返回了莫斯科的住处隐藏起来。

在抢劫作案时被旅客自卫反击打伤的朱兴金也满脸是血地在同伙的搀扶下送进当地医院缝合包扎后，连夜逃进了他们居住的莫斯科日出旅馆，此时他的恐惧症又发作了，身体总是不停地抖动。这伙劫匪一算时间，3次国际联运列车还没有到莫斯科站，劫匪们竟然胆大妄为地赶到莫斯科站去看热闹，伤痕累累的3次国际联运列车终于到达了莫斯科。只见车站内外已经被大批全副武装、头戴面罩的俄罗斯内务部特种警察部队封锁。列车进站后，俄罗斯警察局对列车和下车人员进行认真检查后，根据受害者的指认，搜捕罪犯。当场拘留了三名可疑的中国人。

次日清晨，大批全副武装、头戴面罩的俄罗斯内务部特种警察部队荷枪实弹包围了日出旅馆，租住在此的朱兴金、赵金华、马继强等案犯被俄罗斯警方抓捕收监。

俄罗斯内务部特别警察在行动前，曾通知中国驻俄罗斯使馆派出代表和翻译配合行动，了解情况。

大使馆很快接到了一批批受害者的投诉。

还是让我们读一段受害者王某写给公安部的血泪控诉吧。

> 1993年4月7日，我乘3次国际列车在第12号车厢1号包房，遭到残暴抢劫……列车行驶到俄罗斯境内，时

间是4月9日中午，一帮劫匪阴谋策划抢劫，唆使一名匪徒突然闯进我的包房，两名歹徒进来后先开口要五百美元，由于我没答应，开始先对我威逼，进行残暴殴打，后来，他们抢走了我的一千美元，他们还不算了结此事。

几名歹徒竟狂叫："这事不算完！"继续殴打我，并以此为借口对我进行人身摧残，将我打昏后，再用水把我浇醒，又将一壶滚烫的开水倒进一个大号罐头瓶内，命我一口喝下，否则要我性命。又将我反绑进行殴打，残酷折磨，我几次昏了过去，刚清醒他们又拿大号罐头瓶子向我头部猛砸数下，鲜血染红了车厢里的物品，我再次昏了过去。他们强行搜身，将我兜内的现金全部掠走……

这位赴俄探亲的王某在控告中写道："此类事件经常发生，系中国人所为，外国人也在叹息。因为祖国在国际上的声誉受到侵害，作为有良心的中国人是不能容忍的。公安部也决不能容忍这样的恶徒们在国外随意横行霸道来损坏中国人的形象。望请出面将这伙猖獗暴徒缉拿归案……"

自以为"中国警察管不着，外国法律管不了"的苗炳林、朱兴金等四大犯罪团伙，在莫斯科大肆进行针对中国同胞的抢劫犯罪活动。匪徒们有恃无恐，作案更猖獗，更凶残，犯罪愈演愈烈：他们当着同行男客的面，强奸女客人；当着丈夫的面，强奸其妻子；对抢劫对象施以毒打罪行，有的被他们砍断手指，有的被他们折断致残。

开始时，苗炳林、朱兴金等犯罪团伙抢劫目标是来自浙江、福建等地方的南方人，对北方人似乎还留点“面子”。后来匪徒们又说：“谁都认识，我们这帮人吃谁？”干脆六亲不认，对北京人只要不是一伙的，就照抢不误……抢劫犯罪团伙作案时都有周密的计划，谁卧底、谁叫门、谁看人、谁搜钱、谁唱红脸、谁唱白脸均有分工，甚至有时先开会商量抢劫目标，给匪徒们布置任务，明确分工，还划分行动小组。

每次结伙抢劫都由四大抢劫团伙的头头分赃，论功行赏，并设专人管赃款账目，为怕私吞，还准备了一个塑料袋，专门装钱。一些极凶残狠毒的匪徒被称作勇敢战士。

他们还发展成员，筹集枪支，扩大队伍，争相把一些敢打敢拼的亡命徒网罗名下，招兵买马，划分势力范围，谁敢背叛“同伙”就要被追杀。随着俄罗斯的经济不景气，加之卡西诺轮盘赌场的诱惑，四大抢劫犯罪团伙依仗着人多势众，称王称霸，敲诈抢劫，专门袭击那些出国经商或偷渡出境的同胞，被当地报刊、电视渲染为来自北京的“黑旋风”。

忘乎所以的劫匪们，自以为得意，无法无天地疯狂抢劫作案，他们从在莫斯科地面上侵害华人同胞所住的旅馆发展到在国际列车上公开抢劫、强奸，点燃了自我毁灭的导火索。

从5月26日至31日，在六天六夜的行程里，这趟跨国“财富列车”先后被四伙匪徒洗劫，变成“厄运列车”，先后三伙匪徒轮番进行抢劫，有二十多名中国旅客惨遭劫难，三名妇女被强奸、轮奸，多人被打伤、刺伤。初步核实，被抢劫的金额达七千多美元，另有几十万卢布和大量的人民币及金首饰等财物。这股抢劫恶潮达到了登峰造极的地步。

大使馆报案

“5·26”中俄列车大劫案发生后，多名受害旅客向我驻俄罗斯大使馆报案。

一个个受害者到驻俄使馆投诉，一封封控告信寄往中国公安部。每一个受害者的投诉都令人发指；每封信都讲述了一个触目惊心的故事，字字血，声声泪，满纸仇恨，满纸期盼。这些跨国犯罪的车匪路霸作恶多端，罪恶滔天。

6月的莫斯科，灰蒙蒙的云层铅一样凝重，空中不时飘落阵阵小雨。一道道电波从中国驻俄罗斯使馆飞向千里之外的北京，这是一封特急电报。

6月3日13时44分，中国驻俄罗斯大使馆通过等级为特急机收密函的形式，将此情况以特急报告电文呈给中央领导，电文字字令人触目惊心：

关于在三次国际列车上发生事件的报告

公安部，外交部：

5月26日自北京发出的第三次国际列车，31日到达莫斯科，一路上发生多起中国歹徒抢劫、殴打、刺伤、强奸中国旅客的恶性案件，现将有关情况简报如下：据该次列车车长王旭和部分受害者反映，自列车进入俄境内第二天开始，直到列车到达莫斯科前，中国犯罪歹徒不断作案。他们有列车包厢门钥匙，撬棍、斧头等各种作案工具，入门后用手枪、匕首、电棍、手铐等凶器殴打旅客，剥光衣服，乱翻皮箱、提包，抢劫衣物、钱财、护照、手表等贵重物品，并恐吓被抢者不准声张出去。不少旅客被打伤、刺伤，两名妇女被轮奸后，中途被逼下车。他们害怕报复，不敢报案，不敢检举。有四名旅客因反抗与歹徒搏斗，遭歹徒毒手，负伤破窗跳车逃生，被当地人救下，其中一人腹部被刺数刀，伤势严重，被送进医院，其余三人手部、背部均有刀伤。

俄地方警察局将列车上发生的事件通知了莫斯科，要求采取行动，缉拿作案人。俄内务部通知使馆，要求派代表和翻译前往车站配合行动。我馆派人员前往。俄方对此事件很重视，内务部门派出大批全副武装警察前往车站，当场抓获了三名嫌疑犯，次日，又抓了五人，现案件还在审查中。

列车长说，作案人都是北京人，有十几人（一说二十几人），被抢者大都是浙江、福建两省的南方人。北京这伙抢劫犯的作案规律是，少数人从北京上车，多数人是列车进入俄罗斯境后上车，抢到钱财后中途或快到莫斯科前下车，然后返回原地再上下次列车继续作案，个别人持所抢钱财直达莫斯科，在莫斯科车站上有人接应，在莫斯科有黑据点。

这伙人对列车乘务人员也很不客气，经常发生打骂列车员的情况，他们上车不买票，胡作非为，列车员为了自身的安全，也不敢管、不敢问。

据列车长说，近一年来，几乎每趟列车上都会发生抢劫、伤害乘客的流血事件，只有“五一”前公安部要派特警跟车惩办这伙人，因此，那几趟列车发生的事情少些。每次列车回去后，他们都向有关部门汇报列车上发生的案件，要求采取措施，保证乘客和列车员的安全，可问题一直未获解决，反而越来越严重。领导上向他们交代，乘务人员能保安全就很好了。

中国列车上多次发生的上述案件，已造成了极坏的国际影响。很多外国乘客都说，以后再也不乘中国列车了，太危险了。

使馆认为，一年多来，北京至莫斯科中国列车上屡屡发生的抢、打、强奸等案件性质是很严重的，应该引起有关部门的严重注意。为保障旅客和列车员的安全，维持我国际列车的秩序，必须尽快采取各种有效措施，煞住这股恶风，扭转目前这种严重局面。为此，使馆再次建议：

请国内公安部门尽快派个小组来莫斯科，配合俄警方一起查清北京团伙，对其骨干分子，作恶多端者缉拿归案，绳之以法；

趁目前俄内务部交通代表团在京访问之机，促俄方采取有效措施，派得力人员，保障我列车在俄境内各路段的安全；

两国铁路公安部门的加强合作，均派公安人员跟车维持车内安全和秩序。

呼请国内尽快做出决断，并将拟采取的措施通告我馆。

驻俄罗斯使馆

一九九三年六月三日

特急密函立即引起了中央最高领导的重视，时任中共中央总书记的江泽民愤然批示：“此事所述令人发指，建议派得力干部去俄，尽早破案，并予以严惩。否则不足以平民愤，也丢中国人的脸。”

1993年6月4日上午，江泽民总书记亲自批示的特急密函迅速送达公安部。时任中央政法委书记的任建新也当即批示：“完全同意泽民同志批示，请公安部速办。”时任公安部部长的陶驷驹立即主持召开紧急部长办公会议，两位副部长和部长助理及公安部五局、十局、边防、外事局的负责同志参加会议，会上传达江泽民总书记在我驻俄使馆反映我K3/4次联运列车在俄罗斯境内盗窃、抢劫、强奸等犯罪问题突出的电报上的批示。在各局领导汇报前一段工作和掌握的情况时，部领导分别做了插话和讲话。

陶驷驹说：刚才通报了北京至莫斯科国际列车发生的严重刑事犯罪案件情况，我们的列车员怕报复不敢管，那就换上外地人，找山东的大个子，解决列车员害怕的问题。还可以以保安公司的名义派公安人员出去，这样就可以堂堂正正地出去。要克服一切困难，解决取证难的问题。可以派公安人员跟车出去，可以用列车员的身份，最好是以旅客的身份，不要穿警服。下星期三发出的3次列车就要上人，跟车去，跟车回。下趟列车决不能再发生这样的事了。即使发生，也要迅速把人抓住。

陶驷驹说："铁道部公安局要成立专案组，北京市公安局配合，刑侦局要有一名局长过问，边防、外事局也要配合。因为这个事不是一天两天了，边防局也来了，你们发现没有，有没有个名单，出入境要加强管理。犯罪团伙还没有发现，要做工作。对这趟列车要过滤一下，持普通护照的有单位就登记放行，剩下的要核对清楚。如果有人指认出来，就采取措施。这个工作在二连就要办。铁道部公安局成立个专案组，听取列车工作人员的投诉，进一步了解情况，有被害旅客也要谈。想办法把两个妇女和受害人找到。现在就开始，做个工作计划，部署下去。以后每趟车回来，也要坚持上车工作，有情况汇集到专案组。要尽快派人到俄罗斯，要有局长带队，铁道部公安局、刑侦局各去一名局长，就叫破案小组，到俄罗斯与他们内务部联系，访问受害人，发现犯罪线索。这个小组马上派出，由外事局负责安排，派人问题铁道部还可以拿意见。

"铁道部公安局再研究一下怎么加强对列车的管理，包括有什么困难，先从开往俄罗斯的列车做起，摸出在境外对付犯罪的经验，以后国际列车越来越多，也会发生问题，我们就好办了。"

在会上形成了破案措施，决定立即成立专案组，迅速开展侦破工作。

当天中午11点半，刚参加完公安部的紧急会议后，铁道部公安局副局长张起增立即返回铁道部向铁道部部长韩杼滨、副部长国林做了详细的汇报，铁道部部长韩杼滨、副部长国林就国际列车发生的系列案件侦破工作做出具体指示。

鉴于时间紧迫，铁道部公安局副局长张起增火速向北京铁路公安局和北京铁路公安处两级领导传达公安部会议精神，并研究了以下措施：

一、立即通知整顿联运列车小分队于当晚在二连接4次列车，查验登记护照，访问列车工作人员和旅客，如发现犯罪嫌疑人员，立即扣留。

二、立即选定十六名有同刑事犯罪斗争经验，身强体壮，能对付犯罪的精干力量，做好办护照的准备，待我们请示部领导批准后，迅速办理出国手续，从九日（星期三）开始以旅客身份分两批随3次列车出境，了解情况，查找犯罪线索，保证列车和旅客安全。要随车去随车回。

三、北京铁路公安处要立即对已掌握的线索进行清理，为破案小组赴俄做好材料方面的准备。

四、请北京铁路公安局确定一名副局长参加赴俄破案小组。

在北京铁路公安局会议室里，铁道部公安局、北京铁路公安局和北京铁路公安处三级领导都在面临着一个问题。涉及国际列车在境外的犯罪，环境和条件都十分复杂，案发在一个流动的跨国列车上，受害者在哪里，有多少案件，案件性质恶劣的程度到底什么样，作案的都是些什么人，这些人来自哪里，等等，当务之急的就是要立即指令先期布置十二名在国际列车上整顿秩序的干警赶赴二连浩特口岸，登乘返回的4次国际列车，立即展开搜索犯罪线索的工作。

6月4日下午13时48分，中国驻俄罗斯大使馆以特急密函向国内报第三次国际列车抢劫案进展情况，电文如下：

报第三次国际列车抢劫案进展情况

公安部、外交部：

三日电谅悉。

关于我第三次国际列车上发生的抢劫案，经俄警方连日工作，先抓获了八名嫌疑犯，受害者只认出其中一人为犯罪分子。今日下午，俄警方又抓获六人，经受害者面认，全部为犯罪分子。警方从六人住处搜出三支手枪、匕首、电棍等凶器以及列车上抢劫的赃物。案件正在审理中。俄方告知这些人并不是全部罪犯，他们还在继续侦查。

特报

驻俄罗斯使馆

一九九三年六月四日

6月6日晚，由公安部刑侦局、铁道部公安局和北京市公安局组成的K3/4次国际列车专案组已成立，并制订出侦破工作方案，上报公安、铁道两部领导。

关于K3/4次国际列车恶性案件的侦破方案

遵照江泽民总书记在我驻俄使馆关于《在3次国际列车上发生事件的报告》上的批示和公安部刑侦局、外事局、铁道部公安局和北京市公安局共同组成K3/4次国际列车专案组，具体组织侦破5月26日北京开出的3次国际列车发生的抢劫、轮奸等恶性犯罪案件的侦破工作。为了确保侦查破案工作的顺利进行，尽快将犯罪分子缉拿归案，现制订工作方案如下：

一、指导思想

K3/4次国际列车恶性犯罪案件侦破工作的基本指导思想是，认真贯彻江总书记的重要批示精神和公安、铁道两部领导的指示，严密组织，火速行动，坚持境外与境内相结合，车上与车下相结合，开展侦查与打击现行相结合，采取果断措施，在迅速侦破的基础上，抓获一批侵害国际列车的严重犯罪分子，摧毁犯罪团伙，为整顿国际列车治安秩序打好基础。

二、组织分工

专案组由公安部刑侦局和铁道部公安局负责，刑侦局副局长胡安福为组长，铁道部公安局副局长张起增为副组长，公安部外事局和北京市公安局刑侦处、北京铁路公安局及北京铁路公安处的负责同志组成。专案组下设几个小组：

1. 赴俄工作破案小组。由刑侦局胡安福副局长、孙欣夫副处长，铁道部公安局张起增副局长、公安部外事局舒慈煜、北京市公安局刑侦处王殿栋和北京铁路公安局姜战林副局长组成。主要任务是：（1）通过我驻俄使馆访问受害人，了解K3/4次列车在俄境内的治安情况和有关案件情况，发现破案线索；（2）向俄内务部通报我们掌握的在俄境内中国籍犯罪人员线索，请俄警方负责将案犯捕获；（3）督促内务部协商被捕获案犯的处理问题，争取由我们带回国内依法严惩。

自即日起，用三天时间将现有犯罪线索整理收集完毕，在做好充分准备的基础上，于6月10日乘飞机赴俄开展工作。

2. 随车工作小组。由北京铁路公安局及北京铁路公安处组织十八名政治可靠、有侦查工作经验，身强力壮的干警，分别由北京铁路公安局副局长姜顶峰和北京铁路公安处副处长程亚力率领，从6月9日开始以旅客身份分两批随3次列车出境，随车去随车回。任务是随车观察，了解情况，控制阵地，打击现行犯罪活动。

3. 调查访问小组。由北京铁路公安局和北京市公安局刑侦处负责。任务：一是自二连登乘4次列车。受理旅客投诉，通过核查护照，向列车工作人员及旅客进行访问，发现可疑线索和犯罪嫌疑人员；二是调查犯罪线索和犯罪证据；三是追捕潜回国内的犯罪分子。

4. 审查小组。由北京铁路公安局和北京市公安局刑侦处负责。任务是审理捕获的案犯，挖掘犯罪线索，承办依法处理案犯手续。自即日起组织人员，待案犯归案后立即开展工作。

5. 情况联络小组。由刑侦局和铁道部公安局负责。任务是负责全面掌握K3/4次国际列车上的犯罪情况，分析研究犯罪动向和特点，注意发现工作中存在的问题，及时向领导和有关部门反映。对发现的犯罪线索，组织相关地区协查，需要俄罗斯警方配合的，由该组提出意见。

三、主要措施和处置原则

1. 切实掌握乘坐K3/4次国际列车的出入境人员，从现在开始，委托联运部门，对购票出境的人员一律进行登记。同时拟商边防局对入境人员采取登记措施，以此来掌握出入境人员动态，从中发现经常出入境的犯罪嫌疑人员。

2. 请北京市公安局对近两年因私去俄罗斯的人员进行一次清理，排查犯罪嫌疑人员，为侦查破案和加强出入境管理提供情况和依据。

3. 由北京市公安局和铁路公安机关分别选择一些精干人员，在车上、车下、境内、境外多方布控，发现犯罪线索，提供犯罪信息。

4. 俄警方抓获的和我提请俄警方抓获的在K3/4次国际列车上犯罪的案犯，原则上一律解回国内依法处理。

5. 赴俄工作人员一律不携带武器，但可携带简便、适当的小型器械防身。抓捕现行犯罪亦以旅客面目出现，对以往乘中抓获的罪犯，可通过列车长交俄警方收押，然后再通过公开途径要回。

6. 做好保密工作。这次案件侦破工作政策性强，工作环境复杂，参战人员的工作任务和掌握的案件线索一律不准向无关人员泄露。

7. 鉴于此案情况复杂，又涉及大量境外工作，必须及时请示，报告。凡是境外工作和需要采取的重大侦查措施，都要请示部领导批准后再付诸实施。重大情况及时向两部领导报告。

公安部刑侦局

铁道部公安局

一九九三年六月六日

6月5日晚20时46分，中国驻俄罗斯大使馆加急密函向国内续报第三次国际列车抢劫案进展情况，电文如下：

续报第三次国际列车抢劫案审理情况

公安部、外交部：

三日、四日电谅悉。

我第三次国际列车抢劫案由雅罗斯拉夫尔地方内务部门侦查人员进行审理。工作中因俄方翻译根本译不出，审理困难，俄内务部请求使馆帮助。经研究，同意仅派员帮助翻译。目前，被抓获的十四人中，有七人被认出，并被拘留。其中两人审理结束，拟送交法院。他们一人叫董得元（男，1957年2月3日出生于北京，护照号CHN140041641），另一个人叫王琪（男，1960年12月29日生于北京，自称护照被押在赌场）。董已请了律师，花五十万卢布。王表示没钱，不请律师。其他五人尚在审理中。

审理中，七名罪犯不肯承认犯罪事实。受害人也不积极配合，不敢认犯罪分子，怕麻烦、怕报复，不按约定时间到场。侦查人员不得不打电话去催，造成审理工作不能迅速进行。如对被强奸的妇女需作检查，约其星期五上午到医院，她下午三点才去，而医院两点已经下班，星期六、日又休息。他们的行为举止不文明，给俄方人员留下很不好的印象。

特报

驻俄罗斯大使馆

一九九三年六月五日

在俄罗斯境内的中国人中接连不断地发生抢劫、盗窃、强奸等暴力侵害中国人的恶性案件，令俄罗斯警方十分恼火。黄皮肤的亚洲人中中国人最扎堆，思维方式、生活习惯最与众不同，发案率最高，也最不受保护，最无处申冤，还最爱内讧拼杀。

伴随着中国倒爷和中国货的拥入，中国人的形象在俄罗斯人的心中也在悄悄地发生着改变。昔日中国男人留辫子，女人裹小脚，一副东亚病夫的形象彻底一去不复返了，更多的俄罗斯人关注当代的中国，发展前进中的中国。

中国人很有钱，这是俄罗斯人的看法，当然他们看到的只是身处俄罗斯的中国人。虽然有些片面，但最起码说明，中国倒爷在俄罗斯还算是有钱一族。但是，这些倒爷们还不能不承认，最不争气、投机倒把甚至恣意胡为的中国人也最多。

这些黄皮肤的中国人到底怎么啦，跑这么大老远地来欧洲相互侵害相残？他们看中国人都长得差不多，所以他们对中国人的看法出现了转变。

6月7日中国驻俄使馆转发回国内公安部和外交部的一份密函，密函将俄罗斯安全部转交的关于住在俄罗斯私人住宅的中国公民，在自己同胞内部实施犯罪（讹诈、抢劫、盗窃）的人数有不断增长的趋势。在俄罗斯犯罪的报案在逐步增加。从1992年8月开始在莫斯科市已登记的这类犯罪有十六起，到了1993年这种犯罪已达五十一起，在莫斯科有六个犯罪团伙来自北京，有数十人，其特点是极端残忍，并配有武器，专门从事绑架人质和在同胞内部进行讹诈。原文如下：

中华人民共和国

驻俄罗斯大使馆用笺

关于送回我公民在俄罗斯犯罪材料事

（93）俄领字第043号

公安部：

五月二十八日电谅悉

现将俄罗斯安全部转交我馆的关于中国公民在俄罗斯犯罪的有关材料送回。请查收。

驻俄罗斯联邦大使馆（章）

一九九三年六月七日

请抄外交部

下面是经公安部第四研究所副研究员赵可同志帮助翻译的俄文中国公民在俄罗斯犯罪的有关材料。

最近，住在私人住宅的中国公民，在自己同胞内部实施犯罪（讹诈、抢劫、盗窃）的人数有不断增长的趋势。

如果1992年最后四个月在莫斯科市已登记的这类犯罪有十六起，那么1993年这种犯罪已达五十一起。遗憾的是，使个人安全和亲属安全遭到攻击的中国公民一般不向护法机关报告。

根据现有资料，在莫斯科有六个犯罪团伙来自北京，有数十人，其特点是极端残忍，并配有武器，专门从事绑架人质和在同胞内部进行讹诈。

团伙中最有威望的一些人，有中国公民戴红，北京市生人，年龄三十至三十五岁；邓建国，约三十五岁；其他的团伙成员有“毛戈”“兰齐”“老乔”“小吉”“老吴”“唐龙”“吴秋”等（化名）。

还有一些资料是关于中国公民中的犯罪集团在北京至莫斯科的火车上实施上述犯罪的：

上述犯罪团伙的成员买了火车票在伊尔库茨克和沿线其他城市上的火车。罪犯在车组列车员中踩道人（内线）的帮助下，了解到中国公民中带有大量资金的人的情报。在列车到达莫斯科前的一夜，他们便对这些中国公民实施犯罪。

列车到达莫斯科，犯罪集团的成员又用事先买好的飞机票乘航班返回伊尔库茨克。

此外，还有一些情报资料表明，中国公民通过俄罗斯领土转到西方或其他国家，都使用伪造的假护照，一般都是马来西亚的护照，确实来自不合法的渠道。乘车的路线是北京–莫斯科–利物浦–普热梅希尔–克拉科夫–卡特普斯–米兰。这类团体是由中国公民和马来西亚公民中招来的人，在北京和福建省组建起来的。外国人进入俄罗斯要根据莫斯科的公司相邀请或旅游签证。在机场同胞们迎接他们，要持护照。伪造证件和临时居住要交纳一千美元。中国公民没有相应的登记和内务部机关签的护照，不许在宾馆或私人住宅临时居住。

在伪造证件后，这些人由不法的俄罗斯公民陪同到基辅车站，在那里再交给马来西亚向导，由他们陪同到利物浦，再经过波兰和捷克。到布拉格以后，中国公民又通过其他马来西亚向导进入意大利。

中国非法进入的一位公民在布拉格领导一个配价中心，他住宅的电话7921744，他向每个到达这里的中国人索要七百美元的转旅费。

中国公民的许多团体在下一次出境前，在临时居住的几个月内，使用俄罗斯公民住宅，地址在莫斯科市自由大街85–3–326。

在今年4月，一些中国公民试图持假护照（马来西亚假护照）从乌克兰到波兰，被扣留并被驱逐到莫斯科，其中有，林一平，1962年出生；江郭德，1963年出生；吴有华，1954年出生；张清太，1967年出生。因违反外国人居留俄罗斯领土的规定，这些人被安置到莫斯科市内务机关NBC（侨民教育中心缩写），下一步将遣返中国。

根据吴有华的笔记发现电话号码0086-050-36-232215和0086-050-31-588，这个号码难予确定。

5月24日，根据上述地址检查护照发现非法居留的中国公民有：林其明，1962年出生；李兆群，1962年出生；林江舟，1960年出生，都是福建省人，讯问的结果，来莫斯科是为了取道去捷克。

在莫斯科停留期间，一些中国公民给予他们必要的帮助，他们是：郑廷桂，1964年出生；陈金林，1967年出生。看来，他们是中国公民去往西方的几个组织者，是现有规定的破坏者。

公安部第四研究所

五月二十八日

铁道部主要领导在上报中央办公厅、国务院办公厅和抄报公安部的铁路信息中也就迅速落实江泽民总书记关于“国际列车抢劫案”的批示做出部署如下：

铁路信息

（15）

1993年6月7日

关于贯彻中央和国务院领导重要批示
采取紧急措施整治K3/4次国际列车治安秩序的情况速报

接到江泽民总书记在外交部《关于在三次国际列车上发生事件的报告》密码电报上的重要批示和国务院领导的重要批示后，我部党组高度重视，部长韩杼滨在执行外事任务行前，立即作出部署，提出要坚决贯彻落实江泽民总书记和国务院领导的重要批示精神。要求部有关方面，切实把此案件作为重大事件，调集力量，主动出击，配合公安部，狠狠打击在跨国列车上作案的罪犯。并采取强有力措施，彻底整治K3/4次国际列车上作案的罪犯。7日上午，副部长国林同志召集部有关部门研究部署了侦破K3/4次国际列车案件和整治列车治安秩序的紧急措施，决定由铁道部公安局、北京铁路局公安局组织力量，立即行动，协同公安部抓紧破案。具体措施是：

1. 发生案件的K3/4次列车返回进二连站后，派铁路公安小分队上车，逐人进行清查登记，查找破案线索。

2. 7日本次列车进北京站后，铁道部公安局、北京铁路局和北京铁路局公安局各由一名局长带队，到车站进一步向列车乘务人员了解案件发生情况，查询线索。

3. 为尽快破案，根据公安部意见，组织十六名铁路公安干警，分成两组（6月9日上一组，下趟车再上一组）以旅客身份上车暗查，了解情况，控制阵地，一旦发生情况，立即采取措施予以制止。

4. 根据公安部意见，由铁道部公安局和公安部刑侦局各派一名局长带队，北京市公安局参加赴俄工作组，与我驻俄使馆和俄内务部联系，进一步了解案情，侦破案件。我部已确定由部公安局一名副局长和北京铁路公安局一名副局长参加工作组，于6月10日乘机赴俄。

5. 由北京铁路局客运部门和北京列车段各派一名干部于6月9日登3次车添乘，下趟车再继续派干部添乘，加强列车管理，协助工作。

6. 加强国际列车售票管理。按内紧外松的原则，进一步严格和完善旅客售票登记手续。凡出售的票，除登记旅客护照外，还要登记旅客的住址，作为内部掌握。

7. 调整充实人员，加强列车管理。责成北京铁路局按照调整1/3人员的要求，选调一批政治素质好，业务能力强的客运人员充实到K3/4次国际列车上，于6月底前调整好。为能整肃纪律，强化管理，今后要定期轮换国际列车乘务人员。

8. 加强进站上车管理。K3/4次国际列车旅客在京进站上车，要严格查验护照和票号，特别是对近期因私出境、多次往返者，车站和公安部门要作为重点对象掌握。

关于K3/4次国际列车案件的具体侦破方案，我部公安局正加紧拟定。

铁道部

打开突破口

6月7日，铁道部国林副部长召集有关方面负责人参加的关于整顿北京到莫斯科国际列车秩序会议。当天下午，北京铁路局党委书记崔凤鸣、副局长董继胜在北京站召开有关方面负责人参加的紧急会议，北京铁路公安局局长兼书记单玉圭亲自组织并责成北京铁路公安局第一副局长姜战林和北京铁路公安处副处长程亚力、张庆和立即组织侦破。

其实，从1993年年初，中国铁路警方已经陆续获取K3/4国际联运列车在境外多次发生恶性案件的情报，“‘2·15’抢劫案”“‘3·10’轮奸案”“‘4·25’抢劫强奸案”，已经发生了百余起恶性案件。

这些案件是什么人干的？人们不得而知。

许多被害人到中国驻俄罗斯使馆投诉：案犯全是北京人。

俄罗斯警方也曾接到过不少报案，但终因语言不通，缺少线索，很难破案。

有些人说：这些作案的北京人大多数是个体户和已经发了大财的大款。

不论怎么说，这些案件这些人对中国警方来讲，情况根本就不掌握，当务之急是搜索寻找有价值的破案线索。

他们为何专门抢掠残害和自己一样黄皮肤黑头发的中国人？人们在疑惑地问：中国法律能不能制裁这些败类？

6月7日，北京铁路公安局会议室的空气格外凝重，北京铁路公安局副局长姜战林的心情像着了火似的，浑身发热，他陷入深思：国际列车是中国的形象列车，发生这样的恶性大案，难道就破不了吗？要侦破那线索又在哪儿呢？案件在国内涉及公安铁道外交好几个部，在国外涉及好几个国家，屡发的案件案情扑朔迷离，若明若暗，线索时隐时现，飘忽不定。

正在开会期间，北京铁路公安处副处长程亚力进入会议室，来到姜战林身边耳语："'3·10'轮奸案中那个叫'老葛'的已经查清，就是在北京站开出租车的吴宝顺。"

"他现在莫斯科还是在北京？"姜战林急问。

"在北京，刚才还有人看见他了。抓不抓？"程副处长问。

"抓！"姜战林当机立断。

姜战林，北京铁路公安局副局长。说起"中俄列车大劫案"，就必须要提姜战林，他是侦破这起跨国奇案的首当其功者，可以说没有姜战林，这起跨国大案就不会侦破得那么及时那么顺利那么威名远扬。

1992年7月，走上了北京铁路公安局副局长岗位的姜战林，可是从对敌斗争的前沿阵地上摸爬滚打出来的铁道雄鹰，在北京乃至全国铁路他带领铁鹰小分队追剿东北虎，打击西北狼，屡建奇功，威名远扬。在打击犯罪的一线上总是一马当先，紧要关头，重大行动，他既当指挥员，又当战斗员，率领干警们完成了一次又一次艰巨任务，打胜了一场又一场硬仗。

为什么人称他铁鹰？为什么他的名字能让穷凶极恶的车匪路霸闻风丧胆？这里说他两个神奇的故事，那是1991年6月，已经担任北京铁路公安处处长的姜战林了解到在北京南站始发和京广、京包线的列车上屡发案件。一伙狡猾的西北籍犯罪分子大肆盗窃，作恶多端。

为了尽快摸清敌情，将这伙恶狼一网打尽，在一个周末的清晨，姜战林带领几个便衣干警悄然轻装上阵。只见他，上穿蓝T恤衫，下穿牛仔短裤，背一旅行包，平顶寸头，褐红的脸膛，宽边眼镜后透出机智敏锐的目光。

姜战林和侦查员张岩、孙永利等分散在行进的列车厢里。时间一小时一小时地过去了，严重超员的车厢里闷热得使人喘不上气来。他们连续辗转在高碑店、丰台、北京南站的几趟进出列车上，折腾了整整一天，连顿饭都没顾上吃，又渴又热，疲惫不堪，结果连个贼毛也没摸着。下午5点多钟，他们打算跟最后一趟列车返回时，姜战林发现了一个“钓鱼”手段，盗窃旅客挂在衣帽钩上衣服内钱包的家伙，于是只身上前将其抓获。可一清点，这家伙仅仅偷了20元零5角，听口音，姜战林已经确认面前的案犯是包头贼。他没有因为这是一起连最低立案标准都够不上的小案一交了之，而是抓住这一线索亲自审查。

面对无可抵赖的事实，案犯不得不交代他叫吴斌，外号老虎皮，几天前，因在廊坊火车站扒窃，被拘留后刚放出来。

趁四周无人，案犯低声对姜战林说：“大哥，你放我一马，三天之内我保证给你1000块钱。”

为了稳住案犯，摸清线索，姜战林将计就计点了点头，随即悄悄打开了微型录音机。

案犯自以为得计地又说：“大哥您是明白人，这年头谁嫌票子扎手？咱包头那帮子人在这边吃地皮、打大轮，都趁个万儿八千的，只要您网开一面，保您……”说着说着，案犯见姜战林的脸色紧绷了起来，但话都出了口，已经晚了。

“你们这些人自以为聪明，从来就是只想自己合适，不惜祸害别人，四处作案危害八方，别说几千，就是几万也休想买到你逃避法律惩处的出路！贿赂执法人员，你这是罪加一等！”姜战林义正词严，迫使这家伙交代了他和同伙吸毒、贩毒、盗窃的全部罪行。姜战林根据掌握的线索，马上组织了刑侦、治安、预审等几个单位的近百名干警，组成蹲守抓捕、预审深挖、案件核查三个专门班子，蹲守、突审同时进行。从7月28日至8月5日，整整八个昼夜的时间就有五十二名包头籍流窜犯落入法网。八个昼夜，姜战林没吃过一顿安生饭，没睡过一个安稳觉，人累瘦了一圈，过度的紧张疲劳和没有规律的生活，使他患上了胃病和高血压。

金色盾牌热血铸就，危难时刻显身手。姜战林和他的战友们在同形形色色的犯罪分子的斗争中，在瞬息万变的对敌斗争中，不仅要付出辛苦和汗水，甚至还要流血牺牲。

一个漆黑的夜晚，姜战林和另外三名民警到西单附近的一座四合院去抓捕在逃的案犯，不想他们刚进院子，就听“咣”的一声，西厢房的门被踹开了，里面蹿出一个黑大个，手里端着一杆枪。气势汹汹地冲着姜战林狂叫；“今天老子豁出去了，谁敢上来，就打死谁!”

面对黑洞洞的枪口姜战林极为镇定，危急之中，他怒声喝道;“放下武器，我们是警察！顽抗行凶后果你自负!”

这时，一位民警顺势抄起一只花盆砸了过去，就在黑大个闪身的一刹那，几名民警闪电般地扑了过去，劈手夺下了枪，制伏了罪犯。事后一看，罪犯手持的是杆高压汽枪，干警们才吁出一口气。

最惊险的一幕还是1988年11月28日深夜的那场生死较量。

姜战林和三个“便衣”在北京站第二站台发现了那七个膀阔腰圆的“东北虎”。七个人顿时像触了电似的惊慌失措，蹿上北京至沈阳的253次列车。姜战林他们顾不上双方力量悬殊，立即分头紧追上去，在待发的253次列车前部，姜战林追上了一个粗壮如牛，留着“爆炸式”发型的男青年。“爆炸式”自知不妙，顺势一溜跳下了站台，姜战林紧紧扼住他的手腕也跟着他下了站台，不料由于用力过猛，他的左臂一下撞到车厢弹簧板上脱了臼，疼得他眼冒金花，整个左臂都不听使唤。“爆炸式”疯狂地踢打着姜战林，姜战林却只能用一条胳膊死死抱住“爆炸式”的双腿，与之在车下翻滚搏斗。

“嗞”——列车的风闸响了，开车的时间就要到了。车轮一旦启动，他们都将被拦腰轧断。

姜战林咬紧牙关，忍着钻心的疼痛，任凭“爆炸式”拳擂脚蹬，揪扯头发，他只有一个念头——誓死也不退缩，决不能放过这群作恶多端、祸害旅客的家伙。增援的民警赶到了，案犯被制伏。

这天夜里，姜战林又吊着缠满绷带、脱臼刚刚复位的左臂，带领干警，一举抓获了十八名东北流窜犯，缴获匕首、刀片十六把，赃款三万九千余元。

姜战林不愧是屡战屡胜、屡建奇功的铁鹰。据统计，仅1987年至1993年六年间，他就带领公安干警抓获杀人、抢劫、贩毒、盗窃等各类犯罪嫌疑人两千三百多名，打掉车匪路霸团伙一百四十七个，破获刑事案件一千七百六十起，其中重特大案件四百一十起，他亲手抓获两百三十八名犯罪嫌疑人，为国家和旅客挽回经济损失上百万元，被誉为车匪路霸的克星、神奇的铁鹰。他先后荣立一、二等功各两次，荣获全国铁路“见义勇为十大勇士”、北京市劳动模范、全国“十大杰出青年”等称号，1989年被国务院授予“全国先进工作者”称号，1993年10月，被公安部授予全国公安战线一级英雄模范称号。

这天下午4点半，北京站，一个身穿梦特娇T恤、啄木鸟裤子、腰别BP机的出租车的司机刚走下红色“夏利”车，就被两位民警叫住：“吴宝顺，过来一趟，姜局找你聊聊。”

一听姜局的名字，黑瘦如猴的吴宝顺心里就哆嗦上了，他硬着头皮被带到了北京铁路公安处治安队。一见姜战林，呈宝顺顿时后背就飕飕冒出了凉风，两腿直劲儿打软。

“知道找你干吗吗？”

“不知道。”吴宝顺呆呆地望着姜战林。

“是救你来了！”姜战林的犀利目光直逼吴宝顺。

吴宝顺脸色蜡黄，脑门子上一层虚汗：“我没事，你们找错了吧……”

“错不了，你们干的事那么大，政府能不知道吗？”姜战林加重了语气，斩钉截铁地说：“你只有坦白检举，才有出路！”

吴宝顺心想自己在北京站就是开黑车拉私活，没有什么把柄在姜局手里呀！他仍然怀着侥幸心理，软磨硬泡，拒不交代。

僵持了一个多小时，晚饭时候到了，姜战林叫人买来几份火烧加肉，递给吴宝顺一份，说：“先吃饭。不管你的问题有多严重，作案是一伙人，不是你一个，你要知道纸里是包不住火的！”

吴宝顺的脑门子上出了一层汗，他试探道：“我没强奸，只是和那女的发生了关系。”

“没强奸？你拿刀威胁人家干什么？我告诉你吴宝顺，如果你不交代清楚，就只有死路一条！你想想这是不是在救你！”姜战林厉声问道。

经过几个小时的较量，软磨硬抗不肯交代的吴宝顺败下阵来，全身筛起糠来：“我说，我全说，争取立功赎罪……”晚上8点多钟，吴宝顺此时的心理防线已经开始崩溃，他战战抖抖地交代了“3·10”轮奸案和部分抢劫的情况线索。

当晚，根据吴宝顺交代的线索，姜战林、程亚力等铁路公安干警立即出动，展开追捕行动。

当晚7点，姜战林迫使吴宝顺用BP机传呼约出同案犯刘金鹏，在东直门立交桥西边见面。半小时左右，鬼鬼祟祟的刘金鹏前来赴约，走近吴宝顺的那辆红色夏利车，吴哥二字还没叫出口，就被身着便衣的姜战林一把搂进了红色夏利车。

刘金鹏被抓获后，开始蒙着还没反应过来，不知是咋回事，还以为是赌博的事被人点炮了。面对警察，他知道吴哥肯定是犯事了，给自己也带出来了。刘金鹏交代了他和吴宝顺几个人聚在一起赌博的事，姜战林一拍桌子，说：“你还有更严重的事，别给我避重就轻，说你们轮奸案的事！”刘金鹏一听就吓破了胆，当即交代了另外几个参与“3·10”轮奸案的案犯。

根据刘金鹏供出“3·10”轮奸案新的线索，晚上10点钟，姜战林、程亚力，王友仁等干警分乘两辆面包车，悄然直奔广渠门的一片居民住宅区，并迅速包围了库家住的一幢五层楼的所有进出通道。姜战林一马当先，冲进了库家，将正在家中看电视的库万和抓获。

接着，姜战林又带领追捕组干警立即行动。他们迅速驱车赶到木樨园去抓抢劫、轮奸案犯绰号“花科长”的顾志强。顾志强曾因多次违法犯罪受到公安机关打击处理，还曾因嫖娼得了性病，被同伙送了个绰号“花科长”。此时，已经凌晨1点多钟，在家中已经睡觉的顾志强被公安干警从被窝里抓获。

为了打开国际列车抢劫、轮奸案的突破口，姜战林果断决定对吴宝顺、刘金鹏、库万和、顾志强连夜进行突审。直到6月9日上午，干了一个通宵的专案组在姜战林的带领下，顺藤摸瓜，初步摸清了在俄罗斯境内犯罪分子多为北京市东城和西城区的个体户和无业人员，有两个大的犯罪团伙，一个团伙头子叫朱三，一个团伙头子叫老臭。因为在境外的人都叫绰号，所以这两个团伙头子的真实姓名还不知道。根据掌握的大量审讯口供证实，掌握了北京籍案犯为主的抢劫、伤害、强奸犯罪团伙的罪恶活动线索，掌握了在俄罗斯和国际列车上频频作案的两个犯罪团伙和三十名案犯的基本情况。

从此，在中俄列车上发生的跨国特大劫案浮出水面。姜战林率先将这起极其错综复杂的案件打开了突破口。他立即将这些已经摸清的情况和一份涉案犯罪人员名单列了出来，上报公安部。旋即，公安部依据姜战林率先提供的案犯名单，从而不仅破获了“3·10”中俄国际列车轮奸案，也为侦破中俄列车大劫案撕开了最关键的突破口，更为进一步追捕国内外逃犯奠定了基础，而且为侦破全案起到了关键性作用。公安部随即于6月7日向全国发出（93）025号通缉令，缉捕在中俄国际列车上多次进行抢劫、强奸犯罪的苗炳林、牛顿等二十名犯罪分子。第一道追捕通缉令一发出，全国各地公安机关迅速行动，兵分多路，展开了一场追剿国际列车抢劫犯罪分子的战斗！

姜战林根据上级部署，决定由北京铁路公安局和公安处抽调精干警力立即成立专案追捕组，由程亚力带领追捕组执行追捕涉案案犯，继续扩大线索的艰巨任务。侦破过程中，追捕组成员发挥快速出击、以快制快的工作作风，机智果敢地抓捕了一批在国内隐匿逃避的案犯。

6月9日上午，铁道部召开党组扩大会，就进一步贯彻江泽民总书记的批示和国务院领导重要指示，采取紧急措施整治K3/4次国际列车治安秩序，提出了给在跨国列车上作案的犯罪分子以毁灭性打击并进一步加快调整充实K3/4次国际列车的乘务队伍，尽快恢复国际列车秩序的目标。原文如下：

铁路信息

（16）

1993年6月9日

关于贯彻中央和国务院领导重要批示采取紧急措施整治K3/4次国际列车治安秩序的情况续报

9日上午，我部召开党组扩大会议，传达学习江泽民总书记在外交部《关于在三次国际列车上发生事件的报告》密码电报上的重要批示和国务院领导的重要批示，提高思想认识，进一步研究贯彻落实措施。

会议认为，江泽民总书记和国务院领导的重要批示，非常及时，切中要害，给我们解决K3/4次国际列车的问题以极大的鞭策。我们要认真学习批示，深刻领会精神，坚决贯彻落实；要充分认识到K3/4次国际列车案件的严重性和危害性，决不能就事论事，简单处之。这不是一般的违法犯罪问题，而是直接影响我国的形象和声誉的重大问题；要从铁路内部做好工作入手，贯彻落实好批示精神，迅速采取坚决、有力的措施，搞好国际列车的整顿工作。并通过整顿，举一反三，把铁路治安秩序特别是国际列车的治安秩序治理好，为加快铁路改革和发展创造良好的条件。

会议就侦破K3/4次国际列车案件和整顿列车治安秩序作了部署，总的要求是，内外结合，严厉打击，综合治理，恢复秩序。

要按照公安部、铁道部确定的工作方案，迅速抓好落实，力求在短期内使此案有清晰的结果，做到稳、准、狠、快，决不能让罪犯逃出法网。已拟定具体侦破方案，待公安部批准后，铁路公安等各有关方面要全力以赴，抓紧落实。通过侦破此案，狠狠打击犯罪分子的嚣张气焰。这次打击行动要实现基本破获犯罪分子的网点，给在跨国列车上作案的犯罪分子以毁灭性打击的目标。

要把打、防、建结合起来。国际列车发生的问题，有个由量变带质变的过程。因此，在这次打击的同时，要把加强列车管理，搞好队伍建设摆到重要议事日程上来抓。下一步要通过中俄外交、公安和铁道部门，共同商量加强K3/4次国际列车管理的办法，经过双方的共同努力，巩固打击成果，维持列车治安秩序的稳定，保证列车安全畅通。要抓好内部整顿，加强我国铁路乘务人员的教育，加快调整充实K3/4次国际列车的乘务队伍。要从严格管理制度入手，加强防范措施。对国际列车的售票登记、护照查验、进站上车、车上服务管理等工作要有针对性地采取改进措施，进一步建立健全国际列车的各项工作制度和防范措施，使国际列车的管理工作进一步制度化和规范化、标准化。

铁道部

6月14日，北京铁路公安局国际列车堵卡小组在二连进关时，查获了抢劫犯秦晓彤、杨春春等四人，并押回北京。

当日下午，抢劫、强奸团伙主犯黄亚军、董书海被北京市公安局纳入了通缉视线。据情报获悉，案犯黄亚军、董书海已准备买车票逃到山西。傍晚，这两名家伙打算到白塔寺旁的一个体饭馆里吃饭。市公安局干警们携带长短武器，身着迷彩服，和两名便衣侦查员分乘两辆汽车预先在附近设伏。傍晚6点钟，黄亚军、董书海等五人来到那家饭馆想吃顿涮羊肉，刚好对着门口的圆桌空着，几个人落座不久，要了几个凉菜，一瓶二锅头，身高一米八二的黄亚军举起酒杯，热腾腾的火锅端了上来，还没等火锅烧开，突然，几个身着迷彩服、平端微型冲锋枪的警察冲进饭馆，只听一声大喝："不许动！"黑洞洞的枪口顶在了黄亚军的头上，他根本来不及反抗就被铐住了双手，他叹了口气："完啦。"

黄亚军曾因流氓罪被判刑七年，身上文着美人头和盘龙图，在莫斯科和牛顿、李德民一道被称为贪图女色的三大花匠。另一国际列车涉案案犯董书海同时落入法网。

正在就餐的市民看到这一幕，想不到发生在眼前的惊险场面是怎么回事，觉得很新鲜，有人还凑过来问身着迷彩服的警察："哥们儿，你们是不是在拍电影啊？"

"是，请大家别围观。"警察顺水推舟。警车呼啸而去。

6月15日，公安部副部长白景富在内部信息情报上指示：北京市公安局和北京铁路公安局，行动迅速、坚决，短期内取得了可喜的成果。要继续努力，把罪犯一网打尽。

6月15日，赴俄破案小组与莫斯科内务总局有组织犯罪侦查局举行会谈，请俄方尽快缉捕在逃案犯。下午将二十余名可能逃往第三国的案犯名单通报匈牙利、捷克、罗马尼亚、突尼斯、乌克兰等驻俄使馆，请各使馆拒绝为这些人签证。当晚送随车小组返程时，在车站与俄方配合堵截案犯。

公安部指挥中心发出《信息快报（第一一期）》:《又有六名在国际列车上作案的犯罪分子落网》。

6月16日，江泽民总书记在公安部《信息快报》上批示：驷驹同志，此事一定要弄个水落石出。

6月18日，北京铁路公安局抓获了国际列车抢劫案案犯张距。6月21日，铁道部国林副部长召开了办公会，检查整顿国际列车治安秩序工作的进展情况。下午，北京市公安局抓获林宝刚。赴俄破案小组张起增、王殿栋、姜战林回国。

6月22日，赴俄破案小组与莫斯科市内务总局举行会谈，加强合作和缉捕案犯问题。

6月23日，赴俄破案小组与俄安全部举行会谈偷渡问题，与我留学生代表进行座谈。晚上与我驻外商务机构代表进行座谈。

6月24日，赴俄破案小组胡安福、孙欣夫、舒慈煜回国。

6月26日，牛永利被姜战林等干警引蛇出洞抓获归案。同日，北京市公安局抓获抢劫犯张明忠。

6月27日，根据掌握的线索，上海铁路公安局将朱兴金犯罪团伙主犯袁凌抓获。

6月29日，国际列车抢劫专案组接到上海铁路公安局的一份急电，有个叫徐刚的男人给袁凌家打电话，要求见面。

徐刚是否有问题，专案组急答：有，徐刚绰号叫瘦子，是国际列车抢劫案的主犯，请迅速捕获。

上海铁路公安局的刑警立即行动，带领袁凌赴约。就在抓获徐刚时，这个家伙疯狂拒捕，最终被制伏抓获。

7月1日，公安部向国内和国际刑警组织发出红色通缉令（027号），通缉苗炳林等四十八名案犯。

7月3日，公安部向江泽民总书记报送了《关于侦破K3/4次国际列车犯罪案件工作情况的报告》。

7月4日，江泽民总书记在公安部报告上批示：很好，望在已有成绩的基础上，再接再厉，抓好落实。

追捕国际列车犯罪专案案犯的工作十分艰苦又极具危险，追捕组的全体干警发扬一不怕苦、二不怕死的革命精神，克服许多常人难以想象的困难，冒酷暑战严寒，经过通宵鏖战，废寝忘食，昼夜蹲守十余个小时。7月9日，追捕小组在北京钢铁学院宿舍蹲守缉捕案犯张刚，从晚上8点开始下起了瓢泼大雨，由于案犯家住楼房，对面较开阔，没有隐蔽地点，楼门进出人员又不少，不便隐蔽，小组同志只好分散在较远处，冒雨露天守候六个多小时，忍着饥饿到次日凌晨1点多，直至外出躲避的张犯回来后，追捕组成员猛扑上去，出其不意，将案犯当场抓获。

7月21日清晨，在北京站3次列车开始检票放行时，姜战林和程亚力带领追捕组在站台上搜寻“目标”，突然发现了被通缉的案犯曹六一。曹六一并不知道自己因在国际列车上抢劫而被公安部通缉了，还心怀侥幸地到北京站打算乘3次国际列车去俄罗斯。

姜战林认出了通缉令中的曹六一就在眼前，只见他迎面走向准备上车的曹六一，问：“你是曹六一吧？”

“是。怎么啦？”曹六一见到周围都是警察，心里有几分胆虚。

“你知道不知道正在整顿国际列车乘车秩序呀？嫖娼可是违法的，听说你干这事儿，咱们出站说去。”姜战林叫住曹六一。

“我可没干过什么违法的事，你们认错人了吧？”曹六一想蒙混过关。程亚力认识曹六一和刘文利，知道这俩家伙都是被通缉的国际列车抢劫案的案犯。这时，几个警察已经拦在了他和同伙刘文利的面前，他俩只有跟着往北京站公安段走，边走还边说：“我那货走不了啦，咋办？到时你们得负责。”

进了公安段，曹六一和刘文利就被铐上了双手，押进审讯室，姜战林变脸了，他怒喝一声道：“曹六一，你罪大恶极！想死路一条吗？”

曹六一浑身一颤差点吓破了胆，连声求饶：“我有罪，我交代，饶命啊！政府。”看到通缉令上自己的名字赫然在上，还有照片，曹六一和刘文利都傻了：原来他们已经是被通缉的国际列车抢劫案的案犯了，还以为在境外干的事，不会被国内人发现呢。

突审时，姜战林单刀直入地问：“你要想活命，就只有快点交代你的罪行和你的同伙。”

案犯曹六一是朱兴金团伙的骨干分子，曾多次参与在国际列车上持刀抢劫的犯罪活动，他在抢劫作案时非常凶残，上车抢劫犯罪时身上带着的凶器都是斧子。1993年1月，他伙同朱兴金等人持斧子、砍刀、木棍，在莫斯科抢劫四名中国人四千美元，一千一百元人民币。

曹六一被迫供出了牛顿抢劫团伙的两个骨干分子邢忠实、吴凯峰在北京的住处。程亚力马上发动警车，姜战林、张庆和等率领追捕组迅速驱车赶赴北京朝阳区的劲松小区，准备抓捕吴凯峰。经侦查，吴凯峰没有在家，姜战林、张庆和带着追捕组守株待兔，埋伏在吴凯峰家周围，一直等到晚上8点多钟，才将刚踏进家门的吴凯峰抓获。接着，姜战林、张庆和带着追捕组又奔向朝阳门附近的一处居民区，将隐藏在家中的案犯邢忠实抓捕归案。仅仅在一天时间内，越战越勇的追捕组就顺藤摸瓜将四名重要案犯打入法网，从而进一步掌握了钟庆贺、牛顿团伙的犯罪事实，使专案又取得了较大进展。

8月10日，根据莫斯科工作组传回的情况，获悉罪犯李秋华、陈广铁等参与抢劫的线索后，在接受任务的当天中午即将二犯抓获。

8月16日，根据审查案犯季长春交代同案犯李熙葆尚在市内活动的线索，立即反馈给抓捕小组将李抓获，又根据李的供述，追捕小组在西城阜外单家开办的“达远灯饰门市部”将单志军抓获。根据抓获的三名案犯进行突审和互相印证，顺利查破了“6·26”等国际列车抢劫案件七十一起，并起获了有关赃物和证据。

9月17日下午2点30分，据侦查，参与抢劫作案十多起的钟庆贺团伙主犯常志新在永安里秀水街服装市场出现。追捕组在副处长程亚力，刑侦队副队长杨建宏、闫国庆等带领下，分乘两辆警车，几分钟后赶到现场，迅速卡住市场进出通道。为了防止案犯行凶拒捕，杨建宏和组员温立新化装贴近案犯，在对方毫无准备的情况下，为了确认无疑，杨建宏突然喊了一声：“志新。”就在常志新听到有人叫出他的名字，下意识地随口答应，并寻声回头时，杨建宏和温立新迅速扑上前去，将案犯常志新制伏抓获。这天中午，根据情报得知，特大抢劫案犯严国富正在东单某饭店与女友吃饭，追捕小组立即出动，仅用十五分钟即将严国富抓获。

在公安部统一指挥协调下，各地公安机关撒开了一张张法网。与此同时，北京市公安局根据涉案犯罪人员名单立即出动，将在国际列车上抢劫作案的张志强、张志明等五名犯罪分子抓捕。

赴俄密捕组

6月8日晚，北京铁路公安局会议室内气氛格外紧张，时任北京铁路公安局局长的单玉圭向在座的精兵强将下达了命令，副局长姜战林具体做出特别行动部署，秘密抓捕小组的赴俄行动方案极为周密。姜战林站在桌前认真端详秘密抓捕小组的每一个队员，这一行九人，都是北京铁路公安队伍中精心挑选出来的业务骨干，个个身强体壮，勇猛善战，他们都知道这次任务将面临刀光剑影和生与死、血与火的严峻考验。

开完会，局长单玉圭让单位食堂安排了壮行宴，四大盘凉菜、四大盘热菜都是实惠的家常菜，单玉圭局长开了瓶最好的酒，一瓶五粮液。北京铁路公安局、北京铁路公安处的两级领导为即将出征的勇士们壮行。单局长端起一碗酒递给了秘密抓捕小组率队的公安处副处长程亚力，说："我交给这六个人，你们不仅要完成任务，你还一定要把他们给我平安地带回来！"满腔豪情的程亚力早已热血沸腾，只见他接过局长递过来的这碗酒，语气里有一种前途未知的悲壮，发出誓言：请局长放心，我们一定完成任务！如果有一个人回不来，那就是我！

“不！我是说你们一个人不能少，还要完成任务。”单玉圭局长字字如铁。

“风萧萧兮易水寒，咱铁警出征一定要凯旋！”程亚力说罢一口气喝干了碗里的酒，随着叭的一声将碗摔在了地上。

在场的人都知道这意味着什么，这是完不成任务我当如此碗的英雄壮士气概。

晚餐之后，夜色深深，局里给了秘密抓捕小组成员每人一个半小时时间，让他们回家拿东西和交代家事。

程亚力匆匆赶回家里的时候，孩子已经睡了。他满含深情地捧起孩子的小帽子放在自己嘴唇上亲了亲，轻轻俯身从桌子上拿起石笔在孩子学习的小黑板上留言：斌斌，爸爸去了一个很远的地方，你要听妈妈的话，好好学习，将来做一个对社会有用的人。

这里介绍一下时任北京铁路公安处副处长的程亚力，一个标准的英俊男子汉，身材魁梧矫健，目光刚毅有神，办事干脆利落。他当公安几十年来，抓获的犯罪分子在三位数以上，落在他手里后被法院判处死刑的在两位数以上，他多次立功受奖，每一枚奖章都有他惊心动魄的感人故事，后来他走上了北京铁路公安局局长、党委书记的岗位，2011年刚从局长的岗位上退下来。

因为多年聚少离多的特殊工作性质，程亚力的妻子在他每次出远门前都会悄悄地在丈夫提包中放一个苹果，寓意是平安回来。这次，她从丈夫的眼神中好像察觉出了什么，一再问丈夫：“你去哪儿？去国外出差会不会有危险？”结婚十几年，他们夫妻的感情非常深。她知道丈夫当警察这些年练有一身好功夫，是个顶天立地的男子汉，也知道丈夫为了铁路公安工作，为了打击车匪路霸而不惧怕任何艰难险阻，在与形形色色的坏人斗争较量中都是胜利而归。可是，她真的不知道丈夫这次领受的任务面临的将是什么样的凶多吉少。程亚力自己清楚，知道这是党和国家交给他的最艰巨而神圣的使命，未来的几天几夜会遇到什么样的事情，充满危险和挑战，但他又不能告诉妻子去干什么，怕妻子过于担心，怕妻子牵挂太多，程亚力只好就含糊地说自己去出一趟远差，到莫斯科谈判。妻子只叮嘱丈夫一句：自己多保重，等你回来。

因为这是我国警方第一次涉及境外的打击跨国犯罪，而且是要到俄罗斯去秘密抓捕我国的在境外犯罪分子，其风险性是前所未遇的。在一个没有国际刑警组织相协调的情况下，中国警察要去打击犯罪是有相当难度的，闹不好就会引发国际纠纷和世界影响。尤其是苏联解体，俄罗斯国内形势多变，很不稳定，这一切都是危险的因素。程亚力他们的行动涉及了公安部、铁道部、外交部、司法部，所以增加了秘密抓捕小组的行动难度和危险性。

程亚力他们秘密商定了一套对付俄罗斯警方的办法，即使在抓捕搏斗中被俄罗斯警察误以打架抓住，也不能暴露身份，事先套好的说辞是他们欠了钱，行动小组是讨账的。而且，行动小组出国不能带枪、手铐等警械，面对持枪的亡命之徒，程亚力和同事们只准备了擀面杖和弹簧锁作为防身工具。这都是仔细考虑过的，我们对外的身份是倒爷，拿着擀面杖可以说是我们北方人出国也要吃饺子，弹簧锁是用来锁货的。

6月9日清晨，秘密抓捕小组登上了北京到莫斯科的国际列车，一个任务是保证这趟车的安全，另一个任务是沿途搜集情报。

在列车上，程亚力认识了一位四十二岁的叫王码的副研究员，一看就知这是个精明能干玩得转的人。他会俄语，不标准，说是列宁格勒音。

他们坐的是高级包房，车内设施都是满不错的。正点7时40分，列车驶离北京站。

王码告诉程亚力，这车上有位黑老大，并非我们想象中的黑社会首领，而是跑单帮的头头。在这趟高等级的国际列车上，形形色色到莫斯科发财去的单帮客少说有六七十人，其中不少人虽说表面上是做生意，其实是什么事都干得出来的。列车驶出国境，国内的乘警都下去了，国外也只有分段巡警，车上的治安秩序，全靠这位大爷才能镇得住。

如果他不去，车上便“群龙无首”，不好对付。

“的确是位重要人物哩！”王码自言自语道，“列车上工作人员那么多，难道就怕他们？”

“咳，这您就不知道了。车上的人，谁谁谁住哪儿，家中几口，人家可都一清二楚，不怕！”另一位旅客老张搭讪着说。

他到底来没来？这个黑老大。

王码出去转了一会儿，回来时他冲程亚力摊手摇头：“没来。”

“有些玄。”另一旅客有些担忧地说。

“甭担心，老爷子。劫财劫色咱们都不是目标。咱们哪，三尺微命，一介书生，安然得很哪！”

“小心不为过。”

“倒也是！”

王码却吁了一口气，总想将什么呼出来，但不管如何努力，心里好像仍不踏实。

心不踏实，睡不安稳。车到二连，已是子夜时分，通过一应出境手续，列车驶过国门。不知怎的，王码心中在兴奋之余陡然升起一种忐忑不安的感觉。

过了二连半小时不到，就进入了蒙古第一站扎门乌德。因为蒙古时间和北京时间相差不大，所以时差还不是太明显。火车穿过草原，程亚力和队员们一边留心车厢内的情况一边欣赏着草原的美景。

下午13：20（蒙古时间）列车到了乌兰巴托火车站，停留半小时后，程亚力欣赏着草原的傍晚美景，他们来到了蒙古边境苏赫巴托，在出蒙古边境的时候，边防站的边防巡警上车检查。

蒙古国边境站扎门乌德上了四名巡警，巡视一周便再也没见人影。王码告诉程亚力，这一段是可以睡个安生觉的，因为巡警们都要到乌兰巴托才下去，他这话像安眠药，把同包房内旅客老张一天的旅途疲劳全勾了上来，他果然睡着了。

醒来时已经9点。窗外，广袤的曼达尔戈壁漫无边际，大漠的雄姿虽然气势磅礴，却又如此荒凉，偶尔有星星点点的蒙古包、房舍从眼前闪过，也令人兴趣索然。旅客老张只好收下心来躺在床上看书。王码却似是早有准备，向程亚力介绍起乌兰巴托的活佛哲布尊丹巴一世来……

纵跨蒙古境内一昼夜，什么事也没有发生。

暴风雨来临之前总是宁静的，他们意识到这次暴风雨即将来临。

在通过蒙古边防后正式进入了俄罗斯境内，一开始上车检查的是俄罗斯边防巡警，当时很平静，上来的是一男一女，他们的主要任务是检查车厢是否藏有违禁物品，随手翻一番比较隐秘的地方。他们对程亚力他们携带的物品也表示出了一种诧异，只不过查扣不在他们的工作范围之内。听着列车上旅客对以往发生的悲惨经历的讲述，程亚力和队员们心中充满了对劫匪的仇恨。列车经过贝加尔湖，贝加尔湖的湖水（Байкал）也未能抚慰程亚力和大家情绪。在火车上看贝加尔湖只能看到一望无际的湖水。莫斯科时间8点多，他们到了俄罗斯的斯柳笛扬卡，观赏那平静的贝加尔湖，大约一小时后，列车到达了伊尔库茨克，火车在这儿也没有停得太长。程亚力他们下车，买了贝加尔湖的熏鱼让队员们尝一下，贝加尔湖的鱼在俄罗斯是相当有名的，记得当时王码告诉他们这些鱼是在别的地方吃不到的，每条三十卢布。

边观察周围情况边品尝这传说中的贝加尔湖鱼，第一次品尝感觉味道确实很特别，这鱼因为是熏制的，没有那种油腻味道。而且这种鱼有个特点，它的脊背和腹部里面是没有刺的，也就是说当你拿到鱼后，你只要将鱼头去掉，吃完鱼的一面之后，直接就可以将鱼刺全部拿出，不会有卡喉咙的危险。

据王码介绍，这种鱼有人专门用飞机空运到莫斯科，不过那个价格可就不是三十卢布了。而是要翻好几倍的了。

第三天晚上21点到达俄罗斯境内的纳乌什基，照例有巡警上车，王码却说："要小心了，你们。""你好像什么都知道！""咳，出远门还不得先请教请教别人。"

王码果然不幸而言中。早晨10时许，列车刚刚停靠在伊尔库茨克车站，车厢里便喧闹起来。8号包房蹿出两名中年男子，涨红着脸叽里呱啦乱叫，说些谁也听不懂的话，从他们头上的伤和撕破的衣服来看，显然遇到了非常事件。

旅客老张不敢拢边，王码却凑热闹似的凑上前去。天知道这家伙怎么阴错阳差地攻了理科，其实他对社会风情、各地方言倒真是个天才，此时他居然在其中充当半拉子翻译。好说歹说，两位中年男子拎着个小包中途在伊尔库茨克下车了，他也叹着气回到了包房。

“究竟怎么回事?”程亚力故意问。

“唉!”王码先叹了口气，接着说，“这两位，也真可怜，本想在莫斯科发财的，结果呢，半道上遇上黑吃黑，鸡飞蛋打一场空，挨洗了!”

原来，这两位是温州客人，个体户，去莫斯科做生意的。他们乘的是上一趟3次列车，半夜里车过乌兰乌德站不久，他们的包房便被撬开了，进来四位蒙面彪形大汉，强行将他俩携带的一万多元人民币、三千多美元及价值7万元的商品洗劫一空，算是“盗亦有道”，每人给留了两百元人民币。因此，他们去不了莫斯科，只好到伊尔库茨克找老乡去。

王码大惑不解：“他们不也是跑单帮的吗?”

“老哥呀，这就叫江湖，帮外有帮，派外有派。哦，您先等等，我得下车去一会儿。”

伊尔库茨克是东西伯利亚的第二大城市，过去曾是沙皇流放政治犯的地方。来自中国的列车刚刚停站，站台上边热闹起来，仿佛这不是一列旅客列车，而是一趟流动的售货车。大包小包的货从窗口递进递出，大把大把的票子在人们手中传来传去，汉语和俄语此起彼落……天知道那两位温州客的货是否早已销售，没人过问，也没人顾得上问。

王码忙上忙下，直到快开车的时候，才神秘兮兮地捧着两只精美的小盒子上车，坐下仍喜滋滋地自言自语："总算不虚此行，这下，看足球不愁了。""军用品哩！""没事。""你弄两副干啥？""您老不要一副？嘿，便宜。三套运动服换一副，二十倍，才百十来元钱，在北京，花六百元也见不着这货色呢！""你不怕边境上招麻烦？这样吧，没收了算我的，没事你就留着送朋友。""咳，这话您就见外了。出事就算我没本事，得了吧！喏，先享受享受。"他递给旅客老张一副，老张对准窗外望去，伊尔库茨克河弯弯曲曲，波光粼粼，诱惑着人遐想起不远处的贝加尔湖……

到了半夜，列车停靠在基洛夫车站，此地离北京六千九百零八公里，离莫斯科倒只有十几个小时路程了。黑夜的降临虽说给列车又一次涂上了神秘的色彩，但今天却是一种异乎寻常的喧闹。不远的一间包房里，传来阵阵喝酒猜拳的声音，估计是一路上货销完了在庆贺吧！隔壁的一间，有两位女子在尖声叙说，大约是说昨夜所遇的悸怖，以致她们怎么一夜没合眼。小曹这一行收获颇丰，小本子上记得密匝匝的，甚至连一美元兑换七百四十卢布，人民币一元兑换一百二十卢布的黑市行情都摸清楚了，还不时为人民币无形增值而感叹国家安定的重要。

莫斯科时间7：07到了阿钦斯克（Ачинск，Achinsk）只停了两分钟，第四天途经新西伯利亚，据说这个新西伯利亚火车站还是中国人援建的。程亚力他们下车拍了几张照片作为纪念。到了莫斯科，他还特意在这张照片上写下了"一行九人，神圣使命，慷慨赴死，义无反顾"等留言，以志纪念。

中俄的历史错综复杂，如果总是揪住不放，双方都不会收到好的结果。因为，两国对中俄历史的解读完全不同，很难再找到契合点。俄罗斯沙皇在占领了中国的大好山河后，实行了种族灭绝，要么将原来居住在自己土地上的中国人赶走，要么进行屠杀，最后留下来或者迁移过来的只有俄罗斯人。另外，在所有资料和教科书中从不提及远东这片领土曾经是中国的土地。所以，当你和俄罗斯年轻人聊天，说海参崴以前是中国的地盘，没有一个人会同意你的说法，因为人家早把这片肥沃的土地写进了自己的历史。历史也许不会再重新改写，失去的领土也许永远不会再回来，但是，历史就是历史，它可以篡改，但不可以抹杀。不过，历史已经过去，对于我们来说，珍惜现在和未来，让每个人都能过上富足的生活，把中国建成一个强国这才是最重要的。

莫斯科时间19：46到了巴拉宾斯克（Барбиск，Balabunsk），车厢太吵，王码关上了房间的门。但不多一会儿，门被敲响了，敲门声有节奏而礼貌，出于无奈，他示意老张打开了门。门口出现一个精瘦的俄罗斯男子，紧随其后的是四位浓妆艳抹金发碧眼的妙龄女郎，没等他们开口想问，男子先开了口：“先生，有没有兴趣？”“什么兴趣？”小曹脱口而出。那男子诡秘地一笑，接着将眼光移向后面的女郎，说：“随便先生挑选，只要十美元。”老张茫然无措间，王码挡上前去：“先生，您找错人了。”那男子失望地耸肩摊手，领着俄罗斯女郎们径直走开。“什么事？老哥。”老张问。

“卖淫，这位是皮条客。”王码简略地解释着，“列车上还有这样的事！”老张倒抽了一口凉气，接着说，“我得看看去。”不多一会儿，他回房了，坐下直叹气，告诉程亚力说：“事情还真有哇，唉！那个人让同房的客人让出去，进去一位女郎，二十分钟，里面那男人还是真干哩！”

程亚力和他的队员们知道这事是不能暴露身份出来干预的，因为他们要追捕的是穷凶极恶的车匪路霸。

第四天途经新西伯利亚，莫斯科时间3：57分，列车到了克拉斯诺亚尔斯克（Крсноярск，Krasnoyarsk），在这里，旅客老张下车，王码和同一包房的人送了送他（因为克拉站停的时间也不算很长）。

莫斯科时间10：05，列车到了马林斯克（Мариск，Mlinsk）。因为俄罗斯境内的车站距离远，列车往往要连续不停地跑上几个小时才到一个车站，沿途原野风光旖旎，让人不禁生出许多遐想。

第五天莫斯科时间6：58。秋明（Тюмень，Tumen），这应该也是在秋明火车站。在莫斯科时间晚上12点，列车到达基洛夫车站（Киров，Kirov），刚关上门想安静一会儿，门又响了。程亚力看到一位俄罗斯青年，这位看上去就觉得老实巴交的男人，约莫三十来岁，络腮胡子的老相加上文质彬彬的气质显得有些颓唐。他是来向车上的人兜售他祖父当年流血流汗获得的列宁勋章的，要价不算高，美元三百元，要是人民币就一千五百元。老实说，若是遇上位收藏纪念章的，一定会毫不犹豫地买下来，奇货可居。可惜眼前这些人不是，他们不但腾不出余钱，也感到花钱买这个实在不是时候。

睡得晚，直到10点钟才醒，一宿无事。第六天，莫斯科时间8月20日6：42，列车到达高尔基站（Горький，Gorkiy）。

高尔基站算起来距莫斯科只有三百来公里了。旅客们正收拾行囊，列车长进来了，大概是行程已近尾声，他流露出如释重负的神情。坐下之后，他问程亚力他们打算在莫斯科待几天。程亚力说，要待上几天时间。列车长说，那你们可以在克里姆林宫照个相留作纪念，有空的话去西城克雷拉茨科耶看看那些新型建筑。“你们住哪儿？”列车长问。

程亚力说：“可能是大使馆吧，还没定。”列车长说：“我建议你们住大使馆招待所，千万别乱投宿。”他接着告诉程亚力，眼下在莫斯科住有不少中国人，国内有案底，甚至正在通缉的犯罪头目也混杂其中，莫斯科成了他们杀人越货、吃喝嫖赌的乐土。

送走了列车长，王码当即问程亚力：“这究竟是怎么造成的呢？兄弟。”

“到时就能说得清楚了。”程亚力回答着。据情报得知，抢劫主犯之一牛顿的傍家儿珍珍等几个人当时就在车上准备抢劫。他们得知有国内的公安在列车上的信息后，没敢轻举妄动。秘密抓捕小组为了放长线钓大鱼，暂且没有与这几个小劫匪正面交手。程亚力知道这个时候不便出面，就让列车员放出风去说车上有到华沙开会的领导，让他们老实点。然后程亚力安排人找到珍珍的包厢里佯装跟他们聊天，实际是一步步摸情况。

莫斯科时间10：22，弗拉基米尔（Владимир，Vladimir）到了。

第六天下午，莫斯科时间14：28，列车准时到了莫斯科的雅罗斯拉夫尔火车站（Ярославль，Yaroslav）。

欧倾哈拉硕

6月10日下午15时许，一架大型喷气式客机从首都机场腾空而起，飞向莫斯科。

机舱里坐着赴俄罗斯工作组的六名中国警官，他们是公安部刑侦局副局长胡安福、铁道部公安局副局长张起增、北京铁道公安局副局长姜战林、北京市公安局刑侦处处长王殿栋、公安部刑侦局副处长孙维夫和公安部外事局翻译舒慈煜。

万里湛蓝的天空，望着机翼下的朵朵白云，担负特殊使命的六位警官们心头愈加沉重，到莫斯科能否将“5·26”抢劫大案的案犯攻破是关键。也许是巧合，就是在几天前，俄罗斯内务部运输总局的局长罗马霍夫少将应我国铁道部公安局邀请来到北京。当时中俄警方尚对K3/4次国际列车的案情一无所知。铁道部公安局局长岳方准和罗马霍夫少将会谈的中心议题，就是中俄客货联运治安管理存在的问题和加强双方合作的问题。

中俄警方在北京已经达成协议：基于双方共同利益，当往返莫斯科和北京的国际联运列车进入对方境内，双方都要派出警力值乘，加强沿途停车站警力配备，维护联运列车秩序，及时发现和打击犯罪活动，必要时邀请对方访问，磋商解决重大问题。会谈在十分友好的气氛中结束，中国铁道公安的领导设宴招待了友邻同行，并陪同他们参观游览了北京的名胜古迹。

也就是在俄罗斯内务部运输总局的局长罗马霍夫少将一行率团离京的6月4日，这一天，中国驻俄罗斯使馆紧急电报发往国内有关部门。

而仅仅过去一周时间，由公安部刑侦局副局长胡安福率领的赴俄罗斯工作组六名中国警官登上了飞机，他们的使命异常艰巨，他们的主要任务是：一、通过我驻俄使馆访问受害者，了解K3/4次国际列车在俄罗斯境内的治安情况和有关案件情况，发现破案线索；二、向俄罗斯内务部通报我们掌握的俄罗斯境内中国籍犯罪人员线索，向俄罗斯警方负责将案犯捕获；三、督促俄罗斯内务部加强对K3/4次国际列车的安全保卫；四、与俄罗斯内务部协商被捕获案犯的处理问题，争取由我警方带回国内依法严惩。

六位警官担负着特殊使命。经过八小时的飞行，当地时间19时，工作组抵达莫斯科。赴俄警官们顾不上疲惫和不适，先后和俄罗斯内务部运输总局、内务部案犯侦查委员会和莫斯科市内务局等有关方面进行了多次会谈。

会谈中，俄警方介绍已经抓获的“5·26”抢劫大案可疑犯情况时说，这些案犯在审讯时，故意利用语言上的差异，不是装傻充愣就是一问三不知，审讯一度陷入僵局。

“我们能否参加审讯？”姜战林试着问。

“可以。”俄警方商量后，破例做出了答复。

6月12日4时37分，中国驻俄罗斯大使馆通过机收密函的形式，将K3/4次国际列车专案组工作情况以加急报告电文发给中央领导，电文如下：

K3/4次国际列车专案组工作情况

公安部，铁道部：

6月10日22时（当地时间），我们专案组一行六人抵达莫斯科，我驻俄使馆领事部王遐龄参赞和俄内务部运输总局副局长伏罗比约夫上校到机场迎接。

当晚，零时许，王荩卿大使紧急会见了专案组全体同志，王遐龄参赞在座。王大使对专案组同志的到来表示欢迎。他说，当前中国一些黑帮在俄境内活动猖獗，中国公民和财物被侵害的情况相当严重。希望专案组与俄警方密切合作，尽快解决列车上的问题，同时也要解决地面上的问题。王大使还对国内加强有关案件的侦破，加强对出国护照发放工作的整顿管理，加强对K3/4次国际列车的治安管理、乘务人员的清理整顿，以及与俄使馆加强信息交流，对使馆查询事项及时反馈等问题，向公安部、铁道部提出了建议。我们向王大使传达了江总书记6月4日对解决K3/4次国际列车问题的重要指示，通报了公安部、铁道部领导对贯彻落实江总书记指示的紧急部署，汇报了专案组来俄的主要目的，表示一定按国内的指示，在大使馆的领导下，认真地完成这次赴俄协助警方破案的任务。

6月11日上午，在俄内务部，专案组全体同志与俄内务部运输总局局长罗马霍夫少将、第一副总局长盖特门上校及所属有关局、处负责人进行业务会谈。双方主要围绕发生在K3/4次国际列车上的刑事案件，交流了前段时间的工作进展情况、有关犯罪线索和犯罪嫌疑人员名单，研究了下一步开展工作的意见。双方一致同意当前要抓好以下工作：（1）对我方提供的二十名犯罪嫌疑人名单，俄方要迅速组织专门力量检查，尽快抓获，防止其逃往别的国家。（2）专案组派两名办案人员，加上一名翻译共三人，参加俄警方对案犯的审理工作。（3）在俄方的组织带领下，专案组另外三人访问受害者，主要是协助俄警方做受害人的工作，使他们大胆揭发、作证，并深入了解有关案情。

6月11日下午，我们又与俄内务部案件审理委员会副主任阿尔费罗夫少将举行了会谈，双方主要就依法抓捕犯罪分子和依法严厉打击处理犯罪分子问题交换了意见，今明两天，我专案组即分别参加对案犯的审理和对受害人的调查访问工作。以上报告有何指示，望告。

K3/4次国际列车专案组

一九九三年六月十二日

6月12日，当地时间13时，姜战林、王殿栋和翻译舒慈煜三名中国警官来到莫斯科亚拉斯拉夫斯基火车站民警处审讯室。

依照俄罗斯法律，指控犯罪先要质证。

第一个被提审的是绰号“马头”的案犯马继强。面对三个被抢的受害人做证，俄警察问道：你认识他们吗？

马继强点点头：认识，刚认识的。俄警察又问：是你抢他们的钱了吗？

没有，我不知道。马继强摇摇头。征得俄警方的同意，姜战林上阵了，他早已按捺不住心头的怒火，问马继强：你知道我们是谁吗？你们？马继强瞪了瞪小三角眼说，你们是大使馆的吧。

叭的一声姜战林把自己的名片拍在了桌前：你认识我吗？

马继强一见那上面的名字，不禁大吃一惊：你是姜局，我知道的。

姜战林一针见血，直戳要害：好你个马头，你想蒙谁？我们万里迢迢来找你们，想想你们的罪过吧！还想落个陈尸西伯利亚吗？

不，不是，我想回去，你救救我吧。马继强早知姜战林的厉害。

你只有自己救自己，就是交代自己和同伙的罪行。姜战林给他指了条唯一的出路。不出两个回合，马继强交代了他参与国际列车上抢劫的部分罪行。

审讯持续了近五个小时，笔录做了满满十二页。傍晚，俄警方令见他们束手无策的嫌犯供出了大量罪行，莫斯科亚拉斯拉夫斯基火车站民警处的两位处长把三位中国警官请到小会议室聚餐，一盘苹果，一盘西红柿，一盘黄油面包，一瓶伏特加酒，举杯庆贺中国警官的马到成功。

6月14日中午12时30分，姜战林、王殿栋、舒慈煜三人赶到加登斯基火车站民警处，审讯在押的案犯王琪。绰号“二歪子”的王琪在国内曾受过公安机关的多次打击。这个嗜财如命、心黑手狠的家伙，开始态度相当恶劣，拒不交代，姜战林、王殿栋他们采取迂回战术，问：“你在外国监狱里生活怎么样？”

“饿得受不了，一顿两片面包，一杯水。”

“按俄罗斯法律，只要有证据，就可以判你。难道你想在这儿贴墙上吗（指判处死刑）？你就不想你们家人吗？”姜战林语气不温不火，不紧不慢。

王琪半天不吭声，突然他叹了口气说：“我是真想孩子呀！”

“你想想你现在是和中国政府在对抗，你明白这问题的性质吗？”姜战林步步紧逼。

经过四个多小时的较量，王琪终于被迫交代了自己和同伙的罪行。

下午16时20分，提审的是被称作“二姐”的案犯赵金华。姜战林有意安排在押走王琪时让赵金华进来.两名案犯见了个面，赵金华当时一怔，只见姜战林走到王琪跟前，还故意拍了他的肩膀，说：“好，你表现得很不错。”王琪受宠若惊似的连连点头：“感谢政府，我争取宽大处理。”其实，这一切都是做给赵金华看的，是姜战林审讯时使用的一种心理战术。

待赵金华坐下后，姜战林和王殿栋把俄方为他们送来的午餐面包和茶水推在了赵金华的面前，说：“吃吧。”

此时，穿着袒胸露臂黑色紧身衣的赵金华一把抓起面包，狼吞虎咽地吃了起来。而姜战林和王殿栋他们二人从早晨到下午还没有吃上一口饭喝上一口水，此时他们已经顾不上自己饥肠辘辘了。

姜战林和王殿栋面对的这个妖艳女人就是赵金华，她可是国际列车抢劫案中有名的二姐，这个女人看上去就是个厉害的主儿，是朱兴金犯罪团伙中的头面人物。当初，她从北京的一个铁路信号工厂辞职后，在北京西单百花市场摆服装摊，人称二姐。1992年8月赵金华以自费留学名义申办护照到俄，第一次到莫斯科她也带了不少货，靠卖服装挣得钱，成了万元户。

怀着做人就得出人头地的目的，赵金华与小自己两岁的朱兴金姘居在了一起，狼狈为奸，被匪徒们尊为“莫斯科第一压寨夫人”。在多次的国际列车抢劫案中，她都是主谋和扛大旗的领头人，她腰揣手枪，吆三喝四，飞扬跋扈。她喜欢抽翡翠牌香烟，不管走到哪儿，不管哪路劫匪上车行抢，只要看到包房里有翡翠牌香烟，自然就知道这是二姐的人，这间包房的人就可免遭洗劫。

转眼间，两位中国警官给的面包已经全部填进了肚子，吃饱了喝足了，赵金华看看面前的中国警官，刚才姜战林拍二歪子王琪肩膀说的那番话在她耳边响起，她暗暗地想：这个二歪子是不是都交代了？他跟自己做的那些事，要是都撂了，那我自己扛着有什么用，这不是犯傻吗？可不能让他们都往我一人身上推。

赵金华愣愣地还琢磨着，“怎么样，该你交代了。”中国警官发话了。

“我说。”时年四十二岁的赵金华一气交代出“5·26”抢劫案的全部经过和参与抢劫作案的案犯。

“你们作案用的手枪是哪儿来的？”姜战林突然问道。

“枪是我从河北的白沟市场的一个小摊上买的，分几次买的。那时候去白沟进货，知道那边有一个地方卖钢珠手枪，是打猎用的。我买了后怕过边防检查站查出来，就把枪藏在生日蛋糕里带到俄罗斯。那次到了蒙古边境检查时他们拿起蛋糕盒差点露了，吓坏我了。买来枪，也想试试能不能用，那天，我和他们几个到白桦林里打了两枪，嗯，威力也挺大的呢。”赵金华说起她从白沟购买三支钢珠枪参与作案的经过时，好像在讲别人的故事似的，把自己说成是旁观者。狡猾的赵金华还存有一丝侥幸心理，把自己洗了个一干二净。

紧接着，是突审“5・26”国际列车抢劫案的主犯朱兴金。

朱兴金头上的伤还没恢复好，坐在中国警官面前装疯卖傻，说话前言不搭后语。他自知罪孽深重，一谈到案件关键问题时就垂头丧气不说话。但是，他的罪行已经被同伙供出，也被受害人指控证实。

与此同时，赴俄工作组的胡安福、张起增、孙维夫在驻俄罗斯使馆负责接待投诉者，忙碌地走访被害人。中国高级警官到俄罗斯来办案的消息在旅俄中国公民中不胫而走，一批批受害人前来使馆投诉。

七名福建籍公民联名上书：“我们恳请祖国官员严惩这伙歹徒，帮我们追回损失，解救我们于水火之中。”

四名被抢光钱财的被害人愤怒地说：“恳求祖国的警官为我们伸张正义，尽快帮我们解脱目前处境。我们急于回到中国。这是我们最大的心愿。”

一位叫朱国兴的福建人说：“本来是到俄罗斯做皮货生意的，所带的货和身上的钱都被抢光了，从被抢后至今，因为身无分文，我一直住在火车站的候车室里。”

赴俄专案组的三位中国高级警官认真地进行调查取证，掌握了抢劫犯罪团伙的大量材料。

经过连续十一天的紧张工作，赴俄专案组的警官们，很快就基本摸清了在国际列车上猖狂抢劫作案的四大犯罪团伙情况。这四大犯罪团伙大多以北京人为主，以苗炳林、牛顿、朱兴金、赵金华（“二姐”）为首的四大抢劫团伙势力最强。

当中国驻俄罗斯大使馆大使王荩卿得知警官们第一天审讯就迫使那些案犯交代了罪行时，拍案叫好：“还是我们中国的侦查员行！”

中国高级警官赴俄工作组几天连续作战突审攻坚的行动，使得俄罗斯的高级警官们感触很深，再次对中国同行认真负责的工作精神和富有成效的工作表示十分钦佩和感谢，他们满脸笑容地伸出大拇指，夸赞道：哈拉硕，欧倾哈拉硕！（俄语：好，很好！）还不忘了说：你们是一流的，你们和我们一样能干！

在中国高级警官赴俄工作组启程回国前夕，王荩卿大使特意安排他们去莫斯科市内转转，他对这些连日来埋头工作的警官们说：你们纯粹是一个来俄工作的代表团，国内其他团来我们一般不安排游览，但对你们例外，我让他们陪你们去红场参观。

6月15日。赴俄破案小组与莫斯科市内务总局有组织犯罪侦查局举行会谈，请俄方尽快缉捕在逃案犯。下午将二十余名可能逃往第三国的案犯名单通报匈牙利、捷克、罗马尼亚、突尼斯、乌克兰等驻俄使馆，请求各使馆拒绝为这些人签证。当晚送随车小组返程时，在车站与俄方配合堵截案犯。

俄罗斯的高级警官们这时候接到了一份名单，这份名单上有二十五名主犯的材料，已经由中国驻俄罗斯大使馆通报给匈牙利、捷克、罗马尼亚、突尼斯、乌克兰等国的驻俄使馆，以防止他们逃往第三国。

经侦查发现，这些成为劫匪的人多数都是以自费留学、经商或工作邀请等名义到俄罗斯，这些人相当一部分曾有过前科，不同程度受到公安机关的处理。他们在当国际倒爷的淘金梦破灭前，也曾算得上国内的大款，有的开饭馆，开商店，办托运站，开个体出租车。随着俄罗斯的经济不景气，加之卡西诺轮盘赌场的诱惑，这些人开始依仗人多势众，称王称霸，赌博嫖娼，挥霍无度，继而发展到敲诈勒索，绑架抢劫，疯狂残害那些非法偷渡出境到俄罗斯的鸭子（指偷渡出境者）和蛇头（组织者）。这种中国人专门针对中国人的抢劫伤害犯罪一起接着一起地在俄罗斯境内发生，并在俄罗斯报刊、电视中大肆渲染，称之为来自北京的“黑旋风”。

起初这些劫匪上车抢劫时，都规定北京的倒爷、留学生、出国的官员及外国人不抢，把目标都锁定在蛇头及准备偷渡出国的浙江人身上。“当时偷渡的人身上都带着几万美元，而留学生基本没什么钱，不抢劫官员则是不想把事情闹大，而北京的倒爷很多都认识，会留些情面”。

6月15日下午，3次国际列车终于到达俄罗斯的火车站，程亚力带领秘密抓捕队员们走出莫斯科火车站，直奔大使馆。在俄罗斯，一个城市有几个火车站是很常见的事，北京也一样，比如，有北京站，有西站、北站、南站，还有东站等，但都是以北京命名，但在俄罗斯完全不同。莫斯科共有九个火车站，车站通往哪个方向，就以这条线路的终点站命名。比如，由莫斯科去往圣彼得堡方向的车站就叫列宁格勒车站，列宁格勒是圣得堡以前的名字。这个城市曾几次易名，圣彼得堡－彼得格勒－列宁格勒－圣彼得堡。格勒，在俄语里是城市的意思。莫斯科另一个著名的火车站是基辅车站，顾名思义就是去往乌克兰首都基辅方向的旅客在这儿上车。所以，当你到了莫斯科，人家说基辅火车站，你要以为这车站属于乌克兰呢，那真就成了笑柄了。比莫斯科少一些，圣彼得堡有五个火车站，其中最有名的是莫斯科火车站和芬兰火车站，前者开往莫斯科方向，后者则开往芬兰。

俄罗斯的火车站是开放式的，没有检票室，乘客从候车室直接走到站台上上车，检票的差事则由车厢列车员来完成。这种方法在苏联时期也许有效，因为当时是计划经济时代，一切按计划办事，管理容易，操作简单。但随着俄罗斯市场经济的出现，这种管理的弊病越发突显出来，因为它为滋生腐败提供了温床。这些和我国铁路的客运管理制度还是区别很大的。

初到俄罗斯的人，觉得有很多方面不是那么先进，不过有一点，挺值得称赞，那就是高站台。无论是莫斯科还是圣彼得堡，都采用的是高站台，上下车非常方便。

来自北京的秘密抓捕队员们一踏上异国的土地，心中有着太多的激动。几天几夜的时间在这充满危险的列车中，人地生疏，语言不通，他们以非凡的胆量勇于上阵，面对极其凶险的跨国车匪，面对未知的复杂环境，他们不辱神圣的使命，以普通旅客的身份秘密侦查，寻觅线索，了解情况，控制阵地，打击现行犯罪活动。接下来他们的任务将更加艰巨。

莫斯科，一个熟悉而陌生的城市，曾几何时，它是中国人心目中最神圣的殿堂。这个城市太大，人太多，车水马龙，让人目不暇接。身处这座大都市，再大的人物也会显得无足轻重，再大的款爷也不再耀眼夺目，再大的明星也会星光暗淡。正所谓人外有人，天外有天，这就是莫斯科，这就是莫斯科的魅力。

在大使馆开过碰头会，程亚力让队员们好好休息一夜。早餐后，程亚力就带着这些来自北京的秘密抓捕队员们到莫斯科火车站，与俄罗斯运输总局的同行会面。双方商定了联络方式和调查案件工作的具体情况后，程亚力和他的秘密抓捕队员走出火车站。他们没有打的，而是径直进入了旁边的一个地铁站。

莫斯科的地铁分红黄蓝绿多种颜色，而且经常碰到三条线交叉，不懂俄语的人常常走错路，因为地铁里面简直就是个迷宫。程亚力瞅了瞅站边的牌子：共青团站。这是红线北头儿的一座车站，在这条线的另一端则是著名的莫斯科大学。

他们要去找受害人取证的地点叫河北旅馆，位于蓝线北头的“大学生”车站。从共青团站沿红线坐到市中心的列宁图书馆站，然后换成蓝线，没多久就到了大学生站。出车站向北步行五六分钟，就看到一片奶黄色的楼房，看上去很像大学生宿舍。

从上世纪80年代末开始，中国“倒爷”就成帮结伙地拥向北方邻国苏联/俄罗斯，到这个中国人既熟悉又陌生的国家去淘金。是这些“倒爷”，在中俄两国结束多年敌对关系之后率先开启了两国双边贸易的大门。一向以社会主义老大自居的苏联这才知道，从前的小兄弟那里已经发生了翻天覆地的变化，不仅能够解决自己的吃饭穿衣，而且还有能力出口自己的剩余产品。也是这些“倒爷”，把大量的假冒伪劣商品从中国倒腾到俄罗斯倾销，致使中国产品在俄罗斯人心中的美好声誉在“鸡毛服”“一日鞋”大举登陆以后一落千丈。

转眼间，几年过去，一批“倒爷”走了，另一批“倒爷”又来了，倒货的方式也从先前肩背手提式的单兵作战转变为后来的整火车、整飞机的兵团作战。有人估算，中俄之间的“倒爷经济”已经达到每年一百亿美元的规模。

当时，俄罗斯的情况极其特殊，企业要么倒闭，要么私有化，要么在改制转型，相当混乱，经济几乎陷于停顿，失业率之高前所未有。再加上旧卢布作废，新卢布刚流通不久，表现不稳定，一路贬值，人们手头拮据，购买力很低。当时，在俄罗斯最流行的交易方式就是赊账，又叫代卖。

20世纪70年代，勃列日涅夫下令实行币值调整，10个旧卢布换1个新卢布，1个新卢布可兑换1.6美元。也就是说，1美元才相当于0.625卢布，卢布含金量超过美元，卢布成为响当当的金卢布。谁料到，金卢布会贬为铁卢布、铜卢布、纸卢布？

步入20世纪90年代的第一年，1美元可兑换20卢布。到了1992年5月，1美元可兑换150卢布；到了8月，1美元可兑换241卢布！与二十年前相比，卢布几乎贬值三百倍！

经济大崩溃使卢布大崩溃。叶利钦用“休克疗法”使俄罗斯的计划经济向市场经济过渡并逐步实现私有化。经济休克了钱可没有睡觉，卢布一个劲儿地下跌，使中国人腰包里的美元不断升值。

按1992年5月黑市价1元人民币换20卢布，1卢布等于100戈比，50戈比相当于人民币2.5厘。买一张地铁票，可以在两百公里长的地铁内横坐竖坐，饱看堪称世界第一的宫殿般的地铁车站。2.5厘在中国的城市里就太微乎其微了。

莫斯科不愧为欧洲的货物集散中心，在这里，出货量之大，令人难以想象。就是这样一个普普通通的小房间，生意火爆的时候，一天也卖出几万美元。用一句话来形容莫斯科最贴切不过了：莫斯科是冒险家的乐园，在这里你可以一夜暴富，也可以一夜变得一贫如洗。所以，即使经商条件再恶劣，中国倒爷也舍不得离开，只因为这座城市太过刺激，太有魔力。

程亚力一行和已经提前约好的老于来到米勒市场的楼前。米勒市场的名字源于旁边的黄线地铁站“和平广场”，米勒就是“和平”的意思。米勒，俄语的意思是“和平”“世界”。但“米勒”市场绝对不是一个“平静”的地方，从某种意义上说，它更是一个“世界”市场，因为它集中了来自各国的倒爷。在大门口，他仔细地打量了一下花园街沿街的这片房子，楼房不高，只有二层，外表有些破旧，年代古老，差不多是18或19世纪建的，有哥特式的，也有巴洛克式的，外表是奶黄色，但古朴中透射出一种古典的美。

早晨7点多钟，没有其他小区的安谧，这里人声鼎沸，嘈杂无比。在一楼宿舍的正门口，人们拎着大包小包，出出进进，来来往往。有黄头发的俄罗斯人、黑头发的高加索人（黑毛）、中国人、越南人、阿富汗人，五颜六色的人种混杂在一起，叫人眼花缭乱。人们神色匆匆，脚步飞快，就像是在打仗，在争夺战略高地，分秒必争，寸土必夺。这里俨然是个批发楼，从一楼到五楼，几百个房间，住满了来自国内的商人。每个房间有二十平方米大小，里面堆满了货物。原先这是幢大学生宿舍，后来被一个中国人整体租了下来，开办旅馆，再后来就变成了批发楼。可别小看这一个个小房间，这里的房主个个都是老板，每天做着批发生意。这里有运动服、羽绒服、皮夹克，甚至是裘皮大衣。像河北旅馆这样以中国老板为主的批货楼，叫中国楼，在全莫斯科，大大小小不下十来个，其中最有名的有六个，它们是河北旅馆、莫大旅馆、新莫大旅馆、兵营、索口旅馆和东航宾馆等。

从大门口往里直走，是条笔直的街道，人们管它叫中国街，因为早上练摊的多是中国人。中国街的左侧是一排低矮的老房子，有一层的，也有二层的，下面都是商铺，门口开向中国街。在中国街的右侧有四排同样古老的楼房，前后平行而建。

市场里的人也越聚越多，此刻，到处是一片热闹景象。叫卖声、吆喝声、讨价还价声，此起彼伏。在程亚力面前聚集了很多人，男的女的，老的少的，里三层外三层，把他们围得水泄不通。经过一番周折终于找到了二十号摊的大李。取证结束后，大李说要陪着程亚力这些侦查员顺便转转这个热闹的大市场，也让他们了解一下这里倒爷们的情况。大李健谈，边走边聊，说起了他们夫妻俩当国际倒爷的经历。

莫斯科不愧是俄罗斯的首都，欧洲的商业中心之一。这里是名副其实的商品集散地。从莫斯科向外辐射，东至乌拉尔地区的各大城市，彼尔姆、叶卡捷琳堡、乌法、秋明、欧姆斯克、新西伯利亚，南至罗斯托夫、新罗西斯克、整个伏尔加河流域、高尔基、萨马拉、伏尔加格勒，西至白俄罗斯、乌克兰，北至波罗的海三国及圣彼得堡和摩尔曼斯克。如果说在圣彼得堡做生意是捡钱，那在莫斯科就是收钱，往袋子里装钱，赚多赚少就看你装钱的速度有多快。

这个名叫米勒的批发市场，是个人种混杂的市场，虽然危险，但大批的外国人，包括中国人依然不顾一切，向里拥入，因为这儿绝对是捡钱的好地方。商人在这里捡钱，做些小批发就可以赚得盆满钵满；马飞（黑社会）在这里捡钱，只要向每个业主收取保护费，没人敢不给；小偷可以在这里捡钱，用刀片随意割开顾客的包，将别人的钱据为己有；市场老大在这儿捡钱，每个月初用点钞机数着一沓沓钞票，这些是大家交上来的摊位费和管理费。

利益的诱惑是巨大的，人在利益面前只能屈服。自从去了一趟米勒早市，大李和老婆便一发不可收拾，带来的货很快就脱手了。甚至去年冬天剩的几件皮夹克也很快卖了出去。连续去了几个早晨之后，渐渐结识了几个客户，每天早晨他们还没到，有人就等在了那里。想必拿了他们的货，这些人也赚了不少，有句话叫无利不起早，说的就是这个道理吧。五包货不到一个星期卖完了，而且每天只在早上工作两个小时，这样的美差就是打着灯笼也难找啊。想想在国内每月只挣几百元，可是要上二十六天的班；而米勒也许只有几十个小时吧，没法比。这就是差距，这就是为什么倒爷不顾生命危险，乐此不疲地往返于中俄之间的缘故吧。

在这条中国街上，虽说天还早，但已聚集了不少中国人。不一会儿，在大李的摊位前来了两个俄罗斯人，一老一少，看样子是父子二人。父亲看了看运动服，又摸了摸旅游鞋，之后给儿子递了个眼色，示意他好好看。儿子把运动服的拉链拉开，里里外外看个仔细。大李带的这些运动服都是些假名牌，是低档不值钱的东西，在国内一套就是四五十吧，做工、面料、颜色、款式都还可以，但就是拉链不过关，经常卡在某个地方，上拉不是，下拉也不是。要不然就是拉上去了，下面马上就开了。那时候卖运动服，一天到晚为拉链担心，不知啥时人家就把货给退回来了。儿子认真地检查着拉链，他一共试了三套。然后，又看起了旅游鞋。那时的旅游鞋都是一次性压模出来的，面料不结实，穿不了多久，不是开胶，就是出现鳞状裂纹，但新鞋是看不出什么毛病的。儿子看完了，开始和大李讨价还价。大李的俄语还凑合，连说带比画的，俄罗斯人非常有君子风度，讲价时细声细语，面带微笑，不像中国人吵得面红耳赤，就如同打架一样。大李还了价，只要不触及他的底线，大李当然愿意成交。人就是这样，不知啥时，你的好运就来了，所以，要学会等待和坚持，命运钟情于每个人，只要你有足够的耐心。转眼间卖出三套运动服、三双旅游鞋，赚了两百二十美元，在当时的俄罗斯的确也是个不小的数目。

这里的早市只开到8点，之后所有人必须撤出市场。由于很多人生意正旺，忙于成交，并没有听从管理员的吩咐，仍站在原地卖货。要说俄罗斯市场的管理员真是野蛮，这些彪形大汉，个个耀武扬威，在市场上横行霸道起来，见人就打，见包就扔，见货就踢。有人收摊慢了点儿，那些没来得及装袋的游戏卡被大汉们踢得满地乱飞。大李说咱们得快走，不然要有麻烦，边说边急忙收拾东西，赶紧转身撤出，惹不起还躲不起啊，三十六计走为上。那一刻，中国街上一片混乱，聪明的跑得无影无踪，赚钱心切的可能赚不到钱，还得赔进去一笔。这就是现时的俄罗斯，没有什么章法，没有什么合理与不合理，一切全靠自己，你要培养自己在瞬息万变的环境中生存的能力，否则只有死路一条。

在路上，大李接着说他的倒爷故事，有一天货源突然没了，赚钱的路子一下子堵死了。大李和老婆着急起来，尤其是大李老婆挣钱更加心切。

7月份，天渐渐热了起来。俄罗斯人穿衣戴帽非常注重颜色搭配，比如说，女人挑手套时，常常会把手套放到上衣前、裤子上，让摊主或者其他顾客帮着参谋，出主意，看是否与之衣着搭配，这样反反复复地要试上好多次才行。和中国人喜欢大红大绿不同，俄罗斯人喜欢深色、素色，一件衣服通常不超过两个颜色。在众多颜色中，深蓝最受欢迎，其次为黑、深灰、墨绿、暗红、白色。最不受欢迎的颜色是黄色，俄罗斯人觉得黄色过于鲜艳，穿黄色衣服显得人过于轻佻。

俄罗斯人为什么对深色情有独钟，这可能与这个国家寒冷的气候有关吧，众所周知，深色衣服比浅色的更吸热，自然也更保暖，还有一点就是耐脏。俄罗斯的冬天经常下雪，一会儿冻，一会儿化，像圣彼得堡到了11月份，雪照样融化掉，所以街上泥泞不堪。俄罗斯的冬天雪也特别多，隔三岔五就来一次，人们踩着雪，并把雪带到公共场所，积少成多，弄得室内满地都是雪水。所以，冬天雪后各个商店进门处总是湿漉漉的，白色很容易溅上泥点，自然也就不受欢迎了，因为谁也不想天天洗衣服。至于红色，则是因为搞了多年的社会主义，从国旗到生活，红色无处不在，无处不见，可能是物极必反，人们已经审美疲劳了。

90年代初，俄罗斯正处于从计划经济向市场经济过渡的转型期，物价飞涨。但有一个奇特现象，交通运输仍维持着苏联时期的运营体制，票价极其低廉，尤其以火车票最为明显。从圣彼得堡到莫斯科行走八小时，近七百公里，单程票价却只有不到二十块人民币，与当时的物价相比，真是便宜得没法再便宜了，这么说吧，四个面包钱就能买一张去莫斯科的火车票了。

在俄罗斯各大城市，因为工厂倒闭，闲置的厂房比比皆是。这些荒芜的工厂本来已无什么用处，但是随着中国倒爷的到来，大多数慢慢派上了用场。它们或被中国倒爷租用，当作货物仓库，或被俄罗斯商人用来开办市场。

一天早上，程亚力带两个队员来到了米勒市场，遇到了大李夫妻俩。刚见面大李就说："程总，早啊，我知道你们来是找人找事的。"程亚力摆摆手："我们出来也是随便转转。"大李笑呵呵地说："那你们转吧，我就不陪了。我们是来寻找商机的。没钱赚在这儿可是没法活。"说着夫妻俩进了市场，走着走着大李就觉得今天比平时人多，再往前走，只见一大群俄罗斯人站成一圈在抢购，那火爆程度让人很好奇，什么东西如此抢手？于是，大李挤进去，想看个究竟。挤到跟前，只见一位中国同胞站在一个大纸箱边上卖短裤，箱子很大，里面装满了短裤。

这是一种针织化纤面料的运动短裤，裤腿镶着白边，在短裤正面印着一个网球拍图案，80年代这种短裤曾经很流行，人们运动或比赛时都爱穿这种短裤，不过，进入90年代，就很少有人穿了。这种短裤共有四个颜色，红、黄、蓝、绿。没想到，这种过时的短裤在俄罗斯居然如此受欢迎。卖短裤的小伙子文质彬彬，说话慢条斯理，身材瘦高，脸上戴着副眼镜。

后来才知道，他叫王大明，温州人。他身边的箱子外包装，没有汉字，写的是汉语拼音：上海南汇。在当时短裤批发价是三千卢布，按当时卢布对美元的比价一比二百算，刚好是十点五美元。小商贩们拿出去卖四千卢布，赚半个美元，特别好出手。看着小伙子这个批发风风火火的样子，大李在想，啥时我也能弄到这样的快货，火他一把啊。

从早市出来，大李和老婆向圈楼走去。本想就此回家，老婆说到对面的百货商店"巴萨师"看看，因为来莫斯科后还未去过。他们从一楼转到二楼，当转到最北端时，大李的眼前一亮。只见货架上摆着几条短裤，和早市上卖的一模一样。再看看标价，居然是两千卢布，比早市批发价还便宜一千卢布。大李大喜过望，赶紧拽过老婆，指给她看。老婆也乐了，真是天下奇闻，大商场的价格竟卖不过自由市场。而且，那里火得一塌糊涂，而在这儿却无人问津。

其实，这很好理解。商场是卖高档货的地方，有哪个大款会去关注这些低档货呢？再说了，又有几个穷人去逛商场呢？

大李和老婆当机立断，买下商店里所有的短裤。售货员见状别提多高兴了，这下子卖钱额肯定大幅提升，提成肯定水涨船高啊。她忙不迭地跑进库房，把能找到的短裤全都找了出来，把样品也摘了下来，划拉划拉，最后塞满了整整一旅行包。

第二天早晨，大李和老婆早早起了床。到了早市，把旅行包放在地上，刚掏出一条短裤，马上就围上来黑压压的一群人。你三条，他五条，不大工夫就全卖了。每条净赚半个美元，一百条就赚五十美元，合四百四十元人民币。机会来得太快了，钱挣得太容易了，大李一时都没缓过神来。批发竟是如此厉害，比零售来得更快，赚得更多，省时省力省心。

这个早晨可算得上是风光无限了。拿着钱，大李和老婆又来到了“巴萨师”。快步来到二楼北端，打算像昨天一样如法炮制，可一看价签，他俩顿时傻了眼，三千卢布！差价没了，货源又一次断了。

刚才的春风得意，转眼间被失意所代替，心情一落千丈。就在大李感到无助和绝望的时候，他的大脑突然又一次灵光再现。他对售货员说道：

“您好，我是中国上海南汇贸易有限公司的，刚从中国休假回来。”大李开始信口胡编，除了上海南汇四个字是真的，其余都是假的。

“我们公司搬家了，我和他们失去了联系。您能告诉我他们的电话吗？”既然公司往这儿送货，商店肯定和公司有联系。大李试探着问。

“好，你到对面一楼去打听。看，就是那个门口。”服务员热情地介绍着。

大李下了楼，走到对面的一个门口。门口摆着一张桌子，上面放着一台老式电话机。旁边坐着一位老太太。

“这是财务部，同志，你找谁？”看门的老太太问道。

大李把刚才对售货员说的话重复了一遍。

老太太拨通电话，看样子是打给财务部门的。

“小伙子，一会儿，你们公司就会派人过来送货，你先等会儿，他来时我会通知你的。”老太太说得特认真。

大李谢过老太太，这样的老太太在俄罗斯有很多很多，她们既正直又善良。

不一会儿，一个长得黝黑、高个儿、戴着金色眼镜的小伙走了过来。

“我是上海南汇公司的，叫赵和平。你找我？”小赵疑惑地看着大李。

“哦，我叫李小辉，进修生。你们公司还有那种网球短裤吗？”大李一边说，一边比画着短裤的样子。

“有啊，你要多少？”小赵乐呵呵地问。

“价格是多少？”

“两千卢布。”

听到这个消息，大李立刻有了精气神。

“我没钱，能赊账吗？”大李试探着问。

“没问题。我可以做主，卖完货再结账。”小赵肯定地说。

当天晚上，小赵和公司另外一位业务员直接用日古力小汽车运了四箱。他俩帮着把货从楼外一直搬进大李的屋里。

第二天，大李决定先去市场踩点，选个合适的卖货地点才行，毕竟这不比原来的小打小闹了。

大李来到越南街，发现有很多黑毛的摊位上都摆着短裤，而且也有人买。于是，他选了两个自己认为相对可靠一点的黑毛，把短裤批给他们。为了不冲突，大李把给他俩送货的时间错开。回到宿舍，大李把一箱短裤从楼下搬到楼外，叫了辆日古力小货车，装上车，直奔米勒而去。到了市场门口，大李看到第一个黑毛已在等他。就让他上车，每箱二百一十六条，每条三千卢布，总共是六十四万八千卢布。黑毛上车前已把钱准备好，递给大李，他迅速查了一遍，确信无误后，把箱子用脚往下一踢，黑毛下车把货拿走，大李和司机回去取下一个箱子。

没过多少时间，大李运来第二箱短裤。这次，另一个黑毛在门口等着呢。像上次一样，如法炮制，点钱，踢货，走人。一连走了四次，赚了四百多美元。大李越说越兴奋，感叹当时对市场并不熟悉，所以没有急于求成。如果一次运来四箱货，可能会省些运费，但随之而来的是风险增大。同一个人做生意肯定要比一次同两个人做生意来得简单，发生意外的可能性相对小些。同行是冤家，把他们分开，是明智之举。

幸运来得太快，没来得及回味；钱赚得太快，有点晕；南汇公司的大度热情，让大李钦佩。

第二天，大李给小赵打电话，再来二十箱。傍晚，小赵他们准时把货送来。由于货太多，他们此次雇了辆大车，还是像第一次那么热情，小赵他们一起帮助把货送到楼上。这是一项艰巨的工程，每箱货从楼外搬到宿舍，要倒腾好几次，幸好，乘电梯的学生不多，否则会很麻烦的。

二十箱货整整堆了一面墙，黑压压的。望着屋里堆满的货，大李既兴奋，又有一丝紧张。毕竟，这是学校，是学生住宿的地方，可现在却成了他的仓库。在众多的学子眼中，这个中国倒爷显得很另类，与周围气氛不很协调。没办法，眼下只能这么做，因为他没地方可去。现在太穷，租房他都拿不起房租。其实，大李的担心有些多余。在莫斯科像他这样的宿舍比比皆是。很多宿舍都住着中国倒爷、越南倒爷，或者黑毛、阿富汗人等，原因有两条，一是价格便宜，二是相对比较安全。学校方面和保安并不干预，如果真的不满意，给保安一点好处，也就了事了。再说，宿舍是公家的，假公济私，何乐而不为呢？

二十箱货卖得依然很快，大李连着又加要了三十箱。等他再要货时，小赵告诉他没货了。大李当时那个悔啊，明知短裤畅销，为啥不多扣点货呢？没经验啊！年轻，太年轻！他拍着自己的脑门，但悔之晚矣。

1993年刚刚到来的夏季，让这个闯荡俄罗斯的年轻人心醉。不到一个月，他竟然赚了三千多美元，将近三万人民币。对于当时的他而言，这无异于实现了自己的发财梦，从此让自己进入到了万元户行列。要知道，万元户好像只有广州、深圳、温州那儿有，连上海北京也不是很多啊。怀揣着三千多美元，他和老婆尽情地享受着波罗的海夏日的阳光、海风。

20世纪90年代，俄罗斯人对列宁时代的厌恶到了极点，很多城市列宁的雕像和遗迹被移走，甚至是拆除，受之株连的当然还有高尔基等无产阶级革命家。90年代，似乎是俄罗斯从左向右疯狂过渡的时期，去社会主义俨然成了社会的一种共识，许多城市一股脑儿地改名，列宁格勒改成圣彼得堡，斯维尔德洛夫斯克变为叶卡捷琳堡，高尔基回到了原名下诺夫哥罗德。

俄罗斯人对苏联的厌倦让我们这些中国人很不理解，要知道，中国有太多太多的人对苏联怀有特别的情结，他们对苏联的喜爱和崇拜简直到了顶礼膜拜的地步。反观俄罗斯人，对苏联的解体表现得极其冷淡，似乎没有怀念，倒是一种解脱。有一次，在圣彼得堡火车站，程亚力同一旁正在取货的一个俄罗斯商人闲聊："你觉得现在好呢，还是以前（苏联）好？"了解俄罗斯人的想法，一直是程亚力的好奇所在。对方的回答非常干脆："当然是现在好。过去，你想干什么，人家不让你干啊。现在，我可以干我自己的事了。"言外之意，他现在自由多了。

如今的高尔基市伴随着苏联的解体，也发生了改变，去高尔基化就是一个例子。过去随处可见的高尔基雕像已不多见，以高尔基命名的街道、博物馆、学校也所剩无几，高尔基的影响力已今非昔比。高尔基，这位与列宁同时代的革命作家，现在的命运和列宁多少有点相似，墙里开花墙外香。在俄罗斯极少被提及，甚至被很多年轻人视为罪人，因为在一部分年轻人心中，十月革命就是一场错误的运动，是俄罗斯开始落后于西方的罪魁祸首。

置身于高尔基才真正知道这里有很多古迹，其中最有名的是克里姆林宫，这是个建于16世纪的建筑群，在建造规模上虽不及莫斯科，但建造历史却更早。里面最有名的建筑是建于17世纪的阿尔汉格尔斯克教堂以及德米特里耶夫斯基塔，这里保存着下诺夫哥罗德历史建筑博物馆没有的陈列品。程亚力和队员景康一起沿着克里姆林宫大街从这座宫殿旁边走过，远远看去那里面很大，到处是树木和被厚厚积雪覆盖着的草坪。建筑物错落有致地分散在宫殿的各个方位。很快他们来到大波可洛夫斯克大街，这是条步行街，属老城的一部分。这里大都是19世纪至20世纪初的建筑，除了古建筑，这里也有各种各样的现代雕塑。置身于这条大街上，古老与现代，历史与当今相互交融，浑然一体。出了古街，向北走不远就是伏尔加河了。站在伏尔加河岸边，前面是冰雪覆盖的伏尔加河，脚下是气势宏伟的切卡洛夫台阶，这些台阶从下伏尔加沿江大街一直向上延伸到上伏尔加沿江大街的切卡洛夫雕像，总台阶数达到了五百六十个，蔚为壮观啊。

从最高处的第五百六十级台阶拾级而下，一直下到伏尔加河接近水面的地方。河面很宽，河边有一些小吃店。眼看到中午了，程亚力他们到了河边的小吃店吃了点快餐。往前走到繁华的大街拐角，有个大门，门里面是个大型露天市场。程亚力突然想到老李，他那天提供的线索会不会在这儿？程亚力决定沿着这个市场去看一看，但是没有找到那个叫老于的人。

卢布和人民币之间通过硬通货币比较实现的汇率，已经达到大约是五十比一。“俄罗斯大饭店”，它是莫斯科最豪华的俄罗斯国营的大饭店，位于红场东南约三百米处的莫斯科河畔，建筑规模极其宏伟，内部装修极其豪华，远非北京的涉外大饭店所能比拟，不过它的饭菜的价格之低，与北京的大饭店比较是另一个意义上的不可比拟。尽管如此，它的物价水平对于普通的莫斯科人来说，仍属非常之昂贵，所以，饭店的客人以外国人居多，像北京的那些涉外大饭店一样，本国人真能吃得起的为数极少。俄罗斯通常每餐都分为四道，第一道是开胃菜，除了普通的黄瓜、番茄、火腿、沙拉等，比较有特色的是把西兰花和蛋清一起放在平底锅里煎熟后切成方形的蔬菜，还有白煮蛋切半，取出蛋黄，将蛋黄与土豆泥、洋葱末拌和后做成蛋黄大小再塞回去。

第二道是汤，汤的原材料变化无穷，值得称道的是汤里的各种香料，未入口，只是那奇香已令人垂涎欲滴。

第三道是主菜，这里不能不提一下土豆，去过东北的人都知道，东北的土豆非常好吃，香，滑，完全没有涩味。同样，在俄罗斯，土豆不仅是蔬菜，还是主食，每家每户的地窖里都储藏有大量的土豆。有一道菜是土豆泥加牛肉饼，牛肉饼由牛肉泥加上洋葱泥做成，浓香扑鼻。加上当地特色的各种番茄沙司，除了卡路里太高，简直是完美！

俄罗斯警察的贪是人所共知。大街上看到个中国人，你看他一定是满面春风，别以为人家对“中国同志”有了友好情意，他是从你的钱包里看见美元了！走上前来，先给你敬礼，那手还没有落下来就掌心向上，给你要“苏芬尼尔（俄语：礼物）”。你不给，看吧，立马就变脸，对不起，把你的护照拿出来。这个时候，他是打心眼里盼着你护照上的签证到了期，那他可就是抓住带把的烧饼了，你是“苏芬尼尔”呢还是被驱逐出境？你给他五个美元，什么俄罗斯法律不法律的，他先和中国朋友友好往来一番。五个美元，五个美元怎么了？五个美元是不多，可顶他半个月的薪水！所以这个账不能那么算，一百美元在北京是不够一顿饭钱，可这是在莫斯科，三四万卢布不光是莫斯科人能像模像样地花上一阵子，在莫斯科过上一阵子，熟悉熟悉这个巨大的都市，才能推测出到哪里去找一个中国人。许多中国人都住在中国人开的饭店里，诸如“爱华”“长城”“黄河”，还有“天鹅”等的饭店里。

离开了市场，程亚力他们返回了莫斯科，莫斯科真的很美！这些从未走出过国门的中国铁路警员们内心里发出一声赞叹。哈拉硕，哈拉硕，欧倾哈拉硕！

风雨莫斯科

红场是莫斯科的中心，是来莫斯科的游客必去之处。红场的知名度可以与天安门广场媲美，可是却没有想象中那么大，面积9.1万平方米，大约只有天安门广场的1/5。地面很独特，全部由条石铺成，显得古老而神圣。红场位于莫斯科市中心，西南与克里姆林宫相毗连，是苏联重要节日举行群众集会和阅兵的地方。辟于15世纪末，17世纪后半期取今名。平面长方形，面积约4公顷。西侧是克里姆林宫，北面为国立历史博物馆，东侧为百货大楼，南部为瓦西里布拉仁教堂，临莫斯科河。红场是莫斯科历史的见证，也是莫斯科人的骄傲。

在红场的西侧是列宁墓和克里姆林宫的红墙及三座高塔，列宁陵墓位于靠宫墙一面的中部。墓上为检阅台，两旁为观礼台。列宁墓与克里姆林宫红墙之间，有十二块墓碑，包括斯大林、勃列日涅夫、安德罗波夫、契尔年科、捷尔任斯基等苏联政治家的墓碑。红场南边是莫斯科最经典象征的瓦西里大教堂；北侧是国家历史博物馆，建于1873年，也是莫斯科的标志性建筑。附近还有为纪念“二战”胜利五十周年而建造的“二战”英雄朱可夫元帅的雕像，以及无名烈士墓。东面是世界知名十家百货商店之一古姆商场。

莫斯科克里姆林宫与红场，均属文化遗产，1990年列入世界遗产名录。从13世纪起克里姆林宫就与俄罗斯的所有重大历史政治事件有关。这座宫殿从14世纪到17世纪由许多出色的俄罗斯和外国建筑师设计修建，是王子的住所和宗教中心。红场上的圣瓦西里大教堂是俄罗斯东正教的最华丽的建筑之一。克里姆林宫是俄罗斯历代帝王的宫殿，位于俄罗斯首都莫斯科中心，与红场毗连，它们一起构成了莫斯科最有历史文化价值的地区，被列入世界遗产名录。

红场正中是克里姆林宫东墙，宫墙左右两边对称耸立着斯巴斯基塔楼和尼古拉塔楼，双塔凌空，异常壮观。步入红场等于步入了俄罗斯精神家园的大门，红场的一切同样代表了俄罗斯民族悠久的历史。红场面积很大，长六百九十五米，宽一百三十米，总面积9.035万平方米。长方形，南北长、东西窄。红场是莫斯科最古老的广场，虽历经修建改建，但仍然保持原样，路面还是过去的石块，已被鞋底磨得光滑而凹凸不平。

红场与克里姆林宫并非同时建造，15世纪90年代的一场大火使这里变成了“火烧场”，空旷寂寥。直到17世纪中叶这个地方才有了“红场”之说，俄语中意即“美丽的广场”。

红场上除了以克里姆林宫为主要建筑外，还有一些其他的建筑物，如列宁墓。1924年1月27日列宁遗体的水晶棺安置在这里，后不断修葺陵墓内部。如今的列宁墓，色调肃穆、凝重，外面镶嵌贵重的大理石，黑色、灰色的拉长石，深红色的花岗石和云斑石。陵墓一半在地下，一半在地上，墓顶为平台，供全民节日时俄领导人检阅游行队伍和军队之用。红场南面还有一座由大小九座塔楼组成的教堂，极富特色，被戏称为“洋葱头”式圆顶，在俄罗斯以及东欧国家中独具一格，已成为红场的标志性建筑。另外，红场北面是19世纪时用红砖建成的历史博物馆，为典型的俄罗斯风格。东面是一个超大型商场，由二百四十家商店组成。虽然其地位已经下降，被附近更高级、更新颖的商场取代，但其设计之独特、装修之豪奢，完全可以与欧美最现代化的商场相媲美。

在广场上让人时时能体会伟大的俄罗斯的民族历史与往昔的辉煌。克里姆林宫为红场最主要建筑，是俄罗斯民族最负盛名的历史丰碑，也是全世界建筑中最美丽的作品之一。它初建于12世纪中期，15世纪莫斯科大公伊凡三世时初具规模，以后逐渐扩大。16世纪中叶起成为沙皇的宫堡，17世纪逐渐失去城堡的性质而成为莫斯科的市中心建筑群。

克里姆林宫南临莫斯科河，西北接亚历山大罗夫斯基花园，东南与红场相连，呈三角形，周长两千多米。二十多座塔楼参差错落地分布在三角形宫墙边，宫墙上有五座城门塔楼和箭楼，远看似一座雄伟森严的堡垒。宫殿的核心部分是宫墙之内的一系列宫殿，建筑气势恢宏，体现出历代俄罗斯人的聪明才智。另有政府大厦和各种博物馆。最具特色的是一组有洋葱头顶的高塔，它们是在红砖墙面用白色石头装饰的，再配上各种颜色外表，如金色、绿色以及杂有黄色和红色等。它由俄著名建筑师巴尔马和波斯尼设计，不同于欧洲古代的哥特式与罗马式，而与东方清真寺风格颇为相似。克里姆林宫也吸收了西方建筑的精粹，它的几幢主要建筑都是由意大利设计师设计的，所以，克里姆林宫建筑艺术上博采众长又独具特色，获得普遍赞誉。

克里姆林宫中，苏联部长会议大厦、前苏维埃最高主席团大厦、克里姆林宫会议厅和大克里姆林宫最为重要。苏联部长会议大厦平面为三角形，有巨大的绿色圆顶，建于高大的基座之上。克里姆林宫墙内，朝莫斯科河有三列高窗的漂亮建筑物就是大克里姆林宫，由古老的安德列夫斯基大厅和阿列克山德洛夫斯基大厅联结而成。宝石大厅以精美的装饰别具一格，墙边竖立着许多有华丽浮雕的螺旋柱。宫殿西侧为一列别致的房间和冬季花园，有六百多个各具特色的房间。索皮尔娜雅广场位于克里姆林宫中央，周围环以历史、艺术和纪念性建筑，中心是大伊凡钟楼，高81米，曾经是莫斯科最高建筑。钟楼旁有一沙皇钟，号称世界最大，重二百吨。附近一件16世纪的奇迹是沙皇大炮，长5.35米，口径四十厘米，重四十吨，本用于守卫莫斯科河渡口与斯巴斯基大门的，但一直没发射过。克里姆林宫，既是最富丽堂皇的帝王住所，又是坚固的堡垒，还珍藏大量的文物。它与红场一起构成了今日莫斯科最迷人的风景线，让各地游客流连忘返。

因为时间紧，任务重，正在经历生死考验的程亚力和他的秘密抓捕队员们多么想到这些名胜古迹去走一走看一看，但是，身处莫斯科的勇士们也只是在大使馆的俄罗斯莫斯科历史文化资料中看到的。

随着国际列车案件侦破线索的不断扩大，一批又一批的涉案分子浮出水面。7月16日，公安部发出通缉令（033号），通缉陆伟良等十一名案犯。同时发出《关于撤销杨晓东等五人通缉工作的通知》。

秋天的莫斯科，天高云淡，秋风飒爽。明媚的阳光洒在一望无垠的大地上，让人惬意，也叫程亚力和他的秘密抓捕队员心驰神往。走在莫斯科城市的大道上，大道两旁挺拔的杨树在秋风中摇曳，发出哗啦哗啦的声响。杨树的两边是清一色的空地，上面长满了野草，似乎从来没有过人烟，没有过走兽痕迹。

大片大片的绿地，各式各样的休闲广场，宏伟的建筑，古老的教堂，茂密的森林，这一切都有机地、巧妙地融合到了一起，令人耳目一新，无比振奋。如果说圣彼得堡有古老的文化底蕴，呈现出古典的美，那莫斯科则是气势磅礴，表现出一种大气的美。

马路的右侧出现了一排厂房。这是一处废弃的工厂，占地规模很大，红色的砖墙，人字形的屋顶，大大小小的建筑物不下十几个。工厂的四周用黄色的围墙圈着。遥想当年，这一定是一个万人以上的大厂，可惜今非昔比，繁华落尽，风光不再。90年代初，伴随着苏联的解体，大量工厂开始倒闭，除了一小部分工厂私有化，卖给了个人，绝大部分闲置起来，偌大的场区，空空荡荡，除了打更的老头，鲜见其他人的身影。这些厂房因年久失修，看上去显得陈旧破败，毫无用处。然而，随着中国商人、倒爷的拥入，这些向来没人光顾的工厂顿时不甘寂寞，变得活跃起来，有的改造成自由市场，有的变成展会，更多的成了物流仓库。

当时的苏联，和东欧各国一样，都面临严重的经济困难，解体质变后的这些国家的生活水平大幅度下降，人们都知道那儿绝对不是天堂。可是就是那儿，磁石一样地吸引着成千上万的中国人，为此，许多并不是家资巨万的中国人宁肯花上四位乃至五位数的美元，有些人甚至为此倾家荡产最终梦断异邦。

那儿究竟有什么？有人不解，程亚力他们后来知道了那儿究竟有什么。

中国人到了国外，如果能够听到外国人用汉语为自己提供服务，一定会感到无比亲切，一定会大大地为民族自豪感激动一番。可是，如果对中国人提供汉语服务的场所仅限于“卡西诺（赌场）”和红灯区，就警惕了。

不懂外语的中国人在俄罗斯发现某个地方一律用中国话提供全面服务，感觉好像格外亲切，初到国外的同胞大约还可能错觉我们国家确实强大了，乃至于洋人要推广我们伟大的语言了。

在莫斯科，凡中国人经常涉足的地方，比如银行、市政厅、区政府等地方，都贴有用汉字写的布告，更特异的是还有一个使用汉语向中国人提供全面服务的地方，这就是“‘卡西诺’（Casino——赌场）”，莫斯科最大、最豪华的一家当地人和德国人合办的赌场。

在“帝国卡西诺”门前，穿着制服的服务生见到前来的中国老板都会立刻迎了上来，笑容满面一本正经地用中国话说：“您好！先生。”

那位在莫斯科的中国人圈子里弄得很有点名气的蛇头，一身笔挺的黑色高档西服，配着黑皮鞋，这模样架势，和旧时代的土匪好像有些仿佛。很有些气派，让人觉得来自中国的下层流氓也有了点美国电影上的黑社会味道。

不仅仅是“莫斯科卡西诺”，所有的“卡西诺”对入场的客人的衣着都有极为严格的要求，男人必须西装革履，女人虽未必个个“似乎是颇有些雍容华贵的意思”的晚礼服一级，但是牛仔裤旅游鞋绝对不许入内，你就是偶然混了进去，也一定会被“卡西诺”护场的外国大汉拎着胳膊扔出来。

国外的合法赌场究竟何等模样，国人一般说来很难想象。在人们的想象中，赌场应当是暗无天日、无法无天、黑社会流氓出入刀光剑影的“魔窟”。实际情况远非如此，比如莫斯科的“卡西诺”，其不但装饰豪华灯光明亮，服务生更是彬彬有礼。

赌场绝对是个黑暗之窟、罪恶之窟，可是它的目的非常明确，它是要把别人的钱变成自己的钱，如果它不能提供赌客的安全，不能提供第一流的服务，不能够制造出迷人的梦幻式的环境，那么，除非是黑社会流氓斗法，谁也不会去，它也就挣不到一分钱。

作为一个发展中国家，有些中国人的赌恐怕是世界级的。在国内赌博是非法的，一旦出了国，怀揣“赌场秘籍”又“获得解放”的中国人当然要大显身手，于是，“卡西诺”里豪赌的中国人让俄罗斯人大开眼界。

说起来，中国人无论如何之“豪”也不能望阿拉伯富豪之项背，科威特亲王在美国赌窟一掷千金，一夜输赢动辄数十万、数百万绿票子美元，令全世界的赌徒目瞪口呆。确实，单就输赢的绝对数额而言，中国赌徒绝对不是阿拉伯酋长们的对手，但是，如果以输赢的数目占其拥有的财产总额的相对比例而论，阿拉伯的亲王酋长们就该回过头来望中国赌徒的项背了。

在莫斯科的“卡西诺”，有据可查的中国赌徒的一夜赌账是近四十万，当然是美元！当然是输了！输红了眼的赌徒当然会去偷去抢劫同胞。

张老板应该算是很有节制的赌客，平日不赌，每次从国境那边回来则是非赌不可。

他是干偷渡的，组织一次偷渡，他的收入在两万到四万美元之间，一个月搞好了能干好那么几次，收入自然非常可观。莫斯科的“卡西诺”有几家，他只认这一家“卡西诺”，每次来了，若是赢了就要一直把钱再输回去才肯罢手，若是输了，更具风范，一般是三千最多五千美元一定歇手。“我上那儿就是放血的，这钱来得太黑，放放心里才踏实!”所以，他是“卡西诺”最受欢迎的中国客人。

每次张老板进了门就被服务生领到了轮盘赌的赌台前。这里的人都认识他，立刻有人让座，掌台的俄罗斯人对他笑逐颜开：“张先生，好运!”又是中国话。和他一起来的五姐不玩轮盘赌，她玩的是十三点牌局，这种赌法好像是更优雅些，与她的“似乎是颇有些雍容华贵的意思”的风度正相般配。

有人说赌博是那些在莫斯科绑架、抢劫的一个重要原因。卡西诺——莫斯科周围的赌场，那一比三十六的巨大输赢刺激对前来参与赌博的人们产生了极大的诱惑力。所以说卡西诺是最欢迎中国人的，而且去那里的中国人还常爱成群结队地一起去凑热闹。在常去光顾的北京人中，有朱兴金和马继强。开始马继强玩老虎机，后来玩轮盘赌，开始比较规矩，也赚了一大笔钱，后来三天两头去卡西诺赌博，一下子就输掉了几千美元，眼瞅着手头没钱了，朱兴金趁机拉他入伙，朱兴金拍着胸脯说：行呐，马头，你跟着我干，回国的时候保证给你五千美元。马继强后来就跟着朱兴金在莫斯科附近的旅馆对住宿中国人抢劫，后来就发展到了上国际列车抢劫。马继强成了朱兴金抢劫团伙的骨干分子。

在俄罗斯，中国的男人赌，女人们好像比男人更爱赌。据国内某家报纸进行的一次调查，“新长城建筑大军”的性别比例是女的比男的多。女人们玩的多是“吃角子老虎”，也有为数不多的女人上轮盘赌，仍旧是少有下大注的。二姐赵金华则不同，她每次参赌都是大来大去，输赢都很坦然。

在莫斯科、在布达佩斯、在整个东欧，究竟有多少中国人在赌，恐怕没有人能说得清楚。

客观点说，可能有不赌的，但是少得可怜。听说有这么一笔账，中国人在东欧的各式各样的“卡西诺”输掉的钱，少说也有一亿美元。

除去“卡西诺”，还有一个场所经常能够听到中国话，这就是红灯区。

为了吸引尽可能多的外国游客，赚取这些国家极为紧缺的硬通外汇，红灯区便顺理成章地如雨后春笋般冒出来了。俄罗斯红灯区的色情场所分出若干等级，色情酒吧、夜总会、妓院（当然了，未必就使用妓院的招牌）、泰国浴室、芬兰浴、桑拿浴，等等。除此之外，还有些并不提供直接的性服务的色情场所，比如性商店，比如3X级别的电影院等等。

“独联体”国家的妓女已经在东欧国家站住了脚，当中国人在匈牙利淘金时，当中国的女孩子在布达佩斯把风华正茂的青春抵押给生存必需的金钱的时候，来自莫斯科的妓女也像那个裹着羽绒服的中国姑娘一样给饭店里的外国人打电话。

俄罗斯的妓女已经遍及东欧诸国，在东欧，除去中国的妓女，俄罗斯的妓女大约是最“便宜”的。匈牙利和波兰等国的妓女的收费每次不能少于五十美元，而一些初到东欧尚未立稳脚跟的“独联体”妓女不反对五个美元。于是，东欧的许多来自穷国的外国人（很遗憾地包括一些中国人）就专门嫖“独联体”妓女。

这是一个在俄罗斯流传得极广的“巴布什卡（俄语：老祖母）”式的故事。还是沙皇时代，有一个中国人死在了圣彼得堡，正值夏天，为了防止尸体腐烂以便运回故土安葬，死者的亲属用盐把尸体腌了起来。到了海参崴，俄罗斯的海关官员让中国人打开棺材，他看到那具用盐腌起来的尸体，先是骇得面无人色，接着是立刻放行。没有多久，这个被他们当作大笑料的故事传遍了整个俄罗斯。这是个真实的故事，可是它之所以能够传遍俄罗斯，起码在某种程度上说明了俄罗斯人对中国人所抱的偏见。

问中国人要不要盐，是俄罗斯人能够给予中国人的最大的侮辱。可是那几个气壮如牛的中国人还自我感觉良好！

到1991年年底，俄罗斯红灯区的各类色情场所里都有中国来的女人在为各国的客人提供各种性服务；同时，在各类色情场所的客人里，中国的男人都是不可或缺的成分。“卡西诺”红灯区，还有赛马、彩票、足球等合法存在的赌博……

也正是在这种国内形势不稳的特殊时期，一些坏分子趁机露出了真面目。

杨春春，一位来自北京的姑娘，二十三岁，在家是独生女，她花了四千美元办了个留学身份。之所以叫她留学身份而不是留学生，因为她根本不上课。在俄罗斯，像杨春春这样的人比比皆是。有男有女，有老有少，有中国人也有越南人、德国人、美国人、阿富汗人。年龄最大的一位留学生居然都五十多岁了！当然，他一句俄语也不会，从来没上过课，甚至连学校教学楼都从未去过。

俄罗斯人不善经商，其实也不尽然。在市场上俄罗斯人比不上中国人少，但商场不只局限于商场，在某些方面，俄罗斯人也许比中国人更精明，更厉害。就拿开公司或学校办身份来说吧。1992年以前俄罗斯绝大部分都是国立大学，只有极少数的俄罗斯高等教育机构为私立的。1992年以后，俄罗斯开始实行国立与私立大专院校并举的教育体制，各类私立高校蓬勃发展。

注册个小公司或者培训学校，再挂靠到某所正规大学的名下，然后就开始往各国发邀请函。中国学生凭这张邀请函去俄罗斯驻中国使领馆办理签证，到俄后再由发函单位拿着你的护照去当地派出所办理落地签证，就是在护照后面盖上一个章，注明居住期限。一张纸再加这个章就收你六百美元，这才是一字值千金啊。因为一张纸总共也没几句话。

这是一张俄罗斯莫斯科一所大学的邀请函，看一下就知道去俄罗斯留学是多么地简单容易。

邀请函

兹证明杨××（籍贯、姓名、性别、年龄、出生年月日）于×年×月×日来我学校学习。

护照号码：××××

学校盖章

苏联解体后，社会急剧变化，过去僵硬的体制被杂乱无章的新体制所代替。新体制，充满活力又是无序的、混乱的，有时甚至是违法的。但社会变革太快，没有人能立刻管得了这些。于是，一些人在鱼龙混杂中发了大财。早期的俄罗斯留学中介就是如此。在俄罗斯通常有两种留学中介，一种是正规大学办的，到俄罗斯不管你上课与否，必须交学费，与正规留学生的收费没有什么不同。还有一种就是前面说的黑中介、小中介，没什么资质，但靠关系而在社会上混得风生水起。这种中介就是办身份收钱，只有一部电话和一个办公室，其他则一无所有。在圣彼得堡有家夫妻店，它挂靠在圣彼得堡大学的名下，印章的外圈写着圣彼得堡大学，里面则是培训学校的字样。不知这家中介与俄罗斯使领馆有关系呢，还是圣彼得堡大学太有影响力了，就是这样一个普通的印章在办中国签证时特别好使。杨春春后来离开学校后曾在这里办的身份，每次付六百美元，在俄有效居住期限为一年。在这里办身份的中国人多了去了，此外还有越南人、阿富汗人、其他外国人。只要你不想上学，又想留在这儿，就可以在这儿办个学生身份，相对于正规大学一千五到两千美元的学费，区区六百元还是很便宜的啊。

像这样的中介在俄罗斯有很多，有人卖的是货，有人卖的是纸，后者比前者赚钱容易多了。

老张进修期满后，身份一度没有地方可落，把他急得火烧火燎的。没有居住签证就意味着得离境回国。老张当然不愿意就这样早早回去，毕竟他的倒货生涯只是刚刚开始，而且成效不小。就在愁眉不展的时候，老乡刘川又一次挽救了他。月是故乡明，人是老乡亲啊。原来，刘川所在的研究所外事办就办理外国的身份，天啊，这消息无异于走在沙漠中的老张遇到了一场暴雨，这暴雨来得那样及时，那样给力。

老张按照刘川给他的地址敲开了外事办的大门。开门的是位四十多岁的中年男子，德米特力。瘦高的身材，皮肤白皙，温文尔雅。等老张说明了来意，他想都没想，一口答应下来。他的收费要比其他地方低很多，只有两百美元。太便宜了，这是老张见到的唯一不贪婪的俄罗斯人。

德米特力不但收费低，而且办事效率也高。凭着研究所在圣彼得堡的名气，去派出所办这些事对他们来说是小菜一碟。不到一个月，德米特力就通知老张去取护照。到了外事办，老张看到除了他的护照，桌子上还摆放着好几摞护照，老张扫了一眼，居然还有美国人和德国人的。

唉，难怪说德米特力办得这么便宜呢，原来这位老兄在搞批发啊，薄利多销！

杨春春在俄罗斯走的是正规中介，她的身份是圣彼得堡一所著名大学的留学生，读预科。但她一天也没去过学校。到圣彼得堡后她就蒸发了，除了学校宿舍，学校根本没她的影子。不过，学校也不管这些，只有你交学费，你愿意干啥就干啥。

来自长春的张刚，是自费到圣彼得堡留学的。他就读的学校是全俄最著名的一所艺术院校，他学的是导演专业，但实话实说，他根本没怎么去上过课，而是一心一意扑在生意上。他有他的观点，既然学习也是为了赚钱，做生意也是为了赚钱，这么好的机会为什么要浪费掉呢？所以，抓住眼前的机会，掘取人生的第一桶金又何乐而不为呢？

这一年，他往返于莫斯科和圣彼得堡之间，有时也往返于北京和莫斯科之间，一批批货物运至圣彼得堡，变成卢布，再变成美元，他的财富越聚越多，俨然成了一个非同凡响的中国商人。他出色的俄语、高超的管理才能，在俄罗斯市场上可谓是如鱼得水。

接下来的事情，张刚处理得很合理。每次考试他直接给主考老师送钱，少则一百美元，多则两百美元，完全用钱在买分。在俄罗斯经济萧条的大背景下，这种做法不太合理，但却很有效。

和张刚情况类似的还有一位岁数不小的老女孩，叫王华，在国内想必是个困难户，因为她长得实在太丑。个儿不高，又胖，上下身一般粗，皮肤黑不说，还特别粗糙，很容易把她和煤气罐联想到一起。她也是花了四千元美元后，来到这片土地的。后来，张刚和她还有过几次合作呢。

张刚喜欢去德米特力那儿办落地签，不单是他价格便宜，更重要的是他为人谦逊。每次见到张刚，他总是彬彬有礼，毕恭毕敬。张刚在那儿办了两年多，直到他后来停办为止。张刚注意到，一年后，德米特力已经开上了进口小汽车，今天的他与昨日不可同日而语，真正过上了有钱的日子。

珍珍是天津人，说着一口地道的天津话，说话时细声细语，余音袅袅，绕梁三日。她早上出摊，白天有时去其他小市场，有时干脆不外出。王华也是如此。对于她们这样的跨国女倒姐来说，找对象、早日成家才是最重要的，赚钱还是其次吧。还有一点，她们要想把生意做大，货源也是个问题。中国公司在圣彼得堡没几家，而且进货数量也很有限，这给大家带来不少困难。对于她们来说，最大的问题还是她们的兵力不够，单兵作战肯定是不行的，必须得有个帮手。后来她认识了牛顿，成了一个可悲可恨又可怜的角色。

在国际倒爷人人经商的浪潮中，莫斯科的中国产品市场日渐扩大；另一方面，由于中俄两国的“倒爷”所经营的中国商品基本上是中国的乡镇和个体企业假冒仿造的伪劣产品，俄罗斯人经过了最初的购买狂热之后，对于只能穿一个星期的“耐克”和填满鸡毛的“面包服”失去信任，深恶痛绝，随机开始了对遍布各城市的中国商贩产生近乎本能的抵制。

1992年10月，俄罗斯的《劳动报》曾发表过一篇题为《谁是傻瓜?》的报道，文中列举了种种“中国制造”的伪劣产品，除去前面说的旅游鞋和羽绒服，还有一遇雪水就掉色的皮夹克，裤腿、袖子长短不齐的“名牌”运动服，千疮百孔的狗皮大衣，还有喋喋不休地夸自己的商品好价钱便宜的中国商贩。

文章的最后一句话是：我们不是傻瓜！

有一个例子很能够说明问题。中国产的烈性白酒一直深受俄罗斯人的喜爱，但是当中国的“倒爷”们把成吨成吨的用酒精兑的所谓的中国白酒运往俄罗斯之后，随着恶性中毒事件的不断发生，俄罗斯人发动了全面禁止中国白酒入境的大会战。城门失火，殃及池鱼，大量的货真价实的中国的优质白酒同样被俄罗斯拒之门外。

赴俄工作小组经历了俄罗斯政局动荡不安的时期，侦破国际列车案件工作一度受到影响。那是1993年10月，莫斯科发生了“炮打白宫”事件，又称十月事件。叶利钦下令军队包围俄罗斯杜马所在的议会大楼，随后进行了炮轰，以武力强行解散杜马。

10月3日，俄罗斯总统叶利钦发布在莫斯科实行紧急状态令。4日凌晨，俄政府军奉命进入莫斯科。8时许，政府军的数十辆坦克和装甲车包围了议会大厦，随后发起进攻。政府军同忠于议会的战斗队进行了长达十个小时的激战。最后，议长哈斯布拉托夫、议会任命的代总统鲁茨科伊以及支持议会的几名将军被捕。据官方宣布，这场流血冲突造成一百四十二人死亡，七百四十四人受伤。事后，新闻媒介称之为“十月事件”。

“十月事件”始末。这次事件是俄罗斯最高执行权力机关和最高立法权力机关持续激烈斗争的结果。从1992年初叶利钦推行激进的改革政策以来，以叶利钦为首的一方和以议长哈斯布拉托夫、副总统鲁茨科伊为首的另一方之间，在改革政策、国内经济形势评估、新宪法内容、俄罗斯政体以及对外政策等一系列重大问题上产生严重分歧，双方互相攻讦，各自为政，以致发展到两个政权并存的局面。

进入9月以来，两派权力斗争进一步升级。9月1日，叶利钦宣布解除鲁茨科伊副总统职务。9月18日，俄罗斯联邦委员会宣告成立，准备取代最高苏维埃。同日，叶利钦重新任命盖达尔为第一副总理兼经济部长。9月21日，叶利钦发布命令，中止俄罗斯人代会和最高苏维埃的全部权力，并宣布俄罗斯联邦新的立法权力机关——联邦大会的选举将在12月11—12日举行。这些措施无疑是要摧毁哈斯布拉托夫和鲁茨科伊的权力基础。

哈斯布拉托夫和鲁茨科伊采取了反击措施。9月3日，俄罗斯议会通过决定，否决总统有关解除副总统鲁茨科伊职务的命令。

9月21日，俄议会主席团通过致俄罗斯公民书，废止叶利钦中止议会权力的命令，停止叶利钦的总统职务，并宣布由鲁茨科伊任代总统。同日，鲁茨科伊宣布接任俄罗斯总统，并任命阿恰洛夫上将为国防部长。次日，又任命巴兰尼科夫为安全部长、杜纳耶夫为内务部代部长。哈斯布拉托夫号召举行全国总罢工。

从9月24日开始，议会大厦已被政府军警包围，与外界电话联系被切断，所有通往议会大厦的道路亦被政府军警封锁。接着，政府停止了对议会大厦的供电、供水。新成立的议会武装小组则向议会警卫部门和志愿保卫人员分发了武器弹药，准备抵抗。武装冲突一触即发。

在双方对峙加剧的形势下，俄宪法法院院长佐尔金9月24日提出了解决俄政治危机的零点方案，建议总统撤销9月21日解散人代会和最高苏维埃的命令，议会也撤销有关决定，使局势恢复到9月21日前的状态；同时建议在12月21日同时举行总统和议会选举。这一建议得到了一些政治力量的支持。俄罗斯东正教大牧首阿列克谢二世也奔走于叶利钦和议会领导人之间，呼吁双方举行和谈。

在各方压力下，对立双方于10月1日重新举行谈判寻求妥协。但哈斯布拉托夫、鲁茨科伊和一部分议员坚决拒绝叶利钦提出的“必须无条件交出武器”的条件。10月3日，局势进一步尖锐化。数千名支持议会的莫斯科市民冲破了由警察和特种部队在议会大厦附近设置的层层防线，并在议会大厦前举行了集会，接着他们又企图占领莫斯科市政府大厦、国家广播电视大楼和莫斯科广播电视大楼。双方发生激烈冲突。在谈判破裂、局势恶化的情况下，叶利钦下令政府军进攻议会大厦，并很快占领了议会大厦，从而结束了在俄罗斯政坛上持续了一年多的两个政权并存的局面。

有一些因公赴俄罗斯人员和原国家公职人员也趁机在这股抢劫黑风影响下，以身试法，铤而走险。原国家体委某司妇女干部赵某，停薪留职自费赴俄罗斯留学。她在莫斯科经常为当地警察局当翻译，了解不少中国人被抢劫的案件，不禁生出邪念：那么多人被抢都报不了案，趁着乱也拉几个人去抢劫，不抢白不抢。凭着这种念头，赵某找到经常交往的福建人陈某，两人一拍即合。接着二人物色到在莫斯科经商的北京人潘某、严某等，纠合成抢劫团伙，由陈某点道，物色目标，赵某幕后策划，潘某、严某二匪手持砍刀、嘎斯枪在夜黑风高的深夜对租住在莫斯科市区居民房内的三名福建商人进行抢劫，抢走美元1.1万元，700多马克。

时任公安部副部长的白景富在研究打击涉及独联体国家刑事犯罪问题座谈会上指出：我们要进一步看到在K3/4次国际列车上的犯罪和涉及独联体国家犯罪的严重性、危害性，采取有力措施，尽快解决这些问题的重要性和紧迫性。

在俄罗斯，地铁应该是这个国家最值得引以为豪的交通方式吧，不但建得早，建设起点也高，所有车站都是那么雄伟壮观，甚至是富丽堂皇。尤其是换乘站的设计，相对于国内地铁，要方便很多。圣彼得堡的地铁除月票外，是不卖票的，当时还没有IC卡，用的是一种专用硬币，颜色与现在国内五毛的钢镚儿类似，深褐色，大小差不多有一个半五毛硬币那么大吧，上面印着一个大写的“M”，这是俄语地铁一词的首字母。只见售票窗口内，售票员每天就是稀里哗啦地数硬币，那些乘客，当然是天天都要揣着硬币，沉甸甸的，很有趣的。地铁的价格挺便宜，每次只需投一次硬币，中间换车是不另外收费的，所以省去了很多麻烦。北京的铁警侦查员们在外出调查取证时乘地铁都是投币的，除了找向导带路，侦查员们还得靠一些地标性的建筑来记路。

为了便于工作，程亚力还带领侦查员们跟俄罗斯内务部的同行学起了俄语，俄语非常难学，这是大家真实的感受。从贬义上说，俄语过于繁杂，条条框框太多，但从另一角度讲，它又是细腻的、优美的。所以，几百年来，俄罗斯出了那么多大文豪、诗人，这多多少少与俄罗斯语这种语言是分不开的。从俄罗斯语言可以反映出俄罗斯人的性格。没去俄罗斯之前，程亚力认为，俄罗斯人身材是彪悍的，性格是外向的，可去了才发现，和他想象的完全不是一回事。

俄罗斯人，尤其是男人身材特别高的并不多，一米七五是个平均值吧，超过一米八也属于高个了。男人通常不胖，反倒是女人胖者居多，特别是已婚女人。俄罗斯男人的性格，多数是内向型的，一说话就脸红的并不少见。一种民族性格的产生除了文化的影响，就是气候了。俄罗斯由于靠近北极的缘故，终年鲜见阳光，所以人们显得十分淡定。不像东南亚人、非洲人那么奔放。

有人说，俄罗斯男人的性格，除了受气候地域因素影响外，两次世界大战也是个重要因素。由于许多男子参军打仗，并最后战死在沙场，留下了无数的寡妇，从此俄罗斯变得阴盛阳衰。

为了找到受害人取证，程亚力和他队员们在很短的时间内跑遍了莫斯科市的大街小巷。这天一早他们的直接坐无轨电车到冬宫广场。当时是早上8点来钟，广场上人不多。一踏入广场，首先映入眼帘的是矗立在涅瓦河边的冬宫。这座建造于18世纪的巴洛克式建筑，气势宏伟，规模宏大。宫殿共有三层，长约二百三十米，宽一百四十米，高二十二米，成封闭式长方形。冬宫是世界四大博物馆之一，共有藏品二百七十万余件，与巴黎的卢浮宫、伦敦的大英博物馆、纽约的大都会艺术博物馆齐名。在冬宫的南面，与冬宫相对的是总参谋部内阁大楼，这是一座超大弧形建筑，共有三层，外表极为壮观。在冬宫与总参大楼之间则是著名的冬宫广场。广场中央有一座巨大的纪念碑，名为亚历山大纪念柱。高四十七点五米，直径四米，重六百吨，用整块花岗岩制成。仰望巨大柱体及柱顶上的天使铜像，回望冬宫，仿佛能听到俄罗斯心脏的跳动。

冬宫的北面，隔着涅瓦大街的则是海军总部大厦。这座古老的建筑以其独特的魅力吸引着各国游客，使其成为圣彼得堡的象征之一。建筑物最引人注目的是一根闪闪发光的镀金长针，它被安置在大厦中央阶梯式塔楼的屋顶上。长针直插蓝天，在圣彼得堡的任何地方，都可以看到它。整个建筑结合了古典主义建筑艺术和俄罗斯建筑艺术的优点，五十六座大型塑像、十一幅巨型浮雕、三百五十块壁画，装饰着整座大厦。它过去是海军总部所在地，如今是海军学校。

神秘的电话

1993年7月21日，公安部就派遣第二次赴俄破案小组张良基、张起增、姜战林、陈岩明、张跃赴俄事，向我驻俄使馆发密电知会。

当天下午，在莫斯科的国际列车专案组以密报形式向国内公安部领导专报：

在20日的夜里23时（莫斯科时间早7时）在莫斯科的国际列车专案组物色的一个可秘密提供相关情报的"神秘的人"给中俄国际列车专案组打电话密报，通缉逃犯牛顿、白慧钧等人于7月19日在莫斯科开了一个会，商量准备近日在莫斯科大干一场。大抢几次后，立即离开莫斯科逃往突尼斯。现一部分人的突尼斯签证已经办好，但是没钱走不了，所以要在走前大干一场。近一个时期牛顿等人已经开始在莫斯科大学旅馆、卡西诺赌场等处露面，现有些在莫斯科经商的中国商贩已开始找地方藏钱藏货，以免被抢，就是过去一些在莫斯科较有势力的人也开始藏钱藏货，怕那些劫匪狗急跳墙六亲不认了。

另据7月14日同从莫斯科启程，7月19日抵京的在逃犯闫春友之妻谈话，了解到苗炳林、白慧钧、霍跃武、张宝胜、牛顿等人均签了去突尼斯的签证，据她讲，在莫斯科有个中国留学生能办去突尼斯的签证，花三百美元就可以签。

7月24日。

铁道部公安局向公安部、铁道部领导报送《关于K3/4次国际列车专案境外动态和工作建议的报告》。同时发出岳方准局长、张起增副局长致俄内务部运输总局罗马霍夫的信，通报情况，请求引渡缉捕案犯。

7月24日的上午，在莫斯科的国际列车专案组以密报形式向国内公安部领导专报：

7月24日凌晨4点50分（莫斯科时间23日零点50分），一个“神秘的人”再次给中俄国际列车专案组打来电话。告称莫斯科现形势极为紧张，苗炳林、牛顿、白慧钧、陶树红等人已办好去突尼斯的签证，准备大抢几次后马上逃往突尼斯。他们原准备办去美国的签证，一是不好签，二是花钱太多大约需五千五百美元，三是即使签下来在美国也只能待一两个月，不能长期居留，而去突尼斯和塞浦路斯一是签证好办，二是到突或突后花上三千至四千美元就可办到绿卡，现苗炳林手下的一人已先去突尼斯打前站。他们一伙现已开始行动，7月22日苗等人持刀、枪闯入中国商贩崔某夫妇在莫斯科的家中，威逼索要一千美元，现崔妻已乘飞机回国报案。他们下一步准备要抢的还有方某、刘某、于某等人，电话刚说完就挂断了。

经查，这些人均是一个叫姜华的女人给提供的线索和在莫的住址，现牛顿、陶树红、珍珍（女）等住在姜华家（姜在北京和平里办了一个中俄国际贸易公司，电话4211431-281，经查总机是北京市建工学校，地址在土城路5号；其家电话4915566-5003，经查总机系劳动部科研楼，地址亚运村慧新西街），牛顿、苗炳林等人均通过姜华互相联系。现苗炳林、白慧钧等住在另一处。

据神秘的人报称：此情况极为可靠，很多是牛顿姘妇珍珍跟其说的，他23日与珍珍待了一个下午。事情经过是：23日上午10时，神秘的人在莫家中接到一个自称中国留学生叫王梅的女人来电话，约他到一个地铁站见面，称有事相求，“神秘的人”到地铁站后见此人很像虞增珍，就问她：“你不叫王梅吧，你很像一个人，你是不是珍珍?”后自称王梅的女人哭了，对“神秘的人”说她叫珍珍，是牛顿他们逼着她打的电话，他们一伙把她护照扣了，逼她打电话勾引他（指神秘的人），然后再抢他，并让“神秘的人”看了她身上被人用烟头烫伤和掐破的痕迹。珍珍还告诉了“神秘的人”上述一些情况并让“神秘的人”保护她，把她送到大使馆。还说了她也是被逼无奈，她想脱身，但他们扣了她的护照，逼着她跟他们干等一些情况。珍珍从上午10点30分同“神秘的人”谈到下午15点，后“神秘的人”劝她不要到大使馆，让她先回去了。23日零时左右，珍珍又给“神秘的人”打电话约其见面，“神秘的人”说“星期一再说”。

从电话中谈的情况看，“神秘的人”现在心情非常紧迫，处境也很危险，并有轻信珍珍的情况，负责指挥侦破专案的姜战林得知情况后用电话一再嘱咐“神秘的人”一定要注意自身安全，必要时赶快换住处，千万不要轻信珍珍，提防她用美人计或苦肉计骗其上当，千万不要再轻易同珍珍见面，如有事电话中谈，并及时与国内取得联系，最主要的是保证自身安全。

情况万分紧急，从这次“神秘的人”报告的紧急情况看，基本上与“代号01”和闫春友（在逃犯）之妻张秀兰所述吻合。看来在莫斯科的一些抢劫的主要人物，既有很快外逃第三国的动向，又有要在出逃前大干一场的可能。为此建议应在积极促请外交部尽快引渡照会的同时，先派人员携已有的材料尽快赴俄，协助俄警方缉捕苗炳林、牛顿等人。目前情况看还是有此可能，因俄方曾来电催要苗炳林、牛顿、温凤奎的详细情况、特征，很可能是在缉捕苗等人。据“神秘的人”讲上次俄警方抓赵金华等人也是他提供的线索，当时赵金华等人要抢他，“神秘的人”找到俄警察局的朋友举报了此事，后将赵等人抓获移交了俄铁路警方。所以还可以以中国公民控告名义促俄抓人。

位于莫斯科的日出旅馆人头攒动，热闹非凡。到莫斯科淘金的中国商人大多在此住宿。同时，一些“大盗”也藏身于旅馆中，三十多岁的牛顿就是这样一个人物。他曾伙同他人在国际列车上抢劫，其凶残蛮横在旅馆里是出了名的，谁都不敢惹他。听说莫斯科到处有赚钱的机会，二十岁的小建乘坐国际列车从北京赶来，也打算在莫斯科淘一钵金。在日出旅馆里，他认识了牛顿及其姘头珍珍，还有同伙彤彤、然然、曹宏。

“你不是没有钱了吗？跟我上车去抢吧！弄点钱花。”同年5月，牛顿对小建说。第一次听说抢钱，小建心里直发颤。“怎么上车抢啊？”小建问。牛顿说：“没事的，彤彤、曹宏、珍珍、然然也一起去。咱们先从莫斯科坐火车到彼尔姆，再从彼尔姆上3次国际列车，到莫斯科前抢一路。”

牛顿每次带领几个同伙去国际列车抢劫，都会叫上珍珍和然然几个女人一起参加。牛顿说，这样大家就像一个家庭去旅游，跟国际列车上的其他团伙不一样。在那个时期，另外几个中国籍犯罪团伙在北京至莫斯科的国际列车上疯狂作案，先后制造了多起重大恶性案件。

1993年5月6日，牛顿给了小建一些卢布，让小建去买车票。小建买到了5月7日的车票。当天，六个人从莫斯科乘坐火车到了彼尔姆车站。在这里，他们等待着从北京开过来的3次国际列车。

5月9日，3次国际列车驶入彼尔姆车站。六个人上了车，在车上遇到了另外两个团伙。牛顿带着小建到9号车厢找赵二姐，其余的人待在12号车厢一个包房里。

这时，人称二姐的赵金华正在一间包房里，周围没有其他的人。“你上车干什么来了？”赵二姐问。牛顿说：“上车弄点钱花。”“你带什么东西了？”“我带这个还不行？”说着，牛顿从怀里掏出一把左轮式的瓦斯枪。“这个不行，我有真家伙。”赵二姐亮出了“五四”手枪。赵二姐给牛顿“点道”，这节车厢有一帮有钱的南方生意人。“点道”是一句行话，在国际列车，几个犯罪团伙碰上，一般不会火并，而是分工合作，其中有负责与乘客搭讪的，弄清楚哪些包房里有商人带钱。这些踩点的人回来说明情况，就是“点道”。

牛顿与牛子返回12号车厢。牛顿恶狠狠地命令同伙，一会儿去抢赵二姐那节车厢的南方人，小建、曹宏跟着去，其余人留守。

牛顿怀里插着瓦斯枪，牛子拿着刀，闯进赵二姐刚指明的9号车厢那间包房，小建、曹宏站在包房外把风。在光天化日下，歹徒如此张狂、如此嚣张，“把钱都拿出来！”牛顿端着瓦斯枪对着包厢里的人吼道。一位女乘客吓得逃出了包房，牛子追了出去。一位南方人猛地扑向牛顿，两人扭打起来。另一个南方人缩在包房角落里，不停地哆嗦着。

牛顿挥拳像雨点似的落在反抗的乘客头上、身上。一阵毒打后，便是强行搜身、翻行李，包房里一片狼藉。最终，牛顿翻出了一千八百美元。按照分工，四个人又连续扫荡了另外几个包房。包房里的乘客见牛顿端着枪，都很害怕。什么也不敢说，乖乖地交出了一千八百美元、三千元人民币。

这伙强盗还不肯罢休，搜遍了包房里的每个角落，他们把找到的衬衫、录音机、手表等物品统统抢走。赵二姐因为“点道”分到九百美元，牛子得了三百美元。牛顿给了曹宏五十美元，分给小建五百美元，彤彤得了五百美元。

在另外一次抢劫时，有乘客把几百美元藏到锁眼里，也没有逃出强盗们的魔掌。

这些歹徒为什么对和自己一样黄皮肤黑头发的同胞如此凶残歹毒？为什么在俄罗斯能如此肆无忌惮？有两个故事似乎能做出回答。

故事一：某日，一名歹徒在国际列车上看到了自己父亲的老同事，他甜甜地叫道："大叔，您也上莫斯科做买卖吗？"

"哟，大侄子出息啦，倒腾服装发了吧。"大叔逗趣地问。

"瞅您说的，我挣那几个辛苦钱提不上，不像您，好！在大公司里当头，有权又有钱。"

"不行哪。我们都挣的是那份死工资。哪有你们这么活泛呀！"大叔说。

"哦。大叔，这趟车我很熟，每个月起码跑两趟来回。将来您有什么事，言语一声，我能办的我一定办。"

一转眼他来到同伙的车厢，耳语道："这老家伙身上有钱，剩下的活全交给你们啦。"

大叔被抢了个精光，却不见了那个大侄子的影子。

故事二：一天，牛顿看上了一个自费留学名义来俄罗斯的中国年轻女子，便带着十几个歹徒来到这个女子住处将她绑架走了。与这名女青年同居的男青年发现后，向俄罗斯警方报警，随即，绰号老臭的等几个歹徒被俄警察抓获。

这几个歹徒被抓后，俄罗斯电视台、《消息报》等多家新闻媒体以《来自中国的职业罪犯被当场抓获》为题，做了大量报道。

谁知，报案的男青年自己也有违法行为，怕被俄罗斯警察发现，报案后不辞而别。再加上俄罗斯警方在语言方面遇到的种种困难，不得不做被害人撤诉处理。“老臭”的同伙赵金华为了显示自己在俄罗斯境内的倒爷中“二姐”的假仗义，自告奋勇地掏腰包交了二万元卢布保释金，使得“老臭”等歹徒重新逍遥法外，逃避了俄罗斯警方的打击。

从此，滞留在俄罗斯的莫斯科的那些中国歹徒更加忘乎所以，自以为：“中国警察管不着，外国警察管不了。”更加六亲不认，更加疯狂作案。

在赴俄罗斯淘金的大潮中，一些国际倒爷乘坐国际列车出国时拉走的服装、日用百货，回国偷带洋狗入境，两头高价赚钱，有人戏称这趟国际列车去时是货车，回国时是狗车。大量的现金交易，给滞留莫斯科的歹徒以巨大诱惑。这年1月6日深夜，莫斯科一处居民住宅里，四名到俄罗斯做买卖刚赚了一笔钱的上海人正在酣睡。猛然间，外面有人敲门，声音还算礼貌。

“找谁呀?”一个上海人惊问。

“是我呀，快开门，有急事。”听声音上海男人感觉好像是一个熟悉的朋友来了，轻易地开了门。谁知拥进来的却是朱兴金、徐刚等几名歹徒，这些歹徒手里的瓦斯手枪、大刀纷纷对着四名上海人的要害，又被捆上双手蒙住眼睛。

“把你们的钱都交出来，不然别怪我们手黑!”朱兴金狞笑着说。

“各位大哥，我们做买卖赔了，没什么钱。”一位上海人搪塞道。

“你他妈的！想找死啊！”一名歹徒边骂边把正在吸的烟头伸向他捆绑着的手，立时传来一声惨叫。

几名歹徒狠毒地对着四名受害人拳打脚踢，用匕首刺伤他们的胳膊和大腿。他们把两间房子翻了个底朝天，连床垫也撕开检查，抢走美元一万五千元，人民币两千元，高级手表两块，金戒指三个，金手链两条。临走还威胁道："没杀了你们就算你们命大，谁要是敢报案就要谁的命！"

7月24日，铁道部公安局岳方准局长、张起增副局长致信俄罗斯内务部运输总局总局长，通报了情况，并提出协助尽快抓获罪犯的要求。

7月25日的上午，在莫斯科的国际列车专案组以密报形式向国内公安部领导专报。

在莫斯科的"神秘的人"又为专案组提供了一份特别紧急情报，为了便于工作保密，姜战林把自己的电话做了秘密联络电话。25日凌晨4时50分，提供情报的"神秘的人"给姜战林家打电话时，恰巧姜战林在单位开会，姜战林的妻子代接并记录下电话内容，随即转告给了姜战林。

北京商人说：

一、建议国内千万不要惊动姜明华在国内的公司，一旦惊动就全暴露了，姜与中国驻俄罗斯使馆姓王的工作人员关系不错，王帮助姜做买卖，兑换美元。

二、24日报告中提到的一个人已经先去了突尼斯，经了解可能是李德民（老八），现张宝胜（老黑）已从国内潜逃到俄罗斯与苗炳林、白慧钧住在一起，现苗等人可能去了白俄罗斯。

三、现牛顿与一自称张继贤的人还有一东北人在一起，东北人手中有一支真手枪，24日牛顿又让其姘妇珍珍到吉庆旅馆找到“神秘的人”，继续约其出去，还是要抢他。珍珍现千方百计想摆脱牛顿的控制，让这个商人保护她，商人劝珍珍还是先回去卧底，等等再说。珍珍向商人要了一万卢布，说回去应付牛顿，对牛顿说：他已喜欢我了，但现在忙不过来，不然牛顿还要打她。

四、牛顿等人已办好去突尼斯的签证，有些复印件是姜明华帮助给办的，牛顿等的食宿均由姜明华提供，牛顿等人可能星期四（7月29日）要去突尼斯或明斯克（经查明斯克是白俄罗斯的一城市）。

五、现在“神秘的人”处境非常危险，其称打电话时手里还拿着刀子，顶着门，随时有被这帮匪徒杀害的可能，并对姜局长的爱人说：嫂子你千万记一下，我要是被害这些情况就没了。并说姜局长为了我的安全不让我再跟珍珍接触了，让我先躲一下，可是我要不跟珍珍接触这线索就断了，什么情况就都不知道了。北京商人告诉其在莫斯科的住处电话是：3415167，每天晚上在家，白天可到吉庆旅馆找他，电话是：1688101转31号，如果是俄罗斯人接电话就说找德利·阿金。

情况万分紧急，姜战林爱人马上把刚才接到的电话记录转达给了在局里连夜工作的姜战林。负责专案具体指挥的姜战林意识到情况非常紧急，种种迹象表明在莫斯科的一些抢劫案的主要人物，既有很快外逃第三国的动向，又有要在出逃前大干一场的可能。他立即赶到局里，以国际列车专案组名义向上级报告，建议应在积极促请外交部尽快引渡照会的同时，先派人员携已有的材料尽快赴俄，协助俄警方缉捕苗炳林、牛顿等要犯。

姜战林随即给远在莫斯科的程亚力打电话，要求他率领秘密抓捕小组在莫斯科分两部分展开行动，一部分在中俄列车上秘密侦查，一部分在俄罗斯境内的中国人聚集地秘密侦查。为了尽快破案，秘密抓捕小组只能采取秘密抓捕的方式，按俄罗斯的法律，抓获犯罪嫌疑人要有受害者的质证，否则羁押不超过四个小时。在国外那么复杂的情况下，多数受害者是不敢出面与犯罪嫌疑人当面质证的。被俄罗斯警方抓获的涉嫌抢劫强奸犯罪嫌疑人如果引渡回中国，却需要中国公安部、俄罗斯内务部和国际刑警组织三方协商。先前被抢的人大多流散，因此即便抓到嫌疑人因为没有人证指认，等不到引渡就得放人。

7月24日，K3/4次国际列车专案组给公安部和铁道部领导报告工作动态和意见，如下：

关于K3/4国列专案境外动态和工作意见的报告

近日，北京铁路公安局K3/4次国际列车专案的负责同志，连续接到专案情报人员从莫斯科打来的电话，反映通缉在逃案犯的动态。同时，还收到了我驻俄使馆发来的密电，转达俄内务部办案人员要求我方提供帮助的请求。现将这些情况和我们的意见报告如下：

一、7月21日11时（莫斯科时间早7时），01号情报人员从莫斯科来电称：通缉逃犯牛顿、白慧钧等人于7月19日在莫斯科开了一个会，商量准备近日在莫斯科大干一场，大抢几次后，立即离开莫斯科逃往突尼斯。现一部分人的突尼斯签证已办好，但没钱走不了，所以要在走之前大干一场。另据观察，近一个时期牛顿等人已开始在“莫大旅馆”“卡西诺赌场”等处露面。现有些在莫斯科经商的中国商贩已开始找地方藏钱藏货，以免被抢。就是过去一些在莫斯科较有势力、不怎么怕抢的人也开始藏钱、货，怕那些人（指抢劫匪徒）狗急跳墙，六亲不认。

另据7月14日从莫斯科启程，7月19日抵京的在逃犯闫春友之妻谈话，了解到苗炳林、白慧钧、霍跃武、张宝胜、牛顿等人（还有一些人她不知道是谁）均签了去突尼斯的签证。据张讲，在莫斯科有个中国留学生能办去突尼斯的签证，花三百美元就可以签。

二、7月24日凌晨4时50分（莫斯科零时50分），02号情报人员电话报告：23日上午10点，“02号”在莫斯科家中接到一个自称是中国留学生叫王梅的电话，约他到一个地铁站见面，称有事相求。02号到地铁站后，一看是那个叫珍珍的女人，上前一问，珍珍就哭了，对02号说，她叫珍珍，是牛顿他们逼着她打的电话，他们一伙把她的护照扣了，逼她打电话勾引他（指02号），然后再抢他。并让“02号”看她身上被烟头烫伤和掐伤的痕迹。珍珍还让“02号”保护她，把她送到中国大使馆。

还说她也是被逼无奈，也想脱身，但他们扣了她的护照，逼她跟他们干等一些情况。

“02号”还反映：莫斯科现形势极为紧张，苗炳林、牛顿等人已办好去突尼斯的签证，准备大抢几次后马上逃往突尼斯。他们原准备办去美国的签证，一是不好签，二是花钱太多，三是即使办下去美国的签证，也只能住一两个月，不能久留。而去突尼斯或塞浦路斯一是好办签证，二是到突尼斯或塞浦路斯后，花上三千或四千美元就可办到绿卡，现苗炳林手下的一个人已先去突尼斯打前站。“02号”还报告：他们一伙现已开始行动，7月22日苗等人持刀、枪闯入中国商贩崔玉成夫妇在莫斯科租住的家中，威逼索要一千美元，最后抢走五百美元，现崔玉成之妻已乘飞机回国报案。他们下一步准备抢的还有方明、刘建平等人。

从电话中的口气看，“02号”处境情况比较紧张。我接电话人已嘱咐其不要轻信珍珍，提防她用美人计或苦肉计骗其上当，也不要再轻易同珍珍见面，如有事可在电话中谈。一定要注意自身安全，必要时赶紧换住处。

三、7月25日凌晨4时，“02号”情报人员再次从莫斯科来电话，紧急报告称：

（1）24日报告的去突尼斯打前站的人可能是李德民（老八），现张宝胜（老黑）已从国内潜逃到俄罗斯，与苗炳林、白慧钧住在一起，苗等人可能去了白俄罗斯。

（2）牛顿纠集了一个自称叫张继贤的人，还有一个东北人（这个东北人手里有一支手枪），仍在准备实施抢劫犯罪行动。24日珍珍受牛顿指派在莫斯科吉庆旅馆找到“02号”，继续约其出去。珍珍一再表白她想摆脱牛顿的控制，让“02号”保护她。走时珍珍向“02号”要了一万卢布，自称是为了应付牛顿。“02号”报称他现在处境非常危险，随时有被牛顿一伙杀害的可能，并留下了在莫斯科与他联系的电话。

四、据我驻俄使馆密电称：7月15日，俄罗斯内务部“5·31”北京至莫斯科3次列车列车长及13、14车厢乘务员，了解有关情况。

从上述情况分析：1. 苗炳林、牛顿一伙正在抓紧作逃往第三国的准备，而且很可能已部分地取得了去突尼斯的签证；2. 苗、牛一伙近日还要继续抢劫作案的说法也是可信的，因为他们确实需要钱，而除去盗抢之外他们别无来路；3. 俄内务部之所以要找列车工作人员了解情况并索要“七六子”照片，可能是基于我要人的外交照会迟迟未到，时间久了，想结案处理。总之，我们认为，莫斯科方面无论警方还是抢匪的情况都在变化而情势发展较快。为此我们打算采取下列措施：

（1）派原定驻俄工作组的四名同志，星期一（26日）赶赴莫斯科，与情报人员接头，进一步了解情况、分析形势，并指挥情报人员开展侦控工作。但不公开出面，也不与俄警方接触（因事先未联系），一旦有急，请使馆出面联系、要求俄警方。

（2）明天我3次列车抵达莫斯科后，打电话给我小分队负责人要求他们返乘中进一步提高警惕，组织好可用力量，严密防范劫匪的突然袭劫。

（3）继续请求外交部尽一切可能，力争在28日前将照会发出。

（4）以十局的名义带信给俄内务部运输总局，沟通情况，并为我之将访提前招呼。

（5）向在京的王荩卿大使通报情况，请其指定使馆专人负责联络此项工作，并提供必要的协助。

（6）如28日前我外交照会发出，联合工作组即于29日赴莫斯科按原计划开展工作。

以上意见如有不妥，请您批示。

铁道部公安局K3/4次国际列车专案组

一九九三年七月二十四日

7月30日，国际刑警组织中国国家中心局致信国际刑警组织俄罗斯联邦国家中心局，请求协助拘捕、递解在中国K3/4次国际列车上抢劫作案的苗炳林、牛顿、钟庆贺、李德民、闫春友、张闻纪、白慧钧等七名中国籍案犯。

信函以电报形式发出，电文如下：

国际刑警组织俄罗斯联邦国家中心局：

国际刑警组织中国国家中心局向贵局致意，并请求贵局协助拘捕、递解在中国K3/4次国际列车上抢劫作案的苗炳林、牛顿、钟庆贺、李德民、闫春友、张闻纪、白慧钧等七名中国籍案犯。

今年2月至5月，苗炳林等七名案犯伙同其他中国籍犯罪分子，在我国值乘的K3/4次国际列车上抢劫中方旅客财物，已触犯我国《刑法》，构成抢劫罪，经北京市人民检察院北京铁路运输分院批准，北京铁路公安局于7月23日对上述七名案犯发出逮捕令。经查，该七名案犯现隐藏在莫斯科，而且有可能在近期还要作案，然后逃往突尼斯或其他国家。为尽快侦破全案，消除危害，请求贵局协助缉捕苗炳林等七名案犯并递解给我方。今后在处理同类案件中，我局对贵局提出的类似请求，将给予同样的协助。

苗炳林、牛顿等七名案犯的有关法律文书，包括《提请批准逮捕报告》《批准逮捕决定书》《逮捕证》以及案犯照片，我局将派人于8月2日送到中国驻贵国大使馆，由使馆转交你局。

谢谢合作。

国际刑警组织中国国家中心局

一九九三年七月三十日

为了尽快将劫匪一网打尽。8月2日，第二次赴俄破案小组组长张起增率五人赴俄。他们到达莫斯科后，分别与先期到达的同志和使馆负责同志进行研究，在使馆帮助支持下，迅速开展工作。

主要情况向公安部做了报告：

一、俄警方认为帮助我们抓人要走国际刑警渠道。8月4日上午，我们与运输总局代局长进行了会谈，晚上又共进晚餐。两次接触，除了互通情况之外，重点讨论帮助我方抓人问题。代总局长表示，完全理解我们的要求，但俄罗斯的法律很复杂，我们的法律文书（指逮捕证）对他们不起作用，只有通过国际刑警渠道传给他们的文件才可以办。他还说，他们也想以最简便的方式帮助我们抓人并交给我们，过去俄方曾几次提出与我们建立这方面的协议，并且已经草拟文稿，但不知为什么中国不同意，他们还准备提这个问题。最后他们表示，只要通过国际刑警传给他们材料，他们一定认真去办，同时还给了我们几个电话号码，包括刑侦处长家的电话，并告诉我们，如果有紧急情况可以随时找他们，他们一定尽力帮助。

二、一些犯罪分子确定图谋逃往第三国。我们已和几位朋友面谈过了，他们所反映的情况基本一致，也比较具体。说现在情况差，个别人已经走了；部分人已经基本做好准备，随时都可能走；还有一部分人正在加紧准备。总的感觉是，这里的形势对我们工作的要求很紧迫。

三、对牛顿的处置意向尚难断定。据运输总局介绍牛顿是因在地方上威胁抢劫的，昨天（4日）已被批准逮捕，今天还要“过堂”，对牛顿怎么办（包括并案）的问题，得到明天才能回答，现在仍押在72分局。经运输总局联系，同意今天安排时间给我们见牛顿。

四、那个珍珍已向我工作组自首。由于在逮捕牛顿的行动上珍珍起了重要作用，她的处境危险，又走投无路。于是在朋友的帮助下，于8月3日向我工作组自首。经我们初步讯问，未发现有何疑点。鉴于她的处境确有险难，经请使馆帮助，我们已经把她安排到一个可靠地点监视居住，现正在写自首材料，拟在下周二安排其乘4次回国。

根据这两天了解到的情况，我们打算：

1. 集中时间和力量了解逃犯特别是团伙头子、骨干的行踪和动态，为下步请求俄方协助缉捕准备条件。对已经掌握行踪的逃犯，设法加以控制，防止跑掉；对已发生动摇的，请朋友帮助工作，促使他们立功，自首。

2. 鉴于抓人上的掣肘，且时机紧迫，拟按俄方意见，我们再翻译几个人的罪行材料，今夜传给刑侦局，然后请刑侦局连同京铁公安局已翻译的十几份单型材料，编写一个协查通报，在一两天之内以中国国际刑警中心局的名义传真给俄罗斯际刑警中心局，请求协助缉捕。

3. 争取对牛顿进行一次审讯，力争将其从现在的威胁抢劫案中并归国际列车抢劫案。

4. 积极了解我照会的受理情况，并做积极工作。

5. 与俄运输总局保持联系，争取进一步合作。

此外，据运输总局讲，他们也有几起俄罗斯人在中国的犯罪的案件，材料将通过驻华使馆递交外交部，届时请我方给予同样的合作。

特此报告。

赴俄工作组

一九九三年八月五日

8月12日，赴俄破案小组在莫斯科经过深入了解情况、积极展开侦查取证工作的同时，参加了对牛顿的审讯，并再次与俄罗斯运输总局进行了会谈。主要情况如下：

在俄工作情况报告（之二）

近一周来，我们在深入了解情况、积极做人的工作的同时，参加了对牛顿的审讯，再次与运输总局进行了会谈。现将主要情况报告如下：

1. 有三名案犯向我投案自首。一是犯罪团伙骨干闫春友，在一伙朋友的动员、引见之下，向我们自首，并表示要主动赎罪。二是犯罪团伙成员冯斌，经闫春友做工作也向我们投案自首。三是犯罪团伙骨干刘振生，8月8日晚，在其准备外逃前夕，我们登门拜访，规劝之下，愿意回国投案自首。为了保证安全，我们将他安置在一个朋友家里，拟于11日送其乘4次列车回国。此外，对怙恶不悛的洪晓强，我们利用一名受害者的指控，提请俄警方将其拘捕。

2. 排除了释放牛顿的可能性。牛顿被拘捕以后，一个叫江明华的女人（三十七岁，身份未详），不仅请了最好的律师，还恐吓受害人和证人，扬言她有关系，一定要把牛顿保出来。一时间人心动摇，证人畏缩。对此，我们一面做应该人员的工作，一面通过运输总局安排我们对牛进行审讯，先拿下口供，打消其抵赖念头。由于警方的配合，两方面的工作都很成功，顺利地通过对质和法律公证。最后，警方人士告诉我们："这次牛顿出不去了。"现在已由莫斯科内务总局52分局将牛逮捕。至于将其并入K3/4列车抢劫案的问题，还要经过一定的周折。俄方对抓人问题仍然卡得很死。8月9日下午，我们约见了运输总局代总局长卡特曼·尼科莱·伊万诺维奇，就如何落实我国际刑警组织国家中心局请求协助拘捕二十八名案犯问题交换了意见。会谈的气氛很好，但没能解决问题。主要原因是，俄罗斯际刑警组织国家中心局认为我们发来的材料不合要求（指缺少的项目、内容太多），现在还放在那里等待我们补充，如果补充不来就不能提供协助。在这种情况下，抓人还得按俄罗斯的法律办，即抓人必须有受害人的指控。卡特曼一再向我们解释说："不管这些法律规定得对不对，我们都必须遵守"；"我们两部、两局的关系都很好，我们也很理解你们的要求和心情，但这些都无法逾越法律的规定"。他表示，只要我们在提供案犯地址的同时，提供受害人，他们将很快采取行动。如果受害人在中国，可以到俄罗斯驻华使馆区登记。近日，运输总局准备为我们约见俄中心局官员。

3. 现在，我们还在继续了解情况，同时了解对我照会的态度。有关下步工作安排及我们回国时间，另写报告请示。为了便于这里工作的有效开展，建议有关办案单位对刘振生、虞增珍被解回国问题暂予严格保密，切勿外泄。

8月18日，赴俄破案小组第三次向公安部、铁道部报告工作情况：

在俄工作情况报告（之三）

最近，几天我们主要办了两件事：一是参与审讯团伙骨干洪晓强并将其投入牢房。经过11、12两日的审讯、对质，挫败了洪犯的抵赖伎俩。但区检察院认为证据不足，不予批捕。对此，已和我们打成一片的内务部同外国人犯罪斗争处、莫斯科内务总局同外国人犯罪斗争处和73分局的警官，和我们一样于心不甘，带着我们先找到市检察院的关系，又分别找了检察长助理和副检察长，最后以再补充一份旁证材料为条件，批准逮捕。现在已将洪犯投入73分局牢房。二是与俄罗斯际刑警中心局副局长普培谢交换了意见。在我介绍案情、说明情况之后，这位副局长也表明了观点、态度。主要是：理解我们的意见和要求，愿意与我们合作；俄方尊重中国法律，最近他就我中心局请求协助拘捕罪犯问题，将向检察长报告；为了争取检察长批准通缉和抓错人，希望我方在补充些材料，如特征、指纹、照片等；俄中国际刑警组织间的联系太少，希望加强交流与合作。我们感觉俄方的态度是友好的、积极的。关于引渡问题，据俄外交部地区司和内务部运输总局分别介绍，外交、内务两部都同意，检察院也原则同意，现正在履行程序，需要有个过程，时间不会太长，但到底要多长时间很难说定。

现在，苗炳林、牛顿两个团伙盘踞的莫大、吉庆两个旅馆已在我们掌握之中，但缉捕对象都逃避在外，近期难有多的捕获。据了解，逃匿在外的案犯都没有生计，有的已混不下去，不断打听消息，想回莫斯科搞钱。我们和俄警方一致认为，只要打击的势头减弱，这些人很快就会回来，重操旧业。根据当前情况，我们对下步工作暂作如下安排：

1. 暂将已经投案并有立功表现的闫春友、冯斌留在莫斯科了解掌握动态，并做相应工作。一旦暴露，立即回国接受审判。

2. 深入了解情况，重点是在逃案犯特别是头头和骨干的行踪动态，对其他犯罪线索也要搜集掌握，为将来扩大战果预作准备。同时，通过使馆接待和社会接触等途径，注意发现苦主，为提请俄警抓人创造条件。

3. 秘密“劝降”与公开拘捕相结合，积极捕捉在逃案犯。目前，苗炳林一旦回到莫斯科，要根据情况选用既定方案，坚决将其拿掉。

4. 继续与俄警保持联系，增进友谊，争取必要的支持与合作。

鉴于这一周内检察院都不能接洽，如无特殊情况，张起增、姜战林、门广录将于星期四乘CA910航班回国。

现在已由莫斯科内务总局52分局将牛逮捕。至于将其并入K3/4列车抢劫案的问题，还要经过一定的周折。

老大谢尔盖

7月的北京，天气已经是十分炎热了。北京站一楼的国际软席候车室门前，站满了整顿国际列车秩序的铁路警察和铁路职工，剪票放行时，人头攒动，拥挤不堪。那些国际列车倒爷为了逃避超重限制，多带货物上车，而费尽心机，甚至有人身上一下穿着好几件皮夹克、羽绒服，这些人赤身裸背汗流满面，实在难堪又滑稽。

程亚力带领密捕队员从莫斯科返回国内，休整了两天后，又一次踏上了3次国际列车。在车厢的过道里，一个女人引起了他们的注意。她三十出头，高挑的身材，差不多一米七五的身高，椭圆形的瓜子脸，娇嫩的皮肤，弯弯的柳叶眉，高高翘起的鼻梁，鲜红的樱桃小嘴，还有瀑布一般的披肩长发，让人看了不禁心摇神荡，怦然心动。她上身穿一件雪白的兔毛拉毛毛衣，下身穿一条黑色的羊毛裤，脚蹬一双黑色长筒皮靴，整个一个欧洲美女的装束，看上去有说不出的时尚和洋气，颇有几分贵族气质。再配上她那火红色的呢子大衣外套，真不知她会迷倒多少男人，让多少男人拜倒在她的石榴裙下！

她叫王倩，从北京上的车，住在程亚力隔壁的包厢里。程亚力不善于和女人打交道，对于王倩的了解都是从隔壁老刘那儿听说的。老刘是大连人，一个地地道道、土生土长的农民，这次他去西伯利亚的一家中国公司务工。老刘说，王倩曾是一名职业模特。难怪呢，要不她怎么那么与众不同呢？王倩这次去莫斯科探亲，丈夫在莫斯科一所美术大学留学，她去看望丈夫。

从长春上车后，老刘就和王倩做起了邻居，不过，一开始王倩并不合群，显得曲高和寡。由于整个列车差不多都是倒爷倒娘什么的，每个人都沾满了金钱的铜臭味，这让王倩很是不屑一顾。小商贩儿，庸俗，没档次，王倩给车上的人们下了定义。不过，她也没再说什么，毕竟出国在外，听说国际列车上发生过好多起抢劫强奸案件，与同行的人认识了大家有个照应，你再怎么高雅也不能不食人间烟火，在仙境中生存吧。所以，不能太得罪人。就这样，王倩时不时地与老刘他们聊聊天。老刘是个大话痨，巴不得有人和他唠嗑，解除旅途寂寞呢。

列车在走了一天一夜后到达满洲里，再往前就是俄罗斯的后贝加尔，火车在这里过境，一会儿就会有边检人员上来，检查护照，然后是海关检查，看有没有禁带和需要上税的物品。老刘似乎对过境很熟悉，也有经验，他以前曾多次坐国际列车去赤塔、伊尔库茨克等城市倒货，也算得上是一个闯荡俄罗斯的老江湖了。老刘动作非常麻利，他掀起床铺上的被子，将带来的皮夹克一件一件地平铺在床板上，然后再将被子原样盖好。而同包厢内的另外三人都是第一次坐国际列车，是新手，只好学着大连人的样子，如法炮制，把皮夹克铺开摆平。王倩看到他们那样做，不知为什么，总是隐隐约约有些为他们担心，海关人员会那么傻吗？只要掀起被子的一角，下面的皮夹克可就一览无余啊！到时候要是一上税，带来的这些皮夹克可就全泡汤了，也许钱没赚到，还累得够呛，闹个费力不讨好。但她一时又想不出更好的办法，眼下属非常时期，时不待人，也只能如此了。

这次坐国际列车，来自北京的这三个人带足够了皮夹克，每人至少有十五件吧。除了把皮夹克放在被子下，也放了几件在下铺箱子的旅行包里。借助美国人的一句俚语：不能把鸡蛋放在一个篮子里，因为那样做是十分危险的。

车到后贝加尔，先是上来一批俄罗斯边防军官，其中一个军官挨个包厢收集护照，几分钟后，又把盖完章的护照还给大家，一切平安无事。过了一会儿，换了一批人，这从制服上就能看出来。老刘悄悄告诉程亚力，这些是海关人员，他们才是我们的克星和敌人。

一位女海关工作人员敲了敲大连人老刘的包厢，然后走了进来。她长得很美，美得让人想多看几眼。若是在平常，老刘一定会想办法缠住她，和她聊上几句，可今天一点心情都没有，心里只有紧张，除了紧张还是紧张。程亚力用眼斜着瞄了老刘一眼，他倒显得不慌不忙，十分镇定。

“您好。您来俄罗斯做什么？”女海关的一句话把老刘从走神中拖回来。

“我在圣彼得堡矿大进修。”老刘未假思索，脱口而出。

“呵呵，是这样啊。”女海关微微一笑，显得十分妩媚，和蔼可亲，完全没有传说中的霸道与匪气。

“我在莫斯科留学。”来自北京的一个人也趁机推销自己。

女海关先是看看包厢上部放行李的货仓，上面只有几个不大的旅行袋，装的都是日常用品，还有水果什么的，没什么值钱的东西。接着，她示意我们站起来，掀开底铺，她弯下腰，摸了摸箱子里的大旅行包。

那个北京倒爷的心“腾”的一下提到了嗓子眼，那里面可是皮夹克啊！一旦查出来了，不是罚款就是没收！

谢天谢地，女海关只是摸了摸，并没有去打开上面的拉锁。然后示意他们把箱子盖好。最让人担心的床铺，她甚至连摸都没摸，然后就放行了。女海关一出包厢门，老刘就高兴地说：她简直太可爱了，那一刻，我真想上去搂住她，献给她一个吻。

海关检查结束了，老刘包厢的几个人一起顺利通关，大家一片欢呼，老刘叫来程亚力和王倩一块儿吃点东西庆贺庆贺。北京的那哥们儿拿出一瓶二锅头，再摆上几根香肠，一顿开怀畅饮，胡吃海喝。不过，凡事都会有倒霉的，这不，隔壁的老杨就不走运。他带的几件皮夹克被海关收走了，这个冤呢！也许，运气总是眷顾有才的人吧。像老刘包厢的这几个人，一副白领的架势，身上没有一点倒爷的味道，海关美女大概以貌取人，给他们开了绿灯吧，殊不知他们带的皮夹克比老杨要多得多啊！还有这个模特王倩，她带的一箱衣服全都顺利过关。唉，人倒霉时喝凉水都塞牙，这话一点不假，偏偏就是那个第一次当跨国倒爷一直说自己最没钱的老杨遇上了被罚没的事儿！

过了后贝加尔，列车开始在无边无际的俄罗斯大地上穿行。车到了赤塔，车上依然没什么异样，还是像往常一样的平静。列车继续向西行驶，下一站就是贝加尔湖边的名城——伊尔库茨克。

当列车驶出赤塔后，车上有了一点变化。有几个俄罗斯人开始在车上收购衣服，皮夹克、羽绒服、饰品，什么都收。其中，有一老一少爷俩特别引人注目。这时，久经沙场的大连人老刘说话了：“你们先别着急卖，一会儿到伊尔库茨克再说，那儿卖的价钱要高。”几个人当然得听大连老刘的话，从顺利过关开始，他们就成了他的粉丝和拥趸。

几个小时后，列车进入伊尔库茨克火车站。还没等车停稳，就见站台上的人潮水般涌向列车。原来，这些人都是远道而来，专门从国际列车买货的人。当车完全停稳后，老刘和同车厢的三个人拿起皮夹克，准备去站台卖货。就在老刘走到两节车厢的连接处时，一个人的手从连接处的缝隙中伸了上来。

“你有皮夹克吗?”那人仰面躺在铁轨上，头朝上问道。

老刘快速地看了一眼，是个高加索人，黑头发，大鼻子。

“有，二十五万卢布一件。”老刘对着缝隙大声地喊着。

“成交。”那黑毛大声地告诉我，然后将二十五万卢布举上来。

老刘接过钱，把一件皮夹克递下去。接着，他又递过来二十五万卢布，那是五张面值五万卢布的纸币。他接过钱，再塞下去一件皮夹克，就这样，他一共卖了十件皮夹克。如果他要坑蒙拐骗，那绝对是个好机会，因为没有时间看货，也没时间验货，即使你把满是窟窿的皮夹克递下去，一分钱也不少赚。但他没那么做，而是如实地把自己的皮夹克卖给了那个买主。什么叫抢手货，什么是一手交钱一手交货，在这一刻，老刘有了深深的体会。

列车马上就要开车了，躺在铁轨上的黑毛拿着皮夹克朝站外走去，他一边走还不住地回头，向老刘微笑，鞠躬，看样子，他对刚才的交易非常满意。

在伊尔库茨克，每个人都赚得盆满钵满。北京的老肖卖了十件皮夹克，另一个小伙子也卖了差不多十来件，而王倩呢，巾帼不让须眉，居然卖了八件。和他们三人相比，老刘没费吹灰之力就卖了十件，效率更高啊。

回到包厢，老刘把刚才奇异的经历讲给程亚力和大家听，几个人笑得合不拢嘴，这简直就是天方夜谭，不可思议啊。

而刚才在站台上，也非常有趣。还没等老肖他们站稳，人流就唰的一下拥过来，每个人手里都举着卢布，人人势在必得。为了不致引起混乱，老肖收一份钱，送出一件皮夹克，一边卖一边抵挡着蜂拥而来的人流。类似的情况也差不多出现在其他倒爷身上，老天开恩，大家在这混乱的人群中居然没有出现大的差错，也没出现什么损失。

其他包厢怎样呢？老刘真的很想知道。于是，他走进隔壁老杨的包厢。老杨的皮夹克在后贝加尔已经被海关罚没了，不过，他并未全军覆没，还剩了几件。他一不做二不休，在站台一下子全脱手了，不仅把损失弥补了回来，还略有盈余，虽然不太走运，但没赔钱也还说得过去吧。而模特王倩呢，就更逗了。本不喜欢倒爷的她，居然赚了大头。先是有人喜欢她穿的毛衣、裤子，她干脆脱下来卖了个高价，然后又把箱子里准备带到莫斯科穿的衣服也一股脑卖了出去，最后连箱子底下的避孕套都卖脱销了。屈指一算，这一站差不多赚了一千美元。哇，一向视钱财如粪土的女模特比谁的头脑都精明，好一个厉害的倒娘！

列车在茫茫的西伯利亚大平原上穿行，两旁一望无际的森林在车窗外一闪而过，美丽的新西伯利亚，富饶的新西伯利亚，就算你吹过无数次的寒流，来自中国的跨国倒爷也依然爱你，没有你，就没有今天的中国倒爷。

接下来，克拉斯诺亚尔斯克、新西伯利亚、鄂木斯克、叶卡捷琳堡、彼尔姆、基洛夫，每到一站，都有中国乘客下车推销皮夹克，而每次都是凯旋。每到一站，都是程亚力他们高度警惕严密防范的重点，而每次都是平安无事。

卖完了所带的全部货物，老刘包厢里的四人此时此刻完全成了看客。于是，他们下车，在站台上闲逛，欣赏同胞的吆喝声，领略俄罗斯车站的风土人情，那种心境，有说不出的惬意。

国际列车如果没有了那些抢劫犯罪危害安全的事情，应该是多么好的旅行环境。常言说，人逢喜事精神爽。是啊，车上的每个中国倒爷都是那么地爽，那么兴奋，钱这玩意儿真是好东西，有了它，再多的苦都能吃，再大的难都能挺。六天六夜，虽说有点漫长，但和这样的收获相比，旅途劳顿又算得了什么呢？王倩和老刘他们都说如果还有这样的机会，他们宁愿在这条国际列车上跑上一千次，一万次。

那几天，从国际列车上认识了程亚力的那个叫珍珍的打电话说想诉诉苦，她说想离开傍家儿牛顿，因为牛顿对她不好，喝酒之后总打她。程亚力答应了她，约她到大使馆来坐坐。珍珍见到程亚力后先哭诉了一番她所受的虐待，并透露了牛顿团伙的一些活动情况。牛顿让她勾引一个叫老于的商人，然后寻找抢劫的机会。程亚力考虑行动小组刚到莫斯科对情况还不熟悉，直接抓捕牛顿有风险，所以他们一方面把老于请到使馆，让他做线人与珍珍周旋。一方面跟俄罗斯的黑道打交道，利用黑道的网线布置抓牛顿。

当地黑社会老大名叫谢尔盖，这个人年龄五十多岁，一口流利的俄语，中国话说得并不好，他祖父是中国人，所以他有中国血统。谢尔盖的优势就在于他是个莫斯科人，有着警方的朋友撑腰。他虽然和中国人长得一样，但是已经在莫斯科扎下了根，在俄罗斯内务部警察里面他有几个相当结实的朋友，其中有一个是很有点地位的警方大员。程亚力请他在莫斯科的北京饭店吃饭，他不来，说从来不在城里吃饭。程亚力就明白了人家不在公开场合露面。后来，谢尔盖答应在莫斯科郊外选了一个吃饭的地方。为见那个谢尔盖，程亚力特意找了俄罗斯内务部的朋友瓦西里开车一起去了趟莫斯科郊外。

瓦西里，给人的第一印象是长得帅，一米八的个头，黄头发，白皙的脸庞透着红润，一双蓝色的略带忧郁的大眼睛，高鼻梁，脸上棱角分明，极具立体感，上身穿一件中国皮夹克，虽然做工粗糙，但还很提气，挺有派头，下身穿着一条洗得发白的蓝色牛仔裤，像是土耳其产的，脚上穿着一双假阿迪旅游鞋，体格匀称又健壮。

那天刚下过雨，在莫斯科市内大道上开车，程亚力第一次看到莫斯科，真的很美，他从内心里发出一声赞叹。大片大片的绿地，各式各样的休闲广场，宏伟的建筑，古老的教堂，茂密的森林，这一切都有机地、巧妙地融合到了一起，令人耳目一新，无比振奋。如果说彼得堡有古老的文化底蕴，呈现出古典的美，那莫斯科则是气势磅礴，表现出一种大气的美。

他们走进一片森林，林中的空气散发着草木的清香，沁人心脾。一缕缕微风拂过，树叶洋洋洒洒地飘落下来，落叶在风中飘旋时像一只只蝴蝶，漂亮极了！置身于这美丽的丛林中，就如同在梦里梦见美国的国蝶“君王斑蝶”，日本国蝶“大紫蛱蝶”，巴西的“夜明蝶”，欧洲的“阿波罗蝶”，还有非洲最美的蝴蝶“蓝精灵凤蝶”……它们都轻歌曼舞地落在了绿地上，金灿灿的，美丽至极！如果落叶可以变成蝴蝶该多好啊！那时候，花儿永远不会寂寞了。

程亚力收回思绪，透过车窗向右望去，沿着环城公路是一片片白桦林，两边是那一望无际的草原，还有清澈的小河、湖泊，绿色的小山，看上去那么原始、古朴、苍凉和豪放。幽静的小道，闲闲的木椅，加上黄的、红的，不知叫什么名字的树木夹杂其中，油画般清雅。那乡间小路的深处，一片片别墅掩映在苍翠之中，洋溢着浓浓的诗情画意。

他坐在车上，一路上尽情地享受着这美丽的大自然，仿佛忘却了时间，忘掉了所有不快和烦恼，被大自然的美所打动，所震撼，所陶醉。车子在不知不觉中开到了在莫斯科郊外的一个地方。

俄罗斯人每家在郊外都有个别墅，所谓的别墅其实就是个自己盖的木屋，再加上一个菜园子。七八月份，城里人大部分时间都在郊外的别墅里种菜，主要种西红柿。等到了9月份，带着收获的西红柿回到城里的家中。很多家庭吃不完，就会把多余的西红柿拿到市场上去出售，所以，9月份，对于俄罗斯人来说，是吃西红柿的最佳时机。俄罗斯人很少做菜，炒菜几乎是没有的，黄油、奶酪、香肠、鸡肉是他们主打的食物，最多再加个沙拉或者甜菜汤之类的东西。

俄罗斯的土豆个头很大，可能是土地肥沃的原因吧。土豆是这个国家的传统蔬菜，吃法很多，炖着吃，煮着吃，蒸着吃，拌着吃。程亚力最爱吃的还是土豆泥。把做好的土豆泥加上黄油，再用麦伊奶滋（一种液体调料）加以搅拌，吃起来倍儿香。

说起黑道老大谢尔盖，就提几句俄罗斯的黑社会，苏联时期的黑社会组织除去经营与西方的黑社会类似的传统项目——比如卖淫业、赌博业和毒品交易等等——之外，最具有独特风格的是敲诈勒索和武器交易。他们的武器交易除去一般的常规武器，据说还贩卖核武器，尤其是核原料。仍然据说，在相当的一段时间里，在苏联国家，走私上百公斤的核原料已经不是爆炸性的新闻。

据俄罗斯内务部透露的材料，这些黑社会组织在1992年前后的两年左右从地下走到地上，处在一种公开或半公开的状态。比较起来，由亚美尼亚人和格鲁吉亚人等少数民族组成的团伙更公开、更明火执仗，他们也活动在各大城市。莫斯科、圣彼得堡等地的团伙则相对隐蔽，实力也更强大。这是一些有组织的集团性的犯罪团伙，组织堪称严密，列宁的建党原则之一“铁的纪律”也被其移植采用且更为严厉，大概属国家特色。更为关键的是他们与当地的政府和警方有着千丝万缕的联系。

无论如何据说，他们的黑社会组织的发育水平仍然非常低下，还远远不能和美国的黑手党相比。他们的发育水平基本上是蒙人游戏，小诈术一级，他们那些耸人听闻的核武器走私只能骗骗头脑发昏的人。

吃饭时有朋友跟程亚力说了这样一个故事。说的是1992年前后，在中国北京的生意人圈子里，有一种号称来自俄罗斯的所谓“红汞”大行其道。相当的一批已经够得上中国的“首都级大款”的人们，全为这个神秘的“红汞”迷得颠三倒四，晕头转向。这些人个个以中间人自居，他们誓言旦旦地宣称：这种所谓的“红汞”根本不是一般的红药水，而是制造原子弹和核电站使用的核原料，干这个买卖能发大财，比倒卖歪七扭八的羚羊角或冒着砍头的危险走私毒品的利润要大千倍万倍！

那真是一种奇观，“大款”们开着轿车在大饭店出出进进，煞有介事，神秘无比地会见着各式各样的客人，“草签”出来一份又一份关于俄罗斯“红汞”的意向书甚至是合同；那些不那么“大款”的人们则是搭着“面的”或者干脆就是骑着自行车请客送礼烧香拜佛回过头来就牛得厉害。一批又一批的中国的掮客们唾沫星子乱飞汽油耗尽，磨穿了皮鞋底跑爆了汽车轮胎，那神秘的俄罗斯怪物就是千呼万唤不出来！

不久，此案在俄罗斯被警方破获。说来令人啼笑皆非，所谓俄罗斯“红汞”在苏联所有的核工厂都从来没有生产过，它纯粹是一个黑社会组织利用国际上对苏联时期的黑社会的迷信制造出来的一场骗局。

不过真正可笑的恐怕还是那些黑社会老大。是他们一次又一次向中国的、俄罗斯的掮客们交纳了定金，这些成为中间人的“首都级的大款”们，竟然是不止十次百次地指天发誓，说他们亲眼见过那个根本子虚乌有的、从来就没有存在过的俄罗斯“红汞”！

其实，稍稍有点核知识的人都能明白，如果真有被称为俄罗斯“红汞”的核原料，它就根本不可能被看到！假如某人果真是看到了，受到了致命的放射性侵害的可怜虫就得马上立遗嘱，安排他因为贩卖核原料挣来的巨额利润的遗产分配方案。

在这个案子里，俄罗斯的黑社会组织和中国的黑社会组织毫无疑义地联手合作了一场闹剧。

为了交下谢尔盖这个黑道上老大当朋友，也为了显示中国警方对谢尔盖的真正重视，程亚力还是咬了咬牙，点上等的好菜，因为他们出国申请外汇是经铁道部专门特批的，额度有限，这是他花钱最多的一次。一会儿，什么黑鱼子酱、红鱼子酱这些俄罗斯上流社会吃的东西程亚力都点上了，长条桌上就摆上了各种各样的美食：鱼子酱、烧牛排、酸黄瓜、奶酪、香肠、沙拉、伏特加、二锅头、香槟酒和啤酒。

程亚力扫了一眼服务生递过来的餐费，单子上是十二万卢布。十二万卢布，约合一百二十美元。一美元合八块八人民币，这样算下来，十二万卢布约合九百六十元人民币，一顿饭吃那么多钱在当时可是笔大数字。

那天为了显示诚意，程亚力把从北京带来的二锅头亮了出来，这一招儿特管用，一下子成了当天的亮点，众人瞩目的中心。当然，他也没有忘记把从国内带来的小食品一同贡献出来，供大家品尝。那一天，每个人过得都很快乐，谈笑风生，暖意融融。

程亚力提议大家站起来，为明天的俄罗斯、明天的中国干一杯，为大家的健康和快乐干杯。“乌拉”，大家一饮而尽。

酒真是个好东西，酒一下肚，话自然就多了，餐桌上越来越热闹。和谢尔盖一同来吃饭的是位俄罗斯经济学教授，叫斯达叔，他三句话不离本行，三杯酒下肚，他的高谈阔论就开始了。

“叶利钦搞的这休克疗法算什么玩意儿，你看现在俄罗斯都乱成什么样了。”斯达叔一脸的不满，“你看看咱的邻居中国，搞得有模有样的，我都觉得脸红啊！”

程亚力前不久给过谢尔盖一些从国内带来的图片，有北京的、深圳的、上海的，内容有高楼的、立交桥的，也有高速公路的，谢尔盖可能把这些照片带给斯达叔看了吧，要不，他怎么会这么激动呢。

谢尔盖的妻子卡秋莎大婶也在一旁帮腔：“是啊，现在真是太乱了，物价飞涨，而且东西全都是进口的，好像我们什么都产不了似的。”

斯达叔的女儿娜塔莎是个年轻人，又在大都市上学，视野和思维另有不同，她说话不紧不慢，振振有词：

“叔叔阿姨，我觉得没这么糟啊。现在虽说物价有点贵，可东西在一天天变丰富啊！这和以前比已经是个很大进步了。”

“丰富有什么用，老百姓买得起吗？那么贵。”斯教授在一旁又不屑一顾地说道。

“教授，话不能这么说，我们不能只看其一，不看其二。改革总要有个过程吧。”卡秋莎说话了。

“程处长，你说呢？”斯达叔问道。

“任何改革都是要付出代价的。现在俄罗斯要彻底变革，肯定就会有阵痛。不过，等伤痛好了，前景也许更好吧。”在异国他乡，程亚力不想扫人家的兴，只好迎合着说。没想到，他的观点居然得到了卡秋莎和娜塔莎的一致赞同。

“中国朋友就是不一样，人家开放得早，思想也先进。爸妈，你们得跟上时代潮流啊！”娜塔莎兴高采烈地说。

“程处长，你们中国哪来这么多钱？”斯达叔说着，从兜里掏出一张图片，程亚力一看，正是他送给瓦洛加的图片。斯教授用手指着北京的一处立交桥，这是个三层互通式立交桥，雄伟、气派、壮观。然后，他掏出另一张，图片是一排排高楼，鳞次栉比。

程亚力说：“这可能是中国改革开放的结果吧。吸收世界各地的投资，再加上中国人的勤奋。”

听了程亚力的话，在场的俄罗斯人都沉默了，似乎触到了什么伤心事。

斯达叔站起来，走到大厅的一角，从墙上取下来一把六弦琴。

“我给大家唱首歌，请大家给我鼓掌啊！”屋里气氛一下子又活跃起来。

我问白蜡树，
我心爱的姑娘在哪儿？
白蜡树摇头不回答。
我问杨树，
我心爱的姑娘在哪儿？
杨树将秋叶向我飘洒。
我问秋天，
我心爱的姑娘在哪儿？
秋天用瓢泼大雨作答。
我问小雨，

我心爱的姑娘在哪儿?
小雨在我的窗外久久地淌着泪花。
我问明月,
我心爱的姑娘在哪儿?
月躲进云中不作答。
我问白云,
我心爱的姑娘在哪儿?
云在蓝天中融化。
你——我唯一的朋友,
我心爱的姑娘在哪儿?
你告诉我,她躲在哪儿?
你知道那双明眸在哪儿吗?

忠诚的朋友回答,
真挚的朋友回答:
曾经是你的心爱,
现已成了我的她。
我曾问过白蜡树,
我曾问过杨树,
我曾问过秋天,
忠诚的朋友回答,
真挚的朋友回答:
曾经是你的心爱,
现已成了我的她。

斯达叔唱得真好，大家都被他感染了，娜塔莎更是双眼噙满泪水。

“娜塔莎，亲爱的，该你了。”斯达叔把六弦琴递给了娜塔莎。娜塔莎环视了一下大家，歌声飘然响起。

谢天谢地，您全然不在意，
谢天谢地我也没有痛苦叹息。
本来如此，沉重的地球，
决不会因此从脚底下啊飘离。
谢天谢地，我宁可让人笑，
说我放浪，也不会花言巧语，
更不会因为衣袖轻相碰，
我就一脸的绯红，晕倒在地。
我谢谢您，从心底谢谢您，
连您也不知道，您爱得出奇，
我谢谢您，我终于舒口气，
黄昏时你我很少相聚，
在花前月下不再去散步，
阳光下我们也不待在一起，
谢天谢地，唉唉您不在意，
谢天谢地唉唉，我也没有叹息。

娜塔莎的歌声婉转动人，犹如冬日里的一抹阳光，照耀在人的心上，温暖着你我的心。娜塔莎刚一唱完，斯达叔就把目光投向了程亚力。

“程上校，你得唱一个，我喜欢中国歌。”斯达叔知道中国有许多好听的民歌，执意让程亚力唱一首歌。

“欢迎来自中国的客人，给我们大家来一首。”谢尔盖、卡秋莎也附和着拍起了手。

“为了真诚地感谢在座的各位，为了记住这个难忘的莫斯科郊外的晚上，我给大家唱一首《莫斯科郊外的晚上》吧。”此刻，程亚力拿起麦克风，唱起了那首在中国流行最广的俄罗斯歌曲。

深夜花园里四处静悄悄
只有树叶在沙沙响
夜色多么好
令人心神往
多么幽静的晚上
小河静静流微微泛波浪
河面泛起银色月光
依稀听得到有人轻声唱
在这宁静的晚上
我的心上人坐在我身旁
默默看着我不作声
我想对你讲但又难为情
多少话儿留在心上
长夜快过去天色蒙蒙亮
衷心祝福你好姑娘

但愿从今后你我永不忘

莫斯科郊外的晚上

肯定地说，程亚力用中文唱得确实不错，乐感很强，因为他的感情异常饱满，在去俄罗斯之前也可以说在很早他就会唱这首脍炙人口的苏联歌曲了。说他的歌唱得自信，这自信还来自祖国的改革开放，祖国的强盛，也来自他完成神圣使命的决心和勇气。

这个晚上的主题是友谊，是合作，是祝福，是快乐，这个晚上让谢尔盖格外开心，他多次端起酒杯与程亚力碰杯，一再地表示要为中国警方尽心效力。

谢尔盖的祖上具有中国血统，他娶了莫斯科当地富国商女儿后，与人合开酒店赌场等，随着财富的积累，后来他的身边聚集了许多社会关系，谢尔盖的优势就在于他是个莫斯科人，有着警方的朋友撑腰。他已经在莫斯科扎下了根，警察里面他有几个相当结实的朋友，其中有一个是很有点地位的警方大员。再后来谢尔盖就成了莫斯科和俄罗斯的黑道老大。他因为有着中国血统，所以对中国使馆方面的事情还是挺给面子的。这次经朋友介绍认识了程亚力。他其实早就知道有几伙中国北京的黑帮在莫斯科偷盗绑架危害同胞，他愿意帮助中国警方抓牛顿一伙匪徒。

7月28日，当晚，程亚力就和秘密抓捕小组周密制订了计划，从珍珍那里套出了牛顿团伙预备抢劫的时间地点，再通过谢尔盖把有人抢劫的消息透露给莫斯科的警方。一切都按照计划展开，当珍珍正带着牛顿抢劫北京商人老于时，莫斯科第73民警分局的俄罗斯警察荷枪实弹冲了进去，一举将牛顿、张文骥这伙劫匪抓了个现行。

8月9日晚，在莫斯科的赴俄工作小组的姜战林正和程亚力等研究秘密追捕在俄逃犯的方案，一条密信传来，姜战林看后精神一振，说：“快！马上召集人走。”程亚力知道机会来了，他迅速带领秘密抓捕小组五人，跟随姜战林驱车赶往莫斯科郊区洪晓强藏身处，这是一栋俄罗斯建筑风格的六层楼房。

夜色深沉，姜战林深知等待他们的将是什么，是更加艰险的考验，是一场关键的战斗。但是，明知山有虎，偏向虎山行。只要能擒拿洪匪，能除掉这个罪大恶极凶手，不管前面是刀山还是火海，都要大胆地闯向前去。是中国警察，就要去战斗。

姜战林带领秘密抓捕队员先对周边地形进行了解后，命令两名队员在楼下警戒，姜战林和程亚力带另一名队员上楼秘密抓捕。楼道里静悄悄的，他们轻手轻脚地上到四楼。根据情报，洪晓强和另同名同伙就居住在四层北侧的第二个房间内，就在姜战林准备带头冲进房间时，在非同寻常的险境面对穷凶极恶的亡命之徒，紧随其后的程亚力知道姜战林戴一副近视眼镜，不如自己身手利索有些功夫，他悄声对姜战林说：“我在前头吧！”姜战林毫不迟疑一摆手说：“亚力你记住，我要在，我第一个！我要不在，你第一个！”危险关头，方见英雄本色，姜战林充分显示出了我是领导我先上的英雄气概。

时间紧迫，来不及多想。只见姜战林猛地一推将门打开：“别动！”姜战林直扑洪晓强，洪晓强是个出了名的亡命徒，他在拼命顽抗中企图转身到床边掏刀，这时只见程亚力冲上前去一个利索地闪身别臂就将洪晓强摔倒塞到了沙发下面，另一名同伙也被冲进来的行动队员控制。

被捕后洪晓强提出要上厕所，程亚力断然拒绝地说：“我告诉你，就是你拉在裤子里，尿在裤子里也不能让你去厕所！”姜战林通过赴俄工作小组与俄警方联系，将洪晓强移交俄罗斯警察局关押。

在后来的审讯中洪晓强对程亚力说出了他当时想上厕所的真实目的，那天他是准备回到莫斯科来带着俄罗斯的女友到乌克兰结婚，隐藏逃脱的，没想到秘密抓捕小组会找到他的踪迹，被抓获后就是想借机从四楼跳下去逃跑，摔死了就摔死了，摔不死就逃跑。

在俄罗斯警察局，洪晓强被审讯时露出了肚皮上文着的一条大龙，俄罗斯警察问他：“你肚皮上的标记是胡列杠？”胡列杠，在俄语中意为土匪。洪晓强摇头一个劲地叫：“NO——胡列杠。”

俄警官指着他肚皮上的文龙图案问站在一边的姜战林：“这是不是胡列杠的标记？”

姜战林问：“你身上文这些图案干什么？”

洪晓强理直气壮地对俄警官说：“我是淡黄子孙！”

可就是这个大言不惭地对俄罗斯警察说自己是淡黄子孙的人，却是以留学名义领取的赴俄护照。本来中华民族后代可称为炎黄子孙，可他却把炎字说成了淡字，愚昧地将自己说成了淡黄子孙，没有文化还混到俄罗斯去办了个假的留学手续，洪晓强其实就是在国外靠抢劫敲诈混日子的亡命徒。

在莫斯科的大饭店中，除去中国官办的“北京饭店”等外资大饭店价格昂贵之外，其他的俄罗斯人自己的饭店的价格相对来说非常便宜，在北京类似档次的大饭店吃一顿便饭的价钱，在这儿就是一顿豪华的俄罗斯大宴。中国人在吃上的奢侈豪华或者说是铺张浪费够得上举世闻名，即使是在国内一些并不能算是十分富有的中国人，也足以让老外们目瞪口呆。一旦出了国，钱袋又被比价上大贬其值的卢布撑得消化不良，一进了大多数莫斯科人只能神往的大饭店，自然是大放其“份”，能把比中国人富得多的美国佬“镇”得乱耸肩膀，不过私下里他们耸另外一种肩：“第三世界的通病，穷人的挥霍，穷人的自杀，他们明天就准备死，所以这样。”

8月2日，我国外交部就引渡国际列车抢劫案犯向俄罗斯驻华大使馆发出照会。这是新中国成立以来我国在刑事犯罪方面第一次发出引渡内容的照会。这里有一份复印件。

外交部（93）部条字682号照会

俄罗斯联邦驻华大使馆：

中华人民共和国外交部向俄罗斯联邦驻华大使馆致意，并谨就引渡朱兴金、赵金华、马继强、王琪、董德元等五名中国籍案犯事申述如下：

朱兴金，曾用名朱兴巾，绰号朱逼三，男，护照号1745167，一九五四年七月二十三日生，现年三十九岁，汉族，初中文化，北京市人，住北京市东城区新开路32号。

赵金华，绰号二姐，女，护照号1744025，一九五一年九月六日生，汉族，初中文化，吉林省人，住北京市西四南大街46号。

马继强，绰号马头，男，护照号140043129，一九六一年六月十九日生，回族，高中文化，北京市人，住北京市东城区苏州胡同23号。

王琪，绰号二歪子，男，护照号1747391，一九六〇年十二月二十九日生，汉族，高中文化，北京市人，住北京市朝阳区武圣东里33楼3门33号。

董德元，男，护照号140041641，一九五七年十二月三日生，汉族，初中文化，北京市人，住北京崇文区山涧口街10号。

一九九三年五月底至六月初，上述五名案犯伙同其他十余名中国籍案犯，在中国值乘的K3/4次国际列车上进行抢劫、伤害中国旅客的犯罪活动，被莫斯科市雅罗斯拉夫尔车站民警局抓获。经查明朱兴金等五人系有组织的犯罪团伙的首要分子，该犯罪团伙的另外三十名案犯现已被中国警方抓获。另据查，朱兴金、赵金华、马继强在中国境内还有非法买卖枪支的犯罪活动。

根据《中华人民共和国刑法》第五条和第一百五十条的规定，朱兴金等五人的行为已构成抢劫罪。另根据《中华人民共和国刑法》第三条和第一百一十二条的规定，朱兴金、赵金华、马继强的行为已构成非法买卖枪支罪。中国有关司法机关现已对朱兴金等五人批准逮捕。

为对朱兴金等五名案犯和该犯罪团伙的另外三十名犯罪分子并案查证，以追究其刑事责任，中国政府请求俄罗斯联邦政府将朱兴金等五人引渡给中方。中国政府将在对等互惠的基础上，对俄罗斯联邦政府今后的类似请求给予合作。

附件：1. 北京铁路公安局对朱兴金、赵金华、马继强、王琪、董德元提请逮捕书的副本。

2. 北京市人民检察院北京铁路运输分院对朱兴金、赵金华、马继强、王琪、董德元批准逮捕决定书的副本。

3. 朱兴金、赵金华、马继强、王琪、董德元的逮捕证副本。

4.《中华人民共和国刑法》第六条款。

顺致最崇高的敬意

中华人民共和国外交部（印）

一九九三年八月二日北京

到当年8月，多数犯罪分子已被警方抓获，但其中一个抢劫团伙的头目苗炳林仍逍遥法外。其间，程亚力的秘密抓捕小组，始终往来于北京、莫斯科两地，搜寻苗炳林等人的线索。绰号老臭的苗柄林是公安部的一号通缉犯，也是最早一个抢劫团伙的头子，是抢劫主犯之一，抓捕苗柄林归案是程亚力率领的秘密抓捕小组亲自执行最惊险的一次任务。苗炳林和同伙霍跃武、张宝胜听到中国警察来莫斯科抓他们的风声后就躲到基辅，躲藏了很长时间。

8月30日深夜，正在中国驻俄罗斯大使馆内工作的程亚力，突然听到有人拍打自己房间的玻璃。打开窗子一看，是一个外号叫老江的眼线翻过使馆的墙来找他。老江来通报，苗炳林一伙人以为风头已过，这天晚上悄悄从基辅刚回莫斯科。程亚力一听，机会终于来了，让老江把苗炳林稳住，先别着急吃饭，先让他们洗澡，凌晨4点左右再吃饭，吃饭的时候要高兴点儿，让他们多喝点酒，喝到6点睡觉，苗炳林和张宝胜放在一个屋，霍跃武单独放一个屋。程亚力马上叫起特别小组研究行动7点去抓人。他当刑警一辈子以不动枪抓到人为最高标准，出来的时候答应过要六个人全都带回去，所以抓捕方案就要细心安排保证安全。老江的住所事先程亚力已经踩好点儿了，程亚力让他把厨房的灯打开，在窗台上放一盆花。如果一切正常就开着灯摆着花，如果里面有变化，就开着灯把花拿走。

天还没亮，程亚力率领的特别行动秘密抓捕小组就悄然开车到了老江的楼下。这里离铁路不远，紧连着的是条莫斯科河，从铁路两侧看俄罗斯的城市是看不出什么特点的。

俄罗斯的很多城市都位于河畔，比如伊尔库茨克、克拉斯诺亚尔斯克、新西伯利亚、秋明、叶卡捷琳堡城内都有河流穿过，此外，车里雅宾斯克坐落在米阿斯河畔，伏尔加格勒坐落在伏尔加河畔，奥姆斯克坐落在鄂木河畔，莫斯科城内有莫斯科河，圣彼得堡更是“北方威尼斯”……城市有河，就增添了许多灵气，人们的生活也会多几分浪漫和宁静。正值晨曦初露，天空布满深蓝色的云，只有太阳出山的地方浮出朝霞，仿佛是上帝的眼睛窥视苍生。他们经过的铁路桥下流淌着一条明亮的河，倒映着天空的深蓝与绯红，岸边安静地泊着轮船，各种吊车高高耸起，远处似乎还有一座大桥，桥上灯火相连，俨然一串白色珍珠……那种感觉，真是静谧、安详、通透。

莫斯科的防范意识特别好，社区里经常有一辆警车、一辆救护车二十四小时巡逻。为了不引人注意，程亚力和秘密抓捕小组成员们就隐蔽在马路的潮湿的草丛里等待时机。那时候天气正热，蚊子咬得不行，可是他们像潜伏的战士都不敢动。因为，他们的行动如果被起早溜达的俄罗斯老人发现，他们的警惕性可是很高的，他们如果一旦报警，当地警察就会在分分秒秒内赶到，那么就会影响到程亚力带队所执行的密捕计划。好不容易等到早上7点钟，按照原计划，一个人在门口打策应支援，一个人在楼上观察环境，程亚力带着另外三个人进屋抓人。由于出境后不能携带武器，赤手空拳的程亚力凭着一身好武功率先冲进了苗炳林的住处，打开房门的时候苗炳林和张宝胜正在睡觉，能把门板打穿的鲨鱼枪就放在枕头边。

说时迟，那时快，程亚力一把卡住苗炳林的喉咙，低声喝道："北京警察，别动！"

喝得有些醉意的苗炳林睡得正香呢，突然的一切，使他有些反应不过来遇到了什么情况，因为他们出去抢劫那些中国人时也是这样半夜破门而入，将人家制伏，捆绑，殴打抢劫的。但是，眼前好像不是在做噩梦，因为他感到了窒息般钢铁似的手力足以要他的命，更主要的是他听到了北京警察，在北京长大的他对北京警察简直太熟悉不过了，他也早就知道北京警察要出手了，是中国公安部派出的，是来专门找他们算账的，他叹了气，说："我不动。"

程亚力摁住苗炳林，说："你清楚我们为什么抓你，你是公安部红色通缉令的头号人物。告诉你，不用你多说什么，中国政府派我们来抓你，你就明白你是个什么角色。跟我回国也是死，不跟我走也是死，你跟不跟我走。"苗炳林想了一下，点点头同意跟着回国。但是，他向程亚力提了一个要求，就是回国后最后能看一眼自己的老婆孩子，死也认了。程亚力当时就点头答应了他。就是这个点头，后来，还真遇到了许多问题。这是回国后的后话。

另一侧抓捕霍跃武出了一点小意外，当抓捕人员冲进房间的时候，屋里面是空的。拉肚子的霍跃武听到动静拎着棍子从厕所里出来，顿时被门口策应的抓捕人员看到，从背后抱住，三个抓捕人员合力才把他制伏。

因出国抓捕这些公安部通缉的逃犯还是历史上第一次，怕在俄罗斯国内引起外交事件，程亚力和秘密抓捕小组不敢把抓到的人带回使馆，所以提前在莫斯科郊外秘密租了一间房子，把这三个人塞住嘴，推上车带到了早已租下的房子里。程亚力立即率人对苗炳林进行突审，经过政策攻心，苗炳林等三人分别写了自首书，表示愿意回国接受处理。

秘密抓捕小组押着苗炳林、张宝胜、霍跃武三人在出租房里待了一夜，程亚力通过手机与姜战林用密语确定了押解方案。

可是，这个时候，一个非常棘手的问题出现了，那就是如何引渡的问题。因为行动小组是秘密抓捕，在俄属于非法拘禁，也就是说程亚力的行动是不受俄罗斯警方保护与支持的。所以，如何将这三人带回国内，就是个大问题了。这个不仅涉及犯人会不会在途中逃跑的问题，而且一旦行动暴露，同样会引起中俄两国的外交政治摩擦。当时，程亚力向上级报告了此事，希望以秘密引渡的方式带回，但是公安部、外交部、铁道部的一些领导都不同意，他们觉得风险太大，还是建议交给俄罗斯警方处理。但是我们知道，按照俄罗斯当时的法律，几名罪犯是极有可能被俄罗斯警方释放的。因为，此前，曾有过赵金华出钱保释苗炳林的情况。

不动声色、安全地将三名穷凶极恶的劫匪偷偷引渡回国内，这基本就是个不可能完成的任务。姜战林问程亚力，有多少把握可以将人秘密带回来？程亚力立马说，百分之二百的把握，可以带回。

姜战林说，既然你这么有把握，那公安部、铁道部、外交部的工作由我来做，你就保证秘密押解吧。听到这个消息，程亚力心生狂喜。可是，任务是应下来了，难题也接踵而来。不过，程亚力自有打算，首先，他考虑到此次行动风险极大，他们要把人从俄罗斯经蒙古两个国家押解回国，这可是历史上从没听说过的事，如果失败，被俄罗斯警方知道了他们秘密引渡案犯回国，怎么办？如果，这些案犯在路上折腾玩命，怎么办？如果有人在路上被他们的同伙劫持，怎么办？程亚力想了好几个方案，并做出了最坏的打算。程亚力想到，必须先搞到这几人的认罪书。于是，他让三人在一间莫斯科郊外的出租房内接受了审问，经过一系列政策攻心，苗炳林等三人写下了三份自首书。

值得讽刺的是，当时程亚力选择的是4次列车来秘密引渡苗炳林一伙。苗炳林一伙在4次列车上作案累累，可能他们做梦也想不到，同样是这辆列车，将为他们送上罪恶人生的最后一途。

8月31日，经公安部、铁道部与外交部紧急磋商，决定此事不通知俄警方，由程亚力和秘密抓捕小组将这三名要犯秘密押解回国。当日一早乘K4次国际列车返回北京。为了不引起外交麻烦，所以押解苗炳林三个犯罪嫌疑人的手上无法像正常罪犯一样戴上手铐，而且不能限制他们说话。这样就非常危险，因为他们可以在车上大喊大叫，说程亚力一伙是绑架他们，这样就会引来俄罗斯警方的干涉。如何顺利让他们回国归案，特别小组费了不少心思。

在几天前，程亚力就托人从北京带来六箱罐装啤酒，在当时，这种啤酒可是极受俄罗斯人喜爱的，是他们的上等礼品。程亚力打电话给本来就认识的莫斯科警察们，说是送给他们的礼物，但是让他们来站台上取一下。

俄罗斯警察朋友开了辆俄式警车停在站台上，俄罗斯的警车一般是“日古力”或“拉达”牌改装车，除了司机、副驾驶，后面还有三个座，再后面就是一个封闭的小车厢，是为拉嫌犯准备的。

当俄罗斯警察朋友取啤酒的时候，程亚力突然要求和莫斯科警察朋友合影。当然，合影是其次，程亚力让密捕组队员大付和景康控制住苗炳林，有意拉开了车窗帘，为的是好让苗炳林他们看到，中国警察和莫斯科警察在合作并一起合影。这是程亚力故意安排让苗炳林他们都看得到的一个特别场面，为的是暗示他们：押解他们回国受审，这是一个官方的行为。

但是，程亚力并不肯定这招是否适用于熟悉俄罗斯情况的苗炳林等人，为防万一，程亚力还提前让人做通了苗炳林妻子的工作，让她往俄罗斯的朋友那里发了一封信，信上大意说苗炳林有精神病，近来在俄罗斯总犯病，如果他在回国路上犯了病，拜托哥儿几个给把苗炳林护送回国治病。一旦苗在火车站大喊大闹，引起俄警方的注意，程亚力就会把这封信拿出来。

一切准备就绪，就等苗炳林三人引渡回国了。可没想到的是，在快过俄罗斯国境关之前，苗炳林竟然突然开口说话了。他告诉程亚力，今天刚好是他的生日。他问这是不是他最后一个生日，听到这个问题，程亚力大喜过望，他一边回答说，大概是吧。程亚力请列车员做了四个凉菜，让押解小组成员景康和苗炳林一起给他过生日。这个时候程亚力是醉翁之意不在酒，他的目的是在酒里放些安眠药，让苗炳林适当多喝点酒，让这个危险人物精神别太紧张，路上多睡觉休息，为的是让他们能安静地过关。

在连续六天六夜的漫长旅途中，这是程亚力一生中最难忘的旅程。他几乎没有合过眼休息，即使有一点时间打个瞌睡，他却没有一丝困意，因为他的心头压着祖国赋予的使命；因为他们押解的是最凶残的跨国逃犯；因为路上未知的风险太多太大；程亚力的精神一直处于极度亢奋之中。

列车终于驶入满洲里站，深秋夜里，墨蓝色的天空中新月如钩。早已等候在此的姜战林带领的公安干警迎接着勇士们胜利归来。

在引渡苗炳林之前，除了被俄罗斯警方抓获归案的牛顿团伙主犯、朱兴金团伙主犯之外，专案组中的堵卡组在二连口岸抓获了逃窜入境的秦晓彤等四人。

8月31日，中华人民共和国公安部部长给俄罗斯联邦内务部叶林写信道：

自去年12月，在贵国总统叶利钦访华之际，我们共同签署了经两国政府批准的《合作协议书》以后，按照“协议书”的精神，我们两部各方面的合作交往都进展顺利，我对此感到高兴。

今年6月以来，我派了以刑事侦查局副局长胡安福和以铁道部公安局副局长张起增为首的破案组赴俄罗斯，处理K3/4次国际列车案件有关事宜，得到贵部有关部门的大力支持与合作，对此，我表示衷心的感谢。

我国值乘的K3/4次国际列车与贵国值乘的K19/20次国际列车一样，是连接两国人民的纽带，对两国人民的友好交往和经济发展起到积极的作用。但是，自今年2月起，在K3/4次国际列车上连续发生中国人侵害中国人的案件，危害旅客生命财产的安全，影响列车的正常运营。6月初，贵部运输总局采取行动，抓获了在国际列车上作案的朱兴金、赵金华等五名中国籍犯罪团伙主犯。之后，莫斯科市又抓获了牛顿、张文骥、洪晓强等三人。我部对K3/4次国际列车发生的案件非常重视，多次进行研究，并于6月上旬组织了专案组开展破案工作，我们在大力加强国内工作的同时，派出了赴俄破案小组，经两国警方的密切配合，很快查清了列车上发生的案件及案犯的基本情况，并查明参与作案的中国籍犯罪分子有百余人。我公安机关现已在我境内抓获了五十三名，对取得证据的四十七名在逃案犯已发出通缉令。据了解的情况，这些在逃案犯多数仍滞留在贵国，他们准备近期再作几起大案，抢劫钱财，筹集资金，然后逃往突尼斯、匈牙利、白俄罗斯等第三国。为尽快破获全案，缉捕案犯，消除潜在的危害，希望两国警方能够继续加强合作。目前，我们掌握的一大批涉及K3/4次国际列车案件的情况和线索，需要与贵部进行交流，对下一步的工作措施，如案犯的缉捕与递解，在国际列车上互派乘警过境执乘以至互派常驻联络官等问题，也需要具体研究商定。为此，建议由两部派专家组进行一次会晤，地点在北京，在莫斯科均可。

信中提到：

关于贵国抓获的朱兴金等八名案犯，我国外交部已于8月2日、10日向贵国驻华使馆递交了照会，对其中七名案犯提出引渡请求，请您过问一下此事，并促成此事早日圆满解决。

经过多日的紧张工作，赴俄工作组在中国驻俄使馆的直接领导下，基本摸清了在国际列车上猖狂作案的犯罪团伙的情况。这些犯罪团伙从1993年2月开始到6月间，在国际列车上和莫斯科作案一百多起，抢劫财物价值人民币数百万元。

当中国赴俄工作小组即将启程回国时，俄罗斯的高级警官们对中国同行的认真负责的工作精神和富有成效的工作，表示钦佩和感谢。他们满面笑容地伸出大拇指："哈拉硕，欧倾哈拉硕！（俄语：好，很好）你们是一流的，你们和我们一样能干！"根据赴俄工作小组传回国内的情况，公安部将国际列车抢劫案要犯名单印制成红色通缉令紧急发出国内外。

我国公安部边防局给有关国境口岸边防检查机关发出加强堵卡通缉案犯的命令。

铁道部公安局命令哈尔滨铁路公安局和呼和浩特铁路公安局全力堵截通缉犯。

北京铁路公安局派出一百三十多名干警，组成追捕组、预审组和边境堵卡、情况协调组和国际列车添乘组，在北京追捕，赴二连、满洲里、绥芬河口岸站控制堵卡，在运行在中国境内的国际列车上查堵。三个堵卡组，分赴绥芬河、满洲里、二连各口岸站控制堵卡。

随着线索的不断扩大，在国内的抓捕工作步步展开，一场追剿战斗已经全面打响。北京铁路公安局、北京市公安局快速出击，协同作战，布下了案犯难以逾越的天罗地网。

1993年8月5日公安部在内部刊物中以电传形式对国际列车专案进展情况做出小结：

今年7月4日，江泽民总书记在《公安部关于侦破K3/4次国际列车犯罪案件工作情况的报告》上批示："很好，望在已有的成绩基础上，再接再厉，抓好落实。"接到江总书记这一批示后，我部又专门进行了研究，立即督促北京市和铁路公安机关，按照指定的措施，进一步加强各方面的工作。截至8月3日，案件侦办工作又取得了新的进展。主要情况是：

1. 通过加强国内追捕和查缉，又抓获13名列车上作案的犯罪分子，其中铁路公安机关抓获9名，北京市公安机关抓获4名，加上原先国内抓获的23名涉案案犯，抓获的案犯已达36名。

2. 抓紧核查在押犯的罪行，及时提请逮捕，目前36名案犯检察院已批捕了21名。

3. 通过加强审讯和查证工作，又掌握了一批新线索，通过审讯，在押犯共交代在K3/4次国际列车上作案60起。在莫斯科市作案94起，合计154起，现已调查核实139起。这些案件共涉及案犯127人，其中除在国内和俄罗斯抓获的43人外，对其他已查明真实身份的58名案犯在全国进行了通缉。

4. 积极开展境外秘密工作，取得初步成效。7月以来，北京市和铁路公安机关先后在莫斯科组建秘密力量，了解掌握隐藏在莫斯科市的在逃案犯的踪迹和动态，根据我秘密力量提供的情报，俄警方于7月28日抓获了在K3/4次列车上作案的团伙头子牛顿和另一名骨干分子。

此外，8月2日，我外交部已向俄罗斯驻华使馆递交了照会，要求引渡6月上旬被俄警方抓获的朱兴金、赵金华等5名案犯，对俄警方抓获的其他中国籍案犯，我们正在与俄方进行协商，力争采取其他简便方式移交，便衣干警添乘仍在继续进行，至7月底，已往返7趟，列车秩序良好，没有发生抢劫、强奸等恶性案件，乘坐该列车的旅客数量大幅度上升。

一幕幕难以忘怀的镜头，几十个昼夜的连续奋战，铁路公安干警们以大无畏的英雄气概，制伏擒获了一个个穷凶极恶的案犯。从6月7日到6月30日，先后有二十三名在国际列车上抢劫、轮奸的犯罪分子落入法网。

7月13日，全国各地公安机关缉获在国际列车上抢劫、轮奸的犯罪分子二十八名。

7月16日中俄国际列车抢劫专案组连夜突击，对三十八名在逃犯起草提请逮捕决定书，连夜送北京铁路运输检察分院，检察分院立即阅卷，当即全部批捕。一夜批捕三十八人，这是北京铁路公安、检察史上批捕数量最多的一次。

7月底，在我赴俄密捕组与莫斯科当地黑社会老大谢尔盖的协助下，俄罗斯警方将重大抢劫团伙主犯牛顿、骨干分子张文骥当场抓获。牛顿团伙的劫匪们四下活动，企图交保释金营救牛顿，一些匪徒磨刀霍霍，要大干一场后逃往第三国。

根据这些情况，8月1日晚8点45分，公安部白景富副部长紧急指示，立即派第二批赴俄工作组再次去俄罗斯，追捕公安部通缉的国际列车抢劫逃犯。

8月5日，公安部再次向中央报告关于侦破K3/4次国际列车犯罪案件工作情况。

追捕在逃犯

8月10日，北京专案组收到赴俄工作组来电介绍的线索：牛顿团伙成员骨干姜明华、陈广能已经从莫斯科回到北京，专案组立即调取到姜明华、陈广能的照片后，抓捕组与龙潭派出所一起对姜家进行监控设伏。中午，饥肠辘辘的抓捕组干警来到一家小饭馆，边吃边机警地窥视窗外。突然，两个似曾相识的面孔闪过，姜明华、陈广能二人露面了，干警们放下饭碗，对饭馆老板说：账待会儿回来再算。说罢，几名干警迅速冲进了姜明华家，将姜明华、陈广能二案犯抓获。

这天夜里，北京市公安局刑侦处和丰台区公安分局相互配合，通过突击查房，将苗炳林犯罪团伙案犯石立春、吴春江抓获。

8月6日，公安部刑侦局给我国驻俄罗斯大使馆和公安部赴俄罗斯工作小组发电，将温凤奎、洪晓强等一批跨国抢劫案犯的照片和批准逮捕决定书、逮捕证传给国际刑警组织俄罗斯联邦国家中心局，请俄警方协助缉捕并递解我方。电传如下：

公刑［1993］1120号

中华人民共和国驻俄罗斯大使馆

公安部赴俄罗斯工作小组：

《传真报告》及田秋津、王和军、过中民、王从易、曹会明等5人的《提请批准逮捕报告》收悉。《传真报告》已电传铁道部公安局并告志刚同志。

至今天下午3时（北京时间），温凤奎、霍跃武、宋立军、杨彤、洪晓强、冯斌、杨振江、刘振生、金宏、张宝良、唐辉华、孙宝瑞、李庆贤、钟继泉、张东英、于海顺、田秋津、王和军、过中民、王从易、曹会明等21人的《批准逮捕决定书》《逮捕证》及照片已传给国际刑警组织俄罗斯联邦国家中心局，请俄警方协助缉捕并递解我方。

关于引渡牛顿、张文骥一事，已告志刚将牛、张的有关材料准备好，我们正与外交部联系，如外交部同意，我们即起草照会。

祝你们工作顺利。

（公安部第五局章）

一九九三年八月六日

8月26日，第二次赴俄工作组三名成员回到北京后，公安部刑侦局胡安福副局长召集协同作战单位开会，姜战林副局长主持召开了专案组会议，通报了近期案件进展情况，对下一步预审、深挖、抓捕及引渡等工作进行了部署。

9月1日，追捕组干警在北京站发现抢劫犯代连福正在K3次国际列车上运货，就在他一身轻松地出站时，追捕组干警立即将其抓获。根据代连福供述的线索，专案组分析，通缉在逃的抢劫犯吴科生可能回到了北京。

当晚，吴科生和几个狐朋狗友在自己家里赌钱，抓捕组一批干警悄悄来到窗户下面，一阵哗啦哗啦的声音传来。待破门而入的干警出现在麻将桌旁，吴科生还反应不过来是怎么回事就被束手擒获。

9月3日上午10时许，新街口公安派出所民警李新接到了一个任务，查找通缉案犯李德宏，他来到自己管片居委会，找到居委会主任，俩人决定立即到李德宏家探个虚实。

“老嫂子，宏子在家吗？”居委会主任在胡同口一眼瞅见了李德宏的母亲。

“在呢。”李的母亲不知道儿子已经在外犯了罪的事，不慌不忙地答道。

李新悄声对居委会主任说：“您赶紧给派出所打电话报信儿叫人，我去宏子家。”

刚进院门，李德宏的姐姐迎出来。

“我找德宏。”李新开门见山说。

“哟，他不在家呀。”

李新并不搭话。几大步上前推开了南屋房门。

“你什么时候回来的，怎么没来找我？”李德宏认识这个管片的青年民警。

“我？我得先去趟厕所。”李德宏从床头下地要往外走。

“等等。”李新不急不恼地说，“我这儿问你点情况，你急什么?”

李德宏无奈地说：“你要是没什么急事，先让我去趟厕所，回头说什么都成。”

“听说，有个去俄罗斯的人被你们骗了，有这事儿吗?”李新信口问道。

“没这事，你听谁说的？我怎么不知道。”李德宏瞪着眼说。

“我听人这么说的，你们最近生意上怎么样?”李新仍然不动声色。

李德宏悄声央求道：“哥们儿，让我去解个手，今个儿您只要放我一马，我们那个酒楼就算有您一股。”

“那好哇！那咱们合计合计，怎么个算法?”李新周旋了十几分钟，见派出所的战友还没来，心中十分焦急。

李德宏已察觉李新的势头不对，起身往外硬闯。

李新一把将李德宏推倒在床上，坚定地说：“李德宏，今天我和你明说吧，你要是想出去，先把我放倒再说。否则，你甭想离开这间屋子半步!”

门外突然传来急促的脚步声，派出所的民警们推门而入，李德宏抬头一看，一下子瘫在了床上。

从7月底到10月初，摄于法律的威严，在庞大的政治攻势和严厉打击下，走投无路的案犯像丧家犬一样无处藏身，虞增珍、王贵柱等一批案犯被迫投案自首。

11月10日，追捕组得到信息：5月26日在国际列车上持刀疯狂抢劫，伤害中国籍旅客的朱兴金团伙主犯温凤奎于从外地潜回北京，追捕组闻讯后立即组织十名干警迅速赶至案犯住地，架网守候，控制窝点。从上午10点到下午18点，连续八个小时的时间，追捕组未发现温犯的面，当日下午18点30分左右，根据侦查发现，温凤奎已经到其妹家躲藏，追捕组又驱车赶到温凤奎妹妹家，并迅速包围了这幢居民楼的所有进出通道。

这个叫温凤奎的劫匪在“5·26”抢劫伤害案中手持尖刀追杀已经跳车的旅客，将受害人腹部连刺数刀，是个十分凶残暴戾的亡命徒，为防止案犯撞门拒捕等意外情况，追捕组女干警佯装敲门试探，当其打开房门后，温犯即被制伏抓获。经突审，温犯供认出另一案犯徐世平窝住地点。为争取时间，全组干警不顾一天的劳顿和饥饿，再一次驱车赶到徐犯活动的酒仙桥一带，采用调虎离山的办法，用BP机将徐呼出捕获，为彻底破获专案发挥了十分重要的作用。

案犯一批批落网，预审工作紧锣密鼓，“2·15”“3·10”“4·26”“5·26”等一起又一起骇人听闻的重大抢劫、强奸案件审理案卷在增加。

秘密去引渡

在俄罗斯境内被中俄警方联手抓获的赵金华、牛顿等一批重要案犯将被引渡回国接受审判。

1993年末岁尾的京城，夜幕四合，寒风凛冽，高楼大厦，鳞次栉比，彩灯如瀑，长安街上车流如水，一派格外沸腾的都市景色。

就在这个国外传统热闹的圣诞之夜，一队警车悄然向西直门火车站驶去，车内乘坐着三十名全副武装的铁路公安干警。很快，他们列队登上呼和浩特途经北京开往海拉尔的93次列车的加挂专用列车包厢，开始了中国铁路公安史上首次秘密押解引渡跨国车匪的行动。悄然驶离北京北站，向着白雪覆盖的满洲里国门急驰而去……

他们的使命是：代表中国警方与俄罗斯警方携手完成一次秘密的跨国引渡。引渡的对象是一伙在国际列车上无恶不作的歹徒。我本人作为一名引渡押解案犯的干警，以日记的形式记录下了这五个难忘的日日夜夜……

1993年12月25日　晴

下午15时，我们参加这次押解引渡的干警到公安局刑侦大队领取了手枪、手铐、武装带。按照上午姜战林副局长提出的要求，我们都准备了新式警棉帽子、棉大衣、黑棉皮鞋和白手套，扎上武装带配上小手枪。干警们个个显得精神焕发，平添了几分英俊威武。这次参加押解工作的干警绝大多数来自北京铁路公安处治安队和刑侦大队，我和王旭章、王旭红、张泽来自公安局。

根据铁道部公安局的指示精神，我们开始了交接仪式的模拟训练，在公安局的西侧六楼平台上，按三人一组，进行跑步进入交接地点，按分组押解等一套较规范的动作训练，押解队队长是孟耀武，特别严肃认真地要求大家，一定要通过引渡交接向到场的各新闻记者展示出中国铁路公安的神威、风采。

一会儿，姜战林也来到了我们训练的地方，他看到有的干警显得有些精神紧张，动作机械，他哈哈一笑道："其实，没必要那么拿架子，到时候要灵活一些，面对的都是些罪大恶极的案犯，不能光是为了做样子，误了事。"

高楼平台上的风显得更冷一些，各小组列队，给假设案犯换戴手铐，以及必要的防备应急措施等正式演练了一遍，姜战林比较满意地点点头说："行啦行啦，大家回去准备一下，晚饭在食堂吃，集合时间是今晚21点30分，K93次是22点30分开。"

我回到办公室，匆忙将已经准备好的提包又检查了一遍，带上理光30D傻瓜照相机和几个胶卷。在这儿穿上棉衣棉裤绝对是热，动不动就一身汗，更别说穿大衣，戴棉帽子。

晚饭后，独自走上平台，遥望夜空，月明星稀，环顾四周，愈加心绪万千。刚才，中央电视台的气象预报，哈尔滨有中雪，零下二十度，我设想着在哈尔滨以北的满洲里会有零下三十度。

就在今天下午的13点30分，公安局组织召开了干警家属座谈会，邀请警属们到局里来领奖。局长兼书记单玉圭亲自将一份份代表公安局党委的大红请柬，递交给各位干警家属手中。这不仅仅是一封普普通通的新年慰问信，也不是发给她们的两百元奖金，更珍贵的是这写满了全体公安干警对支持他们工作、默默奉献一切的亲人们最崇高的敬意。

是啊，就在我们踏上北行列车的子夜，公安局刑侦大队的“铁鹰小分队”将赴山西去执行任务，他们是孙永利、付超美、张岩、术平等同志。

夜22时30分，K93次列车正点开出了西直门火车站。我们和站台上送行的各级公安机关领导握手再见。

这节专挂的软卧包厢共八间包房。我们一行三十二人，不多不少正好满员。把随行的检车员和列车员的休息地方都挤了。开始按包房分配人员时还出现了一段小插曲。此行的押解干警队伍中，有三名女干警。她们是刑侦队的么文通、王荣、袁媛，由她们负责押解那个臭名昭著的国际列车抢劫团伙主犯，绰号“二姐”的赵金华。可是我们这节卧铺车仅有八个包房，三十二名干警正好四人一间，但那间三名女干警的包房谁去呢？分配包房的孟队长叫治安队的青年干警谁也不愿去。小伙子们都知道一间包房三女一男，定有许多不方便。最后，分配包房的孟队长着了急，一道命令非要我这个早已落户8号包房的“主儿”到5号女包房去。

张泽开玩笑地说：“去吧！你当党代表最合适。”

推来推去，我的位置已被挤进来的另一位小伙子占了。没辙，只好提起行李到5号包房。三位女同胞给我让了个下铺，暖和的车厢里大衣是穿不住了，她们陆续开始解除武装，我知道咱这党代表应遵守的回避制度，转身到了姜战林他们所在的7号包房，说话间已经快零点了，老孟见我还坐着不肯走，说道你还真不行，还是让张副处长过到5号去住吧。大伙开玩笑地说：对，还是派政治上更成熟，更可靠的去，犯不了错误。一阵笑声，大家分头上床入睡。

1993年12月26日　晴

在铿锵有力的钢铁撞击声中，列车经过一夜的飞奔，于早晨8时半到达赤峰站。

11时25分，到达奈曼站。

14时25分，到达通辽站。这里的气候显得比北京稍冷一些，但不是太明显，风吹过来使人感到身上发紧。这个通辽站广场很大，高楼建筑很有些现代城市的样子。我们几个人跑到出站口往外观望了几眼，也算是浏览了通辽市。

列车又开始了漫长的运行，平淡枯燥的旅行中，总不能干坐着，各包房内的干警有的玩扑克下象棋，有的侃大山聊闲篇，有的捧着杂志书刊看得津津有味，时间随着车窗外闪去的村庄小镇、塞外风景一小时一小时地飞逝而去，越走越感觉寒气逼人。坐在包房内，寒气悄悄从窗隙中钻进来，到厕所小便时，那便池内顿时噗噗冒起一阵阵热气。

晚饭后，列车正点到达泰来站。夜幕中，依稀可以看到窗外那一派皑皑白雪覆盖的草原和那早已冰封的河流。

秘书王旭章的家在齐齐哈尔。今晚22时30分，他就可以站在距他家百余米的地方了。他不时地从车窗向外静静地望去。那熟悉的田野山川，那如烟的往事都令他浮想联翩感慨万千。可是因停车时间短，他只是在到达齐齐哈尔站后，在月台上落了下脚，而未能回家看一眼自己的亲人。

在8号车厢内，有铁道部公安局和北京市公安局的领导。姜战林来和大家寒暄闲聊时，北京市公安局二处的于队长绘声绘色地说起了那次在西直门地区与一伙亡命歹徒枪战的详细经过。姜战林说："那个叫张越的侦查员曾随赴俄工作组到过莫斯科，他的胳膊就是在那场战斗中负伤致残的。""嗨，别提了。他残了条胳膊就得到七百多元钱补偿；还有个被打瞎一只眼的，结果也不过得到一千多元。"于队长话茬儿接得挺快。

"残了一只胳膊才给几百元，太少了！"姜战林不禁发出阵阵感慨。是啊，看看现在社会上潮起潮落的经商热，干点啥买卖不挣钱？那些歌星唱一首歌儿几万元就塞进了腰包。干公安这种与危险相伴的职业，保险系数却低得可怜。"这真是最伟大的奉献精神！"长叹一口气，姜战林道，"我们的干警虽然平时发点儿牢骚，真要是到了关键时刻还不照样迎着危险往前冲？就给几百元的伤残补助，真是太少了！"

执行这项任务之前，姜战林就已经患重感冒一个多星期了，这会儿还没好，不时咳嗽，鼻子吸溜吸溜的，靠在卧铺上又开始看那上下集的武侠小说《销魂十指令》了，看得是那么专注入神，津津有味，半天也不动地儿。

1993年12月27日　晴

一觉醒来，已是早晨5时半了，从车窗的缝隙处钻进丝丝寒气，撩开窗帘望去，外面灰蒙蒙、白茫茫的，一片冰天雪地，根本找不到丁点儿绿色。

一闪而过的是稀疏的枯树、电线杆，根本找不到绿色，当我来到车厢连接处，看到列车员在不停地打扫车门处积满的雪花。

7时半，列车到达海拉尔站。几名干警下车在十多厘米厚的积雪地上又是蹦又是跳，踢腿伸腰好不惬意，“这跟南极一样”，“这才是真正的东北”。不一会儿，从车厢前部走过来一群领导模样的人，他们说早就接到上级有关部门的指示，已经为我们准备了饭。姜战林知道后显得有些喜出望外。就在刚才快到海拉尔时，他还安排王旭章准备几个大塑料袋，想在到站停车的时候买些油条给干警们。

早晨8时，东方一片红彤彤，太阳即将出来，预示着今天是个好天气。显然干冷干冷的，可干警们还能顶得住。

下午13时47分，我们这节车厢被编挂在311次列车上。又经过几小时运行，抵达满洲里站。

先期抵达的铁道部公安局、哈尔滨公安局、海拉尔公安处一些负责人早已等候在车站台。干警们下车后，列队整齐地穿过满洲里站，踏上又高又长的钢铁天桥。站在桥上往四环看，这座苍老的车站焕发出新的朝气。蒸汽机车满载着圆木、钢铁等物资在中俄之间穿行。

很快，我们走入刚落成不久的国际联运培训中心。国际联运培训中心是一幢崭新五层楼，雪白的马赛克装饰外表，内装修尚未全部竣工，一切都是崭新的。当然我们是这里的第一批远方来客。14点半左右，大家乘车到满洲里的北方市场和边贸商厦去浏览转悠，可是这儿的货物品种和质量不敢恭维，本想买些俄罗斯大披巾之类的正宗俄货，没想到就是没货，除了呢大衣、手表、望远镜，外货摊上几乎没有看到正经玩意儿。买了条呢围巾回来一看还是国产货，而且价钱也比北京高。16点钟，返回住处。

晚饭的餐桌上，摆满了许多当地的土特产。豪爽盛情的东北主人，端起了关外有名的“闷倒驴”烧酒。

1993年12月28日　晴

早晨，当地广播电台气象预报，今天有小雪，温度零下十六度至零下二十五度。

推开窗户，一股寒气扑面而来。像夏季里打开了冰箱冷冻室的门似的，远处的小路上有些稀稀拉拉的行人，走在雪地上咯吱咯吱的声音传得很远很远……玻璃窗上结满了厚厚的冰花，暖融融的室内和冰封雪裹的室外真是两重世界两个天地。

中午12时45分，我们接到马上出发的命令。在警车的引导下，十几辆编组车队穿过满洲里市向边境国门驶去。约一刻钟的光景，在我们眼前出现了一片高楼大厦及鳞次栉比的新工贸区，在边检哨卡排满了中国和俄罗斯牌照满载货物的大型卡车。

在哨兵的手势下，我们的车队停靠在边检站附近的空地上。据说，还要通过边防部门与俄方进行升旗会话接洽。这时，负责引渡的有关领导持对讲机传来消息，一切照旧，按原计划执行。13时45分，情况出现一些变化，引渡的时间接近，需要一拨人先随我们那节专挂车14时半从满洲里到海拉尔，我一看名单上有我的名字，忙找姜局，姜同意让我留下，换成了别人，王旭红等十余名同志被裁减了下来。

14时许，我们步行到国门。满洲里边检处的毛主席出访苏联的纪念馆就在眼前。

为了留下永久的回忆，大家纷纷以象征着国家大门的高大门型建筑为背景拍照。与之对面矗立的原苏联国门标志依然是CCCP，两名俄罗斯边境士兵正在忙碌地检验着出入境车辆、人员的各种证件。往远处望去，灰蒙蒙的山坡上依稀可见原苏军废弃的坦克。据说，在当年这里剑拔弩张时期，那遍布山坡的碉堡里驻满了武装到牙齿的苏军。

下午15时整，经中俄边检升旗会晤后，商定由中方到俄境内的后贝加尔镇去接人。

十余名全副武装的中国警官乘坐两辆面包车出境，到俄罗斯境内的后贝加尔边检站。北京铁路公安局刑侦大队长刘学熙等与俄方赤塔警察局的局长进行简短的接洽商谈后，很快办理了朱兴金等八名跨国犯罪分子的引渡移交手续。

15时40分，两辆面包车返回到国门我方一侧。在此等候的公安部五局、铁道部公安局、北京铁路公安局及哈尔滨公安局等有关干警走上前去。车门打开，那位早已臭名远扬的“二姐”赵金华、半呆半傻的“马头”等案犯失魂落魄、全身战抖地被押下车来。姜战林亲自布置：两名干警押一案犯，分乘几辆面包车。16时，中俄边境国门急速驶出一队警灯闪烁的警车在边检武警官兵队列迎送下，直驱满洲里。待汽车加满油后，我们开始向海拉尔进发。

二百多公里的荒野草原，覆盖着厚厚的冰雪。夜空中一轮又大又圆的月亮，泛出寒水般的月光，此时刚刚16时多，这里的太阳就早早地就滑入天边，西方留下一片血红的彩云。

我不知道这几名案犯的心境到底如何，但从他们的面部表情上可以看出，在这月圆之夜，他们作为案犯被引渡回国，内心除了对即将来临的法律严惩的畏惧外，似乎还有一种更不平衡的意念在切割着他们尚存的良知。我们乘坐的是辆金杯牌国产面包车。司机是位大连市的小伙子，车开得飞快，速度总保持在每小时一百公里。车内押解案犯赵金华的是干警王荣；干警张燕、朱志洪押案犯洪晓强；干警关健飞押案犯董德元。案犯赵金华沮丧地说：俄罗斯监狱的苦受够了，这日子回国心里真不是滋味。今天还是绰号“二歪子”的案犯王琪的生日。

漫漫雪野的公路上，很少见到车辆，更没有见到什么行人。零下二十六七度的寒冷气候，使面包车的玻璃结满了厚厚的冰霜。只有前面的玻璃靠暖风机吹着留下两块不大的透明地儿，我坐在司机旁边的座位上，一会儿就觉得脚下像踩了块冰。三个小时后，汽车驶入海拉尔市，停在火车站前。在呼啸的警笛声中，案犯被押入软席候车室。很快，海拉尔至呼和浩特的列车从车库内驶进车站，案犯被依次押上了车。

晚20时40分，我们全部登上94次加挂的那节专用软卧车厢。案犯被分别关押进八个包房。每三名干警押一名案犯。

一声长笛，列车从海拉尔市开出。姜战林召集张庆和、孟耀武等人研究分组倒班看押情况。这些案犯大都罪恶累累，故需防止他们在押解途中做出垂死挣扎的事来。我被调整到押董德元组，和关健飞、梁军同志负责看押这个绰号“老错”的董德元。早就听说他是被俄警方错抓的人。上车后，他一遍又一遍喊冤枉。此时，回国了，他则流露出阵阵得意之色。

我和关键飞值班的时间是一夜，然后由关与梁在早5时换班，由我继续顶班到下午3时，休息到第二天凌晨2时。一天的疲惫劳累，到了凌晨3时多，眼皮沉得像坠了块铅似的，抬不起来，实在太困了，就站起来到包房外走走。所有包房都敞开着门，荷枪实弹的干警在高度警惕地注视着铐住双手、昏然瞌睡的案犯。熬到5时，梁军起床换班。本该去休息的小关执意要我先去睡一会儿。最后只好我和小关换班。我躺在铺上，竟一时没了困意，望着小关和梁军，他们守在岗位上依然是那么精神。

1993年12月29日　晴

上午，从昏沉沉的睡梦中醒来，列车已停靠在白城站。下车到站台上，这里的气候虽然比满洲里暖和些，但仍然是寒气刺骨，一些值勤干警在车厢四周站岗巡视。我们知道，这趟车他们是按特殊列车来执行警卫任务的。

在1号包房，女干警么文通、王荣、袁媛虽然一夜未眠，但她们仍然警觉地坐在案犯赵金华左右。已经四十二岁的赵金华，徐娘半老，仍有风韵犹存的自我感觉。她上穿囚犯的棉衣，内套红色羊毛衫，已经文过的黑眼圈，使人联想起“骷髅”。这个在劫匪号称“第一压寨夫人”的赵金华，原来在北京西单百花市场摆过服装摊。去年8月，以自费留学名义来到俄罗斯。开始，她在抢劫团伙中，只是一个端茶倒水的角色，后来她成了匪首朱兴金的姘妇，地位日渐上升。一次，另一团伙头子绰号“老臭”的苗炳林被俄警方抓获，她出面组织“营救”，并率先拍出三千美元。在她的策划下，很快筹集到一万美元，将苗炳林保释出来。随后，赵金华又潜回国内，在白沟购买了几支手枪、手铐，藏在糕点内，带到俄罗斯，并试打了五发子弹。这以后，她腰揣手枪，就更加疯狂了。

我问赵金华是否常去“卡西诺”。她流露出一丝得意：“常去。”她说她曾有过腰缠万贯、颐指气使的辉煌日子，声称“做人就要出人头地”。当年她插队时养成了抽翡翠烟的习惯，凡是她愿意帮忙的人，她都极“仗义”地递给对方一盒“翡翠”烟，让对方摆在小桌上。果然，列车上的劫匪在包厢内看到谁有“翡翠”烟盒时，就会立即退出来：“这是二姐的人，别抢!”

说起她的个人经历，她粗俗地一笑，说她有几个“傍家儿”，还捎上一句：“男人和女人之间性爱和爱情是两码事。”这个外表和内心都十分丑陋的女人一会儿哭一会儿笑，还说她心眼儿太好，为人太仗义，到头来反倒没得好报。

这里详说一下在“中俄列车大劫案”中被人称为女匪首的二姐赵金华，她籍贯是吉林，住在北京西四南大街46号，家有七十五岁的母亲和八岁的女儿，她的简历是：1959年在铁路9小学读书，1965年在57中读初中，1968年到吉林榆林县插队，1972年到铁道部通信信号公司业务组，1985年停薪留职在西单百花劝业场经商。当时已经四十二岁的赵金华，身高有一米六八，外穿一件黑色时装，内套红色羊毛衫，戴着一条金项链，烫着时髦的大波浪式发型，文着黑眼圈、眼眉，说话口音带着东北女人劲头儿。人称二姐的她可是出了名的女能人，能说会道，卖服装卖北京特产，她的生意越来越火，很快就成为当时少有的万元户。

1992年8月，她以自费留学名义办了到俄罗斯的护照，当月就带了一批货到了莫斯科，赚了一笔大钱后，她认识了朱兴金、苗炳林等来自北京的老乡。

朱兴金，绰号朱逼三，男，四十岁，汉族，山东省长清县人，无业，住北京市东城区新开路32号。1979年被强劳二年；1982年5月因扒窃被劳教二年，其间又因扒窃延长教养期一年。1992年以留学名义去俄罗斯经商，他到过匈牙利、罗马尼亚，曾经也是个拥有几十万元的大款，还在国外开了家公司，并拥有一辆“奔驰”轿车。后来，朱兴金借着俄罗斯国内形势不稳，以为能胡作非为而无法无天。他召集一帮子北京籍的不法人员，干起了打家劫舍的罪恶勾当。以他为首的抢劫团伙有十几名成员，从1992年朱兴金带头参与抢劫三十起，其中列车抢劫十四起，莫斯科市内抢劫十六起，共抢得三万四千九百五十余美元、三百二十余万卢布、一千六百余元人民币、五百七十余件皮夹克、两千个打火机、一千余张俄罗斯邮票及传真电话机、金戒指、金项链、金手链、手表等物。

在“卡西诺”赌场赵金华认识了朱兴金，臭味相投的二人一拍即合，赵金华成了比自己小两岁的朱兴金的姘妇，被劫匪号称“第一压寨夫人”的赵金华，地位日渐上升。

1993年5月17日，朱兴金、赵金华在莫斯科市租住处，召集李德民、马继强、洪晓强及孙宝瑞、张保良、冯斌等人预谋上K3/4次国际列车抢劫。赵金华说：“瞧人家牛顿上车抢得多猛，你们哥儿几个学着点！”“我用卖皮夹克给你们打掩护。”并说她负责点道，看人、保管抢得的钱物，还进行了分组，商定从莫斯科坐四次走，中途下车接国内来的三次。第二天，朱兴金、赵金华及李德民、马继强、洪晓强携带作案工具窜上四次国际列车。19日上午10时许，赵金华指使李德民、洪晓强在5号车厢4号包房持刀抢劫女旅客王东军一千美元，赃款交赵金华。5月21日，赵金华窜上3次国际列车。22日下午，朱、李、马、洪在7号车厢3号包房，持匕首、瓦斯枪抢劫王永利四十万卢布，赃款交赵金华。李德民另抢劫女旅客杨秀杰六万卢布。24日上午，李德民伙同牛顿在7号车厢9号包房，持瓦斯枪抢劫旅客闫辉、李春风、李忠十万卢布，李用玻璃瓶将李春风耳朵、脖子打破。李、牛在该车厢3号包房持刀、瓦斯枪抢劫旅客张福忠一百二十四万卢布。回莫斯科后，赵金华在莫斯科其租住处负责分赃。

朱兴金和赵金华这次带领十几名歹徒出来，5月25日，他们从莫斯科乘坐开往北京的K4次列车，一路上已对回国的同胞进行了一番抢劫，并用刀砍伤了两名天津人手指。抢劫作案后，他们在伊兰斯卡娅站下了车，窜上从国内开来的K3次列车，进行第二次洗劫。

2号包房内关押的是抢劫案骨干分子张文骥。他与牛顿及其姘妇同住在“日出”旅馆的一间房内。这家伙是个典型的酒色之徒，成天在醉生梦死中打发日子。那天，牛顿与他密谋抢劫一名在俄经商的中国人。他手持大号折刀、绳子与牛顿的姘妇闯进那位中国商人的住宅，并将事主用绳子五花大绑捆倒在地，没想到被跟踪而至的中俄警方当场抓获。

从莫斯科到后贝尔边境，俄警方押解案犯历经十七天的时间。这帮曾经在国际列车上和莫斯科为非作歹嚣张至极的匪徒们，自知末日为期不远。在俄境内押解途中的囚车上，他们躲开俄警的监视，悄声聚在一起相互埋怨，时不时还穷开心，说：“这回咱回国后，顶多过了春节，政府就得把‘朱马牛羊’一块儿‘甯’。”“朱”说死后他捐出他的脾，“马头”说捐角膜，牛顿长了一双大招风耳，众歹徒说那就捐耳朵吧，“大羊”的脑袋瓜好使，到时捐出副大脑也许对医学研究有用。3号包房内关押着心狠手毒、臭名昭著的案犯牛顿。三十五岁的牛顿是刑满释放人员，在莫斯科他是中国人侵害中国人的匪首之一。举一例子：那年正月初五，牛顿抢走一男青年的三十万卢布，因嫌钱少，他在该青年左右胳膊上各砍一刀，头部连砍三刀，称之为“破五砍你五刀”。

4号包房关押着绰号“二歪子”的王琪。他肉头肉脑，白眼珠多黑眼珠少。12月29日是他的生日，一路上他浑浑噩噩昏睡不止。1991年年底他以自费留学名义到俄罗斯经商。他与朱兴金、赵金华等人勾结成团伙，多次在K3/4次列车上抢劫中国公民的财物，现已经查清他直接参与抢劫作案七起。中午，女民警王荣给王琪送来一大块巧克力说：“得知今天是你的生日，送块巧克力表示表示。”王琪捧着巧克力对王荣说：“谢谢了，我会永远记住你们恩情。到北京我一定好好坦白自己及同伙所犯的全部罪行。”

5号包房内关押着那曾对俄罗斯警方拍着文着一条恶龙的前胸说他是龙的传人，是“淡黄子孙”。把炎黄说成“淡黄”的洪晓强，谁能想到他是以自费留学名义出的国，曾多次持刀参与抢劫作案，罪行极大。他秃头下一双不大的眼睛露出狼一样残酷凶狠的目光。

子夜，洪晓强提出要解手。干警张燕、朱志洪押着他来到车厢厕所。由于连续多日旅途颠簸加之极度的精神紧张，这家伙吭哧半天仍解不出小便。干警看他那副德行，便用哄小孩撒尿的办法吹着口哨，见还不奏效，只好将他领到洗脸间，打开水管，顿时一阵哗哗声。在条件反射的作用下，洪晓强解完了小便。在第二个夜晚23时50分，干警张燕、朱志洪发现洪晓强身穿的囚服棉衣有一处异常，遂进行仔细搜查。发现在其棉衣背带里藏有一半刮脸刀片和一根四厘米长的铁丝。刑侦大队长刘学熙赶来又对其携带的所有物品进行了更加认真的检查。经分析，案犯洪晓强藏刀片是留作自杀用的，铁丝则是为用来准备捅手铐伺机逃跑准备的。这些亡命之徒，押解他们务必高度警惕，稍有疏忽就容易造成意想不到的闪失。

6号包房内是匪首“朱逼三”。他叫朱兴金，戴着一顶锥形针织帽，黑瘦如柴的脸，额上那道被旅客反抗时用酒瓶子砸开了瓢的伤疤并不十分明显，他很少说话，但说起来却也滔滔不绝。他说他到过匈牙利、罗马尼亚，曾经也是个拥有几十万元的大款，还在国外开了家公司，并拥有一辆“奔驰”轿车。可是这个变成兽，比兽更可恶的败类，因为狂赌滥嫖，短短时间内就输掉了全部资产。趁着俄罗斯政治、治安形势混乱，他自以为在境外抢劫犯罪，中国警察管不着，俄罗斯法律管不了，继而拉起一帮子狐朋狗友为所欲为，开始了打家劫舍的罪恶勾当。

7号包房内关押的是那个绰号“马头”的马继强，这个曾经担任某公司经理而被称为“马头”的案犯，全然不见了几个月前在莫斯科亚拉拉斯夫车站那股奸诈狡猾的神气。这家伙曾与黄亚军、赵金华等案犯结成抢劫团伙，多次在北京开往莫斯科的K3/4次国际列车上抢劫行凶。

8号包房是绰号“老错”的董德元。说起他来还要多费些笔墨。他是北京市崇文区人，在北京站曾开过饭馆，后来随着国际倒爷潮也出国赚大钱，来回倒腾皮夹克。开始他也赚了不少钱。说来也是巧合。5月26日那天，他临走时到一位朋友单位，恰好遇一老卦师。卦师与他素不相识，突然对董德元的那位朋友说：“我看他（指董）满脸晦气。”并叫董拿笔在纸上写了自己的名字，之后，轻叹了口气说：“你在8月15日前不要出门，否则必有杀身之祸，牢狱之灾。”董问卦师有何解法，卦师说你若在这之前外出必扎红腰带，缠红布条辟邪。董不肯相信，依然按原计划于当天登上K3/4次国际列车。不知为啥，在北京站上车时就因行李超重被罚款一千元。一路上，国际列车上的抢劫、强奸案件屡屡发生，董德元并未参与。可是到了莫斯科，刚下车他就被俄警方依据受害旅客指认抓了起来。他一路喊冤，那也在俄监狱中被囚了七个月。姜战林等我国公安干警依法对董德元的情况进行了调查后，已经基本确认董德元是属错抓的“冤大头”。

1993年12月30日　晴

清晨，东方一片朦胧，列车缓缓驶入京郊大地。车厢内，干警们重新整理装备，收拾物品。连续几昼夜高度紧张的旅途劳累，饮食不适，一些同志在车上突发疾病。王旭红、么文通等同志连续呕吐腹泻。但是，他们却依然精神抖擞、高度警惕，只有从那些布满血丝的眼睛里，可以看到他们已经十分疲惫困倦。

5时30分，列车到达北京北站。月台上早已等候在此的一队警车闪起红光，前来接车的各级领导、公安干警纷纷走上前来。我们按三人一组押解着案犯，分别上了囚车。

姜战林在站台的一间房子里，召集赶来接车的国际列车预审组干警，布置了立马要进行的突审工作。

呼啸的警笛响起，渐渐远去了。朝晖里，新的一天已经开始，我们又投入了新的战斗。

1993年12月31日，铁道部公安局特别发出关于对北京、哈尔滨、沈阳铁路公安局圆满完成秘密引渡、押解案犯任务的表彰通报。通报指出，为从重从快打击在K3/4次国际列车上抢劫犯罪的案犯，经中俄双方协商，被俄警方抓获的八名案犯已于12月28日从后贝加尔引渡回国。这是中国公安机关第一次与俄罗斯警方在边境引渡案犯，北京、哈尔滨、沈阳铁路公安局，精心组织，密切配合，圆满完成了任务。

哈尔滨铁路公安局在接到执行引渡任务后，认真研究沿途工作方案，董殿春副局长专程赴满洲里，组织海拉尔、满洲里公安处积极做好引渡准备。海拉尔、满洲里公安处分别由处长负责，在车辆组织、对外联络、后勤保障等方面做了周密安排。他们面对俄方信息不通、具体交接时间不明的复杂情况下，积极谋取地方公安机关的支持配合，并做了多种准备。当出现交接时间拖延后，他们及时组织车辆，奔驰两百多公里，将案犯平安运送到海拉尔站，赶上预定列车，保证了按原定计划返京。并在沿途停车站加强了车下警戒。

北京铁路公安局和北京铁路公安处为保证引渡、押解工作万无一失，制定了详细的接收、押解方案，由副局长姜战林带领二十八名干警以严整的警容充分显示了警威、国威，赢得了俄罗斯警方的赞誉和羡慕。案犯入境后，他们逐个进行教育，稳定案犯情绪，并在案犯洪晓强的棉衣内搜出洪犯准备用于逃跑和自杀的钢丝和刀片，消除了隐患。押解途中，干警坚守岗位，一丝不苟，安全地将八名案犯押回北京。

沈阳铁路公安局对这次引渡押解任务十分重视，部署沿途各停车站加强车下警戒，并派出干部随车添乘。通辽、长春公安处及白城公安分处都派出处、科级干部到各停车站组织警戒。各停车站派出所组织干警冒着严寒，不分昼夜，认真负责地接送列车，保证了押犯列车的一路安全。

这次引渡任务的圆满完成，不仅对严厉打击K3/4次国际列车抢劫犯罪分子提供了有利条件，也对巩固和发展中俄两国警方关系做出了贡献。

滔天罪难赦

警戒森严的北京深牢大狱，寂静的夜空中，一弯残月挂在高墙的电网上。

铁窗内，苗乃栋、黄亚军、徐林等囚犯，睁着一双双木直、空洞、冷酷的眼睛，在等待着什么……

这些案犯几乎都是北京籍的无业人员，有犯罪前科受过公安、司法机关处理的占百分之七十。他们出国前绝大多数在本市办托运、开出租、开饭馆、做买卖，后以工作邀请或留学等名义，申请赴俄罗斯或匈牙利护照，如果他们去国外老老实实做生意，也都会个个腰缠万贯。

但是，他们与生俱来的劣根性，使其在一定的环境下，膨胀起罪恶的欲念。

记得有句话说：人要变兽，比兽更可怕。劫匪们失去人性后，就是披着人皮的兽类。沿着他们的犯罪轨迹，我们去看一看几名案犯的人生履历。在监狱里，那些曾经猖獗至极的案犯已经成了认罪伏法的囚徒。他叫杨彤，今年三十三岁，他的父亲在世时是一名老革命干部，母亲是教员，他的哥哥姐姐现在有的是工程师，有的是医生，而他从1975年因盗窃被公安机关劳教三年后，1980年、1982年又因偷窃受到公安司法机关打击处理。

1992年8月19日，借了一万多元人民币办了护照的杨彤，在出国赴俄的列车上，见到了苗乃栋。这两个曾在一起劳教过的“难友”臭味相投，结成抢劫团伙。把刀一亮，对方就交钱，杨彤觉得这样来钱太容易了。于是便开始了抢劫、赌博、抢劫的罪恶循环。

人称“瘦子”的徐刚，眼球突出，身体瘦弱得已经皮包骨头，这是典型的甲状腺疾病的表现。在接受审讯时，他总是回忆那段童年的经历，他二十七岁，早在二十多年前他的父母就离异了，他从小跟着奶奶长大，没有得到过父母的抚爱。他说天底下最亲的人就是他的奶奶。问他出国前干过什么职业，干个体。初中毕业那年，他在一个工程队干临时工，偷了价值三十五元的电线，被公安局强劳三年，期满后出来在北京的红桥贸易市场卖羊肉片。当时在北京市个人卖羊肉片的也算是第一份了，几年下来，赚了三四十万块钱。

靠卖羊肉片发了财，后来，他认识了一个青岛姑娘。他的未婚妻是在北京开小饭馆，他和未婚妻有时一天连切带卖七百多斤羊肉。可想而知，那是多么辛苦多么赚钱的活儿。

徐刚说到他的家庭时，他的眼睛里不时转着没有淌出的泪。他在国内经营羊肉片时，最多挣了四十多万，但是赌博的恶习，使他把几十万元的家产全部输光。他说：“那时，跟人学会了推牌九，自以为来钱快，腰里趁个几十万，钱，输得起，也挣得到，最大的赌注是一次一万。谁知，赌博这玩意儿就是输多赢少。越输越惨。赚了三四十万块钱后来全都搭进去了。”

为戒赌，用打火机多次烧过自己的食指，发誓永不再赌，虽然食指已被烧得变形变细，但是他还是没有戒掉。徐刚自己也特别恨他自己，尚未泯灭的一点良知在谴责他，对不起他的未婚妻，他想和她好好过日子。他在北京有房子，又有几十万，买辆小汽车开着，在平民百姓里还不是人上人的日子？谁知过一段时间他就忍不住了，直到输光了房子。

那些日子听说上俄罗斯好做买卖，便托人买了留学邀请单，去年10月拿到签证。他向未来的岳父家借了一万元钱，从秀水街买了冒牌的“阿迪达斯”服装，一到莫斯科就全出手了，一下子赚回几千元钱。

后来，在莫斯科一待就是七个月，徐刚认识了朱兴金那伙子人。为发财，满怀希望地跟着他们到俄罗斯卡西诺赌场。那儿，亚洲人特多，玩轮盘赌上瘾，押一嫌三十五，开始还能赢，有时甚至一下子赢了几十万卢布，再玩下去，就输起来了，越输越想往回捞，结果把卖服装赚的那几千元钱，全部赌了出去。

输光了钱，徐刚后来就跟着朱兴金去抢劫作案。第一次在莫斯科黄河旅馆，抢劫了四个温州人的护照，敲诈他们两千美元，后来，他分得一百美元。当时，觉得俄罗斯这么乱，俄罗斯的警察管不过来，抢了也没事，不抢白不抢。他说，他在莫斯科的事没有告诉未婚妻。从莫斯科回到北京后，徐刚和未婚妻好好过了一个月的日子。他神情充满内疚地说愧对那不讲吃不讲穿每天切七百多斤羊肉片的未婚妻，即使到了另一个世界，他也难摆脱良心的愧疚。在接到北京铁路中级法院的死刑判决书后，已经瘦得皮包骨头的徐刚，吓得浑身战抖。在恐惧中他自责后悔，使得他的甲状腺病情突然加重，还未等到上刑场就病死在监狱中。

膀大腰圆，胡子拉碴，满脸横肉，左臂上文着一个虎头，手腕处文着一个女人头，右臂文着一只飞鹰的死刑犯黄亚军，是赵金华的侄子，接到死刑判决书的黄亚军，泪眼蒙眬地对看守所的管教人员说："我知道自己罪该万死！"

时年三十一岁的黄亚军，住在北京市海淀区温泉某厂宿舍，父母都是工人。1983年他高中还没有读完，就因流氓斗殴被判处七年有期徒刑。父母因为儿子的事相互埋怨，闹得离了婚。1989年12月，黄亚军被提前八个月释放。回到北京后，和其姑赵金华（朱兴金抢劫团伙主犯，绰号"二姐"）在西单摆摊卖服装。1991年10月，他以自费留学的名义去了俄罗斯，还在列宁格勒大学建筑系挂了个名，但从未去上过学。

黄亚军回忆说："头一次去俄罗斯是和赵金华背货。几百件皮夹克，因为手续不全，提货时遇到麻烦，加上罚金，没赚着什么钱。开始也没想到抢，就是打架，北京人受了欺负，我去帮着打，有时候对方害怕，就说别打了，我给你钱。我一看这比倒腾皮夹克强多了，做买卖吃苦受累不说，还要对付俄方的警察、税务和胡列杠（意即土匪）。

"有一回在旅馆里，洪晓强和别人打架，一个西安人在门口看了两眼，我就把他打了一顿，还抢了他一千美元。认识朱兴金是我最大的错误。朱兴金赌博输了一万多美元，我也赌，虽然不像他赌得那么大，但从国内带去的几千元人民币也输光了。那年春节后，朱兴金就提出，血洗国际列车。开始那几个月，主要是抢蛇头和偷渡客，因为他们不敢报案，就算报了案中国警方也没法介入，即使介入了也查不到，没有人证嘛。后来这些人学精了，他们买通了一些俄罗斯官员，有的蛇头还有枪。我们怕惹麻烦，就把目光转移到乘坐国际列车的买卖人身上。

“3月初的时候，在莫斯科一处私人住宅，我和朱兴金、老八、董振江、牛勇利等人抢了个上海人，是那个叫小迅子的用上海话叫的门，如果北方人叫门他们一般不会开。我们都拿着刀，进门以后叫他们全趴下，有一个人拿着棒球棍想反抗，被牛勇利拿匕首顶住了胸口。最后我们抢了一千多美元，还有卢布和人民币，我分到三百美元。我抢了十几起，在车上的有六七起，一般是一个多月回国一次——看闹得太凶了，回来避避风。4月底，我和董振江坐4次列车回北京，途中，我拿着瓦斯枪（在车上从俄罗斯人手里买的，一百美元一把），闯进一个包厢，里边有两个上海人和一个湖南教授。我们先让他们交出护照，一看那个教授是公派出国的，没敢抢他，找那两个上海人要钱。他们说没钱，我让他们把报关单拿出来，一看有一千六百多美元。我们抢走了一千四百美元，然后在乌兰巴托下车，乘飞机赶在这趟车前飞回了北京。

“去年5月26日，我和董振江等六人一起在北京站用站台票混上了3次国际列车，当晚就出境了。后来得知朱兴金、老八他们也要上车，我们几个一合计，那么多人要上车抢，哪有那么多钱啊？干脆咱们先干吧。我们一口气抢了五六个包厢，抢到七千多美元。作案以后，我也预感要出事，原来估计中国警方8月至10月之间才会抓人，没想到中国警方动作那么快。从作茧自缚的第一起案件开始，我就知道后果好不了。我迟迟没结婚，也是心里不踏实，可是，为了钱，已经欲罢不能了。在莫斯科和国际列车上先后抢劫、强奸绑架十多起。抓我的时候，我和董振江买好了车票，正准备到山西他老家先躲一躲。当四支枪同时顶在我脑袋上时，我就知道这下完了。警察问我：知道为什么抓你吗？我说：知道。后来经过管教民警的帮助，我更认识到我们这伙人的丑恶凶残和肮脏的灵魂。我罪大恶极，活是活不了了。”

他已经料到自己罪恶极重必死无疑，显得有些侃侃地说：“没想到这么快就被抓住了，反正要挨枪子儿，现在我把所有的案子都交代了，少交代，你们也不会把枪子打在我肩膀上……如果有来世，我一定脱胎换骨做个好人。”

这位白白净净，二十岁的姑娘就是抢劫团伙案犯杨春春。她的父亲是一位军队高级干部，母亲是老师。独生女的杨春春，曾是中学生通讯社的记者。1991年她高中毕业后没有考大学，她想自己考个一般大学也不成问题，但她觉得在国内上一般的大学没有什么意思，和名牌大学差多了。她想去美国，就算是一般的大学，回来也是留学生，再打一份工挣钱，反正吃苦受罪谁也看不见，将来回国就是名利双收。

面对公安预审人员她说：“为了圆自己的出国梦，我用自己的稿费、零花钱、压岁钱，还向同学借了点钱，花一千三百美元买了去匈牙利留学的邀请单。我的最终目的是转到美国读书。我觉得我很特殊，就是走一条特殊的路，我认为自己有能力单独闯天下。可到莫斯科全不是那么一回事，我走到这一步是由于无知。

“小时候我家里父母管得很严。中学我考上了一所重点中学，接触外界多了，觉得外面的世界很精彩。也就是越来越不听爸爸妈妈的话。可从心里说，我爱他们。背着他们办了去匈牙利留学的手续时，我想，我有能力独立生活，他们现在还年轻，等我功成名就，衣锦还乡，再加倍孝顺回报他们。

“今年年初，我到莫斯科，却无法再去匈牙利，海关不让入境，只好留在莫斯科。

“说起我的男朋友，我在国际列车上犯罪就是因为他。他比我大十岁，在北京有妻子，我们是在国际列车上认识的。但他在车上很少说话，他说话油腔滑调，我不愿意与他交往。后来，在列车上，有一伙人上车抢劫，当时，我害怕极了，就感觉自己是只荒郊中的羊羔，在一群狼面前，只有认命了。但是，那伙人冲到我的包厢时，他出现了，坐在了我的身边说：她是我的人。那伙人看了看我，点点头出去了。我感到是他在我危难时，突然挺身而出，救了我。使我脱离了险境。”

在她的日记里，有这样一段写到她与男朋友相识的文字：“真到我需要帮助的时候，唯有你送我一片温馨。现在回想起来，我都不由得要哭。知道我多难，离开父母，到一个并非属于我的环境中去，没有朋友，身无分文，不知自己在干什么。下场赌注？我的痛楚在灵魂深处，你好像一眼就把我看穿了，你让我和你一起走，一字一句都好像敲进了我的骨髓，你那么坚定，不容我拒绝，我燃起了希望——”

从那儿以后，她真的成了他的人，成了抢劫案主犯秦晓彤的姘妇和同伙，整天便和他在莫斯科共同生活。她曾向预审员交代：“在国际列车上抢劫作案，他让我跟着去在包厢里帮着拿东西。第一次给我一万卢布，第二次分给我五百美元，第三次发给我五千卢布，还有十几件砂洗衣服和爱华牌小录音机等。我在莫斯科卖了八件砂洗衣服，剩下几件带回国了。没想到回国时，刚进二连海关就被抓住了。要知道我犯的是抢劫，我就不会和他们去了……”

她再次提到爸爸妈妈，她说：“对于父母的疼爱，在国内并不珍惜，当失去的时候才知道是多么可贵。如果能重新生活，我会重新设计自己，决不再走这条路。”

无知，法盲，铤而走险，使这伙民族败类在国际列车上犯下了滔天大罪，等待他们的只有法律最严厉的惩处。

历史的判决

1994年4月，轰动一时的“中俄列车大劫案”，被诉至北京铁路运输中级法院。以牛顿、苗炳林、赵金华、朱兴金为首的中俄列车大劫案犯罪行径令人发指，记录他们的滔天罪恶的案卷足有数米高，长达百多页的起诉书，字字带血，声声含泪，铁证如山，下面是其中两份判决书，这里摘录如下：

北京铁路运输中级法院

刑事判决书

（1994）京铁中刑初字第57号

公诉机关北京市人民检察院北京铁路运输分院。

被告人朱兴金，男，四十岁，汉族，山东省长清县人，无业，住北京市东城区新开路32号。一九七九年被强劳二年；一九八一年五月因扒窃被劳教二年，其间又因扒窃延长教养期一年。因抢劫于一九九三年六月三日被俄罗斯警方抓获，同年十二月二十八日被引渡回国，十二月三十日被逮捕。现羁押在北京市公安局看守所。

辩护人，删节

被告人赵金华，女，四十二岁，汉族，吉林省人，无业，住北京市西城区西四南大街四十六号。因抢劫、非法买卖运输枪支于一九九三年六月三日被俄罗斯警方抓获，同年十二月二十八日被引渡回国，十二月三十日被逮捕。现羁押在北京市公安局看守所。

辩护人，删节

被告人李德民，男，四十岁，汉族，辽宁省黑山县人，无业，住北京市海淀区海淀路五十八号平房二十一号。一九七八年因犯盗窃罪判处有期徒刑三年。因抢劫于一九九三年十二月三日被逮捕。现羁押在北京铁路公安处看守所。

辩护人，删节

被告人黄亚军，男，三十岁，汉族，吉林省人，无业，住北京市海淀区温泉乡太舟坞村四〇三—二—三〇一号。一九八三年十二月三十一日因犯流氓罪被判处有期徒刑七年。因抢劫于一九九三年六月四日被抓获后羁押，同年七月二十三日被逮捕。现羁押在北京市公安局看守所。

辩护人，删节

被告人马继强，男，三十三岁，回族，北京市人，北京市建国门房地产管理所工人（停薪留职），住北京市东城区苏州胡同七十三号。因抢劫于一九九三年六月三日被俄罗斯警方抓获，同年十二月二十八日被引渡回国，十二月三十日被逮捕。现羁押在北京铁路公安处看守所。

辩护人，删节

被告人董振江，男，三十九岁，汉族，河北省涞水县人，无业，住北京市宣武区如福里二号。一九七三年因扒窃被强劳三年；一九七七年因偷盗被劳教三年；一九八三年因殴打他人被劳教三年。因抢劫于一九九三年六月十四日被抓获后羁押，同年七月二十三日被逮捕。现羁押在北京市公安局看守所。

辩护人，删节

被告人洪晓强，男，二十七岁，回族，山东省临西县人，无业，住北京市西城区宫门口东岔二十三号。一九八二年因轮奸幼女被收容教养三年；一九八四年因殴打他人被劳教三年。因抢劫于一九九三年八月八日被俄罗斯警方抓获，同年十二月二十八日被引渡回国，十二月三十日被逮捕。现羁押在北京市公安局看守所。

辩护人，删节

被告人王琪，男，三十三岁，汉族，北京市人，无业，住北京市朝阳区武圣东里三十三楼三门三〇二号。一九七八年因流氓被劳教三年。因抢劫于一九九三年六月三日被俄罗斯警方抓获，同年十二月二十八日被引渡回国，十二月三十日被逮捕。现羁押在北京市公安局看守所。

辩护人，删节

被告人温凤奎，男，三十六岁，汉族，北京市人，无业，住北京市崇文区幸福大街二十一号。一九七七年因抢劫被劳教三年。因抢劫于一九九三年十一月十日被抓获后羁押，同年十一月十二日被捕。现羁押在北京市公安局看守所。

辩护人，删节

被告人牛永利，男，三十六岁，汉族，河北省定兴县人，无业，住北京市崇文区金鱼池中街十楼三号。一九七八年因强劳期间逃跑被劳教三年。因抢劫于一九九三年六月二十六日被抓获后羁押，同年七月二十三日被逮捕。现羁押在北京市公安局看守所。

辩护人，删节

被告人崔刚，男，三十三岁，汉族，吉林省公主岭市人，无业，住北京市崇文区夕照寺铁路宿舍二五六号。因抢劫于一九九三年八月七日被抓获后羁押，同年九月二十五日被逮捕。现羁押在北京市公安局门头沟分局看守所。

辩护人，删节

被告人张占臣，男，四十一岁，汉族，河北省涿鹿县人，无业，住北京市东城区禄米仓胡同三号。一九七七年五月因偷盗、销赃被强劳三年；一九八九年三月因赌博被劳教三年。因抢劫于一九九三年六月十八日被抓获后羁押，同年八月十一日被逮捕。现羁押在北京市公安局看守所。

辩护人，删节

被告人林宝钢，男，三十五岁，汉族，北京市人，无业，住北京市宣武区红土店八号。一九七七年六月因诈骗被强劳三年，其间又因扒窃被延长强劳半年。因抢劫于一九九三年六月二十一日被抓获后羁押，同年七月二十三日被逮捕。现羁押在北京市公安局看守所。

辩护人，删节

被告人曹六一，男，三十八岁，汉族，北京市人，无业，住北京市东城区新开路三十四号。因抢劫于一九九三年七月二十一日被抓获后羁押，同年八月十一日被逮捕。现羁押在北京市公安局门头沟分局看守所。

辩护人，删节

被告人李芝荣，男，三十七岁，汉族，天津市武清县人，无业，住北京市崇文区好景胡同四十九号。一九七四年三月因偷盗、打架被强劳三年；一九七八年十一月因持械寻衅被强劳三年。因抢劫于一九九三年十一月十五日被抓获后羁押，同年十二月八日被逮捕。现羁押在北京铁路公安处看守所。

辩护人，删节

被告人石永强，男，三十四岁，汉族，河北省人，无业，住北京市宣武区仁民路十四号。一九七八年因偷盗被劳教三年；一九八二年二月又因偷盗被劳教二年。因抢劫于一九九三年八月十日被抓获后羁押，同年八月十一日被逮捕。现羁押在北京市公安局石景山分局看守所。

辩护人，删节

被告人常志新，男，三十岁，汉族，山西省人，无业，住北京市东城区花梗胡同二十五号。一九八二年十月因打架被劳教一年。因抢劫于一九九三年九月十七日被抓获后羁押，同年九月十八日被逮捕。现羁押在北京铁路公安处看守所。

辩护人，删节

被告人徐世平，男，二十八岁，汉族，北京市人，无业，住北京市崇文区细米巷十三号。一九八二年十月因打架被劳教二年。因抢劫于一九九三年十一月十日被抓获后羁押，同年十二月八日被逮捕。现羁押在北京铁路公安处看守所。

辩护人，删节

被告人张刚，男，二十五岁，汉族，四川省人，无业，住北京市海淀区钢铁研究总院十三号楼东门四〇二号。因抢劫于一九九三年七月九日被抓获后羁押，同年七月二十三日被逮捕。现羁押在北京市公安局门头沟分局看守所。

辩护人，删节

被告人白志泉，男，三十九岁，回族，北京市人，无业，住北京市崇文区东便门东城根二号院二十四号。因抢劫于一九九三年十一月七日被抓获后羁押，同年十二月十五日被逮捕。现羁押在北京铁路公安处看守所。

辩护人，删节

被告人吴凯峰，男，三十一岁，汉族，河北省唐山市人，北京京侨出租汽车公司司机（停薪留职），住北京市朝阳区劲松三区三二〇楼四门三号。因抢劫于一九九三年七月二十一日被抓获后羁押，同年十二月十五日被逮捕。现羁押在北京市公安局门头沟分局看守所。

辩护人，删节

被告人焦希华，男，四十三岁，汉族，天津市宝坻县人，无业，住北京市宣武区北半截胡同五号。因抢劫于一九九三年七月四日被抓获后羁押，同年九月三十日被逮捕。现羁押在北京铁路公安处看守所。

辩护人，删节

北京市人民检察院北京铁路运输分院于一九九四年六月二十七日以被告人朱兴金、赵金华、李德民、黄亚军、马继强、董振江、洪晓强、王琪、温凤奎、牛永利、崔刚、张占臣、林宝钢、曹六一、李芝荣、石永强、常志新、徐世平、张刚、白志泉、吴凯峰、焦希华犯抢劫罪；被告人温凤奎犯强奸罪；被告人赵金华犯非法买卖枪支弹药罪；被告人曹六一犯盗窃罪；被告人崔刚犯窝赃罪向本院提起公诉。本院受理后，依法组成合议庭，不公开开庭审理了本案。北京市人民检察院北京铁路运输分院检察院朱树林、代理检察员徐鸿伟、李晓光、刘明林出庭支持公诉，被告人朱兴金、赵金华、李德民、黄亚军、马继强、董振江、洪晓强、王琪、温凤奎、牛永利、崔刚、张占臣、林宝钢、曹六一、李芝荣、石永强、常志新、徐世平、张刚、白志泉、吴凯峰、焦希华及他们的辩护人张百泉、丁军、吴以钢、栾燕民、赵伟时、吴雪松、吴秉实、何欣荣、宁伟、孙国平、季学全、白永石、何连水、陈秀改、方仲炳、戴洪强、刘之森、王敬美、黄耀华、宋子芬、张健、崔醒民、张大公、周一凡、赵兴仁、洪道德到庭参加诉讼。本案经合议庭评议，审判委员会进行了讨论并作出决定，现已审理终结。

北京市人民检察院北京铁路运输分院起诉书指控：

一、一九九三年一月一天上午，朱兴金、李德民、崔刚、张刚等人在莫斯科市一居民房内持刀抢劫十余名中国南方人一千八百余美元、二万卢布及传真电话机等物。每人分得三百美元，张刚另分得一万卢布及一部传真电话机。

二、一九九三年一月六日十一时许，朱兴金、李德民等人在莫斯科市一居民房内持刀、瓦斯枪抢劫上海人马建伟、周永伟、曹如明、王才祥一万四千余美元及手表、金戒指、金项链、金手链。朱、李各分得一千余美元。

三、一九九三年三月一天，朱兴金、李德民、黄亚军、董振江、牛永利等人在莫斯科市一居民房内持刀抢劫几名上海人二千八百余美元、三十余万卢布、一千六百余元人民币。每人分得三百五十美元、四万卢布、二百元人民币。

四、一九九三年三月一天，朱兴金、李德民、黄亚军等人在莫斯科市一居民房内持刀、瓦斯枪抢劫几名上海人一千余美元、金戒指、金项链及皮夹克等物。每人分得一百五十美元，朱得金戒指一枚，黄得金项链一条。

五、一九九三年四月九日十二时许，李德民、黄亚军、曹六一、吴凯峰在三次国际列车十二号车厢一号包房抢劫保定市人王永库五百美元、一千二百元人民币。李、黄各得二百五十美元、四百元人民币，曹、吴各得二百元人民币。当日在该列车六号车厢，李、黄抢劫北京人曹庆利二百七十余美元、九百八十元人民币，后又抢劫一旅客三百余美元。赃款被李、黄均分。

六、一九九三年四月一天，朱兴金、李德民、黄亚军、马继强、董振江、王琪等人在莫斯科火车站绑架四名中国南方人、抢一千美元，每人得一百美元。

七、一九九三年四月一天，赵金华与朱兴金、李德民预谋后，朱、李、白志泉等人在莫斯科一居民房内持凶器抢劫几名中国南方人二百余美元及人民币等。

八、一九九三年四月二十三日，朱兴金、李德民、黄亚军、马继强、董振江、王琪等人在莫斯科莫大旅馆持刀抢劫北京人王中智、赵瑞京五包皮夹克，计二百余件，各得一百余美元、四万卢布。

九、一九九三年四月一天，李德民、马继强、董振江、王琪在莫斯科市吉庆旅馆抢劫一北京人二十万卢布。

十、一九九三年五月一天，李德民、马继强、董振江等人在莫斯科日出旅馆殴打两名中国东北人，抢走一百余美元、二十万余卢布。

十一、一九九二年十一月下旬一天，朱兴金、李德民等人在莫斯科黄河旅馆抢劫几名福建人三百余件仿皮夹克。

十二、一九九三年一月下旬，朱兴金、李芝荣、张占臣等人在三次国际列车上持刀连闯几个包房，抢劫旅客四千余美元，各得五百余美元。

十三、一九九三年三月一天，朱兴金、赵金华、王琪、石永强等人在莫斯科一居民房内持刀抢劫几名中国北方人一百余美元、二十万卢布等。

十四、一九九二年十一月一天，朱兴金、黄亚军、洪晓强、林宝钢在莫斯科黄河旅馆殴打一西安人，抢走一千五百美元。

十五、一九九三年三月一天，黄亚军、董振江、牛永利、王琪等人在莫斯科火车站抢劫几名中国南方人一包皮夹克、一包毛衣等物。

十六、一九九三年四月十日夜，黄亚军、牛永利等人在三次国际列车上持刀闯入九号车厢四号包房抢劫邯郸市人刘建波、刘建刚五百美元、一千元人民币。

十七、一九九三年五月六号夜，黄亚军、董振江在四次国际列车上持瓦斯枪闯入四号车厢三号包房抢劫上海人古龙、李海潮一千四百余美元、一千四百余人民币、七百余元外汇券。赃款均分。

十八、一九九三年五月二十七日上午，黄亚军、董振江、常志新等人在三次国际列车上持刀、手铐闯入几个包房抢劫中国南方人二千余美元等物。

十九、一九九三年四月四日夜，马继强、张占臣等人在莫斯科火车站待发的四次国际列车九号车厢五号包房持刀抢劫旅客赵文辉三百美元、五十人民币。马得五十人民币，张得一百美元。

二十、一九九二年十月一天，崔刚伙同陆伟良、张庆珠、刘振生等人在莫斯科市一居民房内抢劫北京人高跃进、范宏房数百美元及金戒指、照相机等物。

二十一、一九九三年一月三日下午，崔刚、曹六一等人在莫斯科市一居民房内持刀、斧头抢劫北京人关继民等人四千余美元。赃款均分。

二十二、一九九二年十月一天，朱兴金、洪晓强等人在莫斯科市四海旅馆持凶器抢劫九名中国南方人五千六百美元、金戒指、项链及卢布等物。

二十三、一九九三年五月一天，朱兴金、李德民、马继强、王琪在莫斯科吉庆旅馆抢劫一北京人三十卢布。

二十四、一九九三年五月一天，温凤奎、徐世平在三次国际列车十三号车厢七号包房抢劫浙江人陈××三百美元、一千五百元人民币及金戒指、金项链等物。温凤奎在该包房将陈强奸。

二十五、一九九三年五月中旬一天，朱兴金、李德民、马继强、赵金华、洪晓强等人在莫斯科租住的居民房内预谋上三、四次国际列车行抢。次日，窜上四次国际列车抢劫北京人王东军一千美元。后又窜上三次国际列车抢劫北京人王永利四十万卢布、北京人杨秀杰六万卢布，又伙同牛顿抢劫北京人闫辉、李春风、李忠十万卢布、河北人张福忠一百二十四万卢布。

二十六、一九九三年五月下旬一天，朱兴金、马继强、赵金华、王琪在四次国际列车抢劫旅客一百五十美元。后窜上三次国际列车抢劫两名中国南方人二百余美元；又伙同温凤奎及杨小东抢劫福建人吴艺平、游素云、梁寿山、张龙山四十余万卢布等物；抢劫福建人陈春发、蒋国辉、蔡行周六百美元等物；抢劫四名中国南方人一百余美元等物；抢劫持蒙古护照的五名浙江人九百余美元及金戒指等物。并伙同洪晓强等人，在抢劫福建人李新艺、陈立新、陈中乐、李永新时，遭到反抗，而后，李新艺等四人被迫跳车逃跑。

二十七、一九九三年五月四日十九时许，朱兴金、李德民在莫斯科市日出旅馆四〇五房间抢劫北京人李刚、卢燕平等人两包皮夹克计七十余件。

二十八、一九九三年五月三日，王琪伙同牛顿等人持凶器在三次国际列车上抢劫三名中国南方人八百美元、十万卢布、一台单放机。

二十九、一九九三年一月二十七日，林宝钢、李芝荣在三次国际列车上抢劫一名中国南方人一百美元。

三十、一九九二年十一月一天，朱兴金、洪晓强、林宝钢等人在莫斯科市长城旅馆抢劫北京人二十余万卢布、一千余张俄罗斯邮票及皮夹克等物，每人得六万卢布，邮票被林宝钢所得。

三十一、一九九三年五月间，朱兴金、洪晓强在莫斯科市日出旅馆两次抢得北京人肖利民、王林平三箱打火机共三千个。

三十二、一九九三年五月下旬，洪晓强在四次国际列车五号车厢六号包房抢劫邯郸市人刘建波、刘建刚一百美元、五千元人民币。

三十三、一九九三年三月一天，张占臣等人在莫斯科市日出旅馆抢劫福建人一千八百六十美元，张得三百美元。

三十四、一九九三年五月九日，牛永利等人持凶器在三次国际列车上抢劫旅客数百美元。

三十五、一九九三年五月上旬，朱兴金、李德民、马继强、洪晓强等人在莫斯科市吉庆旅馆抢劫北京人姜秀英二千六百美元。

三十六、一九九三年二月一天，朱兴金、李德全、焦希华等人持瓦斯枪、匕首在莫斯科市一居民住宅欲抢上海教师李×未得逞。

三十七、一九九三年四月中旬，赵金华在河北省某地非法购得五连发钢珠枪三支及钢珠子弹五十发。

三十八、一九九三年一月下旬一天，曹六一等人在四次国际列车行驶在中国境内时盗窃同包房一上海人万宝路香烟四十六条，价值人民币三千四百五十元。曹将烟藏在崔刚处，曹得香烟十条，崔得二十条。

公诉机关认为，被告人李德民投案自首，被告人常志新、王琪、曹六一、温凤奎有立功表现，诉请本院依法惩处。

朱兴金在庭审中对起诉书的指控拒不供认，辩称：自己没有参与抢劫。其辩护人的辩护意见为：在起诉书第一、三、四、七、八、十三、三十、三十六项指控事实中，朱仅是跟着去，没有实施犯罪行为，是一般共犯，不应只要以涉及朱就把他排在首位；起诉书第二十六项指控中抢陈春发等三人六百美元，仅有被害人陈述，无同案犯供述，被害人对三名罪犯的辨认仅指认朱一人，证据尚不充分；起诉书第二十七项指控属李德民单独犯罪，与朱无涉；第三十五项指控事实中，朱是在一旁劝说，构成犯罪；朱有立功表现，希望核实，建议对朱从轻判处。赵金华辩称：拉制动时其不在场，并否认自己直接参与抢劫。其辩护人的辩护意见为：起诉书第七、十三项指控事实赵没有参与，在第二十五、二十六项指控事实中赵主要是望风、探听消息、协调关系，不能构成组织策划者的地位和作用。李德民对起诉书的指控没有提出异议。其辩护人的辩护意见为：在起诉书第三十五项指控事实中，李当时对姜秀英未实施暴力威胁，且当时未劫去姜的财物，抢劫难以成立；李在所参与的抢劫中多数情况下是充当受人指挥的打手而不是头目：李具备投案自首的法定从轻减轻情节，认罪伏法，建议对其从轻或减轻处罚。黄亚军对起诉书的指控没有提出异议。其辩护人的辩护意见为：起诉书第十六项指控缺乏事实依据，第五项中第三起指控证据不足，均不应认定；

黄不是组织策划指挥者，不应否定其从犯地位；黄不是恶意抢劫，不属罪大恶极；黄有立功表现，能坦白交代自己罪行，认罪态度较好，建议对其从宽处理。马继强辩称：不知道抢姜秀英二千六百美元。其辩护人对起诉书指控马参与抢劫的事实不持异议，但认为其被抓获后能交代大部分犯罪事实，在抢劫中马处从属地位其次要作用；马具有坦白情节，有立功表现，建议对其从轻处罚。董振江对起诉书的指控没有提出异议。其辩护人的辩护意见为：董系从犯，具有立功表现，建议对其从轻处罚。洪晓强否认起诉书指控的事实，辩称：与本案被告人无任何牵连。其辩护人意见为：对洪犯抢劫的八项指控事实尚不清楚，对部分事实的指控缺乏法律依据。王琪辩护称：起诉书第二十六项指控其在四次国际列车抢劫某包房旅客一百五十美元一事不是抢是借。其辩护人的辩护意见为：起诉书第六项指控的事实王没有参加；王属从犯，有立功表现，建议对其从轻或减轻处罚。温凤奎辩称：没有强奸陈，抢劫时没持刀，也没用刀扎过人。其辩护人的辩护意见为：温是从犯，具有被胁迫性质，认定温强奸证据不足，温有立功表现，建议对其从宽处罚。牛永利辩称：没有参与起诉书第十五项指控的在莫斯科火车站的抢劫活动。其辩护人的辩护意见为：起诉书第十五项指控牛参与犯罪活动证据不足，牛在共同抢劫活动中起次要和辅助作用，建议对其比照主犯从轻处罚。崔刚辩称：没有参与起诉书第二十项指控的犯罪活动。其辩护人的辩护意见为：起诉书第二十项指控的崔参与抢劫的证据不足；崔系从犯，认罪态度较好，建议对其从轻处罚。张占臣辩称：起诉书第三十三项指控的抢劫其事先不知道。其辩护人的辩护意见为：不应忽视俄罗斯动荡的社会环境和国际列车上混乱的乘车秩序；张是从犯，建议对其从轻处罚。林宝钢辩称：对起诉书第十四项指控，当时认为是打架，不知抢钱的事，朱兴金给其的三百美元是欠款而不是赃款；第二十九项指控与事实不符，不是抢，是旅客的失误补偿。其辩护人的辩护意见为：起诉书第十四、二十九、三十项指控证据不足，建议退回起诉机关补充侦查。曹六一对起诉书指控没有提出异议。其辩护人的辩护意见为：曹系初犯，认罪态度好，有立功表现，建议对其从轻处罚。李芝荣辩称：起诉书第十二项指控的抢劫其事先不知道，第二十九项指控的抢劫，其没在场。其辩护人的辩护意见为：在起诉书第二十九项指控中，李不具有抢劫故意和行为；李在第十二项指控的犯罪中是从犯，建议对其从轻处罚。石永强辩称：在起诉书第十三项指控的犯罪中没起任何作用。其辩护人的辩护意见为：石是受欺骗被迫参与抢劫，是胁从犯，情节明显轻微，希望减轻或免除处罚。常志新对起诉书指控没有提出异议。其辩护人的辩护意见为：常系从犯，初犯，认罪态度好，有立功表现，建议对其从轻处罚。徐世平辩称：起诉书第二十四项指控的事实原因出自打架，是对方主动赔偿，证人提供的证言与事实不符。其辩护人的辩护意见为：徐系从犯，初犯，建议对其从轻处罚。张刚对起诉书指控没有提出异议。其辩护人的辩护意见为：张系从犯，张从朱兴金处拿走的三百美元是抢劫后五六天因回北京没钱买票而向朱等人借的钱，张认罪态度好，建议对其从轻处罚。白志泉辩称：在莫斯科只参与抢了一次，并将被害人放走。其辩护人的辩护意见为：起诉书第七项指控白参与抢劫的事实不清，证据不足，作案时间的认定与被告人供述有出入。吴凯峰辩称：没有参与起诉书第五项指控的抢劫。其辩护人的辩护意见为：吴没有抢劫故意，未实施抢劫行为，其收受抢劫赃款等其他违法行为情节显著轻微，不构成犯罪。焦希华辩称：事先不知道去抢，跟着去是出于无奈，并把徐刚拉下楼，去时带刀是为防身。其辩护人的辩护意见为：焦的行为是犯罪中止，是从犯，应予其免除处罚，变更强制措施。

经审理查明：

一、一九九二年年底，被告人张刚向朱兴金等人提供共住一处的浙江人吴××等人的情况，共同预谋抢劫。一九九三年一月初一天上午，张刚做内应，被告朱兴金、李德民、崔刚伙同徐刚、王义（均死亡）持刀闯入张刚和吴××等人在莫斯科市的住处，对吴等人捆绑、蒙眼，抢走一千八百余美元、二万卢布及传真电话机等物。朱、李、崔各得三百美元、张得一部传真电话机和一万卢布。

上述事实有徐刚供述，李德民、崔刚、张刚亦供认，朱兴金曾供认，且能相互印证。

二、一九九三年初，张亚智、邵迅（均在逃）向朱兴金等人提供上海人马建伟等人的情况，共同预谋抢劫。一月六日十一时许，被告人朱兴金、李德民伙同徐刚、王义、邵迅等人，持刀、瓦斯枪闯入马建伟等人在莫斯科的住处，对马建伟、周永伟、曹如明、王才祥捆绑、蒙眼、殴打，并用刀把马、曹的脚划破，抢走一万四千余美元及手表、金戒指、金项链、金手链等物。朱、李各得一千美元。

上述事实有被害人报案材料、陈述和辨认笔录。有徐刚供述，李德民供认，朱兴金曾供认，且能相互印证。

三、一九九三年三月一天，被告人朱兴金、李德民、黄亚军、董振江、牛永利伙同徐刚、邵迅、孙宝瑞（在逃）到莫斯科市一私人住宅行抢，朱、孙雇好出租车在楼下接应，其他人持刀闯进屋内，对几名上海人捆绑、蒙眼，抢走二千八百余美元、一千六百余元人民币、三十余万卢布。每人得三百五十美元、二百元人民币、四万卢布。

上述事实有徐刚供述，李德民、黄亚军、董振江、牛永利供认，朱兴金曾供认，且能相互印证。

四、一九九三年三月一天，被告人朱兴金、李德民、黄亚军伙同杨彤、王萍（均另案处理）持刀、瓦斯枪闯入莫斯科市一私人住宅，邵迅做内应。对几名上海人捆绑、蒙眼、搜身，抢走一千余美元及人民币、卢布、金戒指、金项链、皮夹克等物。朱、李、黄各得一百五十美元，朱另得金戒指一枚，黄得金项链一条。

上述事实有杨彤、王萍供述，李德民、黄亚军供认，朱兴金曾供认，且能相互印证。

五、被告人李德民、黄亚军、曹六一在一九九三年四月七日由北京开往莫斯科的三次国际列车上预谋抢劫，曹提供了同包房旅客王永库带钱的情况。四月九日下午列车行驶俄罗斯境内，李、黄闯入十二号车厢一号包房，对王殴打、搜身，李用玻璃瓶将王的头部砸破，坐在该包房下铺的被告人吴凯峰说："把钱给他吧。"李、黄抢走五百美元、一千二百余元人民币。李、黄各得二百五十美元、四百人民币，曹、吴各得二百元人民币。当日，李、黄在该次列车六号车厢，又抢劫旅客曹庆利二百七十四美元、九百八十元人民币和另一旅客三百余美元。赃款被李、黄均分。

上述事实有被害人陈述、辨认笔录和北京列车段联运行车记录，李德民、黄亚军、曹六一、吴凯峰亦供认，且能相互印证。

六、一九九三年四月一天，被告人朱兴金、李德民、黄亚军、马继强、董振江、王琪伙同孙宝瑞、唐辉华（在逃）等人，在莫斯科火车站绑架四名中国南方人，雇两辆出租车拉至莫斯科市一偏僻街道，以要"保护费"名义，抢走一千美元。每人分得一百美元。

上述事实李德民、黄亚军、马继强、董振江均供认，朱兴金曾供认，且能相互印证。

七、一九九三年四月一天，被告人朱兴金、赵金华、白志泉伙同徐刚、杨彤、邵迅等人，持刀在莫斯科市李德民租房处，将几名中国南方人捆绑起来，抢走二百余美元及人民币等。

上述事实有李德民证言，有徐刚、杨彤、白志泉供述，且能相互印证。

八、一九九三年四月二十三日下午三时许，被告人朱兴金、李德民、黄亚军、马继强、董振江、王琪根据孙宝瑞、闫春友（在逃）提供的情报，窜至莫斯科市莫大旅馆伺机行抢。王琪先到该旅馆六〇六房间探路后，其他人闯入室内，马继强持刀，董振江出面要钱，抢走北京人王中智、赵瑞京五包皮夹克（二百余件）。销赃后得一百余美元、四万卢布。

上述事实有被害人陈述、辨认笔录，李德民、黄亚军、马继强、董振江、王琪供认，朱兴金曾供认，且能相互印证。

九、一九九三年四月一天，被告人李德民、马继强、董振江、王琪在莫斯科市吉庆旅馆，抢劫一北京人二十万卢布。

上述事实各被告人均供认，且能相互印证。

十、一九九三年五月一天，被告人李德民、马继强、董振江伙同孙宝瑞，在莫斯科市日出旅馆，以收“保护费”名义，向两中国东北人要钱，遭拒绝后，马打其中一人嘴巴，抢走一百余美元、两万余卢布。赃款被挥霍。

上述事实各被告人均供认，且能相互印证。

十一、一九九二年十一月底，被告人朱兴金、李德民伙同徐刚、王义、马强（在逃）在莫斯科黄河旅馆听说几名福建人要搬走即预谋抢劫。朱等人假意帮助福建人往汽车上装货，后又谎称搭车。当汽车行至偏僻处时，李让司机停车，强迫福建人下车后继续开车，抢走七包仿羊皮夹克（三百余件）。

上述事实有徐刚供述，李德民亦供认，朱兴金曾供认，且能相互印证。

十二、一九九三年一月底，被告人朱兴金、张占臣、李芝荣伙同徐刚、张宝良、卫景喜（在逃），在三次国际列车行驶俄罗斯境内时，持刀连续抢劫多个包房中的中国旅客。朱、张、李各参与抢劫两个包房。共抢劫四千余美元。朱、张、李各得五百七十美元。

上述事实有徐刚供述，张占臣、李芝荣亦供认，朱兴金曾供认，且能相互印证。

十三、一九九三年三月一天，被告人朱兴金、赵金华、王琪、石永强伙同徐刚、杨彤、王萍、孙宝瑞、邵迅、彭波（在逃）在莫斯科市一私人住宅抢劫。朱、赵、孙在楼外租车接应，王萍叫开门，其他人持刀闯进室内，将几名甘肃人捆绑、蒙眼，抢走一百余美元、二十万卢布等。

上述事实有徐刚、杨彤、王萍供述，王琪、石永强亦供认，且能相互印证。

十四、一九九二年十一月一天，被告人朱兴金、黄亚军、洪晓强、林宝钢在莫斯科市黄河旅馆喝酒时，黄、林、洪殴打另一房间一西安人，朱持刀说：“把他交给我，我把他脑袋取走！”黄从西安人的护照包中抢走一千五百美元，后到赌场由林分钱，共同挥霍。

上述事实有黄亚军、林宝钢供述，朱兴金曾供认，且能相互印证。

十五、一九九三年三月一天，被告人黄亚军、董振江、牛永利、王琪伙同孙宝瑞、贾小明（在逃）等人，在莫斯科火车站对刚下火车的几名中国南方人行抢，当场劫走一包皮夹克、一包毛衣等物。

上述事实各被告人均供认，且能相互印证。

十六、一九九三年四月十日夜，被告人黄亚军、牛永利、伙同钟庆贺（在逃），在三次国际列车行驶俄罗斯境内时预谋抢劫。黄望风，牛、钟持刀、铁片闯入九号车厢四号包房，殴打旅客刘健波、刘健刚，抢走五百美元、一千元人民币。黄、牛各分得一百美元。

上述事实有被害人陈述、辨认笔录和北京列车段连运行车记录，黄亚军、牛永利供认。

十七、一九九三年五月六日夜，被告人黄亚军、董振江在四次国际列车行驶俄罗斯境内时，持瓦斯枪闯入四号车厢三号包房，殴打、威逼旅客古龙、李海潮，抢走一千四百余美元、一千四百余元人民币、七百余元外汇券。赃款均分。

上述事实有被害人陈述、辨认笔录和证人证言，黄亚军、董振江亦供认。

十八、一九九三年五月二十七日，被告人黄亚军、董振江、常志新伙同钟庆贺、宋百祥、“小二”（在逃），在三次国际列车行驶蒙古境内时，持刀、手铐连续抢劫多个包房中的中国旅客。黄、董、常各参与抢劫两个包房、共抢劫二千余美元及人民币、金戒指等。黄、董、常各得四百余美元和百余人民币。黄、董各得一枚金戒指。

上述事实各被告人均供认，并能相互印证。

十九、一九九三年四月四日夜，被告人马继强在莫斯科火车站向被告人张占臣和牛顿（另案处理）等人提供旅客赵文辉的情况，张占臣伙同牛顿、邢忠实、虞增珍（均另案处理），持刀、瓦斯枪闯入待发四次国际列车九号车厢五号包房，抢走赵三百美元、五十元人民币。张得一百美元，马得五十元人民币。

上述事实有被害人陈述，有牛顿、邢忠实、虞增珍供述，马继强、张占臣亦供认。

二十、一九九二年十月一天，被告人崔刚在得知陆伟良（另案处理）等人预谋抢劫北京人高跃进、范宏房后，即给高、范打电话，将高、范稳住。次日上午，陆伟良带领张庆珠、刘振生（另案处理）、钟继泉（在逃），持刀、胶皮铁棍闯入高、范在莫斯科市的住处，对高捆绑、蒙眼、殴打、抢走六百余美元及金戒指、照相机等物。

上述事实有被害人陈述和辨认笔录，有陆伟良、张庆珠供述，崔刚亦供认。

二十一、一九九三年一月三日下午，被告人曹六一、崔刚伙同唐辉华、李宝庚、王秉正（均在逃），持刀、斧头闯入北京人关继民、董文龙、张恒、吕来成在莫斯科的住处，抢走四千余美元。曹、崔各得八百美元。

上述事实有被害人报案材料和陈述、曹六一、崔刚亦供认。

二十二、一九九二年十月一天夜，被告人朱兴金、洪晓强伙同钟继泉、杨彤、张庆珠、苗炳林、库万和、顾志强、吴宝顺、王贵宝、杨振江（均另案处理），在莫斯科四海旅馆，持刀、斧头抢劫几名中国南方人五千六百美元及金戒指、项链、卢布等物。

上述事实有杨振江、杨彤、吴宝顺、库万和供述相互印证。

二十三、一九九三年五月四日下午，被告人朱兴金、李德民、马继强、王琪到莫斯科市吉庆旅馆向北京人孙强找碴要钱。李、朱对孙谎称："北京打来电话让我们办你。""要办你的人给我们三千美元，你看这事怎么办吧？"迫使孙交出三十万卢布。各被告人将赃款瓜分。

上述事实有被害人陈述和辨认笔记，李德民、马继强、王琪供认，朱兴金曾供认，且能相互印证。

二十四、一九九三年五月二十八日晚七时许，被告人温凤奎、徐世平在三次国际列车行驶俄罗斯境内时，与旅客邱海雄发生口角，遂殴打邱，持刀威逼邱说出所在包房和存放护照、钱的地方。温、徐先后到十三号车厢七号包房，持刀向邱的同伴陈××，称邱被扣住了，并向陈索要护照、钱和首饰，抢走三百美元、一千五百元人民币及金戒指、金项链等物。温凤奎在该包房将陈××强奸。

上述事实有被害人陈述，证人证言，温、徐对抢劫事实供认。

二十五、一九九三年五月十七日，被告人朱兴金、赵金华在其莫斯科市租住处，召集李德民、马继强、洪晓强及孙宝瑞、张保良、冯斌（另案处理）等人预谋上三、四次国际列车抢劫。赵说："瞧人家牛顿上车抢得多猛，你们哥儿几个学着点！""我用卖皮夹克给你们打掩护。"并说其负责点道，看人、保管抢得的钱物，还进行了分组，商定从莫斯科坐四次走，中途下车接国内来的三次。第二天，上列被告人携带作案工具窜上四次国际列车。十九日上午十时许，赵金华指使李德民、洪晓强在五号车厢四号包房持刀抢劫女旅客王东军一千美元、赃款交赵。五月二十一日该伙人窜上三次国际列车。二十二日下午，朱、李、马、洪在七号车厢三号包房，持匕首、瓦斯枪抢劫王永利四十万卢布，赃款交赵。李德民另抢劫女旅客杨秀杰六万卢布。二十四日上午，李德民伙同牛顿在七号车厢九号包房，持瓦斯枪抢劫旅客闫辉、李春风、李忠十万卢布，李用玻璃瓶将李春风耳朵、脖子打破。李、牛在该车厢三号包房持刀、瓦斯枪抢劫旅客张福忠一百二十四万卢布。回莫斯科后，赵在其住处负责分赃。上述事实有被害人陈述、辨认笔录和证人证言，有冯斌供述，李德民、马继强供认。朱兴金、赵金华曾供认，且能相互印证。

二十六、一九九三年五月二十五日，被告人朱兴金、赵金华、马继强、王琪再次窜上四次国际列车伺机抢劫，上车后，朱、王抢劫两名男旅客一百五十美元。后该伙人又窜上三次国际列车，赵指使朱、马持瓦斯枪、电警棍抢劫十三号车厢三号包房两名女旅客二百美元，赃款交赵。三十日下午，马、王伙同被告人温凤奎及杨小东（在逃），持电警棍、刀闯入五号车厢三号包房对旅客吴艺平、游素云、梁寿山、张龙山用电警棍、用刀威胁，并强迫被害人脱衣服，强行搜身。抢得四十余万卢布等物。当日晚七时许，朱、温伙同杨小东持刀闯入十三号车厢五号包房，殴打旅客陈春发、蒋国辉、蔡行周，抢走六百余美元及密码箱等物，赃款交赵金华。赵还威胁陈等三人说："到莫斯科跟我走，莫斯科黑道上的人都认识我。""要是跟别人说了，他们会弄死你们，把你们扔到车外。"马、王在十五号车厢一包房内持刀抢劫四名中国南方旅客一百余美元及袖珍录音机、裤子、袜子等物，赃款交赵。马、王、温伙同杨小东持电警棍、刀闯入一包房，抢劫几名持蒙古护照的中国南方旅客九百余美元及金戒指、坤表等物，杨用刀将一男旅客腿扎破，赃物交赵。三十一日上午，朱、温、王持瓦斯枪、闯入五号车厢八号包房，威胁旅客李新艺、陈立新、陈中乐、李永新，欲抢劫时，李新艺等人奋起反抗，温用刀将李新艺胳膊扎伤，王用刀将李新艺左侧腰部扎伤，朱、温、王被被害人打出包房后，赵金华召集马继强、温凤奎、洪晓强等多人窜至五号车厢进行报复，马用改锥卸包房门，洪在门外逼李等人出来，列车从沙里亚站开出后，李等四人被迫跳车，赵金华指使马继强拉列车紧急制动阀，迫使列车紧急停车，赵、马、温、洪等人下车追赶，温用刀将陈立新扎伤。后赵等人发现俄罗斯警察上车，便于莫斯科前两站分别下车潜逃。

上述事实有被害人陈述、辨认笔记，证人证言和北京列车段联运行车记录，马、王、温供认，朱、赵曾供认，且能相互印证。

二十七、一九九三年五月四日晚七时许，被告人朱兴金、李德民伙同他人闯入莫斯科市日出旅馆四〇五房间，李对北京人卢燕平、李刚等人说："我们拉两包货，换点钱花，哥儿几个都没钱了。"强行将两包皮夹克（七十余件）搬走。

上述事实有被害人陈述、李德民亦供认，且能相互印证。

二十八、一九九三年五月三日，被告人王琪伙同牛顿、虞增珍、秦之彤、杨珍春（均另案处理）、"大傻"（在逃），在三次国际列车行驶俄罗斯境内时，持匕首、瓦斯枪抢劫三名中国南方旅客八百美元、十万卢布、一台单放机。

上述事实有邢忠实证言，有牛顿、秦之彤供述，王琪亦供认。

二十九、一九九三年一月二十七日，被告人李芝荣在三次国际列车行驶蒙古境内时，与一中国南方旅客发生口角，被告人林宝钢得知后，与李闯入旅客包房，抢走一百美元。

上述事实有焦希华证言，二被告人供认。

三十、一九九二年十一月一天，被告人朱兴金、洪晓强、林宝钢伙同王义，到莫斯科市长城旅馆抢劫，朱、林在出租车里接应，洪、王持刀上楼抢劫一北京人二十余万卢布、一千余张俄罗斯邮票及皮夹克等物。朱、洪、林各得六万卢布，皮夹克被洪所得，邮票被林所得。

上述事实有林宝钢之妻聂亚琴证言，物证邮票在案，林宝钢供认，朱兴金曾供认，且能相互印证。

三十一、一九九三年五月一天晚上，被告人洪晓强在莫斯科市日出旅馆，持刀威胁北京人肖利民，抢走一箱打火机（一千个）。当月另一天晚上，被告人朱兴金、洪晓强闯入肖利民、王平林在日出旅馆的住房，殴打王、抢走两箱打火机（二千个）。

上述事实有被害人陈述、辨认笔记和证人证言。

三十二、一九九三年五月二十七日上午，被告人洪晓强伙同他人在四次国际列车行驶俄罗斯境内时，持刀、电警棍，闯入五号车厢六号包房，抢劫旅客刘建波、刘健刚一百美元、五千元人民币。

上述事实有被害人陈述、辨认笔记。

三十三、一九九三年三月一天上午，被告人张占臣伙同牛顿、虞增珍、徐志庭（在逃）在莫斯科日出旅馆预谋抢劫福建人何×，商定由虞以色相勾引何。当何进虞屋内，持斧砍伤何，后张、徐进屋，抢走一千八百六十美元。张得三百美元。

上述事实有牛顿、虞增珍供述，张占臣亦供认，且能相互印证。

三十四、一九九三年上旬一天，被告人牛永利伙同牛顿、邢忠实、关宏安（在逃），在三次国际列车行驶俄罗斯境内时，持刀、瓦斯枪、铁棍连续抢劫中国旅客，牛永利参与抢劫三个包房，抢得五百余美元。牛永利分得三百美元。

上述事实有张庆田证言，有牛顿、邢忠实供述，牛永利亦供认，且能相互印证。

三十五、一九九三年二月一天，被告人朱兴金、李德民、焦希华伙同徐刚、卫景喜、任铁民（在逃），窜至莫斯科市一私人住宅，欲抢劫上海教师李×，朱、李在楼下接应，焦持刀、徐持瓦斯枪上楼，因李×不在抢劫未逞。

上述事实李德民、焦希华供认，且能相互印证。

三十六、一九九三年四月被告人赵金华窜至河北省某地，非法购买五连发钢珠枪三支和钢珠子弹五十发，带至莫斯科，后被莫斯科警方收缴。

上述事实有枪支物证，赵金华亦供认。

三十七、一九九三年一月下旬一天，被告人曹六一伙同徐志庭、杜明月（在逃），在四次国际列车行驶中国境内时，盗窃同包房一上海旅客万宝路香烟四十六条（价值人民币三千四百五十元人民币），被告人崔刚明知香烟是曹等人盗窃所得，将烟藏在自己所住包房。后曹得香烟十条，崔得香烟十二条。

上述事实有香烟价格证明，曹六一、崔刚亦供认。

被告人李德民于一九九三年十二月二日在其兄李逸民陪同下到北京市公安局海淀分局龙泉派出所投案自首，交代了全部罪行。被告人曹六一带公安人员抓获同案犯吴凯峰和另一罪犯刑忠实。被告人常志新揭发张庆田、张庆珠于一九九一年十二月在莫斯科爱华旅馆抢劫一北京人一千八百美元的犯罪事实，经查证属实。被告人温凤奎向公安机关提供同案犯徐世平住址，后徐被抓获。被告人王琪于一九九三年十二月二十八日，在从俄罗斯引渡回国途中揭发同案犯洪晓强身上藏有钢丝一截，刀片半块，均被查获。被告人董振江请求公安机关让其妻王月萍寻呼同案犯牛永利，王将牛永利的回呼电话号码报告公安机关，后公安机关将牛抓获。被告人林宝钢退赔人民币五千元。被告人吴凯峰退赔人民币二百元。

上述事实有公安机关证明，有董振江之妻王月萍证言，有随案赃款。

综上所述，被告人朱兴金参与抢劫三十起，其中列车抢劫十四起，莫斯科市内抢劫十六起，共抢得三万四千九百五十余美元、三百二十余万卢布、一千六百余元人民币、五百七十余件皮夹克、二千个打火机、一千余张俄罗斯邮票及传真电话机、金戒指、金项链、金手链、手表等物；被告人赵金华参与抢劫十四起，其中列车抢劫十二起，莫斯科市内抢劫二起，共抢得三千二百五十余美元、二百四十余万卢布及人民币、金戒指等物，另非法购买五连发钢珠枪三支、子弹五十发；被告人李德民参与抢劫二十起，其中列车抢劫八起，莫斯科市内抢劫十二起，共抢得二万二千七百七十余万美元、二百六十余万卢布、三千七百八十余元人民币、五百七十余件皮夹克及传真电话机、金戒指、金项链、金手链、手表等物；被告人黄亚军参与抢劫十三起，其中列车抢劫七起，莫斯科市内抢劫六起，共抢得一万一千二百七十余美元、三十余万卢布、六千一百八十余元人民币、七百元外汇券、二百余件皮夹克及金戒指、金项链、毛衣等物；被告人马继强参与抢劫十八起，其中列车抢劫十三起，莫斯科市内抢劫五起，共抢得四千三百五十余美元、二百七十余万卢布、五十元人民币、二百余件皮夹克及金戒指、袖珍收录机、手表等物；被告人董振江参与抢劫九起，其中列车抢劫三起，莫斯科市内抢劫六起，共抢得七千三百余美元、五十二余万卢布、三千余元人民币、七百元外汇券、二百余件皮夹克及金戒指、毛衣等物；被告人洪晓强参与抢劫十二起，其中列车抢劫七起，莫斯科市内抢劫五起，共抢得八千二百余美元、二百余万卢布、五千余元人民币、三千个打火机、一千余张俄罗斯邮票及金戒指、项链、皮夹克等物；被告人王琪参与抢劫十四起，其中列车抢劫八起，莫斯科市内抢劫六起，共抢得三千八百五十余美元、一百二十余万卢布、二百余件皮夹克及金戒指、手表、袖珍收录机、毛衣等物；被告人温凤奎参与列车抢劫五起，共抢得一千八百余美元、四十余万卢布、一千五百余元人民币及金戒指、金项链、手表等物，另强奸妇女一人；被告人牛永利参与抢劫五起，其中列车抢劫三起，莫斯科市内抢劫二起，共抢得三千八百余美元、三十余万卢布、二千六百余元人民币及皮夹克、毛衣等物；被告人崔刚参与莫斯科市内抢劫三起，共抢得六千四百余美元、二万余万卢布及传真电话机、金戒指、照相机等物，另窝藏一起价值三千四百五十元人民币；被告人张占臣参与抢劫四起，其中列车抢劫三起，莫斯科市内抢劫一起，共抢得六千一百六十余美元、五十元人民币及卢布等；被告人林宝钢参与抢劫三起，其中列车抢劫一起，莫斯科市内抢劫二起，共抢得一千六百余美元、二十余万卢布、一千张俄罗斯邮票及皮夹克等物；被告人曹六一参与抢劫二起，其中列车抢劫一起，莫斯科市内抢劫一起，共抢得四千五百余美元、一千二百余元人民币、另盗窃一起，价值三千四百五十元人民币；被告人李芝荣参与列车抢劫三起，共抢得四千一百余美元及卢布等；被告人石永强参与莫斯科市内抢劫一起，抢得一百余美元、二十余万卢布等物；被告人常志新参与列车抢劫二起,，共抢得二千余美元及金戒指等物；被告人徐世平参与列车抢劫一起，共抢得二百美元、一千五百元人民币及金戒指、金项链等物；被告人张刚参与莫斯科市内抢劫一起，抢得一千八百余美元、二万余卢布及一台传真电话机等物；被告人白志泉参与莫斯科市内抢劫一起，抢得二百余美元及人民币等；被告人吴凯峰参与列车抢劫一起，抢得五百美元、一千二百元人民币；被告人焦希华参与莫斯科市内抢劫一起。

本院认为：被告朱兴金多次伙同他人在国际列车和莫斯科市内持凶器采用暴力或胁迫手段抢劫中国公民的财产，其行为严重侵犯了公民的财产权利和人身权利，破坏了列车治安秩序，构成抢劫罪。该朱曾因违法活动受过强制劳动、劳动教养等处分仍不知悔改，却又在俄罗斯和国际列车上继续进行犯罪活动，特别是其同伙赵金华组织多人策划洗劫国际列车，并积极参与列车抢劫，其犯罪活动给中国公民的人身和财产造成严重后果，给我国声誉造成极坏影响，情节特别严重，民愤极大，且拒不认罪，主观恶性深，必须依法严惩。北京市人民检察院北京铁路运输分院对朱兴金犯抢劫罪的指控成立，但起诉书第三十五项对朱的指控定性不准，不属抢劫行为，不予认定。朱兴金的辩护人对该项指控的辩护意见，予以采纳。朱兴金否认抢劫的辩解没有事实依据，不予采信。朱兴金犯罪事实或有被害人陈述或有同案犯供述相互印证，均可以认定，朱兴金的辩护人关于部分事实证据不充分的辩护意见不予采纳；辩护人关于朱有立功表现的辩护意见，经查无事实根据。

被告人赵金华多次伙同他人采用暴力和胁迫手段在国际列车和莫斯科市抢劫中国公民的财务，其行为严重侵犯了公民的财产权利和人身权利，破坏了列车治安秩序，构成抢劫罪。该赵勾结朱兴金，组织策划指挥洗劫三、四次国际列车，造成列车紧急制动，指使其他犯罪分子下车报复被害人，情节和后果特别严重，国际影响极坏，民愤极大，归案后认罪态度不好，必须依法严惩。该赵私自购买钢珠枪及子弹，构成非法买卖枪支弹药罪，应依法惩处。北京市人民检察院北京铁路运输分院对赵金华抢劫罪和非法买卖枪支弹药罪的指控成立。赵金华参与抢劫、指使他人拉列车紧急制动阀有被害人陈述、辨认笔记和多名同案犯供述证实，赵的否定辩解不予采信。赵金华在列车抢劫中的组织、策划、指挥作用有多名同案犯供述证实，赵金华的辩护人关于赵不构成组织策划者地位和作用的辩护意见没有事实根据，不予采纳。

被告人李德民多次伙同他人在国际列车和莫斯科市持凶器或使用暴力和威胁手段抢劫中国公民的财物，其行为严重侵犯了公民的财产权利和人身权利、破坏了列车治安秩序、构成抢劫罪。该李刑满释放后不思悔改，又继续在俄罗斯及国际列车上进行侵犯中国公民的犯罪活动且手段凶残，情节和后果均特别严重，社会影响极坏，民愤极大，论罪应依法处以极刑，但念其投案自首，主动坦白罪行，认罪态度较好，有悔罪表现，可依法从轻处罚。北京市人民检察院北京铁路运输分院对李德民犯抢劫罪的指控及对其自首的认定成立，但起诉第七项指控李参与抢劫证据不充分，起诉书第三十五项对李德民指控定性不准，不属抢劫行为，均不予认定。李德民的辩护人对三十五项指控的辩护意见予以采纳。李德民的辩护人关于李投案自首具备法定从轻减轻情节的辩护意见本院已予采纳。

被告人黄亚军多次伙同他人在国际列车和莫斯科市持凶器或使用暴力抢劫中国公民财物，其行为严重侵犯了公民的财产权利和人身权利，破坏了列车治安秩序，构成抢劫罪。该黄刑满释放后三年内有犯罪，系累犯，犯罪手段凶残，情节和后果特别严重，社会影响极坏，民愤极大。其归案后虽能如实供述犯罪事实，但罪行严重，主观恶性深，不能从轻处罚。北京市人民检察院北京铁路运输分院对黄亚军抢劫罪的指控成立。起诉书第十六项和第五项第三起指控有被害人陈述或证人证言，有同案犯供述，黄亦曾供认，足以认定；黄积极主动实施抢劫行为不属从犯；经查黄无立功表现，故黄亚军的辩护人有关上述方面的辩护意见不予采纳。

被告人马继强多次伙同他人在国际列车和莫斯科市持凶器或使用暴力和胁迫手段抢劫中国公民财物，其行为严重侵犯了公民的财产权利和人身权利，破坏了列车治安秩序，构成抢劫罪。该马积极参与犯罪活动，手段凶残，情节和后果特别严重，社会影响极坏，民愤极大。其归案后虽能如实供认犯罪事实，但罪行严重，不能从轻处罚。北京市人民检察院北京铁路运输分院对马继强犯抢劫罪的指控成立。但起诉书第三十五项指控定性不准，不属抢劫行为，不予认定。马继强对该项指控的辩解已予考虑。马积极主动实施抢劫行为不属从犯；经查马无立功表现，故马继强的辩护人有关上述方面的辩护意见不予采纳。

被告人董振江多次同他人在国际列车和莫斯科市持凶器或使用暴力和胁迫手段抢劫中国公民财物，其行为严重侵犯了公民的财产权利和人身权利，破坏了列车治安秩序，构成抢劫罪。该董曾因违法活动多次被强制劳动和劳动教养却不思悔改，又在莫斯科和国际列车上继续进行侵害中国公民的犯罪活动，且手段凶残，情节和后果特别严重，社会影响极坏，民愤极大。其虽通过公安机关委托其妻向公安机关提供同案犯的电话号码将同案犯抓获，但由于其罪行严重，故不能从轻处罚。北京市人民检察院北京铁路运输分院对董振江犯抢劫罪的指控成立。董积极主动实施抢劫行为不属从犯；故董振江的辩护人有关上述方面的辩护意见不予采纳。

被告人洪晓强多次同他人在国际列车和莫斯科市持凶器或使用暴力和胁迫手段抢劫中国公民财物，其行为严重侵犯了公民的财产权利和人身权利，破坏了列车治安秩序，构成抢劫罪。该洪曾因违法活动被收容教养和劳动教养不思悔改，却又在莫斯科和国际列车上继续进行侵害中国公民的犯罪活动，且手段凶残，情节和后果特别严重，社会影响极坏，民愤极大。且拒不认罪，必须依法严惩。北京市人民检察院北京铁路运输分院对董振江犯抢劫罪的指控成立。但起诉书第三十五项对洪的指控定性不准，不属抢劫行为，不予认定。洪晓强的辩护人有关上述方面的辩护意见予以采纳。洪晓强否认抢劫的辩护没有事实根据不予采信。洪晓强犯罪事实或有被害人陈述或有同案犯供述相互印证。证据充分，足以认定。其辩护人关于事实不清，缺乏法律依据的辩护意见不予采纳。

被告人王琪多次同他人在国际列车和莫斯科市持凶器或使用暴力和胁迫手段抢劫中国公民财物，其行为严重侵犯了公民的财产权利和人身权利，破坏了列车治安秩序，构成抢劫罪。该王因违法活动被劳动教养不思悔改，却又在莫斯科和国际列车上继续进行侵害中国公民的犯罪活动，且手段凶残，情节和后果特别严重，社会影响极坏，民愤极大。且拒不认罪，必须依法严惩。北京市人民检察院北京铁路运输分院对董振江犯抢劫罪的指控成立。但认定其有立功表现不妥。王琪揭发他人藏有刀片、钢丝一事不符合立功条件，不构成立功，本院不予认定。王琪伙同他人在列车内依仗人多势众，在对被害人形成精神压力的情况下以“借钱”为名索取财物属抢劫行为，其对起诉书第二十六项第一起指控的辩解不予采纳。关于起诉书第六项指控王的抢劫行为有多名同案犯供述相互印证，足以认定。王在共同犯罪中积极主动实施抢劫行为不属从犯；其辩护人有关上述方面的辩护意见不予采纳。

被告人温凤奎多次同他人在国际列车持凶器或使用暴力和胁迫手段抢劫中国公民财物，并在抢劫犯罪后，采用暴力手段强行奸淫女旅客，严重侵犯了公民的财产权利和人身权利，破坏了列车治安秩序，其行为构成抢劫罪和强奸罪。该温因违法活动被劳动教养处分却不思悔改，又在国际列车上继续进行抢劫犯罪活动，并扎伤被害人，手段凶残，情节和后果特别严重，社会影响极坏，民愤极大，必须依法严惩。其在归案后虽向公安机关提供了同案犯住址，但罪行严重，主观恶性深，故不能从轻处罚。北京市人民检察院北京铁路运输分院对温凤奎犯抢劫罪、强奸罪的指控成立。温凤奎否认强奸和持刀扎人的辩护没有事实根据不予采信。温凤奎在共同犯罪中积极主动实施抢劫行为不属从犯；认定温强奸有被害人陈××的陈述及证人崔景全的证言，温凤奎的辩护人有关上述方面的辩护意见不予采纳。

被告人牛永利多次同他人在国际列车和莫斯科市持凶器或使用暴力和胁迫手段抢劫中国公民财物的行为严重侵犯了公民的财产权利和人身权利，破坏了列车治安秩序，构成抢劫罪。该牛曾因违法活动被强制劳动教养处分不思悔改，却又在莫斯科和国际列车上继续进行抢劫犯罪活动，犯罪手段凶残，情节和后果特别严重，社会影响极坏，民愤极大。且认罪态度不好，必须依法严惩。北京市人民检察院北京铁路运输分院对牛永利犯抢劫罪的指控成立。牛永利否认参与起诉书第十五项指控的抢劫犯罪没有事实根据不予采信。牛参与该项犯罪有多名同案犯证实，牛亦曾供认，足以认定；牛在共同犯罪中积极主动实施抢劫行为不属从犯；故牛永利的辩护人有关上述方面的辩护意见不予采纳。

被告人崔刚伙同他人在莫斯科市持凶器或使用暴力抢劫中国公民或向抢劫分子提供被害人情况并稳住被害人给抢劫分子创造条件的行为严重侵犯了公民的财产权利和人身权利，构成抢劫罪。且动机恶劣，影响极坏，情节和后果严重，应依法从重惩处。崔刚在国际列车上明知是他人盗窃来的赃物予以窝藏并分的赃物，其行为构成窝赃罪，亦应依法惩处。北京市人民检察院北京铁路运输分院对崔刚犯抢劫罪窝赃罪的指控成立。崔刚参与起诉第二十项指控的犯罪活动有被害人陈述及同案犯证实，足以认定。故崔刚否认该项指控没有事实根据不予采信，其辩护人对该项指控的辩护意见不予采纳。崔刚在共同犯罪中积极主动实施抢劫行为不属从犯；故崔刚的辩护人有关上述方面的辩护意见不予采纳。

被告人张占臣伙同他人在国际列车和莫斯科市持凶

器或使用暴力多次抢劫中国公民财物，其行为严重侵犯了公民的财产权利和人身权利，破坏了列车治安秩序，构成抢劫罪。该张曾因违法活动受过强制劳动和劳动教养处分，系解除教养后三年内犯罪，又在莫斯科和国际列车上继续进行犯罪，实属不思悔改，且犯罪的情节和后果特别严重，社会影响极坏，民愤极大，必须依法严惩。北京市人民检察院北京铁路运输分院对张占臣犯抢劫罪的指控成立。张占臣否认参与起诉书第三十三项指控的犯罪预谋没有事实根据不予采信。张占臣在共同犯罪中积极主动实施抢劫行为不属从犯；俄罗斯动荡的社会环境和国际列车混乱的乘车秩序不能成为开脱、减轻张占臣罪行的理由，故张占臣的辩护人有关上述方面的辩护意见不予采纳。

被告人李芝荣多次同他人在国际列车上持凶器或采用胁迫手段抢劫中国公民的财物，其行为严重侵犯了公民的财产权利和人身权利，破坏了列车治安秩序，构成抢劫罪。该李曾因违法活动两次被强制劳动仍不思悔改，又在国际列车上连续进行抢劫犯罪活动，手段恶劣，情节和后果特别严重，社会影响极坏，民愤极大。且认罪态度不好，主观恶性深，必须依法严惩。北京市人民检察院北京铁路运输分院对李芝荣犯抢劫罪的指控成立。李芝荣否认抢劫没有事实根据不予采信。李芝荣在共同犯罪中积极主动实施抢劫行为不属从犯；李伙同林宝钢以要“医药费”为名，强行索取旅客财物实属抢劫行为，故李芝荣的辩护人有关上述方面的辩护意见不予采纳。

被告人林宝钢伙同他人在国际列车和莫斯科市使用暴力、胁迫等手段多次抢劫中国公民财物，其行为严重侵犯了公民的财产权利和人身权利，破坏了列车治安秩序，构成抢劫罪。该林曾受过强制劳动处分却不思悔改，又伙同他人在国际列车上进行犯罪活动，且犯罪情节严重，应依法从严惩处。但案发后林主动退赔了部分赃款，可酌情从轻处罚。北京市人民检察院北京铁路运输分院对林宝钢犯抢劫罪的指控成立。林宝钢犯罪事实有同案犯证实，其亦曾供认，足以认定，故林宝钢否认抢劫的辩解没有事实根据，不予采信。其辩护人关于证据不足的辩护意见不予采纳。

被告人曹六一伙同他人在国际列车和莫斯科市持械抢劫中国公民财物，其行为侵犯了公民的财产权利和人身权利，破坏了列车治安秩序，构成抢劫罪，且情节严重，并在国际列车上伙同他人秘密盗窃旅客财物，盗窃数额较大，又构成盗窃罪，均应依法惩处。曹六一归案后能如实交代犯罪事实，并带领公安人员抓获两名罪犯，属立功表现，应依法从轻处罚。北京市人民检察院北京铁路运输分院对曹六一犯抢劫罪、盗窃罪的指控成立。曹六一的辩护人关于曹六一有立功表现、认罪态度好的辩护意见已予以采纳。

被告人石永强伙同他人在莫斯科市持械抢劫中国公民的财务，其行为侵犯了公民的财产权利和人身权利，构成抢劫罪。该石曾两次被劳动教养却不思悔改，又在俄罗斯参与侵害中国公民的犯罪活动，且认罪态度不好，酌情从重处罚。北京市人民检察院北京铁路运输分院对石永强犯抢劫罪的指控成立。石永强参与抢劫有多名同案犯证实，故石永强否认抢劫的辩解不予采信。石永强的辩护人关于石是胁从犯，情节显著轻微，应减轻或免除处罚的辩护意见没有事实根据不予采纳。

被告人常志新伙同他人在国际列车上持凶器抢劫中国公民财物，其行为严重侵犯了公民的财产权利和人身权利，破坏了列车治安秩序，构成抢劫罪。该常曾因违法活动受过劳动教养处分，仍不思悔改，又积极参与列车抢劫的犯罪活动，犯罪情节和后果特别严重，社会影响极坏，本应依法严惩，但常归案后如实交代犯罪事实，并主动揭发一起抢劫犯罪，经查属实，属立功表现，依法从轻处罚。北京市人民检察院北京铁路运输分院对常志新犯抢劫罪的指控及其有立功表现的认定成立。常志新在共同犯罪中积极主动实施抢劫行为不属从犯；故其辩护人的辩护意见不予采纳。关于常志新的立功表现和认罪态度方面的辩护意见已予采纳。

被告人徐世平伙同他人在国际列车上持凶器并使用暴力抢劫中国公民财物，其行为严重侵犯了公民的财产权利和人身权利，破坏了列车治安秩序，构成抢劫罪。该徐曾因违法活动受过劳动教养处分却不思悔改，又在国际列车上进行抢劫活动，手段凶狠，后果严重，影响恶劣，应依法严惩。北京市人民检察院北京铁路运输分院对徐志平犯抢劫罪的指控成立。徐世平参与抢劫有被害人陈××、证人崔景全及同案犯证实。其否认抢劫没有事实根据不予采纳。徐在共同犯罪中积极主动实施抢劫行为不属从犯；故其辩护人有关这方面的辩护意见不予采纳。

被告人张刚在莫斯科市内出于恶劣动机，向他人提供同室中国公民的财产状况，指使多人持械抢劫中国公民的财物，其行为侵犯了公民的财产权利和人身权利，构成抢劫罪。应依法惩处。其归案后，如实交代所犯罪行，认罪态度较好，可酌情从轻处罚。北京市人民检察院北京铁路运输分院对张刚犯抢劫罪的指控成立。但指控张刚分得三百美元缺乏证据，本院不予认定，其辩护人的辩护意见予以采纳。张刚主动提供被害人情况，充当内应并分得赃物不属从犯，张刚的辩护人有关张刚系从犯的辩护意见不予采纳。

被告人白志泉伙同他人在莫斯科市持凶器抢劫中国公民的财务，其行为侵犯了公民的财产权利和人身权利，构成抢劫罪，应依法惩处。北京市人民检察院北京铁路运输分院对白志泉犯抢劫罪的指控成立。白志泉辩解抢劫后放走被害人的情节不影响抢劫罪的构成。白志泉抢劫事实有多名同案犯证实足以认定，故白志泉的辩护人关于事实不清，证据不足的辩护意见不予采纳。

被告人吴凯峰在国际列车上参与抢劫中国旅客的财

物，其行为严重侵犯了公民的财产权利和人身权利，构成抢劫罪。其在共同犯罪中犯罪情节较轻，应依法从轻处罚。北京市人民检察院北京铁路运输分院对吴凯峰犯抢劫罪的指控成立。吴凯峰抢劫事实有被害人陈述和同案犯证实可以认定，故吴否认抢劫的辩护不予采信，其辩护人否认吴犯抢劫罪的辩护意见不予采纳。

被告人焦希华伙同他人在莫斯科市持凶器抢劫中国公民的财务，其行为侵犯了公民的财产权利和人身权利，构成抢劫罪，但由于意志以外的原因未抢成，属犯罪未遂，应依法从轻处罚。北京市人民检察院北京铁路运输分院对焦希华犯抢劫罪（未遂）的指控成立。焦希华否认抢劫故意和把同案犯拉下楼的辩解没有实施根据不予采信。焦参与抢劫的同案犯证实，其亦曾供认，足以认定，且不属从犯，不属犯罪中止，故焦希华的辩护人关于因上述理由应对焦免除处罚、变更强制措施的辩护意见不予采纳。

据此，对被告人朱兴金依照《中华人民共和国刑法》第一百五十条、第五条、第二十二条第一款、第五十三条第一款、第五十五条、第六十条及《中华人民共和国铁路法》第六十五条第一款；对被告人赵金华依照《中华人民共和国刑法》第一百五十条、第一百一十二条、第五条、第二十二条第一款、第五十三条第一款、第五十五条、第六十条、第六十四条及《中华人民共和国铁路法》第六十五条第一款；对被告人李德民依照《中华人民共和国刑法》第一百五十条、第五条、第二十二条第一款、第四十三条第一款、第五十三条第一款、第五十五条、第六十条及《中华人民共和国铁路法》第六十五条第一款；全国人大常委会《关于处理逃跑或者重新犯罪的劳教犯和劳改人员的决定》第二款；对被告人黄亚军依照《中华人民共和国刑法》第一百五十条、第五条、第二十二条第一款、第五十三条第一款、第六十一条第一款、第六十条及《中华人民共和国铁路法》第六十五条第一款；对被告人马继强依照《中华人民共和国刑法》第一百五十条、第五条、第二十二条第一款、第五十三条第一款、第五十五条、第六十条及《中华人民共和国铁路法》第六十五条第一款；对被告人董振江依照《中华人民共和国刑法》第一百五十条、第五条、第二十二条第一款、第五十三条第一款、第六十条及《中华人民共和国铁路法》第六十五条第一款；对被告人洪晓强依照《中华人民共和国刑法》第一百五十条、第五条、第二十二条第一款、第五十三条第一款、第六十条及《中华人民共和国铁路法》第六十五条第一款；对被告人王琪依照《中华人民共和国刑法》第一百五十条、第五条、第二十二条第一款、第五十三条第一款、第五十五条及《中华人民共和国铁路法》第六十五条第一款；对被告人温凤奎依照《中华人民共和国刑法》第一百五十条、第一百三十九条第一款、第五条、第二十二条第一款、第五十三条第一款、第六十条及《中华人民共和国铁路法》第六十五条第一款；对被告人牛永利依照《中华人民共和国刑法》第一百五十条、第五条、第二十二条第一款、第五十三条第一款、第六十条及《中华人民共和国铁路法》第六十五条第一款；对被告人崔刚依照《中华人民共和国刑法》第一百五十条、第一百七十二条、第五条、第二十二条第一款、第五十三条第一款、第六十条；对被告人张占臣依照《中华人民共和国刑法》第一百五十条、第五条、第二十二条第一款、第五十三条第一款、第六十条及《中华人民共和国铁路法》第六十五条第一款、全国人大常委会《关于处理逃跑或者重新犯罪的劳教犯和劳改人员的决定》第一条第二款；对被告人林宝钢依照《中华人民共和国刑法》第一百五十条、第五条、第二十二条第一款、第五十二条、第六十条及《中华人民共和国铁路法》第六十五条第一款；对被告人曹六一依照《中华人民共和国刑法》第一百五十条、第一百五十一条、第五条、第二十二条第一款、第五十二条、第六十四条、第六十条及《中华人民共和国铁路法》第六十五条第一款；对被告人李芝荣依照《中华人民共和国刑法》第一百五十条、第五条、第二十二条第一款、第五十三条第一款、第六十条及《中华人民共和国铁路法》第六十五条第一款；对被告人石永强依照《中华人民共和国刑法》第一百五十条、第五条、第二十二条第一款、第五十二条、第六十条；对被告人常志新依照《中华人民共和国刑法》第一百五十条、第五条、第二十二条第一款、第五十三条第一款、第六十条及《中华人民共和国铁路法》第六十五条第一款；对被告人徐世平依照《中华人民共和国刑法》第一百五十条、第五条、第二十二条第一款、第五十三条第一款及《中华人民共和国铁路法》第六十五条第一款；对被告人张刚依照《中华人民共和国刑法》第一百五十条、第五条、第二十二条第一款、第五十二条、第六十条；对被告人白志泉依照《中华人民共和国刑法》第一百五十条、第五条、第二十二条第一款；对被告人吴凯峰依照《中华人民共和国刑法》第一百五十条、第五条、第二十二条第一款、第六十条及《中华人民共和国铁路法》第六十五条第一款；对被告人焦希华依照《中华人民共和国刑法》第一百五十条、第五条、第二十二条第一款、第二十条，判决如下：

一、被告人朱兴金犯抢劫罪，判处死刑，剥夺政治权利终身，没收财产（清单附后）。

被告人赵金华犯抢劫罪，判处死刑，剥夺政治权利终身，没收财产；犯非法买卖枪支弹药罪，判处有期徒刑三年，决定执行死刑，剥夺政治权利终身，没收财产（清单附后）。

被告人黄亚军犯抢劫罪，判处死刑，剥夺政治权利终身。

被告人马继强犯抢劫罪，判处死刑，剥夺政治权利终身，没收财产（清单附后）。

被告人董振江犯抢劫罪，判处死刑，剥夺政治权利终身。

被告人洪晓强犯抢劫罪，判处死刑，剥夺政治权利终身。

被告人王琪犯抢劫罪，判处死刑，剥夺政治权利终身，没收财产（清单附后）。

被告人温凤奎犯抢劫罪，判处死刑，剥夺政治权利终身，犯强奸罪，判处有期徒刑十年，剥夺政治权利一年，决定执行死刑，剥夺政治权利终身

被告人牛永利犯抢劫罪，判处死刑，剥夺政治权利终身。

被告人张占臣犯抢劫罪，判处死刑，剥夺政治权利终身。

被告人李芝荣犯抢劫罪，判处死刑，剥夺政治权利终身。

被告人李德民犯抢劫罪，判处死刑，缓期二年执行，劳动改造，以观后效，剥夺政治权利终身，没收财产（清单附后）。

被告人崔刚犯抢劫罪，判处无期徒刑，剥夺政治权利终身；犯窝赃罪，判处有期徒刑一年，剥夺政治权利终身。

被告人常志新犯抢劫罪，判处无期徒刑，剥夺政治权利终身。

被告人徐世平犯抢劫罪，判处无期徒刑，剥夺政治

权利终身。

被告人林宝钢犯抢劫罪，判处有期徒刑十五年（刑期自本判决执行之日起计算，判决执行前羁押一日折抵刑期一日，即自一九九三年六月二十一日起至二〇〇八年六月二十日止）剥夺政治权利五年。

被告人曹六一犯抢劫罪，判处有期徒刑十一年，剥夺政治权利二年；犯盗窃罪判处有期徒刑三年，决定执行有期徒刑十三年（刑期自本判决执行之日起计算，判决执行前羁押一日折抵刑期一日，即自一九九三年七月二十一日起至二〇〇六年七月二十日止）剥夺政治权利二年。

被告人石永强犯抢劫罪，判处有期徒刑十年（刑期自本判决执行之日起计算，判决执行前羁押一日折抵刑期一日，即自一九九三年八月十日起至二〇〇三年八月九日止）剥夺政治权利一年。

被告人张刚犯抢劫罪，判处有期徒刑八年（刑期自本判决执行之日起计算，判决执行前羁押一日折抵刑期一日，即自一九九三年七月九日起至二〇〇一年七月八日止）剥夺政治权利一年。

被告人白志泉犯抢劫罪，判处有期徒刑七年（刑期自本判决执行之日起计算，判决执行前羁押一日折抵刑期一日，即自一九九三年十一月七日起至二〇〇〇年十一月六日止）。

被告人吴凯峰犯抢劫罪，判处有期徒刑五年（刑期自本判决执行之日起计算，判决执行前羁押一日折抵刑期一日，即自一九九三年七月二十一日起至一九九八年七月二十日止)。

被告人焦希华犯抢劫罪（未遂），判处有期徒刑四年(刑期自本判决执行之日起计算，判决执行前羁押一日折抵刑期一日，即自一九九三年七月四日起至一九九七年七月三日止)。

二、在案赃款五千二百元人民币、一千六百二十九张俄罗斯邮票予以追缴。三支五连发钢珠枪、一块刀片、一个铁钩及被告人朱兴金、赵金华、黄亚军、马继强、董振江、洪晓强、牛永利、崔刚、张占臣、曹六一、李芝荣、石永强、常志新、张刚、吴凯峰的护照予以没收。

如不服本判决，可于接到判决书的第二日起十日内，向本院提交上诉状及副本，上诉于北京市高级人民法院。

审判长：高景信

审判员：刘卫国

审判员：袁军

一九九四年十月六日

书记员：梁爱云、陈丰

北京铁路运输中级法院

刑事判决书

（1994）京铁中型初字第55号

公诉机关北京市人民检察院北京铁路运输分院。

被告人苗炳林，男，三十七岁，汉族，北京市人，无业，住北京市崇文区幸福北里十五楼三层七号。曾因打架于一九七五年十一月被强劳三年；因盗窃于一九八〇年三月被劳教二年；因赌博于一九九〇年三月被治安罚款；因抢劫于一九九三年八月三十日被羁押，同年九月五日被逮捕。现羁押于北京铁路公安处看守所。

被告人刘振生，男，三十八岁，汉族，河北省饶阳县人，无业，住北京市崇文区幸福楼〇楼四层十六号。曾因犯抢劫罪、流氓罪、盗窃罪于一九八〇年一月十五日被判处有期徒刑十年（刑期至一九八八年八月四日止)。因抢劫于一九九三年八月六日被羁押，同年八月七日被逮捕。现羁押于北京市公安局看守所。

被告人张庆珠，男，三十四岁，汉族，河北省安平县人，无业，住北京市海淀区羊坊店三号院七号楼一门八号。因抢劫于一九九三年六月八日被羁押，同年七月二十八日被逮捕。现羁押于北京铁路公安处看守所。

被告人张庆田，男，三十一岁，汉族，河北省安平县人，无业，住北京市海淀区羊坊店三号院七号楼一门十一号。曾因伤害于一九九八年被行政拘留；因敲诈于一九八一年被治安罚款；因偷窃于一九八四年被行政拘留；因抢劫于一九九三年六月八日被羁押，同年七月二十八日被逮捕。现羁押于北京市公安局看守所。

被告人张宝胜，男，四十三岁，汉族，北京市人，无业，住北京市崇文区夕照寺街一号。因抢劫于一九九三年八月三十日被羁押，同年九月五日被逮捕。现羁押于北京市公安局看守所。

被告人杨彤，男，三十九岁，汉族，辽宁省营口市人，无业，住北京市东城区和平里交林一号楼四一四一二号，曾因盗窃于一九七六年被强劳三年；因盗窃于一九八〇年被强劳一年零六个月；因偷窃于一九八二年被劳教二年。因抢劫于一九九三年九月二十四日被羁押，同年九月二十五日被逮捕。现羁押于北京公安局看守所。

被告人刘宝生，男，三十岁，汉族，北京市人，无业，住北京市崇文区光明楼十四楼一单元一号。因抢劫于一九九三年七月二十三日被羁押，同年八月十日被逮捕。现羁押于北京市公安局看守所。

被告人沈凤来，男，三十一岁，回族，河北省大厂回族自治县人，无业，住北京市崇文区夕照寺中街四十二号。曾因伤害罪于一九八一年十一月被判处有期徒刑六年；因抢劫于一九九三年九月十一日被羁押，十月五日被逮捕。现羁押于北京市公安局看守所。

被告人白学龙，男，三十岁，汉族，河北省定兴县人，无业，住北京市海淀区复兴路三十二号四楼三一三一二号。曾因伤害于一九八三年十月被劳教三年。因抢劫于一九九三年十月十五日被羁押，十二月十五日被逮捕。现羁押于北京铁道公安局看守所。

被告人王贵宝，男，三十二岁，回族，北京市人，无业，住北京市东城区建国门外南排坊三号。曾因流氓于一九八二年被劳改一年；因打架分别于一九七八年和一九八一年被拘留十五天，五天；因抢劫于一九九三年十月三日向北京铁路公安局投案自首，同年十月五日被取保候审，一九九四年一月二十一日被逮捕。现羁押于北京铁路公安处看守所。

被告人骆增平，男，三十七岁，汉族，河北省涿鹿县人，系北京电力建设工程公司一处工人，住北京市东城区治国胡同二十七号。曾因流氓打架于一九七三年被强劳三年；曾因流氓打架于一九七七年被强劳三年；因抢夺于一九八一年劳教三年；因抢劫于一九九三年六月九日被羁押，同年七月二十八日被逮捕。现羁押于北京铁路公安处看守所。

被告人陈广铁，男，三十五岁，汉族，河北省枣强县人，无业，住北京市崇文区板厂新里甲七四一二号。因抢劫于一九九三年八月十四日被羁押，同年九月二十五日被逮捕。现羁押于北京市门头沟公安分局看守所。

被告人霍跃武，男，三十九岁，汉族，北京市人，无业，住北京市崇文区板厂新里一〇六号。曾因撬门盗窃于一九七一年被少管三年；因盗窃于一九七三年被强劳三年；因流氓盗窃于一九七七年被强劳三年；因抢劫于一九九三年八月三十日被羁押，同年九月四日被逮捕。现羁押于北京市石景山公安分局看守所。

被告人陆伟良，男，三十三岁，汉族，北京市人，无业，住北京市崇文区板厂新里一〇六一七号。曾因伤害于一九七八年被强劳三年；因犯盗窃罪于一九八四年被判处有期徒刑二年，缓刑二年。因强奸于一九九三年七月二十七日被羁押，同年七月二十八日被逮捕。现羁押于北京市门头沟公安分局看守所。

北京市人民检察院北京铁路运输分院于一九九四年六月二十七日以被告人苗炳林、杨彤、王贵宝均犯抢劫罪、敲诈勒索罪；被告人张庆珠犯抢劫罪、强奸罪、敲诈勒索罪；被告人陆伟良犯抢劫罪、强奸罪；被告人张庆田、刘振生、张宝胜、刘宝生、沈凤来、袁凌、王平、白学龙、骆增平、陈广铁、李德鸿、张毅、彭小伟、霍跃武均犯抢劫罪向本院提起公诉。本院受理后，依法组成合议庭不公开开庭审理了本案，北京市人民检察院北京铁路运输分院检察员张春华、张胜源，代理检察员李丽、雷晓森出庭支持公诉，被告人苗炳林及其辩护人孙晓；被告人刘振生及其辩护人李克敏；被告人张庆珠及其辩护人刘素坤；被告人张庆田及其辩护人焦玉萍；被告人张宝胜及其辩护人魏桂勤；被告人杨彤及其辩护人李淑香；被告人刘宝生及其辩护人马国栋；被告人沈凤来及其辩护人崔景稳、赵阳；被告人白学龙及其辩护人谢邵北；被告人王贵宝及其辩护人吴雪松；被告人骆增平及其辩护人张福；被告人陈广铁及其辩护人严浩；被告人霍跃武；被告人陆伟良及其辩护人李万平、盛建军；被告人张毅及其辩护人孙国平；被告人李德鸿及其辩护人刘江南；被告人王平及其辩护人庞牧童；被告人袁凌及其辩护人董洪范、王兰英；被告人彭小伟及其辩护人武志鹏、王会雄到庭参加诉讼。本案经合议庭评议，审判委员会讨论并作出决定，现已审理终结。

北京市人民检察院北京铁路运输分院指控：一、一九九二年一月苗炳林、张庆珠、张庆田伙同贾小明、张闻敏、翁连江（均在逃）在莫斯科市内持凶器抢劫二中国南方人一千二百美元。二、一九九二年某月，张庆田提供目标，苗炳林、张庆珠、杨彤伙同贾小明、钟继泉（均在逃）在莫斯科市莫大旅馆持凶器入室抢劫二中国河北人三千余美元。三、一九九二年十月，在莫斯科四海旅馆杨彤、王贵宝、苗炳林、张庆珠伙同吴宝顺、库万和、洪晓强、朱兴金、顾志强（均另案处理）、杨振江、钟继泉（均在逃）持凶器抢劫九名中国南方人五千美元、二十万卢布、护照、金戒指、项链等物。四、一九九二年十月，在莫斯科市陆伟良与崔刚提供目标，陆伟良、刘振生、张庆珠伙同钟继泉持凶器抢劫中国北方一对夫妻，刘振生用铁棍将男的头打破，抢得数百美元及金戒指、照相机等。五、一九九二年十月在莫斯科市一住宅，苗炳林、刘振生、张庆珠、王贵宝、骆增平伙同宗立勇、金宏、陈进、张闻敏、白慧钧、曹会明（均在逃）持凶器抢劫十余名中国南方人四千余美元及金戒指、西服等。六、一九九二年十一月，苗炳林、刘振生、张庆珠伙同宗立勇、姜春新、张闻敏、钟继泉（均在逃）在莫斯科英都丽斯饭店以暴力挟持中国上海人沈一卫要钱，由李德鸿代交出五千美元、七万元人民币。七、一九九三年一月李德鸿提供目标，苗炳林、李德鸿、白慧钧、刘振生、张宝胜伙同齐雨（在逃）和一新加坡人及两名被勾结的莫斯科警察在莫斯科一住宅持凶器抢劫数名中国南方人二百余美元、传真机、收录机等。八、一九九三年五月，苗炳林、刘振生、张宝胜、刘宝生伙同徐刚（已死亡）、邵迅（在逃）、张闻敏、白慧钧等在莫斯科东方旅馆持凶器抢劫几名中国南方人二百余美元、五千余元人民币。九、一九九三年五月，袁凌提供目标，苗炳林指使刘振生、张宝胜、刘宝生伙同闫春友（另案处理）、邵迅在莫斯科一住宅持凶器抢劫三名中国上海人八百余美元、皮鞋、金项链、金耳环、金戒指等，后乘陈广铁、袁凌租好的车逃离现场。十、一九九三年五月，由陈才明（在逃）提供目标，苗炳林指使刘振生、张宝胜、沈凤来与贾小明、邵迅、刘金鹏（另案处理）、徐刚在莫斯科市一福建人住处持刀抢劫一千余美元、单放机、手表、金戒指及衣物，后乘袁凌租好的车逃离现场。十一、一九九三年五月，在莫斯科市莫大旅馆张庆田提供目标并做内应，苗炳林指使刘振生、张宝胜伙同闫春友、张闻敏、白慧钧持凶器抢劫吴××四十余卢布、八十件皮夹克、五十件运动服。十二、一九九三年五月，闫春友提供目标，苗炳林指使刘振生、张宝胜、刘宝生、霍跃武尾随两名中国天津人上四次国际列车，刘振生、张宝胜、刘宝生持刀、霍跃武望风，抢劫四百余美元、一千余人民币和手表等，刘宝生用刀将被害人中指砍伤。十三、一九九二年一月，在莫斯科市张庆田、白学龙、田大林（在逃）携凶器抢劫中国北京人李×四千余美元，白学龙将李×砍伤。十四、一九九二年六月在莫斯科长城旅馆，苗炳林、张庆田与贾小明、邓建国、曹会明、张闻敏、贾春来（均在逃）等人殴打、抢劫北京人王×孙××二十余万卢布。十五、一九九二年年底，在莫斯科同春旅馆，苗炳林、刘振生与白慧钧、白志军（在逃）持凶器抢劫四中国人一密码箱及香烟、丝袜等，苗炳林用刀将被害人头砍破。十六、一九九二年九月，在莫斯科四海旅馆，苗炳林、张庆珠、陆伟良、杨彤和钟继泉、贾小明殴打、扣留一中国福建人护照和提货单，被害人被迫交出三千美元。十七、一九九一年十二月，在莫斯科爱华旅馆，张庆田、张庆珠与张闻敏、翁连江、贾小明、钟继泉殴打、抢劫中国北京人张××一千三百美元。十八、一九九三年五月，王平、袁凌探得地址，苗炳林、王平、袁凌在外配合，张宝胜、杨彤、沈凤来与刘金鹏、贾小明、刘松庭（在逃）、徐刚在莫斯科市一家住宅持刀抢劫一千余美元、一千余元人民币。十九、一九九三年年初，彭小伟提供目标，在莫斯科莫大旅馆，苗炳林指使刘振生与姜×（在逃）持凶器抢劫二三名中国北京人五十余万卢布。二十、一九九二年十月，苗炳林指使张庆珠、杨彤、王贵宝伙同顾志强、库万和、钟继泉在莫斯科四海旅馆中国北京人汪×等人住处蒙面持凶器敲门未开，事后苗炳林以帮助不被抢为名索要得三千美元。二十一、一九九三年三月，在莫斯科市一住宅，邵迅做内应，杨彤、王平伙同朱兴金、黄亚军、李德民持凶器抢劫几名中国上海人一千美元及金戒指、金项链等。二十二、一九九三年五月，在莫斯科莫大旅馆，苗炳林、沈凤来与贾小明、闫春友、张闻敏、刘金鹏捆绑、抢劫几名中国北京人一箱打火机、一百万卢布。二十三、一九九二年九月，张庆珠、陆伟良在莫斯科四海旅馆将一名中国东北女青年强奸。二十四、一九九三年五月，在三次国际列车上，张庆田、张毅抢劫二中国上海人二百美元。二十五、一九九三年五月，在三次国际列车上，张庆田抢劫一中国上海人五百美元。二十六、一九九三年三月，在莫斯科一住宅，王平敲门，杨彤与朱兴金、赵金华、王琪、彭波（在逃）、石永强、徐刚、邵迅等人捆绑、抢劫四中国兰州人一百美元、二十万卢布，后乘王平、孙宝瑞（在逃）租好的车逃离现场。二十七、一九九三年四五月，邵迅设圈套，约几名上海人到其住处吃饭，杨彤、王平、袁凌、沈凤来、贾小明、刘金鹏捆绑被害人抢劫一百美元。二十八、杨彤、王平与牛顿、李秋华（另案处理），在莫斯科一住宅持凶器抢劫二中国人一百美元。二十九、一九九三年四月，赵金华、朱兴金、李德民预谋后，杨彤、王平与朱兴金、李德民、孙宝瑞（在逃）、邵迅、徐刚、白志泉持凶器在莫斯科一住宅内抢劫几名中国南方人二百美元及人民币等。三十、一九九三年五月，在莫斯科一私人旅馆，苗炳林、刘振生、白慧钧、张闻敏、陶宗建（在逃），强迫北京人郑×交出三千美元。据此认为：被告人苗炳林、杨彤、王贵宝的行为均构成抢劫罪、敲诈勒索罪；被告人张庆珠的行为构成抢劫罪、强奸罪、敲诈勒索罪；被告人陆伟良的行为构成抢劫罪、强奸罪；被告人张庆田、刘振生、张宝胜、刘宝生、沈凤来、袁凌、王平、白学龙、骆增平、陈广铁、李德鸿、张毅、彭小伟、霍跃武的行为均构成抢劫罪；被告人刘振生、陆伟良、骆增平、张毅、袁凌有立功表现，据此，诉请本院依法惩处。

被告人沈凤来否认起诉书对其的全部指控；被告人白学龙否认其有参与抢劫的故意；被告人霍跃武辩称其系自首；被告人李德鸿否认其有参与抢劫的故意；苗炳林的辩护人认为：起诉书指控的第一、三、五项中苗不起主要作用，在第六项中没有直接参与，第九、十、十二项中没有指使他人犯罪，苗认罪态度较好，并有立功表现，公诉人认为：辩护人意见没有事实和法律依据；刘振生的辩护人认为：刘有立功表现，有自首行为，认罪态度好，系从犯，公诉人认为：认为刘系自首没有事实依据，本案不应认定主、从犯；张庆珠的辩护人认为：张在起诉书指控的第三、二十项中没有实施抢劫行为，第二十三项系主动坦白的，公诉人认为：认为张主动坦白了第二十三项犯罪事实，没有依据，三、二十项均参与预谋，且参与分赃；张庆田的辩护人认为：张在起诉书指控的第二项中没有分得赃款，第十三项中没有主持分赃，因被害人追回二千五百美元，其抢劫数额应按其最终所得数额认定，其罪行较同案犯为轻，系初犯，公诉人认为：按扣除被害人日后追回款额认定抢劫数额没有法律依据，在第二项中系将其应得赃款给了其兄张庆珠，张的犯罪情节严重；张宝胜的辩护人认为：张曾协助公安机关抓获同案犯，张系胁从犯，系自首，公诉人认为：认定张系胁从犯以及曾协助公安机关工作并自首，均无事实根据；杨彤的辩护人认为：杨在起诉书指控的第十六、二十项中系从犯，在二十七、二十九项中不构成共同犯罪，其犯罪主观恶意小，认罪态度较好，公诉人认为：认为杨在第二十七、二十九项中不构成犯罪及在第十六、二十项中系从犯，均无事实依据，且其犯罪情节严重，主观恶性深；刘宝生的辩护人认为：刘没有前科，在所参与的三项犯罪中起次要作用和辅助作用，在起诉书指控的第十二项中不是故意将被害人砍伤的，公诉人认为：砍伤被害人是有证据的事实，不能认定刘在共同犯罪中起次要和辅助作用；沈凤来的辩护人认为：

起诉书指控沈参与的四次犯罪均在一九九三年五月，而沈已与四月底起身回国，对沈指控不能成立，公诉人认为：辩护人提供的证据不能有效证实沈四月起身回国，沈自己曾两次供述系一九九三年五月中旬回国的且由他人供述相印证，认定沈参与犯罪证据充分；白学龙的辩护人认为：白没有抢劫故意和行为，指控不能成立。公诉人认为：白携刀参与抢劫并砍伤被害人的证据确实、充分；王贵宝的辩护人认为：王系自首，并有立功表现，认罪态度好，系从犯，起诉书指控的第二十项不是敲诈勒索，公诉人认为：认定王系从犯及立功表现没有事实依据；骆增平的辩护人认为：骆系初犯，认罪态度好，有立功表现。公诉人认为：骆曾被强劳、劳教，又持械参与抢劫，不能认定为初犯；陈广铁的辩护人认为：陈在参与的一起犯罪中无事先通谋，未获赃款，属帮助行为，没有前科，认罪态度好。公诉人认为：陈故意参与抢劫行为，按事先分工没有直接实施抢劫，不能认定其系帮助行为；陆伟良的辩护人认为：起诉书指控在第十六项中犯罪不能成立，在第四项中系从犯，在第二十三项中系强奸未遂，路有立功表现。公诉人认为：认定陆强奸既遂证据确实、充分，为抢劫提供目标并带路不能认定其在第四项中系从犯；张毅的辩护人认为：张毅从犯，主动坦白其罪行，有立功表现。公诉人认为：认定张从犯和主动坦白均无事实依据；李德鸿的辩护人认为：认定李提供抢劫目标证据不足，李到现场有不明真相和被胁迫、诱骗性质，其行为不构成犯罪。公诉人认为：李提供抢劫目标，带路到抢劫现场，构成抢劫共犯证据确实、充分；王平的辩护人认为：起诉书指控王参与二十九项抢劫证据不足，王在其他几项犯罪中起次要和辅助作用，王有立功表现，认罪态度较好。公诉人认为：王多次参与抢劫，证据确实，认定王有立功表现没有依据；袁凌的辩护人认为：袁在起诉书指控的第九项中没有提供抢劫目标，第十项中没有租车的行为，第十八项中是其他罪犯逼其去探明地址的，第二十七项中不构成犯罪，袁系胁从犯，既有自首情节又有立功表现。公诉人认为：认定袁参与四次抢劫证据确实、充分，认定其为胁从犯不妥；彭小伟的辩护人认为：彭没有抢劫故意，没有分得赃款，指控不能成立。公诉人认为：彭故意向其他被告人提供抢劫目标证据确实、充分；另外，公诉人认为：霍跃武自辩系自首，亦无事实依据。

经审理查明：

一、一九九二年一月，苗炳林、张庆珠、张庆田伙同贾小明、张闻敏、翁连江（均在逃），在莫斯科火车站以能帮助买车票为名将两名中国南方人骗至市内，分别持瓦斯枪、铁棍及刀殴打二被害人后张庆田、贾小明搜身，抢得一千二百美元，六人各分得二百美元。以上事实，有苗炳林、张庆珠、张庆田供述相互印证。

二、一九九二年八月，张庆田住莫斯科市“莫大”旅馆，打电话告知苗炳林旅馆内住有外地人，经张庆田指明房间号，苗炳林、张庆珠、贾小明、杨彤、钟继泉（在逃）分别持瓦斯枪、铁棍及刀进入房间，贾小明持铁棍将一被害人打倒在地，抢得室内二中国北方人三千余美元后乘赵文胜（在逃）租好的车离去，除赵外，六人各分得五百美元，张庆田将应得的五百美元给了张庆珠。以上事实，有苗炳林、张庆珠、张庆田、杨彤供述相互印证。

三、一九九二年九月，杨彤在莫斯科于海顺（另案处理）开的“四海”旅馆酒后寻衅，与同住的王贵宝以及库万和、吴宝顺、朱兴金、洪晓强（均另案处理）、杨振江（在逃）持斧头及刀先将一房间的四名中国南方人毒打后令其脱光衣服面墙而跪，搜、翻钱物后由库万和、吴宝顺看守，杨彤、王贵宝等又将另一间的七八名中国南方人毒打后持刀威逼其脱光衣服，面墙而跪，搜、翻钱物后吴宝顺打电话请苗炳林去收场，苗让诸人将抢得的钱、物统交张庆珠，此次共抢得五千六百美元、二十万卢布、二枚戒指、一条项链，苗炳林主持分赃，苗炳林、王贵宝各分得六百美元、戒指一枚，张庆珠得六百美元，杨彤得六百美元、项链一条。以上事实有收缴杨彤所得项链一条，王贵宝所得戒指一枚在案为证，以及苗炳林、张庆珠、杨彤、王贵宝、顾志强、库万和、杨振江、于海顺、赵晖（另案处理）供述相互印证。

四、一九九二年十月，崔刚（另案处理）向苗炳林提供目标，经预谋由陆伟良带路到莫斯科市一住宅，刘振生、张庆珠、钟继泉分别持铁棍及刀冲入室内，刘振生用铁棍将被害人高跃进头打破，与张庆珠将高捆在椅子上，张庆珠又持刀威胁女被害人范宏房躺在床上不许动，搜翻钱、物，共抢得四百美元、戒指一枚、照相机一架、皮夹克一件，苗炳林、刘振生、张庆珠、钟继泉各分得一百美元，苗炳林分得照相机一架。张庆珠分得戒指一枚。以上事实有被害人范宏房陈述证实，以及苗炳林、刘振生、张庆珠、陆伟良、崔刚供述证实。

五、一九九二年十月，苗炳林、刘振生、张庆珠、王贵宝、骆增平伙同张闻敏、钟继泉、白慧钧、金宏、宗立勇、陈进、曹慧明、“屁军”“阿东”（均在逃）等人从莫斯科火车站尾随十余名中国南方人至市内一住宅，持瓦斯枪、铁棍及刀冲进室内，张庆珠打一名被害人一铁棍，诸人威胁被尾随及已在室内的二三十名被害人“蹲下，不许动”，抢得四千余美元、三枚戒指、一套西服，苗炳林、刘振生、张庆珠、王贵宝、骆增平各分得四百美元，王贵宝另得西服一套。以上事实有收缴王贵宝所得西服在案为证及苗炳林、刘振生、张庆珠、王贵宝、骆增平供述相互印证。

六、一九九二年十一月，张闻敏提供目标，苗炳林、刘振生、张庆珠伙同宗立勇、张闻敏、钟继泉、姜春新（在逃）将李德鸿的朋友沈××劫持到苗炳林住处，苗强迫沈答应交出二万美元，李德鸿担保后将沈放回，后由李德鸿交出五千美元、七万元人民币，苗炳林分得二千美元、四千元人民币，刘振生分得一万四千元人民币，张庆珠分得二万四千元人民币。以上事实有李德鸿供述证实，苗炳林、刘振生、张庆珠供述相互印证。

七、一九九三年一月，因李德鸿担保交出的二万元美元尚欠五千美元，李在请苗炳林、刘振生、白慧钧吃饭时提出向苗等提供抢劫目标，并请莫斯科警察帮助以免去尚欠的美元，后李德鸿及齐雨、“阿里斯”（均在逃）和二莫斯科警察将苗炳林、刘振生、张宝胜、白慧钧带到莫斯科一住宅，苗、刘、张、白分别持瓦斯枪、刀冲入室内，威胁四名中国南方人，抢得三百美元，一台传真机、一台袖珍收录机，经李德鸿建议，将所抢钱、物给了二莫斯科警察。以上事实有苗炳林、刘振生、张宝胜供述相互印证。

八、一九九三年四五月间，徐刚（已死亡）、邵迅（在逃）提供目标，苗炳林、刘振生、张宝胜、刘宝生、白慧钧、张闻敏到莫斯科一住宅，持刀冲入室内，将六名中国南方人捆绑后抢劫二百余美元、五千余人民币，苗炳林、刘振生、张宝胜、刘宝生、徐刚供述相互印证。

九、一九九三年五月，苗炳林参与预谋，邵迅提供目标并带刘振生、张宝胜、刘宝生、闫春友（另案处理）、陈广铁、袁凌到莫斯科一住宅，袁凌打电话骗开门后与陈广铁租车等候，邵迅、刘振生、张宝胜、刘宝生、闫春友持刀冲进室内，将三名中国南方人捆绑后抢劫八百美元、一条项链、一双皮鞋，苗炳林、刘振生、张宝胜、刘宝生各分得一百美元。以上事实有苗炳林、刘振生、张宝胜、刘宝生、陈广铁、袁凌供述相互印证。

十、一九九三年四五月间，苗炳林参与预谋，贾小明提供目标，在莫斯科市一住宅，陈才明（在逃）敲门，袁凌在外租车等候，刘振生、张宝胜、沈凤来、贾小明、徐刚、邵迅、刘金鹏（另案处理）持刀入室，将十一名中国南方人捆绑令其跪在地下，抢劫一千六百美元、单放机四只、手表数块，苗炳林分得二百美元、手表一块，刘振生、张宝胜各分得二百美元、单放机一只；沈凤来分得二百美元。以上事实有苗炳林、刘振生、张宝胜、袁凌、徐刚、刘金鹏供述相互印证。

十一、一九九三年五月，苗炳林、张庆田参与预谋，刘振生、张宝胜、闫春友在莫斯科莫大旅馆抢劫与张庆田、张毅同车到莫斯科的吴似豪，张宝胜打吴一耳光，张庆田暗示吴藏钱地点，并指明哪是吴的货，抢得四十余万卢布、八十件皮夹克、五十件运动服，苗炳林、刘振生、张宝胜、张庆田各分得五万卢布。以上事实有吴似豪陈述，张毅供述在案为证及苗炳林、刘振生、张宝胜、张庆田供述相互印证。

十二、一九九三年五月，闫春友提供目标，苗炳林参与预谋，刘振生、张宝胜、刘宝生、霍跃武在莫斯科火车站跟随董学智、马恩祥上四次国际列车，霍跃武望风，刘振生、刘宝生、张宝胜持刀进入包间，威胁、捆绑二被害人，刘宝生在威胁中持刀将董学智手指划伤，抢劫四百美元、一千元人民币、手表两块。苗炳林、刘振生各分得一百美元，刘宝生、张宝胜各分得一百美元、手表一块，霍跃武分得一千元人民币。以上事实有董学智、马恩祥陈述和收缴刘宝生所得手表在案为证及苗炳林、刘振生、张宝胜、刘宝生、霍跃武供述相互印证。

十三、一九九二年一月，张庆田、白学龙、田大林（另案处理）在莫斯科某饭店遇北京人李某，遂起意抢劫，将李劫持到苗炳林住处，李不肯上楼，反抗，逃跑，被白学龙用刀将头部砍伤，由张庆田抢得四千余美元，张庆田分得八百美元，白学龙、田大林各分得六百美元，其余由苗炳林等人平分。以上事实有苗炳林、张庆珠、张宝胜、张毅、于海顺供述证实及张庆田、白学龙、田大林供述相互印证。

十四、一九九二年年底，在莫斯科同春旅馆，苗炳林、刘振生、白志军（另案处理）、白慧钧、姜春新持刀抢劫二中国南方人，苗炳林用刀将一被害人头部砍伤，抢得密码箱二只，内有香烟、丝袜等及皮夹克一件。以上事实有苗炳林、刘振生、白志军供述相互印证。

十五、一九九二年九月，苗炳林指使杨彤寻找“在火车上调戏赵晖”的南方人，杨在“四海旅馆”找到后，抢下其护照包，打电话叫苗炳林、张庆珠、贾小明、钟继泉共同殴打被害人后苗炳林让其用三千美元赎回护照，后被害人被迫交出一千美元。以上事实有顾志强、赵晖、陆伟良供述证实及苗炳林、张庆珠、杨彤供述相互印证。

十六、一九九一年十二月，张庆田在莫斯科爱华旅馆遇被害人张志良，以张志良曾给其朋友假火车票为由对其殴打，后张庆珠、张闻敏、翁连江、贾小明、钟继泉亦参与殴打，并抢劫一千三百美元，张庆珠、苗炳林各得一百美元，张庆田将火车票钱退给其朋友后其余自得。以上事实有张志良陈述在案为证，苗炳林、常志新供述证实及张庆田、张庆珠供述相互印证。

十七、一九九三年四五月间，贾小明提供目标，王平、袁凌探明在莫斯科市一住宅的地址，苗炳林、邵迅、袁凌在邵迅住处打电话骗人开门，王平带路，杨彤、张宝胜、沈凤来、贾小明、刘金鹏、徐刚、刘松庭（在逃）等人持刀入室，将几名中国南方人殴打、捆绑后抢劫得一千余美元、一千余元人民币，苗炳林、张宝胜、沈凤来各分得一百七十美元，杨彤、王平、袁凌、邵迅等共分得一千元人民币。以上事实有苗炳林、杨彤、张宝胜、王平、袁凌、刘金鹏、徐刚供述相互印证。

十八、一九九三年一月，彭小伟向邓建国（在逃）、苗炳林等提供目标，在莫斯科莫大旅馆，苗炳林、刘振生、邓建国、“老板”“姜屁”持刀入室，抢劫几名中国北方人五十余万卢布，苗炳林、刘振生等共分得二十余万卢布，邓建国、彭小伟等共分得三十余万卢布。以上事实有苗炳林、刘振生、彭小伟供述相互印证。

十九、一九九二年十月，苗炳林主谋，库万和、顾志强在莫斯科一住宅与汪德海等人同住的吴宝顺（另案处理）叫走，张庆珠、杨彤、王贵宝、钟继泉即往该处携凶器蒙面砸门，将门砸裂，后因隔壁俄罗斯人出来，四人返回，汪德海向苗炳林求助，苗索要得三千美元。以上事实有汪德海陈述为证，及苗炳林、张庆珠、杨彤、王贵宝、库万和、顾志强供述相互印证。

二十、一九九三年四月，邵迅提供目标，在莫斯科市一住宅，王平敲开门，杨彤伙同朱兴金、黄亚军、李德民（均另案处理）、邵迅持刀入室，威胁、捆绑三名中国南方人，抢得一千余美元、一千余元人民币、两枚戒指、一条项链、三件皮夹克，杨彤、王平分得二百美元、一枚戒指。以上事实有杨彤、王平、朱兴金、黄亚军、李德民、徐刚供述相互印证。

二十一、一九九三年四五月间，闫春友提供目标，苗炳林参与预谋，在莫斯科莫大旅馆，沈凤来、贾小明、闫春友、刘金鹏入室捆绑五名中国北方人，抢得一百余万卢布、一百余只打火机。以上事实有霍跃武供述证实及苗炳林、刘金鹏供述相互印证。

二十二、一九九二年九月，在莫斯科“四海旅馆”张庆珠、陆伟良以给找房间为名，将一中国北方妇女骗至张的房间内，向其提出性交要求，遭拒绝后张庆珠用胳膊锁住被害人脖子将其按在床上，陆伟良扒下其内裤，二人先后将被害人轮奸。以上事实有张庆田、吴宝顺、库万和供述证实及张庆珠、陆伟良供述相互印证。

二十三、一九九三年五月，在3次国际列车上，张庆田、张毅经预谋进入一包厢以语言威胁二中国南方人，抢劫二百美元。以上事实有与之同行的吴似豪证言证实及张庆田、张毅供述相互印证。

二十四、一九九三年五月，在3次国际列车上，张庆田进入一包厢以语言威胁一名中国南方人，抢劫五百美元。以上事实有同包厢的牛永利（另案处理）和张毅供述证实与张庆田供述相互印证。

二十五、一九九三年三月，孙宝瑞（在逃）带路，在莫斯科一住宅，王平敲开门，杨彤、朱兴金、石永强、徐刚、邵迅、彭波（在逃）持刀闯入室内，对四名中国甘肃人威胁、捆绑后抢得一百美元、四十余万卢布、皮夹克一件、小录音机一只，杨彤、王平分得四万卢布，杨彤还分得皮夹克一件。以上事实有杨彤、王平、徐刚、石永强供述相互印证。

二十六、一九九三年四五月间，邵迅主谋，将二中国南方人以请吃饭为名骗至其在莫斯科住处，沈凤来、贾小明、刘金鹏实施抢劫，与邵迅同住的杨彤、王平、袁凌及邵迅扮被害人，沈凤来等将其一并捆绑，从二被害人处抢得一百美元，由杨彤、邵迅等所得。以上事实有徐刚供述证实及杨彤、王平、袁凌、刘金鹏供述相互印证。

二十七、一九九三年一月，在莫斯科市一住宅，王平敲门后与李秋华（另案处理）在楼下租车等候，杨彤、牛顿（另案处理）持刀、鲨鱼枪冲入室内威胁二中国南方人跪下，抢劫一百美元，杨彤、王平分得五十美元。以上事实有杨彤、王平、牛顿供述相互印证。

二十八、一九九三年四月，在莫斯科市一住宅，邵迅做内应，杨彤、朱兴金、白志泉、徐刚等人持刀入室，捆绑三名中国南方人，劫持二百余美元、三千余元人民币，杨彤分得一千元人民币。以上事实有杨彤、徐刚、白志泉、供述相互印证。

综上，苗炳林参与共同抢劫十八次，其中一次未遂，参与抢劫二万零五百美元，七万六千余元人民币、二百一十万卢布、戒指六枚、项链一条、照相机一架、皮夹克八十余件、运动服五十件、西服一套、打火机一百余只、传真机一台以及手表、录音机、皮鞋等。个人获赃款四千三百余美元、五百元人民币、十一万卢布、戒指一枚、照相机一架、手表一块；刘振生参与共同抢劫十一次，参与抢劫一万二千七百余美元、七万五千余元人民币、九十余万卢布、戒指三枚、项链一条、皮夹克八十件、运动服五十件、西服一套、传真机一台以及手表、单放机、皮鞋等。个人获赃九百美元、一万四千五百余元人民币、十一万卢布、项链一条、手表一块、皮鞋一双；张庆珠参与共同抢劫九次，其中一次未遂，参与抢劫一万七千五百余美元，七万元人民币、二十余万卢布、戒指六枚、项链一条、照相机一架、皮夹克一件、西服一套，个人获赃一千八百余美元、二万四千余元人民币、戒指一枚、参与共同轮奸妇女一次；张庆田参与共同抢劫七次，参与抢劫九千七百余美元，四十余万卢布、皮夹克八十件、、运动服五十件，个人获赃一千九百余美元、五万卢布；张宝胜参与共同抢劫七次，参与抢劫四千三百余美元，六千余元人民币、四十余万卢布、皮夹克八十件、运动服五十件，项链一条、传真机一台以及单放机、皮鞋等，个人获赃五百余美元、五百元人民币、五万卢布；杨彤参与共同抢劫十次，其中一次未遂，参与抢劫一万一千八百余美元，二千余元人民币、六十余万卢布、戒指四枚、项链二条、皮夹克四件以及录音机等。个人获赃一千四百余美元、二百余元人民币、四万卢布、戒指一枚、项链一条；刘宝生参与共同抢劫三次，参与抢劫一千四百余美元，六千余元人民币、项链一条，以及手表、皮鞋等，个人获赃二百余美元、五百元人民币；沈凤来参与共同抢劫四次，参与抢劫二千八百余美元，一百余万卢布、一千余元人民币、一百余只打火机以及单放机、手表等，个人获赃三百余美元、二十余万卢布；白学龙参与共同抢劫一次，参与抢劫四千余美元，个人获赃六百美元；王贵宝参与共同抢劫三次，其中一次未遂，参与抢劫九千六百余美元，二十余万卢布、戒指六枚、西服一套以及项链等，个人获赃一千余美元、戒指一枚、西服一套；骆增平参与共同抢劫一次，参与抢劫四千余美元、戒指三枚、西服一套、个人获赃四百美元；陈广铁参与共同抢劫一次，参与抢劫八百美元以及项链、皮鞋等，个人未获赃；霍跃武参与共同抢劫一次，参与抢劫四百余美元、一千余元人民币以及手表等，个人获赃一千余元人民币；陆伟良参与共同抢劫一次，参与抢劫四百余美元、戒指一枚、皮夹克一件，个人未获赃，参与共同轮奸妇女一次；张毅参与共同抢劫一次，参与抢劫二百美元，个人获赃一百美元；李德鸿参与共同抢劫一次，参与抢劫三百美元、传真机一台以及录音机等，个人未获赃；王平参与共同抢劫五次，参与抢劫二千三百余美元、二千余元人民币、四十余万卢布、戒指二枚、项链一条、皮夹克四件以及录音机等，个人获赃一百美元、一千余元人民币、四万卢布；袁凌参与共同抢劫四次，参与抢劫三千五百余美元、一千余元人民币，个人获赃一百余美元、二百余元人民币；彭小伟参与共同抢劫一次，参与抢劫五十余万卢布，个人获赃二万卢布。

案发后，骆增平退赔人民币二千四百元；张毅退赔二百美元；彭小伟退赔二十二美元；王贵宝主动向公安机关投案自首；袁凌主动向公安机关投案自首并协助公安机关抓获重大抢劫犯徐刚；刘振生、骆增平、张毅的家属曾协助公安机关查获其他犯罪人员。

上述事实，有公安机关抓获经过；工作证明材料；收缴的部分赃物；被害人陈述、其他案犯供述证实和同案被告人供述相互印证，事实清楚，证据确实、充分，足以认定。

本院认为：被告人苗炳林、刘振生、张庆珠、张庆田、张宝胜、杨彤、刘宝生、沈凤来、白学龙、王贵宝、骆增平、陈广铁、霍跃武、陆伟良、张毅、李德鸿、王平、袁凌、彭小伟分别结伙在境外及国际列车上公然以暴力大肆抢劫中国公民的钱、物，其行为均已构成抢劫罪，应依法惩处；张庆珠、陆伟良以暴力轮奸妇女，其行为均已构成强奸罪，亦应依法惩处。其中苗炳林多次持械共同抢劫，手段残忍，情节严重，曾因违法行为被劳教仍不思悔改，必须依法严惩，其辩护人关于苗没有指使他人抢劫的辩护意见经查属实，应予采纳，公诉人关于苗不构成立功的意见有事实依据，予以采纳；刘振生多次持械共同抢劫，手段残忍，尤其在国际列车上持械抢劫，情节严重，曾因犯罪被判刑，刑满后不思悔改，其家属虽协助公安机关抓获同案犯，但不能抵罪，必须依法严惩，公诉人关于刘不构成自首也不应认定主、从犯的意见有事实依据，予以采纳；张庆珠多次持械共同抢劫，手段残忍，情节严重，必须依法严惩，公诉人认为张不构成自首及坦白的意见有事实依据，予以采纳；张庆田多次持械共同抢劫，手段残忍，情节严重，曾因违法行为被治安处罚后不思悔改，必须依法严惩，公诉人关于抢劫数额的认定，分得赃款、犯罪情节严重的意见有事实依据，予以采纳；张宝胜多次持械共同抢劫，手段残忍，尤其在国际列车上持械共同抢劫，情节严重，必须依法严惩，公诉人关于张在本案中没有协助公安机关工作，不是自首的意见有事实依据，予以采纳；杨彤多次持械共同抢劫，手段残忍，情节严重，曾因违法行为被强劳、劳教仍不思悔改，必须依法严惩，公诉人关于杨在第二十七、二十九项中构成共同犯罪，不属从犯，犯罪主观恶性的意见有事实依据，予以采纳；刘宝生多次持械共同抢劫，手段残忍，尤其在国际列车上持械共同抢劫伤人，情节严重，必须依法严惩，公诉人关于刘在共同犯罪中并非起次要和辅助作用的意见有事实依据，予以采纳；沈凤来多次持械共同抢劫，情节严重，曾因犯罪被判刑，刑满后不思悔改又犯罪，且拒不认罪，抗拒审判，应依法从重处罚，公诉人关于其参与四次共同抢劫的意见予以采纳；白学龙参与共同抢劫，持刀伤人，情节严重，曾因违法行为被劳教后不思悔改又犯罪，且认罪态度不好，应依法从重处罚，公诉人关于白系故意参与共同抢劫的意见予以采纳；王贵宝多次持械共同抢劫，情节严重，曾因违法行为被劳教、拘留后不思悔改，应依法从重处罚，但其案发后能主动向公安机关投案自首，应依法从轻处罚，其辩护人关于第二十项不是敲诈勒索行为的意见经查属实，应予采纳，公诉人关于王不构成立功，在共同犯罪中不是从犯的意见有事实依据，予以采纳；骆增平持械共同抢劫，曾因违法行为被强劳、劳教后不思悔改，应依法从重处罚，有立功表现，积极退赃，应依法酌情从轻处罚，公诉人关于骆不是初犯的意见有事实依据，予以采纳；陈广铁参与共同抢劫，其犯罪情节较轻，可以依法从轻处罚，公诉人关于陈故意参与抢劫，在本案中不属帮助犯的意见有事实依据，予以采纳；霍跃武参与国际列车上共同抢劫，情节严重，曾因违法行为被少管、强劳、劳教仍不思悔改、应依法从重处罚，但其犯罪情节较轻，可酌情从轻处罚，公诉人关于霍不构成自首的意见有事实依据，予以采纳；陆伟良参与共同抢劫，共同轮奸妇女，曾因违法行为被强劳、因犯罪被判刑（缓刑）仍不思悔改、应依法从重处罚，但其有立功表现，在抢劫犯罪中情节较轻，可依法酌情从轻处罚，其辩护人关于陆在第十六项中不构成共同犯罪的意见，经查属实，应予采纳，公诉人关于陆属强奸既遂和陆不是从犯的意见有事实依据，予以采纳；张毅参与共同抢劫，但其犯罪中情节较轻，有立功表现，积极退赃，认罪态度较好，可依法酌情从轻处罚，公诉人关于张在本案中不是从犯，没有主动坦白的意见有事实依据，予以采纳；李德鸿参与共同抢劫，认罪态度不好，应酌情从重处罚，但其犯罪情节较轻，应酌情从轻处罚，公诉人关于李故意向其他被告人提供抢劫目标，并带路到抢劫现场的意见有事实依据，予以采纳；王平多次参与共同抢劫，情节严重，曾因违法行为被劳教仍不思悔改、应依法从重处罚，但其在共同犯罪中情节较轻，认罪态度较好，应依法减轻处罚，其辩护人关于王在起诉书指控第二十九项中不构成共同犯罪的意见，经查属实，应予采纳，公诉人关于王不构成立功的意见有事实依据，予以采纳；袁凌多次参与共同抢劫，情节严重，但其案发后主动向公安机关投案自首，并有重大立功表现，且犯罪情节较轻，认罪态度较好，应依法减轻处罚，公诉人关于应认定袁参与四次抢劫，在共同犯罪中不属胁从犯的意见有事实依据，予以采纳；彭小伟曾因违法行为被强劳、劳教、拘留仍不思悔改，又参与共同抢劫，应依法从重处罚，但其犯罪情节较轻，能积极退赃，有悔罪表现，可酌情从轻处罚，公诉人关于彭故意向其他被告人提供抢劫目标的意见有事实依据，予以采纳。

北京市人民检察院北京铁路运输分院起诉书在第十四项中指控苗炳林、张庆田等抢劫北京人王××、孙××，在第三十项中指控苗炳林、刘振生抢劫北京人郑××，第十六项中指控陆伟良参与抢劫的证据不足，不能认定，在第二十项中指控苗炳林、张庆珠、杨彤、王贵宝等敲诈汪德海定罪有误，应予更正，其他指控苗炳林等十九名被告犯抢劫罪；张庆珠、陆伟良犯强奸罪的事实清楚，证据确实、充分，为严肃国法，保护公民的人身权利和财产权利不受侵犯，维护铁路运输秩序，打击严重刑事犯罪活动，对苗炳林适用《中华人民共和国刑法》第一百五十条第二款、第二十二条第一款、第五十三条第一款、第五条；对刘振生适用《中华人民共和国刑法》第一百五十条第二款、第二十二条第一款、第五十三条第一款、第五条和《中华人民共和国铁路法》第六十五条；对张庆珠适用《中华人民共和国刑法》第一百五十条第二款、第一百三十九条第一、四款、第二十二条第一款、第五十三条第一款、第六十四条第一款、第五条；对张庆田适用《中华人民共和国刑法》第一百五十条第二款、第二十二条第一款、第五十三条第一款；对张宝胜适用《中华人民共和国刑法》第一百五十条第二款、第二十二款第一款、第五十三条第一款、第五款和《中华人民共和国铁路法》第六十五条；对杨彤适用《中华人民共和国刑法》第一百五十条第二款、第二十二天第一款、第五十三条第一款、第五条；对刘宝生适用《中华人民共和国刑法》第一百五十条第二款、第二十二条第一款、第五十三条第一款、第五条和《中华人民共和国铁路法》第六十五条；对沈凤来适用《中华人民共和国刑法》第一百五十条第二款、第二十二条第一款、第五十三条第一款、第五款；对白学龙适用《中华人民共和国刑法》第一百五十条第二款、第二十二条第一款、第五十一条第一款、第五十二条、第五条；对王贵宝适用《中华人民共和国刑法》第一百五十条第二款、第二十二条第一款、第五十一条第一款、第五十二款、第六十三条、第五条；对骆增平适用《中华人民共和国刑法》第一百五十条第一款、第二十二条第一款、第六十三条、第五条；对陈广铁适用《中华人民共和国刑法》第一百五十条第一款、第二十二条第一款、第五条；对霍跃武适用《中华人民共和国刑法》第一百五十条第二款、第二十二条第一款、第五十一条第一款、第五十二条、第五条和《中华人民共和国铁路法》第六十五条；对陆伟良适用《中华人民共和国刑法》第一百五十条第一款、第一百三十九条第一、第四款、第二十二条第一款、第六十四条第一款、第六十三条、第五条；对张毅适用《中华人民共和国刑法》第一百五十条第一款、第二十二条第一款、第六十三条、第五条；对李德鸿适用《中华人民共和国刑法》第一百五十条第一款、第二十二条第一款、第五条；对王平适用《中华人民共和国刑法》第一百五十条第二款、第二十二条第一款、第五条；对袁凌适用《中华人民共和国刑法》第一百五十条第二款、第二十二条第一款、第六十三条、第五条；对彭小伟适用《中华人民共和国刑法》第一百五十条第一款、第二十二条第一款、第五条之规定，判决如下：

一、被告人苗炳林犯抢劫罪，判处死刑，剥夺政治权利终身。

被告人刘振生犯抢劫罪，判处死刑，剥夺政治权利终身。

被告人张庆珠犯抢劫罪，判处死刑，剥夺政治权利终身。犯强奸罪判处有期徒刑五年，合并执行死刑，剥夺政治权利终身。

被告人张庆田犯抢劫罪，判处死刑，剥夺政治权利终身。

被告人张宝胜犯抢劫罪，判处死刑，剥夺政治权利终身。

被告人杨彤犯抢劫罪，判处死刑，剥夺政治权利终身。

被告人刘宝生犯抢劫罪，判处死刑，剥夺政治权利终身。

被告人沈凤来犯抢劫罪，判处无期徒刑，剥夺政治权利终身。

被告人白学龙犯抢劫罪，判处有期徒刑十年（刑期自本判决执行之日起计算，判决执行前羁押一日折抵刑期一日，即自一九九三年十月十五日起至二○○三年十月十四日止）剥夺政治权利两年。

被告人王贵宝犯抢劫罪，判处有期徒刑十五年（刑期自本判决执行之日起计算，判决执行前羁押一日折抵刑期一日，即自一九九四年一月二十一日起至二○○九年一月二十日止）剥夺政治权利五年。

被告人骆增平犯抢劫罪，判处有期徒刑六年（刑期自本判决执行之日起计算，判决执行前羁押一日折抵刑期一日，即自一九九三年六月九日起至一九九九年六月八日止）。

被告人霍跃武犯抢劫罪，判处有期徒刑十二年（刑期自本判决执行之日起计算，判决执行前羁押一日折抵刑期一日，即自一九九三年八月三十日起至二○○五年八月二十九日止）剥夺政治权利三年。

二、随案移送的赃款依法上缴国库，赃物依法没收，作价变卖后上缴国库（清单附后）。

如不服本案判决，可在接到本判决书的第二天起十日内向本院提交上诉状及副本三份。上诉至北京市高级人民法院。

审判长：张有义

审判员：王建

审判员：刘宁

一九九四年十月七日

书记员：郭奕

经审理，四大团伙及其他零散抢劫罪犯共六十多人被判刑，其中三十一人被判处无期徒刑以上刑罚（含死刑），十四人被判处十年以上有期徒刑，四大团伙头目牛顿、苗炳林、赵金华、朱兴金均被判处死刑。

罪恶的忏悔

经北京市高级人民法院核准，以牛顿、库万和等为首的跨国抢劫、强奸罪犯被判处死刑，押赴刑场执行死刑，一阵枪声响过，这些罪恶的生命永远地消失了，但是他们在人世间所犯下的滔天罪行却钉在了历史的耻辱柱上。他们不仅葬送了自己的生命，还给被他们伤害过的人和他们的亲人留下了抹不尽的悲痛。人之将死，其言也善。他们在深牢大狱中写下了认罪悔过书，留下了生命中最后的忏悔。

1993年12月7日上午，北京铁路公安处看守所内。囚室沉重的铁门打开了，国际列车案首犯牛顿被管教干警唤了出来。他外披一件棉大衣，里面只穿一件小背心，似乎他还未料到今天该是他生命的最后一天。管教走上前来，帮他从一堆行李中挑出一件白衬衣和一件羊毛衫，一言不发地帮他换上。此刻，牛顿似乎悟出了什么，他望管教一眼，什么也没问。随后他强挤出一丝笑容，双手将那份悔罪书交给了管教干警，从衣兜内掏出看守所特别优待的两盒香烟，逢人便递上一支，向看守所内照料、管教过他的公安干警道别，并深深地鞠躬说：“谢谢了！”

牛顿走向囚车，他知道这一天一定要到来，他知道他死有余辜，他的恶行罪不容赦。自俄罗斯引渡回来后，牛顿第一句话就是：“我把骨灰带回来了。”是的，他把骨灰带回来了，也把他罪恶的生活史写了出来……

牛顿在他的忏悔书中详细回忆他所走过的罪恶之路，他写了七个标题，从他的字体看字写得工整流利，像是个有文化的人。开始，他写了一序言：

公元1994年11月12日上午，已过金风送爽的京城，迎来了香山红叶飘零的季节，看守所的号房里显得静谧井然，不少人犯在打牌，下棋，也有的人倚在墙边思考着什么。

此刻，管教语气平和地叫我的名字，并说明了让我做一件事，那就是把自己走过的道路，犯罪的成因详尽写下来。

由于事情过去的时间不算太长，稍加回忆，就可原原本本再现当时的原貌，眼睛一闭，思绪滚滚而来……

一、为什么要去莫斯科？在开放改革的大潮中，身在北京的我，正处于年轻、易于躁动的年龄，轻而易举地被卷入出国潮，我原本在北京有一个很好的家庭环境，也有比较丰厚的经济收入，但为了不失去时代所赋予的机遇——出国经商，真的，在对国外情况不尚了解，又无周密思想准备的情况下，仓促踏上了去异国的征途，以圆人生的发财梦。

二、在异国他乡所见所闻。那是1991年北京金秋的时刻，我乘上了旅欧列车，过沈阳站时，车站工作人员着装整齐向国际列车敬举手礼，那么庄严持重，给我留下很深的感触和印象。干出一番事业再回来见家乡父老，我心里暗暗发誓。列车在茫茫的原野上沿贝加尔湖畔行驶了几天，美妙的大自然风光令人目不暇接。虽然旅途劳累，但我却被一些新鲜见闻所感染着，心情亢奋不已。

第七天，列车终于到达了全然陌生的地方——莫斯科……

莫斯科不愧为曾经被列宁领导的第一个社会主义大国的首都，有着伟大的英雄人民又与中国人民有着传统的友谊，虽然几经解体变革，政治经济都受到不同程度的冲击，仍不失大国的风范。我们初到时，处处得到的是友善礼遇，增强了我们经商的信心。此时不少人捕捉到了准确的商业信息发了财。也有人由于思想层次的局限，加上对莫斯科的新鲜感久尝不够，贻误了经营机遇，成天昏沉沉泡卡西诺赌场、嫖娼，这些刺激性较大的活动麻木了人们的神经，我介于两者之间，在寻觅，徘徊中。

俄罗斯的社会一个明显的特点，特别适合青年人的社会，一切设施除了舒适就是消费，有很高的社会科学性、趣味性，尤其莫斯科，气候宜人，对中国人尤其适应。

三、机遇对每个人来说是不等的。这也包括好的和不好的机遇。关键在自己怎样驾驭，我遇到的是苏联国家解体，政治动荡经济不景气这段过渡时期，加上自己出国前的精神准备、思想准备乃至物质方面的准备都很不够，所以遇到的第一件事就是吃饭问题。我的钱被偷一空后，曾求助使馆，以往大使馆也没遇到过这类事情又没有专人管，在问明是因私出国后就一推了之。我只能向同行的幸运者借贷为生。当时俄罗斯生活费用上涨，度日艰难，也想到仅此作罢回国吧。但又身无分文，莫斯科距北京万里之遥，怎么可以回呢？真感到无颜见江东父老，堂堂五尺汉子被吃饭问题难住了。在北京我可以做到想吃什么就吃什么，此刻怎么了呢？形势逼人，如果此时有人稍加指点我就不至于跌入犯罪的深渊了。……

遗憾的是我所遇到的是一些心怀叵测的歹徒，他们利用我的愚昧，胁迫我上车行抢，甚至以逼债的口吻相要挟，不还钱就得跟着他们干。何去何从？如果说我受到的正统教育能自制管好自己的话，那么免去今天的杀头之罪是可能的，而我却偏偏让魔鬼迷住了心窍。

第一天和他们行抢，心跳不安，乃至愧疚；使我有过暂短的不安。第二次，第三次我习以为常。但我们的良知并未完全泯灭，对弱者我主张不抢，甚至于给予资助。这些虽然都发自内心支配去做的，然而这也难以弥补自己所犯下的累累罪行，想来悔恨万分。我生在新中国又长在红旗下，恰逢改革开放的好时机，为什么步入了抢劫的行列呢？常扪心自问我怎么沦为抢劫犯了呢？为了什么？由于个人的罪过，给他人给自己的妻儿父老带来的创伤是不能补救的。想到这些，愧疚无比。

四、引渡回国，由于我们这帮人忘乎所以，疯狂地抢劫作案，被俄警方抓获后，一直关在俄罗斯的监狱里。直到8月的一天，来了祖国北京铁路公安局的一群人。其中有姜战林局长提审我，并对我说要在12月底把我们几个国际列车抢劫案犯引渡回国。当时我的心情是复杂的，想家，又怕见到家人的面，身陷囹圄中，向亲人们说些什么？心中如同打破了五味瓶，酸甜苦辣什么滋味都有了。列车到达中国领土后，正逢冰天雪地的北国隆冬，不少干警为了建国以来首次引渡这么多重犯的万无一失，他们老早就在雪地里放警戒，办交接。北京铁路公安局的领导和我们同车从莫斯科返回，我们吃什么他们吃什么，态度严谨又通情达理。一到北京看守所，公安干警们忙碌不停地给我们发放衣物、被褥，没人歧视我们这群重罪人犯。只要是可能又不触原则，我们所提的要求他们都通情达理地予以解决，就是铁石心肠的人也不能不被感动，悔罪之心油然而生，再不能愧对“江东父老”。所以在回国后，我向预审人员如实交代了自己所犯下的罪行。

五、庭审，通过预审和干警们的辛勤工作，终于在1994年6月25日开庭公开审理了我们这个团伙案件。庭审中，公诉人历数了我及同伙的累累罪行，真是令人触目惊心。这时我才有机会全面了解同案们的真实嘴脸。虽然过去相处过一段时间，但对每个人的心态了解得远远不够，在法庭上把每个人的罪行一一亮相了，清楚了这些才便于认识自己和同伙都是一些什么人，由于个人的罪过给社会给他人带来的伤害太大了，不能补救。

已经铸成千古恨。因此，在一审后我的心情反而平静了。尽管今后的日子不会太久了。我在想如果能延续我的生命，我尽力补偿。眼前就是认罪伏法，配合法院搞清案子的原本实质，羁押期遵守监规。尽管日子不多了，但我们争取在最后的时刻做一点微薄工作吧。

六、归宿，由于我们这群人在国外一度作恶多端，我所造成的罪过理应承担相应的法律责任。管教拿来女儿的相片给我看，小脸上的笑甜甜的，会表达一切的眼神，似乎在问我爸爸为什么不回家呢，带我和妈妈去公园玩呢？此刻自由是那么难能可贵，天伦的享受也无权求得来了，心情沉重了努力思索着，忖度着，往事如过眼云烟，一闭上眼睛妈妈那慈祥的面容就闪现在我的脑海中，我要忠告后来人，特别是年轻的朋友们，在生活中首要地要学法、知法和守法，在你生活遇到了十字路口时切莫莽撞行事，举步三思而后行。

我自己毁了一个好端端的家庭，污染了社会，给柔肠百结的妻子带来英年失夫的痛苦。她将带着未成年的女儿独自生活，困难是可想而知的。罪过！处处都是我的罪过！真是一失足成千古恨。恨自己不珍惜大好的时光，去走自己的该走的道路……

这个中年汉子叫李芝荣，他在接到死刑判决书时，一连几天面壁无语，他拿起笔和纸写下了多少年来最多的文字，是对自己人生最后的总结回忆，还是对走过的坎坷道路感悟忏悔，真是人之将死其言也善，在他即将结束生命时说的话，是真的，让人读后心中极不是滋味，他在忏悔书中写道：

雪花飘落，我到铁路看守所已经一年。亲爱的朋友，请允许我最后一次称呼你们，因为我在向你们告别。我叫李芝荣，1993年初参与了北京至莫斯科3次国际列车的抢劫；目前已被铁路中法宣判死刑——一个等待终审判决的死囚，我即将到达人生最后的归宿。

此时此刻我的心情不是语言所能表达，往事痛苦不堪回首，人生太累。我是1957年生人，四五岁已记事，有爷爷，他是北京绒鸟厂的技术工人，月工资七十多元，父亲是建筑工人，月工资五十多元，母亲在象牙雕刻厂，还有我们兄弟姐妹四人，组成了收入不乏，快乐、温暖、幸福的家庭。那一年，父亲在建"人大会堂"的施工中，工伤摔断了腿，之后不知他说了什么错话，被打成"右派分子"，并宣布劳动教养六个月，期满留场就业一直到死。

祸从天降，父母离婚，幸福的家庭破碎了。哥哥与我归父亲抚养，弟弟、妹妹由母亲带走。由于父亲的特殊处境，哥哥和我只能和爷爷一同生活，为了照顾我们，爷爷辞去了工作。"文革"开始那年，爷爷因血瘤去世，我八岁，哥哥十岁，我们失去了家庭，精神上受到沉重打击，断绝了生活来源。

我不得不弃学，在家做简单手工挣钱维持生活。老师方彩华，对我像心疼自己的儿子一样关怀备至，给我吃，给我穿，帮我补课，动员同学替我干手工活。

少年时代我渴望像别的孩子一样，能静心学习，精神愉快，放学尽情玩耍。可事实是，在那样的年代，我是没爹没妈劳改犯的儿子。我不想责备同学和朋友们，是社会环境造成那种样子。最终我还是脱离了学校走向社会，由于生活所迫，假借捡破烂进行小偷小摸活动，开始走向犯罪。我不知道什么叫犯罪，什么叫耻辱，因为我是劳改犯的儿子，整日生活在耻辱之中。

1996年，也是这样的初冬，在花市大街委托商行，我第一次把手伸向一个中年妇女的“天窗”。我个子太小，够不着她的上衣口袋，趁她弯腰的瞬间，偷出了钱包，走出委托商行，心情特别激动。学会了偷，我不再是臭要饭的或捡破烂的穷小子，将靠偷钱包的手维持自己的生活和尊严。

从此，我在社会上结识了一些同病相怜的孩子——也就是人们常说的小流氓，生活来源靠手偷，要争面子靠拳头，谁敢轻视我们必遭报复，偷和打架成为我们日常活动，我名声大振，局部地区没人敢惹。我们不知道什么叫害怕，偷到了花天酒地，偷不到忍饥挨饿。尝尽了人世间的酸甜苦辣。我不想把罪责推脱给社会，你们可以想象，我的精神和生活是多么的痛苦，在痛苦中失去了美好的年华——人生最幸福的少年时代。

1973年3月我被强制劳教三年，在这三年里，我多次打架逃跑，不接受改造，因为时时忘不了我是劳改犯的儿子。政府给我们吃、穿、住，队长对我很好，尤其在强劳场所我感觉到打架都是一样的人，不再受歧视。慢慢地，像饥饿的人吃饱了饭，寒冷的人得到了温暖，思想上平静下来，个子长高了，身体强壮了。作为一个人，在劳改队得到了人们渴望的幸福，吃饱肚子便满足，我的欲望真不能算奢侈。

1977年强劳解除，一个书包，一个行李卷，带着政府发给的每月四块五角零用钱返回社会。来到市内，身上只有三十几元钱，没有家，没有亲人，没有房子，没有了一切，连户口都没处上。那时谁家也没有多余的住处，把行李往一个老邻居家一扔，怀着空荡荡的心情，像一个流浪者，孤独地走在大街上，又有谁知道我身处的绝境?

我多想有个温暖的家，也许吃饱肚子就会满足。可是不管多困难，我咬紧了牙关，没有再去偷。就这样我坚持了两个月，终于房管所分配给我一间五六平米的小房，总算有了一个窝。街道和派出所也帮我找了一个工作，在东花市建筑队瓦工组当壮工。每天和沙子，搬水泥，装运砖木，活很累，一米七六的大小伙子，月工资不到二十五元，但我还是满足了。这样干了一年，被瓦工组评为先进生产者，我多么高兴，人生最艰难的阶段我闯过来了，过着正常人自食其力的稳定生活。

可是好景不长，1978年“大抄”我再次被强劳三年，原因很简单，警察来我的住所突击搜查，发现我从同学那里要来玩的一把匕首。心想，仅仅为一把刀再次被强劳不是真正的原因，我身上有污点，我是劳改犯的儿子，像印度电影《流浪者》中说的：“贼的儿子永远是贼。”我对生活失去了信心，做一个好人太难了，我已经永远说不清许多事情，像运动员一样，只要遇到了风吹草动，我们这样的人随时会被叫到公安机关再次受审。可是人不能缺少维护个人尊严的权利，否则精神会受到严重创伤。

在强劳单位，可想而知我不会安分地接受改造，用打架来发泄心中的郁闷。一次，我打了一个值班员，回来就吃安眠药自杀，又被队长救活了。我很想留场就业，从此不再回北京了，远离熟悉我的人们。当我把想法告诉我女朋友（现在的妻子），在信中述说自己痛苦的心理状态。她和队长竭力劝我，要勇敢地活下去，不要太自卑，图一时痛快就胡来，应做好准备，返回社会，我的心被说活了。

解除强劳，回到我那个五六平米的小家，像上次一样一无所有。可这次有女朋友关心我的生活，安慰我的感情。不久，我得了急性阑尾炎，到医院看病连四十元住院押金都拿不出来，当时女朋友只挣三十多元月工资，一半交家，另一半给我做生活费。看病救命没有钱，向谁去借，向谁去要？是女朋友向她母亲借来了钱，病愈出院后三个月，街道民政科给我报销了这笔医药费。

后来，我在东单市场管理处找到工作，当售货员。

又过了半年，我们结婚了。当时什么都没有，决定三年不要孩子。单位的领导对我很好，安书记，她同情我的遭遇，不仅思想上关怀备至，而且经常从自己的收入中拿钱补贴我的生活。我感到社会上还是好人多，有好人，有人同情和理解我们。

改革开放的大潮为人们带来走向富裕生活的机会，我离开了工作单位，准备用勤劳做资本，向贫困宣战。一个朋友的父亲同情我的处境，出二百元支持我干个体，用这笔小小的本钱，我出摊卖羊头肉、羊杂碎，也是这样的初冬季节开了张，短短的两个月时间就净挣了二千多元。我的心情多么激动，怀着愉快的心情过春节，我和爱人买了新衣服，添了家具，开始走向脱贫。天暖起，改做水果生意，不管刮风下雨，每天早上5点蹬三轮车从前门到水碓子上货。直到晚上10点才能收摊。我虽然没文化，但身体壮有力气，早出晚归几年艰苦拼搏，走上小康，成了万元户。生意越做越大，又干长途贩运，南下海南，西到新疆，由于文化有限，做生意很吃力，每一分钱都是用辛苦汗水换来的，赔钱懊丧过，挣钱也快乐过。

是改革开放给我家带来了勃勃生机，使我们这些浪子、野孩子感到了生活的甜美。当妻子生了一个儿子时，取名跃强，意思是盼着发展和兴旺，越来越强，美好的愿望充满了我们的精神生活。创业难，守业更难。在生意上连续赔了两次钱，再赶上岳父岳母接连病倒，致使岳母去世，岳父半身不遂，经济上遭受了打击。后来又改行做服装，我一窍不通，在弟弟帮助下干了一年，仅够维持生活的。

出国的热浪影响了我，也想到外面的世界闯闯。于是前往办理出国护照，花了五百美元，当去莫斯科的护照拿到手的同时，我用了几千元在前门大街租的水果店也准备完毕，就要开张。犹豫再三，我顾不上水果店的经营，选择了到莫斯科发展生意。第一次出国，我帮朋友卖掉一千件皮夹克，并且自己带的货也迅速销售一空，挣到了理想的利润。大家乘兴继续往莫斯科背货，我们很高兴，既出了国，生意又挣到了钱。事有不巧，我从莫斯科往回带的几十公斤羚羊角，被俄罗斯海关没收了，我仅带回十五个美元，过了一个紧巴巴的春节。

由于这次打击，不想再出国了，外边太乱，准备寻找新的生活出路。最后，有一个朋友约我同去莫斯科，帮他卖皮夹克，给我二百美元的酬劳，并负责日常开销，这是我第一次被人雇用。妻子极力反对这次出国，但我还是扛着朋友的皮夹克和自己的一百五十件羊毛衫，再次踏上开往莫斯科的国际列车。

在这次国际列车上我参与了抢劫，事情经过不再赘述。到莫斯科的一周后，朱兴金（同案犯）打电话请我吃饭，祝酒时他说："留下吧，不要走了，背货挣钱少，你已经参与过抢劫，抢一次是抢，抢十次也是抢，如果事发，中国政府不会原谅你。"我说："让我考虑一下。"之后，又去过两次莫斯科，还是像过去一样，帮别人卖货，也卖自己的货，再没有参与抢劫。特别是1993年5月26日的国际列车上发生了最大也是最后一次抢劫，当时我就在这趟列车上，但远远地躲开了。其后，我在莫斯科又住了半年，一直把持着自己，只进行合法活动。当看到《北京晚报》刊登的“国际列车剿匪记”一文，我茫然不知所措，我不懂法律上的许多规定，只想快点见到自己的亲人，于是做出了回国的选择。

1993年11月14日，我由莫斯科飞往伊尔库茨克，11月15日从伊尔库茨克飞回沈阳桃园机场。怀着复杂的心情走向海关边检，立即被边防武警扣留，当晚送到沈阳市铁路公安看守所，11月17日早晨送回北京铁路公安段，连夜提审。我请求在交代问题之前，要见妻子一面，当然这是有条件的，我把1993年1月27日国际列车发生的事情叙述了一遍。我成功地见到了妻子，但付出的代价太大了。去年的今天，11月18日下午我被押来北京铁路看守所。

在这个世界上，没有无缘无故的恨也没有无缘无故的爱，利益永远是第一位的。不知哪位哲人说过，没有永远的朋友，只有永远的利益。我觉得还真有些道理。你有钱，让对方受用，人家就高看你，若没有钱，对不起，一边歇着去。自私是人类的本质，从这点上说，世界各国的人没什么不同，所以不存在谁比谁更伟大，谁比谁更劣等。

以上是我人生旅途的部分记录，我还做过许多好事，也干过一些坏事，有过几次浪漫的恋爱史。曾经表现出尊老爱幼、见义勇为的好品质，有过往暖壶撒尿、把居民早晨奶瓶里的牛奶倒掉的缺德事，这些都是我的经历。

亲爱的朋友，是不是我的回忆到这里应该结束了？不！请耐心地听下去。

我将到达人生旅途最可怕、也是最不希望去的地方，在到站之前，我还想告诉你们在看守所被监禁的经历和感受。管教和班长对我们管理得既严格又耐心，尤其令人难忘的是有一次我发烧七八天，由于医生少忙不过来，是王辉管教送药、打开水，又亲自端来了病号饭，并且几次以手探额，体察我的病情。这些举动把我感动得热泪盈眶，充分体现了把犯人当人看的党的政策。但也有一次，李管教找我谈话，帮我端正认罪态度，耐心地讲了许多道理，最后希望我能付之行动，考虑“退赃”的问题。谈完话下楼来，有的干部因为一些事打了我两下，我的情绪上来了，就是不退赃，使得李管教的辛苦劳动没能收到预期的效果。

监所中有时也出现反改造情绪，什么：“坦白从宽，牢底坐穿，抗拒从严，回家过年。”“坦白多，判得多，坦白快，死得快。”看守所非常重视思想教育，通过广播学习法律知识，学法制课和不厌其烦的谈话，有效地肃清错误思想。一个多月前，管教组负责人张军给我戴上了手铐和脚镣，预审管教、律师和同室的人都没料到我会判死刑，但我接到了死刑判决书。

案子升级。管教工作也随着上升了，石所长、张管教及时找我谈话，向我反复讲法律知识、诉讼程序和被告人应有的权利。在接到死刑判决书之时，我不想听这些，我只是想孩子和妻子怎么办。爱人可以改嫁，可孩子是不是还要承受我过去同样的痛苦和压力呢？此时此地的我不能不回忆我的童年，那痛苦可悲的童年。我只有一种希望，孩子不要像我一样，再受到歧视，不要再遭受精神上的压抑和经济上的贫困。最后我想说，并没有因为我是一个死囚，便不能体会到人间的温暖，张教官对我的帮助和教育尤其感人至深。他说："要像一个真正的男子汉，敢于承担法律责任……"他讲的道理深入浅出，使我面对死亡，心情坦然，平静了许多。在生活上，除了给予特殊照顾外，张管教还安排专人负责我的起居和卫生。美国政府说我国的犯人没有人权，把死囚当做一个人看，这就是应得的人权。我恳请社会注意，看守所是对劳改犯管理教育工作的最前沿第一线，对犯人的思想转化起着极其重要的作用，教育和挽救一个失足者多不容易，应引起社会更多关注，给管教干部以更多的支持与肯定。

不想多说了，作为一个参与一次抢劫案四分之一过程的我，将与参与三十多次抢劫的朱兴金，同样站在死亡的起跑线上，不久会同赴刑场。我的叙述是真实的、诚恳的，经得起调查和验证。就这样结束吧！

雪花飘落，我还在这小小的院子里，心里默默念诵：赌一时气，存一念差，毁了终生。拆散温暖的家，家，我可爱的家，挥泪忍心告别她。

另一位要犯黄亚军，膀大腰圆，左臂上边文着一个虎头，手腕处文着一个女人头，右臂文着一只飞鹰，他在叙述自己的罪行时，不无遗憾泪眼蒙眬地说：“我知道自己罪该万死！”今年三十一岁的黄犯，住北京市海淀区温泉某厂宿舍，父母都是工人，1983年他高中还没有读完，就因流氓斗殴判处七年有期徒刑。父母为这唯一的儿子犯罪互相埋怨，竟闹得离了婚。1989年12月，黄亚军被提前八个月释放，回到北京后，和其姑赵金华（即朱兴金抢劫团伙主犯“二姐”，在西单摆摊卖服装。1991年10月，他以“自费留学”名义去俄罗斯，还在列宁格勒大学建筑系挂了个名，但从未去上过学。且听他的供述——

头一次去俄罗斯是和赵金华背货。几百件皮夹克，因为手续不全，提货时遇到麻烦，加上罚金没赚着什么钱。开始也没想到抢，就是打架，北京人受的欺负，我去帮着打，有时候对方害怕，就说别打，我给你钱。一看这不错，省得再倒腾皮夹克那么费劲了，比背货强多了，背货吃苦受累不说，还要对付俄方的警察、税务和胡列杠（意即土匪）。有一回在旅馆里，洪晓强和别的北京人打架，一个西安人在门口看了两眼，我就把他打了一顿，我们还抢了他的一千左右的美元。

认识朱兴金，错了。朱兴金赌博输了一万多美元，我也赌，虽然不像他那么大赌，但从国内带去的几千元人民币也全输光了。那年春节后王某在俄罗斯赌场门口被刺身亡后，朱兴金就提出，血洗国际列车。开始那几个月，主要是抢“鸭子”和蛇头（指偷渡出境的中国人），一是他们不敢报案；二是报了案中国警方也没法介入；三是介入了也查不到，没有人证。后来这些人学精了，有的蛇头还有枪，他们还买通了一些俄罗斯官员。我们怕惹麻烦，我把目光转移到国际列车的买卖人身上。

3月初的时候，在莫斯科一处私人住宅，我和朱兴金、老八、董振江、牛勇利等人抢了个上海人。是那个叫小迅子的用上海话叫门，北方人叫门他们不开。我们都拿着刀，进门以后叫他们全趴下。有一个人拿着健身棍想反抗，被牛勇利拿匕首顶住了胸口，逼着他们要钱，抢了一千多美元，还有卢布和人民币，我分到三百美元。我抢了十几起，车上有六七起，一般是一个多月回国一次，看闹得太凶了，回来避避风。4月底，我和董振江坐4次列车回北京，途中，我拿着瓦斯枪（在车上买俄罗斯人的，一百美元一把，闯进一个包厢。里边有两个上海人和一个湖南教授，先让他们交出护照，一看那个教授是公派出国的，没敢抢他。找那俩上海人要钱，他们说没钱，我让他们把报关单拿出来，一看有一千六百三十美元，让他们给兑上，抢走了一千四百美元。然后我们在乌兰巴托下车，换乘飞机赶在这趟车前飞回了北京。

去年5月26日，我和董振江等六个人一起在北京站用站台票混上了3次国际列车，当晚就出境了。当晚，朱兴金、老八他们要上车接我们。我们一合计，那么多要上车抢，哪有那么多钱啊？干脆咱们先干吧。我们换个包房，这样抢了五六个包厢，抢到七千多美元。作案以后，也预感要出事，原来估计中国警方8月至10月之间才会抓人，我想不能再干了，没想到中国警方早已布下了恢恢法网。从作茧自缚第一起案开始，就知道后果好不了，我迟迟没结婚，也是心里不踏实，可是，为了钱，已经欲罢不能了。抓我的时候，我和董振江买好了车票，准备到山西他老家先躲一躲，当四支枪同时顶在我的脑袋和腰上时，我就知道这下完了，警察问我：知道为什么抓你吗？我说：知道。后来经过管教干警的帮助和开庭审理国际列车抢劫案，我更认清了我们这伙人的丑恶凶残嘴脸和罪孽的灵魂，我罪大恶极，活是活不了了，如果有来世，我一定脱胎换骨做个好人。

面对法庭庄严的国徽，当审判长宣布“依法判处抢劫犯张庆珠死刑，剥夺政治权利终身时，张庆珠的双眼泪水模糊，那如梦如烟的往事一幕幕擦过他的脑海，在悔罪书中他写道：

我今年三十五岁，姐弟中行六，下面还有一个弟弟（也和我同案，也被判死刑）。记得小时候，一大家二十九口人的生活，仅靠当工人的父亲那些微薄的工资勉强维持，没有工作的母亲为这个家，不得不起早贪黑给人烧锅炉，扫地挣点钱贴补家用。尽管生活是那样清贫，但在我的记忆当中，那时的生活很快乐。极度贫困的物质生活折磨我们的同时，也磨炼了我们的意志。几个哥哥很小就知道节俭，除了学费，基本上都不向父母伸手要零花钱。尤其是我姐姐，我们姐弟中唯一的女性，又是老大，生活的重担过早地压在姐姐身上，为了尽早减轻家庭生活负担，姐初中毕业就参加了工作，尽管她的学习成绩很好。尽管如此，父母亲从小就教育我们不能偷人家的东西。

记得我上小学时，有一年冬天，我放学回家路过菜市场，看见马路边一大堆白菜帮子，我爬上去挑呀拣呀，手冻得胡萝卜似的又红又肿，当我连背带扛好不容易把拾来的十几棵菜弄到家时，天已经黑了。母亲弄清了原委，拉着我冻结的小手心疼得直掉眼泪，其实距这堆烂白菜十来米就有堆成山一样的好菜。

初中毕业后，我待业在家，靠给人做木工维持生活。后来到塑料厂当了一名工人，工作中我结识了一位姑娘，不久我们就结婚了。和所有双职工的家庭一样，我们这个小家庭虽然工资收入都不高，但却觉得生活很充实，特别是孩子出生以后，两口子忙里忙外的，日子过得平淡，倒也恩爱自在。

几年前，我辞职干了个体，好不容易申请到一张个体经营水果执照，买了一辆平板三轮车，开始练摊。创业的艰难真是一言难尽。时常为了进几筐新鲜的水果，天刚蒙蒙亮我就蹬上三轮去水果公司门口排队，风里来雨里去的，有的时候赶上买卖不顺，成筐成筐的水果烂掉是常事。后来，我们婚姻生活也出现了危机。我和妻子因某种原因协议离了婚，三岁的儿子归我抚养。白天，我把孩子托付给奶奶，晚上，累了一天的我早早把孩子接回家，又是洗又是涮的。赶上孩子有个头痛脑热的，我连夜抱着孩子上儿童医院，回想起来真是太难了。

熬过了那段又当爹又当妈的孤独的苦日子，我进了一家出租汽车公司包了一辆小面包车，生活慢慢变得好起来。虽然仍是起早贪黑的，但每月的收入都达到三千多元，这段时间我结识了许多朋友，听他们说国外生活如何如何好，钱也容易挣，我动心了。国外纸醉金迷的那种生活方式对于从小就生活在贫困中的我诱惑力太大了。于是，我托朋友给办了一个留学手续，想着去国外做点买卖挣点钱，开开眼界长长见识。

终于，我踏上了动荡的俄罗斯国土。记得在北京站站台上，送行的母亲慈祥的泪水，哥哥姐姐细心的叮嘱一直浮现在我的眼前，回荡在耳边。语言和生活方式带来的不便使我们这些初到异国他乡的中国人着实苦恼了一阵子。不过也很快适应了，第一次去莫斯科，我带了一百件皮夹克，挣的钱扣除办护照和路费，所剩无几。回来后，我马上进了一些皮夹克和羽绒服，再次登上了北去的列车，不巧，这次正好赶上滞货，我心里直起急。这时，我的朋友苗炳林（即国际列车抢劫团伙主犯之一）对我说："六"老像这样干下去，咱们一辈子也发不了财，南方浙江一带那些搞偷渡的蛇头动不动就挣几十万，咱们不如联系几个人抢他们一回。我心想，也是。两次莫斯科之行把出国挣大钱的美好愿望变成了梦想。反正这帮浙江蛇头挣的也是不义之财，又是在国外的土地上抢他们，不犯国法。于是，我就答应了干一回试试。

一失足成千古恨。哪知道我这一念之差竟会害我终身。第一次跟苗炳林出去抢劫，我心跳得厉害，手抖得连门把都拧不开。以前在国内别说前科劣迹，连别人的一根针一个鸡蛋我也没偷过，更不用说抢了……拿着第一次抢来的钱我们进了莫斯科最大的赌场卡西诺，没几天，钱就输光了。这时候贾小明又来拉我去抢南方人，我头脑一热，又跟着他们去了……回到住处，我一遍又一遍地反省这种行行，虽然抢劫的钱来得容易，但终究属于不义之财，我开始慢慢意识到这样做是犯罪。

在国内开出租车，虽说苦点累点，但钱也不少挣，生活水平也算得上小康了，还能和年迈的母亲年幼的儿子欢聚一堂，享尽天伦之乐，以后再找个妻子成个家，过正常人的生活，虽平淡但踏实，也省得偷人抢人地担惊受怕。于是，我跟他们道别声明退出。只身一人回国了，算起来，这是我第四次从莫斯科回国，回国以后我托人和一家出租汽车公司达成协议，继续包出租车挣钱。这期间，苗炳林他们多次从莫斯科打来国际长途电话，要我重新加入他们的团伙，我都拒绝了。

古人说得好，闻过则改，善莫大焉，意识到犯罪并中止犯罪回国并且不受他们引诱再次陷进去，浪子回头，照理说这是好事，如果这时候我及时向公安机关主动坦白交代自己的罪行，那么，今天政府对我的处理无疑又会是另外一种结果。但我一直存有一种侥幸心理，认为在国外犯的罪，国内警察管不着，一直到自己被公安机关抓获。

接到死刑判决书后，我彻夜未眠，想了很多很多，那几天我的情绪极不稳定，真想一死了之。看守所的管教干警及时向我们伸出了温暖的手，他们从生活上关心我，从思想上帮我找犯罪根源，鼓励我放下思想包袱。正是这些的管教促使我拿起笔来写下这些肺腑之言。人之将死，其言也善，我希望有机会看到我这封遗书的人们，以我为警戒，居安思危，学法守法，千万不要因一时的冲动铸成遗恨千古的大错！

被判处死刑写下忏悔书的死刑犯中有的认罪伏法，也有的拒不认罪。那个二姐赵金华和洪晓强等就没有写忏悔书，而是顽固不化地坚持上诉再上诉。赵金华推翻了之前她的所有供述，还说她因为太讲义气而被这帮没良心的同伙栽赃陷害。洪晓强这个有名的亡命之徒还在狱中提着脚镣锻炼腿脚功夫，他对同监牢的人说："咱是北京的爷们儿，可得把腿脚练得有劲，到上刑场的那天别尿了。"

在最后的遗书中，马继强写得最多，也最没文化最语无伦次最没用。这个曾经在建国门房地产公司当老板，停薪留职去了俄罗斯的人，数万字里没有反思自己，而是感念父母家人的恩情。

在写到出国经历时，说他当初太想出国并得以机遇到异国去做生意，但是，没有能够听从妈妈的劝阻及其亲人的忠告，没有正确对待和更深入地认识事物问题，一意孤行，没把握住自己，约束自身行为，法制思想观念意识太差，盲目触识他人导致误入歧途，终身遗憾，葬送了自己宝贵的生命，实属太不值得。非常悔恨自己因当初一时过错，即失去了妈妈爸爸失去了众多至爱亲朋们。他一再说万分后悔万分痛苦，这一切都是他糊涂地在国外结识了一些危害不法人物，混在了一起，再受人唆使，参与在莫斯科市里和境外的国列上多次抢劫犯罪活动。

因为马继强是回族，他在遗书中反复提到过真主安拉。说他的罪孽按真主之意，应受惩罚。他说只怪自己命苦、命短，放心不下自己父母和姥姥，也放心不下他的两个情人，一个叫燕儿，一个叫玲儿。对这两个女人，他都用的是心爱之人，都称之为宝贝、心肝、命根。

这是一位叫严国富的国际列车案抢劫犯，被北京铁路中级人民法院以抢劫罪判有期徒刑十五年后，写下的悔过书。悔过书的题目是“惨痛的教训，终生的代价”。

敬爱的所领导，张军管教及各位管教你们好：

敬怀着万分悔过的心情向你们，以及通过你们向局领导以及期待我重新走向新生，重新回到人民怀抱的各位领导，将我在收容所在各位管教的耐心帮助教育下思想转变的过程，做一个认真如实的思想汇报，以求得你们新的帮助与教育，使我早日认清所犯罪行的严重性，给社会和国家带来的极大损害和影响。我要认罪伏法，服从管教管理，走向新岸，重做新人。从一个有害于社会的人，改造成为一个自食其力，有益于社会，对人民有所贡献和人民所欢迎的时代新人，一句话，就是真正认识自我，在政府管教们的引导和帮助下，做一个合格的公民。

我叫严国富，现年三十二岁，于1994年8月被北京铁路中级人民法院以抢劫罪判有期徒刑十五年。当我在庄严的法庭面前，听到审判长的宣判，我的头脑嗡嗡直叫：我的一生完了，十五年多么漫长啊！人生有几个15年呀！我双眼模糊了，我的前途没了，我这一辈子完了，今后怎么做人我简直不敢想，思绪乱了，大脑想入非非，在自我的天地里根本不能自拔，十五年就像做梦一样，在我的脑海中久久不能逝去。难道我这一生结局就这样草草地结束了吗？我到底该干什么？我怎样了？不知道是不是命运如此草率地与我开了个玩笑？那就是命里注定。我就像无帆的小船一样漂流在大海之中。什么人生，什么命运，全抛于脑后。我的大脑不能自理，怨恨、泪水和悲伤，使我无法恢复正常。我后悔现在落得如此下场，我恨自己为哥们儿义气危害了社会，把一个很好的家庭弄得不得安宁，我痛不欲生。看守所的领导对我进行了苦口婆心的思想教育，使我重新认识到了人生的价值和改正错误的勇气和决心。我终于拿起笔来，对自己的重新认识我将在下面写出。

一、我的过去是美好的回忆

我生在新中国，长在红旗下，祖国的阳光哺育我成长。我的学生时代受到了良好的教育。在学校我关心集体，热爱劳动，助人为乐是我的天性。工人家庭出身的我，心地善良，朴实无华。我经常受到学校和街道的好评。走出学校大门之后，我到了运输公司当了一名汽车修理工，在老师傅的严格要求下，使我很快地掌握了修车的技能。我用我学到的技术兢兢业业地工作着，完成了各项生产任务，做出了我对社会的贡献。我用我的热心和真诚的为人，换来了领导和同志们的赞许。大家都认为我是一个正直的人，一个有事业心的人。随着党的十一届三中全会的召开，迎着改革开放的浪潮，我又开始了新的挑战。我成为了一名个体经营者，十多年个体生涯中，我呕心沥血，付出了全身心的努力，换来了人们的信任和社会的认可，取得了丰硕的成果。在这十年中，我多次被评为区级个体先进劳动者。曾经获得过“迎亚运模范个体户”的光荣称号。我多次用个人劳动所得向灾区、希望工程及亚运会捐款，先后五次共计六千余元。每当提起此事，自己不平衡的心总算有点安慰，我觉得这些是我应该做的。我对未来充满希望。我的成绩应该归功于党和各级领导及养育我多年的父母。由于我的努力取得很大的成绩，我也无愧于党，无愧于人民，无愧于社会，无愧于自己。

二、血的教训现身教育

正当幻想就要变成现实的时候，一股出国浪潮席卷中华大地。中苏大门向着朴实无华的中国人开放了，我也成了其中一分子。我的好奇心，对国外的向往，也被洪流卷了进去。听我的朋友讲，莫斯科的买卖很好做。我想如果自己亲自去一趟莫斯科，既开阔了眼界，对国外市场又有了了解，这是一次绝好的机遇，也是一次锻炼，于国于己都有益处。抱着这种心理，我办好了护照，踏上了开往莫斯科的列车。一路上美丽的风光，使我心胸开阔，我对未来充满希望，并更加坚定了我的信心。到了莫斯科，我脚踏实地地进行了认真的考察，感到国情不同，风俗习惯也不一样，搞餐饮业发展不会太大。于是我便做好了回国的准备。正在这时，有人找到我，说他的朋友被一个蛇头骗去了几千美元，含着眼泪哀求我："去帮忙，事成之后一起回国。"出于"哥们儿义气"，好打抱不平的我，无知地卷了进去，走上了犯罪的道路。我当时觉得我的行为是正义的，不能袖手旁观，把法律的尊严忘掉了，我真是个法盲啊！我做出了亲者痛，仇者快的事，现在想起来，真是悔恨难当。直到被抓获以后，我才如梦初醒。多么无知的行为，多么惨痛的教训呀！真是血的教训！我付出了终生的代价，十五年多么漫长的岁月呀！法盲的我一失足成千古恨！我的一切幻想成了泡影。残酷的现实使我忘掉了一切。经过认真的反思，我对此事现在有了新的认识，我觉得我是不幸的，但又是幸运的：不幸的是我由于法制观念淡薄，犯了罪换来了十五年的铁窗生活；幸运的是我没有陷得更深，走得更远。由于我对法律无知，一时的动摇，在那种无政府状态的环境中，大讲“哥们儿义气”，以打抱不平为借口，干了蠢事。通过管教的帮助和教育，现在我深刻地认识到，一个人做点好事并不难，难的是一辈子做好事。在我们这个法制健全的国家中，每个公民应随时随地都要认真学习法律，运用法律，时时刻刻要牢记自己是一个什么样的人。一言一行都要用法制观念去衡量，不管在什么地方（包括国外）都要时刻记住自己是一个中国人，要遵守中国的法律。我过去只注重了搞经济，忽视了法律知识的学习，法制观念在我头脑中是一片空白。我一直认为我是一个正直的人，不会犯罪。但是内因是变化的根据，外因是变化的条件，一旦条件成熟了，自己把握不住自己，就会不知不觉地走向深渊。内因的作用是多么重要啊！回想过去，我从来没想到我会坐监狱，我的朋友们也会这样想：他！这样的人不会犯罪的，他什么都不缺，更不会去抢劫了。但现实是残酷的，事实不仅教育了我，也教育了我周围的一切关心过我的人。出事后，我灰心过，我懊丧过，我恨自己，我觉得一切全完了，十五年我出来后已是近五十岁的人了，还会有什么作为呢？有时真想……管教干部真诚地找我谈心，帮助我，教育我，感化我，使我重新燃起生活的火花，过去的就让它过去吧！一切从头开始，我要振作精神，我要用我的行为告诉人们，一个人犯了罪并不可怕，可怕的是认识不到自己为什么犯罪，根源挖不出来，总结不出经验教训，那样只能是破罐子破摔，在前进的道路上离人民越走越远，早晚会彻底灭亡的。是管教干部及时挽救了我，我一辈子也忘不了他们，没有他们的耐心劝导，就没有我的现在。虽然我现在被判了刑，并不是讲我就全完了，我要面对现实，振作精神，鼓起勇气去迎接未来。

三、我的未来不是梦

回想了许多历程，往日历历在目，痛定思痛，我只有认真总结过去，接受此次教训，振作起精神来，努力改造，以实际行动来报答一切关心过我的人，我应该在以下几个方面去努力奋斗。

（一）认真学习一切法律知识。用法制观念武装我的头脑，时时刻刻不放松自己，认真接受改造，积极地靠拢政府，不管在什么地方服刑，我都要积极靠拢政府，取得管教人员的帮助教育，从思想上与旧日的传统观念彻底决裂。

（二）在服刑期间认真学习政治文化知识，争取学好一门外语，不虚度时光，力争在短期内使自己的文化素质提高一步。

（三）发挥自己的一技之长，为社会多做贡献。我是一名汽车修理工，干过电气焊，水暖也摸过，如果政府需要我，不管把我安在哪里，我一定努力去干，为社会创造财富，用劳动的汗水洗刷自己的过去，去为人民造福。

沉舟侧畔千帆过，病树前头万木春。在党的政策感召下，在各位管教无微不至的关怀下，我深知自己所犯罪行的严重性，我将牢记惨痛的历史教训，用自己重新做人的决心和思想，劳动改造的硕果，绘制出一幅美好的蓝图，重新写在我的历史上。我的教训是深刻的，我感谢所领导，感谢我的亲人，他们没有抛弃我，向我伸出温暖的手。我要告诉我的朋友们，要以我为借鉴，千万不要再做亲者痛仇者快的事了。我要努力工作，来报答你们，我要努力奋斗争取早日新生。

严国富

一九九四年十一月十三日

随着“中俄国际列车大劫案”的审理告罄，确立国际列车犯罪的司法管辖原则，经过法院的审理，四大团伙及其他零散抢劫罪犯共六十二人被判处了应有的刑罚，其中，三十一人被判处无期徒刑以上刑罚（含死刑），十四人被判处十年以上有期徒刑。

国际列车系列抢劫案，是新中国成立以来中国人在境外最大规模的有组织犯罪，持续时间之长、作案次数之多、被害人数之众均属罕见，严重侵害了境外中国公民的生命财产权益，严重损害了我国的国际声誉。国列案件的侦破和审判，不仅彻底覆灭了这些黑社会团伙，使中俄民贸的“丝绸之路”重新归于安宁与平静，而且中俄之间的引渡和司法协助从此案开始走入正轨，国际列车犯罪的司法管辖原则由此案开始确立，开启了司法领域的多项先河。

最终的审判

1999年3月13日，北京首都机场上国际航空公司一架大型飞机徐徐降落在停机坪，由乌克兰警官押解的两名罪犯走下飞机，中华人民共和国公安部和乌克兰警方的引渡交接手续很快办妥，面带沮丧的两名罪犯就是六年前在中俄国际列车上抢劫、强奸的白慧钧和钟继泉。

翻开厚可盈尺的档案，1992年10月至1993年4月，白慧钧、钟继泉等劫匪们在北京-莫斯科的K3/4次国际列车上对中国旅客进行抢劫、强奸等犯罪活动。在公安部、铁道部公安局的指挥、协调下，北京铁路公安局迅速开展侦查工作，并与俄罗斯警方采取联手打击行动，大部分犯罪分子落网，但白慧钧、钟继泉潜逃乌克兰藏匿。

1997年年底，白慧钧、钟继泉在乌克兰重操旧业，继续纠集不法分子对在乌克兰经商的中国人进行抢劫、绑架、敲诈等犯罪活动。公安部刑侦局获此消息后，即请乌克兰警方协助缉捕白慧钧、钟继泉二人，并由中国人民检察院、外交部向乌方提出了引渡请求。乌克兰警方将落网的白慧钧、钟继泉押送到北京首都机场，北京铁路公安局前往机场将白慧钧、钟继泉押解至看守所归案审查。

1992年年初，白慧钧、钟继泉和一帮臭味相投的狐朋狗友以自费留学或工作邀请名义去匈牙利、俄罗斯经商，这些人素质极低，其中绝大多数受过公安司法机关打击处理。到了国外以后，纠合成团伙，欺行霸市，打家劫舍，狂嫖滥赌，无恶不作。

1992年8月的一个傍晚，钟继泉和绰号“老臭”的苗炳林等歹徒分别手持瓦斯枪、铁棍及刀片闯入“莫大”旅馆的一间居住着两名中国人的房内，用铁棍将两名做生意的中国人打倒在地，掠走三千余美元后，扬长而去。

1992年10月的一天，白慧钧、钟继泉和苗炳林、张庆珠等十余名歹徒，从莫斯科火车站尾随几名刚下火车的中国南方人至市内一住宅，白慧钧、钟继泉等手持瓦斯枪、铁棍及刀闯入室内，狂叫：“蹲下，不许动。”随即，歹徒们从被害人身上抢走四千多美元、三枚金戒指、一套西服。

忘乎所以的劫匪们，自以为得意，无法无天地疯狂抢劫作案，他们从莫斯科地面上侵害华人同胞所住的旅馆发展到国际列车上公开抢劫、强奸，点燃了自我毁灭的导火索。

公安部、铁道部公安局、北京铁路公安局和北京市公安局抽调精兵强将，登乘K3/4次国际列车，开赴莫斯科，调查取证，侦破罪案。赴俄的中国警官们先后和俄罗斯内务部运输总局、内务部案犯侦查委员会等有关方面洽谈。同时，中国国际刑警组织发出了通缉令，中俄警方密切协作，共同联手形成严厉打击跨国抢劫、强奸犯罪团伙的铁拳。

漏网在逃的白慧钧、钟继泉终于在乌克兰被警方查缉收监，并引渡回国。他们潜逃六年终于还是落入了法网，并受到了法律的严惩！

1995年7月7日，在列宁格勒逃亡了两年零八个月后，因为想念家人而回到北京的中俄国际列车通缉在逃犯王化名，随即就被北京铁路警方抓获。

在接受审判时他说：第一次莫斯科国际列车抢劫案发生在1992年2月左右，距1993年的最后一起列车抢劫案有一年多时间。当年，那些在中俄国际列车上抢劫的劫犯开始主要抢的是蛇头和从北京带货上车的商人。开始时，他们不会把对方洗劫一空，还留些情面。“毕竟都是中国人。而且，是在威胁不成后才会动刀。但他们还会给对方留点路费，如被抢的人身上有五百美元，还会给他们留一百美元路费。”王化名说。可到了后来，即使亲朋好友，他们都抢。“一次，二姐的侄子抢劫列车，一个北京的哥们儿说‘我认识你，你不是那××吗’，结果，他还是被抢了。”甚至到了最后，还有列车长遭到抢劫。有一位政府官员的夫人，她的护照也被“收”了。“如果不给钱，就不还护照。”

“一般，他们是从莫斯科坐火车到秋明或者彼尔姆等地，当晚住在火车站附近的旅馆。打听好了消息，第二天再去‘接’从北京开往莫斯科的列车。”王化名说，后来，见是块肥肉，这方面的团伙也越来越多。“最猖獗的时候，基本每趟国际列车都被洗劫，有时一趟列车甚至被连续洗劫五次。”王化名说，到后来，许多团伙为了抢在别的团伙前作案，就坐火车到更接近中国边界的车站，而这些人的手段也越来越残忍。“有一次，我眼看着一个北京人的耳朵被割了下来。”

王化名说，莫斯科国际列车的抢劫团伙大多都有五六个人，但有时人员不固定。在所有的团伙中，最著名的是以下几个：牛顿团伙、朱三团伙、老贺子团伙、邓三团伙、牛子团伙和老臭团伙。这些团伙，都是以他们核心人物（老大）的外号命名。

“这些人里，大部分都有过前科，有的还‘三进宫、四进宫’。”王化名说，他们当初也是通过各种途径到了俄罗斯，也在火车上倒卖过服装等货物。后来因为赌博和嫖娼身无分文，于是就开始抢劫。王化名参与的是朱三的团伙，其中心人物包括二姐、老八、瘦子、马头、大杨子等。

“那时我三十岁出头，年轻气盛，什么都不懂。”北京人有着天时、地利，所以有机会到俄罗斯做生意。王化名说：“北京是始发站，北京人买票好买，而且有机会将许多货物弄到车上卖。”王化名接着说道，“那时为了逃避检查，有很多方法。比如找十个朋友来送站，每人穿件皮衣，有人还穿两三件，进站后再脱下来。这些皮衣到了车上就是钱。”

“那时出国有很多方法，不像现在这么严。”王化名说，许多人都是通过蛇头办的出国，被蛇头带出去的人叫“鸭子”。“蛇头在国外复印一些入学通知材料，然后寄回来，国内的人就拿着去办签证。”1991年7月，王化名就通过一个蛇头的帮忙来到了匈牙利。“我为此花了两千美元，这在当时不是一个小数字，我当时工资加奖金才两百元人民币。”

谁知到后来，蛇头和“鸭子”成为劫犯的主要抢劫对象。“出国前，我听说在火车上倒货能赚不少钱，于是我在上车前批发了两大箱货。”王化名说，他记得，有皮衣、旅游鞋、圆领衫，还有泡泡糖和圆珠笔等，这些货大多批发自白沟和“浙江村”。

“有经验的朋友说，上车后先不急于卖货，到了俄罗斯境内价格才会被抬上来。”王化名说，从接近欧亚交界线的秋明（地区）起，他和许多商贩一起开始了疯狂甩卖，“我一路上赚了十五万卢布，合三点五万元人民币，当时真是特兴奋。比如一件皮衣进价是一百三十块钱，能卖到三千卢布，我在叶卡捷琳堡（俄罗斯城市）一下子就卖了二十四件。”

正是因为有这个市场，后来才有更多的中国人趋之若鹜。但是，做这个生意的人多了，后来也就赔的时候多赚的时候少了。王化名说，加上经常在俄罗斯当地遭到亚美尼亚和阿塞拜疆人的偷和抢，许多人和他一样放弃了再做这种生意。“但是，仍有不少人靠此发了财。”王化名说，他所认识的当年倒货的人中，目前已有人赚了数千万资产，而他们依靠的都是当时的原始积累。

“在这条路上跑的北京人多了，出去得（到俄罗斯）越多，带出去的人也越多。”王化名说，也就形成了一定的势力。当时，就数北京人在那边的势力大，后来在国际列车上抢劫的，也大部分是北京人。“而在莫斯科的日出旅馆，就是他们一个聚点。”

“有段时间，我大名鼎鼎。许多华人都知道我在罗马尼亚首都布加勒斯特的赌场输了八千美元，还背了一屁股债。”王化名说，“不少中国人都因着迷赌博而把钱留在了国外的赌场。赌徒就是赌徒，总想赢，可最终都是输。”

在布加勒斯特的赌场，王化名输了个精光，后来还是靠朋友还清了余下了三千美元债务。“我朋友给我买的火车票，我到了莫斯科，可没脸回国。”王化名说，他因此在莫斯科干起了倒票的营生。可是，一有钱，他就会跑去赌场。在日出旅馆，他因这一嗜好结识了后来的抢劫团伙里的许多人。

王化名参加的是朱三的团伙。“我只参与了第一次莫斯科国际列车抢劫，分到了三百五十美元。后来因为这一点，我被通缉和最终被抓获。”王化名说，他在抢劫时负责望风和翻译。

王化名1995年落网后，被关押到北京铁路看守所，后来被北京铁路中级法院判处有期徒刑五年，现在已经刑满释放出狱。

在北京铁路看守所的会议室里，王化名想起十二年前的往事追悔莫及。他是以国际列车抢劫犯的身份在这里服刑，现在他则以一名帮教者的身份站在了讲台上。“一进看守所的大门，我的感触就特别深，在社会上闯荡了这么多年，我才明白了狱中管教告诉我的许多道理。”

2007年6月2日，制造了轰动世界的“中俄列车大劫案”而被公安部通缉十四年的重大在逃人员张闻敏于5月23日在上海落网。

1993年，在北京至莫斯科的国际列车上连续发生多起抢劫、强奸乘客的案件，造成极为恶劣的国际影响。不久，有受害人向中国驻俄罗斯大使馆报案，大使馆则向公安部通报了案情。而由北京铁路公安局抽调的精兵强将很快展开侦破，进站上车，内查外调，多次出没于两国之间，摸清了在国际列车上猖獗作案的多个团伙。

根据掌握的情况，犯罪团伙成员多为北京籍。他们以自费留学、经商或工作邀请等名义往返于北京与莫斯科。因为吃喝嫖赌挥霍了钱财，便倚仗人多势众称王称霸，在列车上干起了敲诈、抢劫、强奸等勾当。“最猖獗的时候，基本每趟国际列车都被洗劫，有时一趟列车甚至被连续洗劫五次。”经过近半年的追剿，多个犯罪团伙被捣毁，警方抓获了案犯七十多名。但有数名在逃案犯成了“漏网之鱼”。而其中一团伙的主要成员张闻敏于案发后由莫斯科逃往了其他国家。1993年，公安部发布通缉令缉拿张闻敏。

十四年之后的2007年5月23日，上海市公安局接到通报称，一名叫张闻敏的男子是北京警方通缉多年的逃犯，近日已用化名由国外从浦东国际机场入境。上海警方在北京铁路公安局的协助下，确认张闻敏真名张闻敏，四十八岁，北京朝阳区人。经过侦查，警方摸清了张闻敏位于上海虹口一高档住宅的落脚地。

当天晚上，数名警力突袭了该处。顺利敲开房门后，只见屋内坐着的四五名男子正在谈事。根据掌握的资料，其中一名剃着寸头、身穿T恤的中年男子就是张闻敏。民警迅速将其带离。经指纹对比、DNA鉴定等科学检测，此张闻敏就是1993年“中俄国际列车抢劫团伙案”犯罪嫌疑人。

据警方初步审查，案发后，张闻敏更名改姓，足迹遍布各大洲，几乎没有回过国。在国外定居的他靠做生意赚钱，这次到上海是准备谈一笔生意。

转眼间，十八年过去了，随着“中俄列车大劫案”的审理告罄，经过治理的北京—莫斯科国际列车早已恢复了良好的秩序，从1993年6月起，中俄列车再也没有发生一起抢劫犯罪案件，踏上这趟列车的旅客脸上又重新露出了笑容。历经磨难的北京—莫斯科国际列车又欢畅地行进在欧亚广袤的土地上……

附录：侦破K3/4次列车案件大事记

6月3日（1993）

我驻俄使馆发来密电（关于在K3/4次国际列车上发生事件的报告）

6月4日

江泽民总书记在我驻俄使馆电报上的批示：此事所述令人发指，请建新同志阅，转陶驷驹同志处。建议派得力干部去俄，尽早破案，并予严惩。否则不足以平民愤，也丢中国人的脸。今后如何加强国际列车管理，望公安部与铁道部商量一个切实可行的办法报请国务院领导决定。

6月5日

任建新同志批示：……速办。

6月6日

星期天，上午，公安部召开紧急部长办公会议。参加会会议的有；陶驷驹部长、田期玉副部长、牟新生，办公厅吕伯涛主任，外事局朱恩涛局长、舒慈煜，五局胡安福副局长、孙欣夫，四局刘殿玉副局长，铁道部公安局张起增副部长、李志刚……

会议认真分析研究了K3/4次国际列车案件的基本情况和侦破措施，决定成立由白景富副部长挂帅，刑侦局、外事局和北京市公安局、铁道部公安局、北京铁路公安局负责同志参加的专案领导小组，组织开展侦破工作。

下午，白景富副部长召集张起增、王殿栋、李志刚、孙欣夫、舒慈煜等同志，研究制定《关于K3/4次国际列车恶性案件的侦破方案》，提出侦破此案的指导思想和主要措施，成立赴俄破案小组，随车行动小组，堵截小组（当日即赴二连登乘4次列车开展工作），审查、查证小组，情况联络小组，并明确各小组的任务。

6月7日

铁道部党委召开扩大会议，研究贯彻江泽民总书记批示，整顿K3/4国际列车秩序问题。

《侦破方案》报公安部、铁道部领导。

北京铁路公安局抓获案犯吴宝顺，并根据吴的交代，抓获顾志强、库万和，从而掌握了三十多名案犯的基本情况，打开侦破此案的突破口。

6月8日

公安部领导批准《侦破方案》。

胡安福召集第一次赴俄破案小组会议，研究下步的工作安排以及有关出国办案问题。破案小组成员有：胡安福、张起增、王殿栋、姜战林、孙欣夫、舒慈煜。

6月9日

随车秘密行动小组开始工作，第一批九人乘3次列车赴俄。

起草了通缉令（二十人）并办边控。

北京市公安局8月9日抓获高威、郭宝森、骆增平、张庆珠、张庆田。

6月10日

赴俄破案小组乘机抵达莫斯科。当晚向驻俄使馆有关同志汇报，听取王荩卿大使的意见。

6月11日

赴俄破案小组上午与俄内务部运输总局举行会谈，请俄方协助缉捕引渡案犯，将通缉令交俄方。下午，与俄内务部侦查委员会商谈引渡案犯问题。

6月12日

赴俄破案小组与俄罗斯拉夫斯基民警处商谈审讯案犯和调查取证问题。王殿栋、姜战林、舒慈煜负责审讯俄方6月初抓获的朱兴金、赵金华、马继强、王琪、董德元等五名案犯；胡安福、张起增、孙欣夫负责访问受害人。至21日，审讯案犯八次，接待访问受害人十余次。

6月14日

赴俄破案小组紧急约见俄内务部运输总局局长。晚上赴车站接随车小组并听取汇报。

北京铁路公安局堵卡组在二连口岸抓获秦晓彤、杨珍春、张宏远、季长春。北京市公安局刑侦处在白塔寺一餐馆抓获黄亚军、董振江。

6月15日

赴俄破案小组与莫斯科市内务总局有组织犯罪侦查局举行会谈，请俄方尽快缉捕在逃案犯。下午将二十余名可能逃往第三国的案犯名单通报匈牙利、捷克、罗马尼亚、突尼斯、乌克兰等驻俄使馆，请求拒绝为这些人签证。当晚送随车小组返程时，在车站与俄方配合堵截案犯。

公安部指挥中心发出《信息快报（第一一期）》《又有六名在国际列车上作案的犯罪分子落网》。

6月16日

江泽民总书记在公安部《信息快报》上批示：驷驹同志，此事一定要弄个水落石出。

6月18日

王荩卿大使会见破案小组，听取汇报。俄内务部国际联络局与我会谈并设宴招待。

6月19日

赴俄破案小组在莫斯科北京饭店设宴招待俄有关部门的负责人。

6月21日

赴俄破案小组张起增、王殿栋、姜战林回国。

6月22日

赴俄破案小组与莫斯科市内务总局举行会谈，加强合作和缉捕案犯问题。

6月23日

赴俄破案小组与俄安全部举行会谈偷渡问题，与我留学生代表进行座谈。晚上与我驻外商务机构代表进行座谈。

6月24日

赴俄破案小组胡安福、孙欣夫、舒慈煜回国。

6月29日

向部领导报送了《关于贯彻江泽民总书记批示，侦破K3/4次国际列车恶性案件工作情况的汇报》。

6月30日

白副部长召集有关部门听取侦破工作进展情况汇报，对下一步做出安排。决定派第二次赴俄破案小组，并准备召开打击涉及独联体国家刑事犯罪问题座谈会。

本月17日至29日，北京铁路公安局抓获林宝钢、张宝忠、张宝辉、潘志明。

至此，初步查明在K3/4次国际列车上和莫斯科市作案的犯罪分子有百余人，其中涉及四个团伙五十余人；已抓获二十八人（包括俄方抓的五名）；对未抓获的七十人，查清姓名的五十人。

7月1日

发出通缉令（027号），通缉苗炳林等四十八名案犯。

7月3日

公安部向江泽民总书记报送了《关于侦破K3/4次国

际列车犯罪案件工作情况的报告》。

7月4日

江泽民总书记在公安部报告上批示：很好，望在已有成绩的基础上，再接再厉，抓好落实。

7月7日

在北京铁路公安局召开专案组碰头会，胡安福、张起增、王殿栋、姜战林、孙欣夫、舒慈煜、李志刚、程亚力、刘学锡、丁仲民等同志参加。

7月9日

就派遣第二次赴俄破案小组孙欣夫、李瑞清、程亚力、吴俊杰赴俄事，向我驻俄使馆发电。

7月12日

白副部长来五局，了解涉及独联体国家刑事犯罪问题座谈会的筹备情况，并就会议的目的、意义和需要解决的问题做指示。

7月13日

召开涉及独联体国家刑事犯罪问题座谈会，白副部长参加，卓枫局长主持会议，五局、铁道部公安局，黑龙江、内蒙古、北京、新疆及有关铁路局代表先后发言。

7月14日

涉及独联体国家刑事犯罪问题座谈会继续开会，白副部长做报告；会议进行讨论；请三位驻外使节做报告。

7月16日

发出通缉令（033号），通缉陆伟良等十一名案犯。同时发出《关于撤销杨晓东等五人通缉工作的通知》。

7月19日

铁道部向江泽民总书记报送《关于整顿K3/4次国际列车秩序的情况报告》。

7月21日

就派遣第二次赴俄破案小组张良基、张起增、姜战林、陈岩明、张跃赴俄事，向我驻俄使馆发电。

7月24日

铁道部公安局向公安部、铁道部领导报送《关于K3/4次国际专案境外动态和工作建议的报告》。同时发出岳方准局长、张起增副局长致俄内务部运输总局罗马霍夫的信，通报情况，请求引渡缉捕案犯。

7月26日

第二次赴俄破案小组成员李瑞清、程亚力赴俄。

7月28日

白副部长召集胡安福、张良基、张起增研究列车案。在我专案组的策划下，俄警方抓获牛顿、张文骥。

7月29日

专案组碰头会，胡安福、张起增传达白副部长指示，并部署下步工作。

本月公安局抓获李庆宽、赵春荣、焦希华、何振江、刘宝生、陆伟良。北京铁路局抓获曹六一、邢忠实、吴凯峰、刘文利、张刚、赵晖、刘雪梅、何彦忠。哈尔滨铁路公安局在满洲里抓获刘玉伯。

8月2日

第二次赴俄破案小组组长张起增率五人赴俄。与俄方商谈引渡递解案犯问题，配合俄警方审讯在押的七名案犯，指挥特情追查隐藏在莫斯科市的犯罪分子的行踪。

外交部将引渡朱兴金、赵金华、马继强、王琪、董德元等五名案犯的照会（682号）递交俄罗斯驻华使馆。

国际刑警组织中国中心局致函俄中心局，请俄方协助缉捕、递解苗炳林、牛顿、钟庆贺、李德民、闫春友、张文骥、白慧钧等7名案犯。

8月3号

发出通缉令（038），通缉王平等八名案犯。

起草《K3/4次国际列车案件侦破工作进展情况》报白副部长。

8月6日

国际刑警组织中国中心局致函俄中心局，请俄方协助缉捕、递解温凤奎、霍跃武、宋立军、杨彤、洪晓强、冯斌、杨振江、刘振生、金宏、张宝良、唐辉华、孙宝瑞、李庆贤、钟继泉、张东英、于海顺、田秋津、王和军、过中民、王从易、曹会明等二十一名案犯。

8月7日

以部名义向驻俄使馆发电，对使馆在侦破K3/4次国际列车案件中给予的协助表示感谢。

8月9日

第二次赴俄破案小组来电，汇报工作情况，反映洪晓强已被俄警方抓获并逮捕，同时反映引渡工作中的一些问题。陶部长对该电报有重要批示。

8月10日

外交部将引渡牛顿、张文骥的照会（708号）递交俄罗斯驻华使馆。

第二次赴俄破案小组张起增来电话告之，虞增珍、闫春友、冯斌、张宝良、刘振生等通缉案犯在俄罗斯市向我赴俄破案小组投案自首。

8月16日

北京市公安局张良基副局长率代表团访问莫斯科市内务总局。

8月19日

第二次赴俄破案小组张起增等人回国。

8月23日

北京市公安局张良基副局长率代表团回国。

8月24日

国际刑警组织中国中心局致函俄中心局，说明国家刑警组织成员国之间协查案犯的一贯做法，请俄方协助缉、递解案犯。

发出《关于撤销对牛顿等十二人通缉工作的通知》。

8月26日

专案组碰头会，胡安福、张起增、王殿栋、姜战林、孙欣夫、舒慈煜、李志刚、王文儒等同志参加，张起增副局长谈赴俄工作情况。

8月30日

赴俄破案小组抓获苗炳林、霍跃武、张宝胜，该三名罪犯写了自首书。我驻俄使馆请示外交部，拟将三犯交俄警方。外交部复电同意。

8月31日

公安部向外交部发出《关于将苗炳林等三名案犯护送回国的函》。外交部采纳公安部意见，并通知使馆。赴俄破案小组将苗炳林等三名案犯送上4次列车。

外事局将朱恩涛局长致俄内务部国际联络局副局长马尔端诺夫的信，寄俄使馆，请使馆转交。

本月北京铁路公安局抓获刘金鹏、李秋华、陈广铁、李希森、单志军。北京市公安局抓获吴秋瑞、石永强、崔刚。

9月3日

卓局长批准《关于呈请对特情奖励的报告》，三万元经费转北京铁路公安局。

9月6日

第二次赴俄破案小组的其他同志陆续回国。苗炳林等三犯被押解入境。

9月7日

白副部长批准《关于K3/4次国际列车案件专案工作奖励费的请示》，三万元经费转北京市公安局。

9月11日

白副部长听取专案组工作情况汇报，并部署工作。参加会议的有胡安福、张良基、刘殿玉、张起增、王殿栋、姜战林、孙欣夫、王亚东、舒慈煜、李瑞清等。

10月26日

外交部将引渡洪晓强的照会（1012号）递交俄罗斯驻华使馆。

10月29日

向我驻俄使馆发出《关于引渡朱兴金等案犯事》的密码电报。

11月1日

将5月28日至31日3次国际列车第五节车厢设备受

损总额证明及见证材料寄给使馆，请使馆转交俄警方。

11月15日

以公安部名义向俄罗斯联邦总检察院发出《关于追究牛顿、张文骥、洪晓强刑事责任的函》(公刑【1993】1818号，承诺将依法追究牛顿、张文骥、洪晓强在莫斯科市和在K3/4次国际列车上犯罪的刑事责任，请俄尽快批准引渡。

11月16日

向局领导报送了《关于K3/4次国际列车专案经费的请示》，申请经费十万元。(特批)

11月18日

公安部、外交部就引渡案犯事向驻俄使馆发电。

11月19日

五局发出《K3/4次国际列车案在逃主犯温凤奎被抓获》(刑侦情况反映43)。至此，抓获案犯总数已达八十四名。

本月北京铁路公安局抓获案犯李德民、温凤奎、徐世平。沈阳机场边防部门在入境检查中抓获案犯李芝荣。首都机场边防部门查获姜明华。

12月2日

驻俄罗斯大使馆电告，俄联邦总检察院已批准引渡朱兴金、赵金华、马继强、王琪、董德元、牛顿、张文骥、洪晓强等八名案犯。

12月8日

公安部就接收被引渡的案犯事向驻俄使馆发电。

12月11日

铁道部公安局向两部报送《关于呈审引渡朱兴金等8名案犯实施方案的报告》。

12月13日

专案组碰头会，张起增、李志刚、孙欣夫、舒慈煜、姜战林、崔迎光、刘学锡等同志参加。研究案件进展情况和接收案犯问题。

12月14日

就派人赴俄与安全部商谈接收案犯和案犯的押解问题向驻俄使馆发电。

俄驻华使馆安全官告公安部外事局，俄安全部门抓获于海顺。

12月15日

北京铁路公安处副处长程亚力等两同志赴莫斯科接收闫春友、于海顺。

12月16日

发出《关于撤销对苗炳林等十六人通缉工作的通知》。

国际刑警组织中国国家中心局致函俄中心局，将白慧钧、孙宝瑞、邓建国、钟继泉、田秋津、王和军、李庆贤、张东英、过中民、黄长勇、王从易、唐辉华、宋利军、曹会明、宋百祥、宗立勇、穆善春、林赤宇、金宏等十九名案犯的姓名、基本情况、商业号码、照片及部分《逮捕证》电传俄方，请俄方协助缉捕并递解我方。

12月23日

执行引渡工作组张昕（组长）、张欣夫、李志刚、舒慈煜赴满洲里接收朱兴金等八名案犯。25日到达。

12月25日

执行押解任务的三十余名干警在姜战林的带领下赴满洲里，27日到达。

12月28日

下午16时左右，俄方将朱兴金等八名案犯交给中方，刘学锡代表中方在交接文件上签字。

12月30日

八名案犯被押抵达北京。

铁道部公安局发出信息快报（86号）《俄警方引渡给我方的八名K3/4次列车抢劫案犯已平安押回北京》。

1月3日（1994）

赴莫斯科接收案犯的程亚力等同志将闫春友、于海顺押解入境。

1月4日

向白副部长报送了《关于接收押解朱兴金等八名案犯情况的报告》。

1月10日

向驻俄使馆发出《关于告朱兴金等八名案犯安全引渡事》的电报。

1月11日

铁道部公安局向公安部、铁道部领导报送了《关于对K3/4次国际列车专案案犯审查情况的报告》和《关于K3/4次国际列车专案下步工作安排的报告》。

至此，K3/4次国际列车专案组共抓获案犯九十名，其中逮捕二十八名，受审十二名，取保候审十名。核实案件一百七十三起，其中抢劫案一百六十九起，强奸案四起。

1月12日

外事局向俄驻华使馆交公安部致俄联邦内务部的信，对该部在侦破K3/4次国际列车案件和引渡朱兴金等八名案犯工作中给予的协助表示感谢。

1月13日

白景富副部长、胡安福副部长到中央政研室汇报有关中国公民在俄罗斯犯罪问题和偷渡问题。因近期俄舆论有排华倾向。

1月17日

胡安福副局长召集有关业务处开会，传达部领导关于加强打击涉外犯罪方面的宣传工作，重点是列车专案和打击俄远东地区中国人犯罪问题，近期要综合反映一次。

1月18日

向最高人民法院、最高人民检察院发出《关于K3/4次国际列车专案工作情况的通报》。

1月22日

《1993年公安机关打击涉外刑事犯罪取得显著成绩》报胡副局长转办公厅。

转眼三十年过去了，随着“中俄国际列车大劫案”的审理告罄，经过治理的北京—莫斯科国际列车早已恢复了良好的秩序，历经磨难的国际列车又欢畅地行进在欧亚大陆广袤的土地上。从1993年6月起，中俄国际列车上再也没有发生过一起抢劫犯罪案件，登上这趟列车的旅客脸上又重新露出了笑容。

2023年8月20日